Sina Müller

Amber Eyes – Mit dir für immer

AF198221

Über die Autorin

Sina Müller lebt mit ihrem Sohn, ihrem Freund und ihren beiden Katzen im Süden Deutschlands. Hoffnungsvoll romantisch – das trifft nicht nur auf die Autorin selbst zu, sondern auch auf die Protagonistinnen ihrer gefühlvollen Romane, die sie neben ihrem Beruf als Marketingspezialistin in jeder freien Minute schreibt. Findet sich dann doch noch etwas Zeit, tanzt die Freiburgerin gerne auf Konzerten oder widmet sich allerlei kreativen Näh- und Bastelprojekten.

SINA MÜLLER

Amber Eyes
MIT DIR
FÜR IMMER

beHEARTBEAT

Vollständige ePub-to-Print-Ausgabe des in der Bastei Lübbe AG
erschienenen eBooks »Amber Eyes - Mit dir für immer« von Sina Müller

beHEARTBEAT in der Bastei Lübbe AG
Copyright © 2020 by Bastei Lübbe AG, Köln
Textredaktion: Stephanie Röder
Covergestaltung: Guter Punkt, München
Unter Verwendung von Motiven von © G-Stock Studio / Shutterstock und
© HansJoachim / istock / gettyimage
Satz: 3w+p GmbH, Rimpar
Druck: Books on Demand GmbH, Norderstedt

ISBN 978-3-7413-0216-9

www.be-ebooks.de

www.lesejury.de

Für alle, die das Leben wieder lieben lernen.
Seid mutig!

Kapitel 1

»Stop!«, schallt Brians Stimme durch die Halle, die uns seit Tagen als Proberaum dient. Die Trostlosigkeit dieses schmucklosen Bunkers kann meine Stimmung nur wenig trüben. Nach all den Monaten wieder auf der Bühne zu stehen, ist, als würde ich endlich wieder leben. Zwar haben wir noch einiges an Arbeit vor uns, bis der Funke auch in den letzten Winkel der Halle überspringt, aber für Panik ist es zu früh, wie ich aus Erfahrung weiß.

»Noch mal.« Mein Manager kennt keine Gnade und treibt uns zum x-ten Mal durch den Song, den er zu meiner ersten Single auserkoren hat. *Gravity.*

»Und diesmal möchte ich pure Emotionen sehen, Sam! Zeig mir, was du zu erzählen hast.«

Ich schließe die Augen, blende die bröckelnden Wände der Industriehalle aus, die ihre besten Jahre schon lange hinter sich haben. Selbst den muffigen Geruch versuche ich zu ignorieren, dabei steigt er mir beißend in die Nase. Von dem Superstar-Flair, den ich gewohnt bin, fehlt hier jede Spur.

In meiner Zeit bei *Session One* habe ich unzählige Songs geschrieben. Darunter waren einige Hits, die um die ganze Welt gingen und wohl Millionen Menschen aus dem Stegreif mitgrölen könnten. Aber das, was ich jetzt vorhabe, ist etwas gänzlich anderes. Nach den immer gleichen Themen und den ausgelutschten Melodien des Boygroup-Daseins möchte ich endlich meine eigenen Geschichten erzählen. Mit meinen Worten. Mit meiner Stimme. Und dem Takt, der aus meinem Herzen kommt.

Jeder Song, jede Zeile und jeder Ton von meinem ersten Soloalbum entspringen meinem Innersten. Den Menschen da draußen werde ich mich schutzlos aussetzen. Wenn ich ihnen den Blick in meine Seele freigebe, werde ich nackt sein. Ohne Schutzschild. Und ohne doppelten Boden. Es wird mich vernichten, wenn sich mein Comeback als Flop erweist. Und dennoch kann ich nicht anders: Ich muss es wagen.

Ich atme tief ein und lächle entschlossen. *Gravity* soll der Beginn von etwas Neuem, etwas Großem werden. Brian ist überzeugt von dem Song, den ich erst vor ein paar Monaten in der Nacht der totalen Mondfinsternis geschrieben habe.

Oberflächlich geht es um die Erdanziehungskraft, um die Grundlagen der Physik. Zwischen den Zeilen finden sich jedoch Gedanken über die Liebe, wie ich sie mir vorstelle. Wie ich sie tief in meinem Inneren fühle. Nur mein Gegenstück, das habe ich noch nicht gefunden.

Ich nicke meiner Band zu. Mika schlägt die Drumsticks aneinander und gibt den Takt an, und während Lennox und Elián das Intro spielen, schließe ich die Augen und fühle mich in die Melodie ein.

»Stooop«, unterbricht uns Brian erneut, noch bevor mir der erste Ton über die Lippen gekommen ist, und winkt mich an den Rand der Bühne.

»Was ist?« Ich kann mich glücklich schätzen, dass Brian mit mir arbeitet. Mit ihm habe ich eine reelle Chance, mein Ziel zu erreichen. Und nichts auf dieser Welt wünsche ich mir mehr. Aber es geht mir langsam echt auf die Nerven, dass er heute so angespannt ist.

»Tut dir was weh, Junge?«

Genervt verdrehe ich die Augen. Ich nähere mich mit meinen knapp siebenundzwanzig Jahren langsam den Dreißigern und fühle mich schon seit einer Ewigkeit nicht mehr wie ein kleiner, pickeliger Hosenscheißer.

»Warum?« Ratlos schüttle ich den Kopf und hebe resigniert die Arme nach oben.

»Weil du verdammt noch mal über die Bühne schwebst, als würdest du für die nächste Staffel *Dancing Star* trainieren. Was haben wir besprochen?« Er schaut mich herausfordernd an, während ich mit der Hand über meine Augen fahre und laut ausatme. Brian hat recht, und ich würde ihm so gerne zeigen, was er sehen will. Nämlich, dass mehr in mir steckt, als der Ex-Boygroup-Star.

Doch die Proben, die Anspannung, der Druck bringen mich an eine körperliche Grenze, die ich langsam nicht mehr ignorieren kann. So sehr ich das alles hier genieße, ich bin müde und sehne mich danach, mich zurückziehen und abtauchen zu können. An Tagen wie diesen hasse ich es, dass ich meine Umwelt anders wahrnehme als die meisten anderen. Dass alles ohne Filter auf mich einprasselt. Geräusche, Töne, Gerüche, ja selbst Stimmungen strömen ungefragt auf mich ein und kosten Energie.

»Lass das alberne Herumgehüpfe. Du bist hier nicht mehr bei *Session One*.«

Ich nicke und schließe für einen Moment die Augen. Kurz abschalten, konzentrieren. Ein paar Atemzüge erholen, um dann mit neuer Kraft weiterzumachen. Noch werde ich meiner Erschöpfung nicht nachgeben.

»Was für ein Scheiß!«, seufze ich schließlich und grinse Brian schief an, wohl wissend, dass er dieses einstudierte Getue hasst. »Das alles ist mir halt in Fleisch und Blut übergangen. Ist fast so wie Atmen.«

»Na ja, sieht ein bisschen so aus, als würdest du dir einen Krampf in der Taille holen.«

Unwillkürlich lache ich auf, da Brian anfängt, wie ein Irrer vor mir herumzutanzen. Sein Becken lässt er wie beim Hula-Hoop kreisen, die Arme wirft er abwechselnd in die Luft, als wolle er unsichtbare Bälle jonglieren. Er erinnert mich an eine Mischung aus liebestollem Affen und einer Ballerina auf Koks.

»Feierabend für heute«, ruft er der Band zu und winkt mich zu sich runter auf den rissigen Betonboden. Väterlich legt er einen Arm um meine Schultern. Der intensive Duft seines Rasierwassers dringt in meine Nase und verdrängt den muffigen Geruch, der hier in jedem Winkel hängt.

Mein Herz hämmert noch immer kräftig gegen meine Brust. Die Pause nach dem Aus von *Session One* hat mir offensichtlich nicht gutgetan. Meine Kondition ist quasi nicht mehr vorhanden, und bis ich zu meiner alten Form auflaufe, habe ich noch einiges vor mir.

Wie habe ich damals den Wahnsinn durchgestanden? Heute ertrage ich kaum einen normalen Probentag, ohne an meine Grenzen zu stoßen.

»Hör zu, Sam. Das, was ich dir jetzt sage, wirst du nur ein einziges Mal von mir hören.« Er legt eine bedeutungsschwere Pause ein, und ich hebe den Blick, um ihm klarzumachen, dass ich die Ernsthaftigkeit hinter seinen Worten verstanden habe und ihm meine volle Aufmerksamkeit widme. »Du bist echt verdammt gut. Wahrscheinlich gibt es derzeit nur eine Handvoll Musiker, die dir das Wasser reichen können.« Ich lache ungläubig auf. Er, der Gott unter den Musikmanagern, könnte mit jedem arbeiten. »Sam, zuhören!«, weist er mich scharf zurecht. »Vielleicht klingt es seltsam, aber das, was du in dir trägst, ist nicht einfach nur Talent. Es ist so viel mehr als das. Du berührst Menschen. Mit deinem Wesen, deiner Musik, deiner Stimme. Und zwar ganz tief.« Er fasst sich ans Herz und nickt. »Das ist der Grund, warum ich hier bin. Ich will dich nach ganz oben bringen, aber das schaffe ich nicht alleine. Dazu brauche ich dich, und du musst verdammt noch mal zu einhundertfünfzig Prozent mitziehen.«

Brian ist nicht der Typ, der überschwänglich lobt. Deshalb überraschen mich seine offenen Worte, sie berühren mich. Ich schlucke.

»Dein Problem ist, dass du viel zu jung warst, als das mit *Session One* losging. Die geldgeilen Manager von *Dream Catcher* haben dich verheizt und ein verzogenes, versnobtes, kleines Popsternchen aus dir gemacht. Wer hat dir verdammt noch mal gesagt, dass du es nötig hast, mit dem Arsch zu wackeln wie Shakira? Du hast eine Stimme, Sam! Mit der alleine wirst du alle da draußen wegfegen. Und mit den Dingen, die du zu sagen hast. Also: vergiss den ganzen Scheiß, den Kevin Fox und die anderen Vollpfosten dir beigebracht haben, und hör auf dein Herz. Sei ganz bei dir, wenn du auf der Bühne stehst. Ich will Emotionen sehen und nicht so ein einstudiertes Rumgehopse.«

Nachdenklich starre ich ins Leere. Das, was Brian sagt, hört sich plausibel an. Aber ist es richtig, alles hinter mir zu lassen, womit ich Erfolg gehabt habe? Mich einzig auf meine Stimme zu verlassen, könnte ein Fehler sein, schließlich muss das Gesamtpaket stimmen.

Meine Fans erwarten eine Show auf der Bühne. Was, wenn ich sie enttäusche?

»Was hältst du davon, wenn du ein bisschen Zeit mit deinen Freunden verbringst, bevor es so richtig losgeht? Gönn dir 'ne Auszeit, hol noch mal Luft. Die Studioaufnahmen sind im Kasten, die Maschinerie läuft«, wechselt Brian plötzlich das Thema.

»Ich ...« Verlegen schüttle ich den Kopf. »Na ja, die Band ...« Die Jungs aus meiner neuen Band sind mir noch seltsam fremd.

»Nein, ich meine richtige Freunde! Du hast doch Freunde, oder, Sam? Leute, die dir den Rücken freihalten. Die dich auf den Boden zurückholen, wenn du zu sehr abhebst. Die wissen, dass du dich zum Scheißen aufs Klo setzt.«

Wie ferngesteuert nicke ich. Dann schüttle ich den Kopf. Da sind die Chaoten von *Session One*, zu denen ich seit unserer offiziellen Trennung vor knapp zwei Jahren nur noch losen Kontakt habe. Und dann ... wird es ganz schnell dünn. Die ständigen Termine ließen mir keine Zeit für Freundschaften. Wozu auch? Wir waren vierzwanzig Stunden am Tag, sieben Tage die Woche im Dienst der Musik unterwegs. Monat für Monat. Selbst an Geburtstagen, Weihnachten oder Silvester wurden keine Ausnahmen gemacht.

Zerknirscht ziehe ich die Augenbrauen zusammen und spüre, wie sich ein dumpfes Gefühl in mir breitmacht. Lachen dringt an meine Ohren, das Scheppern der Hi-Hats. Ich schaue kurz über die Schulter und stelle wehmütig fest, dass meine Band Spaß hat. Die Jungs albern herum, machen Quatsch und scheinen sich echt gut zu verstehen. Aber nur, solange ich mich fernhalte. Komme ich ihnen zu nahe, werden sie ernst. Ich könnte das mit Professionalität abtun, weiß jedoch zu gut, dass ich einfach nicht dazugehöre.

Schnell straffe ich die Schultern, um das Gefühl der Einsamkeit nicht zu nahe an mich heranzulassen. Ich komme schon alleine klar. Irgendwie.

Freunde zu haben bedeutet, Verpflichtungen einzugehen. Denen bin ich bislang ganz gut aus dem Weg gegangen.

»Wir machen es so.« Brian kratzt sich an seinem mit Bartstoppeln übersäten Kinn und überlegt. »Du kümmerst dich jetzt erst mal um deine Freunde. Frischst Kontakte aus deiner Jugend auf, besuchst deine Mutter, gehst zu Nachbarn, Cousins, was weiß ich. Such dir jemanden, der mit all dem Scheiß hier nichts am Hut hat. Jeder Mensch braucht Freunde, und ich glaube, für dich gilt das in ganz besonderem Maße.« Er neigt den Kopf. Sein Blick bohrt sich in mich, und ich habe das Gefühl, als wäre er der erste Mensch, der mich wirklich versteht. »Weißt du, Sam, das, was du mit *Session One* mitgemacht hast, kommt dir vielleicht wie das größte Glück vor. Das mag im Hinblick auf deine Karriere auch stimmen. Aber es hat dir etwas ganz Entscheidendes genommen: Deine Jugend, und damit die Möglichkeit, dich auszutesten. Eine gute Basis zu haben, ist wirklich verdammt wichtig. Es wird dir guttun, wenn du mit Menschen zu tun hast, die dich nicht wegen deines Ruhms und deiner Kohle bewundern. Sondern echte Freunde, die dich mögen, weil du Samuel bist. Der Kerl, den du so gut hinter diesem ach so sexy Sonnyboylächeln zu verstecken weißt.« Er boxt mir spielerisch gegen die Schulter. Sein Lächeln ist echt, aber irgendwie auch traurig.

»Das war jetzt kein nett gemeinter Rat an dich, Kleiner. Es ist eine Aufgabe, die du ernst nehmen solltest, denn eines sollte dir klar sein: Wenn Alkohol und Drogen deine Best Buddys werden, bin ich weg. Ich werde dich nicht von der Straße kratzen, wenn du Scheiße baust. Verstanden?«

Die Dringlichkeit hinter seinen Worten lässt mich schwer schlucken. Brian meint es ernst.

In den vergangenen Jahren habe ich so ziemlich jeden Mist, den man sich legal oder auch illegal einwerfen konnte, ausprobiert. Das meiste davon war scheiße und hat mir so manchen Horrortrip eingehandelt. Besonders das Jahr in L.A. nach der Trennung von *Session One* war gespickt von Trips, die ich nicht noch einmal erleben möchte.

»Die Vorbereitungen für die Tour, Interviews ... die Band ... ist es nicht wichtiger, dass wir zusammenwachsen und alles perfekt vorbereiten? Da ist doch jetzt gar keine Zeit für Freundschaften.« Mit Brian möchte ich sicher nicht über Drogen diskutieren. »Ich möchte, dass dieses Album etwas Besonderes wird. Dass wir alles tun, damit die Scheibe einschlägt. Ich habe keine Zeit für etwas anderes, verstehst du? Nur die Musik ist mir wichtig. Und darauf möchte ich mich fokussieren.«

Ich straffe die Schultern und halte seinem Blick stand. Musik war und ist die einzige Konstante in meinem Leben. Nichts begleitet mich länger, nichts ist mir wichtiger als die Töne, die mich so tief berühren. Warum sollte sich das jetzt ändern?

»Du wirst noch genug Zeit haben, um dich ausschließlich der Musik zu widmen. Aber jetzt solltest du dich erst mal darauf konzentrieren, deine Basis klarzukriegen. Wenn wir auf Tour sind, wirst du dir wünschen, mal eine Lücke für ein normales Leben zu finden.« Er klingt väterlich. Sicher meint er es gut mit mir. Ich vertraue Brian zu hundert Prozent. Aber …

»Haben wir uns verstanden, Sam?« Diesen Tonfall bin ich nicht gewohnt und er jagt mir eine Gänsehaut über den Rücken.

»Verstanden«, murmele ich daher schnell und gehe in Gedanken meine Kontaktliste durch.

Es ist nicht gerade so, dass ich eine riesige Auswahl an Managern gehabt habe. Kaum einer traut sich an das Comeback eines Teenie-Stars ran. Mir haftet ein Image an, das sich nur schwer abschütteln lässt. Es braucht schon verdammt viel Know-how und Fingerspitzengefühl, um mich aus der Boygroup-Schublade herauszuholen. Und damit das auch klappt, würde ich alles tun.

Wenn Brian also meint, dass mir ein Freund guttun würde, dann kümmere ich mich darum. Ich nicke nachdrücklich, habe jedoch keinen blassen Schimmer, wie ich diese Aufgabe meistern soll.

»Guter Junge.« Brian klopft mir auf die Schulter. »Ich werde dir Konrad zur Seite stellen. Er passt auf dich auf.«

Ein lautes Stöhnen entfährt mir.

»Das wird nicht nötig sein«, beeile ich mich zu sagen. »Ich kann schon auf mich selbst aufpassen. Ehrlich!«

»Er wird sich im Hintergrund halten.« Brians Blick ist unnachgiebig, die Lippen fest aufeinandergepresst. »Lass dein Handy an. Falls neue Termine reinkommen, musst du erreichbar sein.«

Kapitel 2

ALICE

Die Sonne blendet mich trotz der dunklen Sonnenbrille, die Welt um mich herum verschwimmt. Schnell blinzle ich die Tränen weg und schaue in den Himmel, um mich an dem Licht zu erfreuen, der Schönheit, für die mir allzu oft der Blick fehlt.

»Mach's gut, Süßer!«, murmle ich, drehe mich um und laufe über den schmalen Weg. Kies knirscht unter meinen Schritten. Das Geräusch zerschneidet die erdrückende Stille, die selbst das Rascheln der Bäume und Sträucher nicht angenehmer machen kann. Der Tod ist allgegenwärtig.

Ich komme oft hierher. Viel zu oft, sagen meine Freunde. Vielleicht, weil ich der irrsinnigen Idee verfallen bin, dass ich Paul hier näher sein kann. Vielleicht, weil ich mich verpflichtet fühle, ihn zu besuchen, um ihn nicht zu vergessen. Um mich zu erinnern. An schönere Zeiten, doch auch an den Schmerz, den sein Tod in mein Leben gebracht hat. Aber hilft es mir tatsächlich?

Ein Jahr ist nun vergangen und ich weiß, es wird Zeit, dass ich nach vorne schaue. Dass ich mein Leben lebe und es genieße. Ich kann nichts für Pauls Tod, niemand kann das. Nicht einmal er selbst. Dennoch erleichtert mich dieses Wissen nicht, sondern es macht alles noch schlimmer. Unberechenbarer.

Wie soll ich ohne Furcht ein Leben leben, wenn es im nächsten Moment vorüber sein kann? Eine Antwort darauf habe ich nicht gefunden.

Dennoch kann es so nicht weitergehen. Ich bin ein Schatten meiner selbst und habe keine Lust mehr, mich zu verstecken. Das Leben mit angezogener Handbremse ermüdet mich und beginnt mich so dermaßen zu deprimieren, dass ich mich nach mehr Licht sehne.

Ein Teil von mir ist gestorben, ist mit Paul fortgegangen, als er für immer die Augen geschlossen hat. Niemals wieder werde ich mich so vollständig fühlen wie mit dem Menschen, den ich bereits im Mutterleib an meiner Seite gewusst habe. Doch bin ich es meinem Zwilling nicht schuldig, dass ich weitermache? Dass ich liebe, lache und all das auskoste, was er nicht mehr erleben wird? Dass ich glücklich werde? Für ihn und für mich!

Bevor ich es mir anders überlege, zücke ich mein Smartphone und halte diesen Moment, in dem ich den Entschluss fasse, nach vorne zu schauen, in einem Bild fest. Das Licht ist weich, die Sonne steht tief am Himmel und lässt die letzten Sommertage noch einmal aufleuchten. Meine Haare sind lang geworden und benötigen dringend einen neuen Schnitt und etwas Farbe. Früher hätte ich mich niemals so ablichten lassen und das Bild freiwillig ins Netz gestellt. Aber die Zeiten haben sich geändert. Ich habe mich verändert und lege nicht mehr so viel Wert auf mein Äußeres wie noch vor ein paar Jahren. Leben ohne Filter – das ist die neue Devise.

Es braucht etwas, bis ich die passende Perspektive finde, in der die tief stehende Sonne nicht blendet. Schatten fallen auf mein viel zu schmales Gesicht und lassen es kantig aussehen, doch das ist mir egal. Früher hat mich das Fotografieren täglich begleitet. Meine Tage mit dem Smartphone zu dokumentieren, hat mir riesig Spaß gemacht. Immer noch stöbere ich gerne auf Pauls und meinem Instagram-Kanal *Twins united – Alice und Paul* und habe es bis heute nicht fertiggebracht, den Account zu löschen. Wozu auch? Es wäre, als würde ich alle Erinnerungen an unsere gemeinsame Zeit ausradieren. Die vielen Fotos sind Zeugen wundervoller Momente, die uns niemand nehmen kann. Okay, die *mir* niemand nehmen kann, denn Paul existiert nicht mehr. Ich setze mich auf eine Bank in der Nähe von Pauls Grab, um hier und jetzt einen Schlussstrich unter meine Vergangenheit zu ziehen und alle Zeiger auf Zukunft zu stellen.

Love letters to life by Alice – das soll der neue Name meines Kanals werden. Eilig erstelle ich die neue Seite und wähle aus meiner Fotogalerie ein Profilbild. Ich hätte gerne eines gehabt, auf dem ich lache, aber es kommt mir falsch vor, ein altes Bild zu nehmen. Eines aus meiner Vergangenheit.

Unter das erste Foto, das ich gerade als Startschuss geschossen habe, setze ich vier Worte. *Learning to love life.* Das soll mein neues Lebensmotto werden, ein Mantra, das ich mir nicht oft genug selbst vorsagen kann. Noch verfluche ich an viel zu vielen Tagen das Schicksal, das mich zu früh mit dem Tod konfrontiert hat. Das mir meinen Bruder entrissen hat, meinen Seelenverwandten. Meine große Liebe von Anfang an.

Paul hätte sich für mich sicher gewünscht, dass ich nach vorne schaue. Dass ich nicht aufgebe und das Leben liebe, wie er es selbst getan hat. Aber das ist alles nicht so einfach. Ach, er fehlt mir so sehr.

Tapfer presse ich meine Lippen aufeinander, setze ein paar Hashtags unter den Beitrag und veröffentliche das Bild mit einem Klick. Schließlich stecke ich das Smartphone wieder in meine Jackentasche. Später werde ich noch einen letzten Beitrag auf Pauls und meinem Kanal posten und die Leute, die unsere Geschichte verfolgt haben, auf die neue Seite einladen. Doch jetzt muss ich erst einmal zur Arbeit.

Schnellen Schrittes eile ich zum Ausgang, sauge gierig die Luft ein, als ich durch das alte Gemäuer des Torbogens trete, und nehme mir fest vor, erst wieder hierherzukommen, wenn ich etwas erreicht habe. Wenn ich mein Leben fest im Griff habe und wieder frei atmen kann. Ich möchte endlich wieder lachen und Spaß haben, ohne dass ich im nächsten Moment in Tränen ausbreche. Ich bin mir sicher, dass sich Paul das gewünscht hätte.

Ein Hauch Spätsommer steigt mir in die Nase, während ich durch Berlin radele. Langsam lockern sich die Fesseln um meine Brust und die Freiheit, die ich mir selbst aufgezwungen habe, zaubert ein leises Lächeln auf meine Lippen.

Ich brauche immer ein paar Minuten, bis ich mental in der Kita ankomme. Der Lärm, der aus jeder Ecke kommt, schießt wie Kanonenkugeln durch meine Gehörgänge und füllt meinen Kopf aus. Nach der Stille des Friedhofs hat nichts anderes Platz, als die Kinder, die lautstark um meine Aufmerksamkeit buhlen. Ich schätze, diese

Arbeit ist eines der wenigen Dinge, die mich am Leben gehalten hat. Hier vergesse ich die Schwermut, die mich oft genug lähmt und es mir an manchen Tagen fast unmöglich macht, aus dem Bett aufzustehen. Hier fühlt es sich so an, als wäre nichts passiert. Als wäre die Welt noch heil und mein Herz nicht in tausend Teile zersprungen.

Wie so oft merke ich nicht einmal, wie die Zeit an mir vorüberrauscht. Ich hechte zwischen Windeln wechseln, Wehwehchen verarzten, Tränen trocknen und Kinderlieder singen hin und her.

»Wieder einen Tag geschafft«, stöhne ich, als das letzte Kind abgeholt ist und Marlene die Tür der Kita schließt.

Mit routinierten Handgriffen verstauen wir die letzten Bauklötzchen, die die Kinder beim Aufräumen vergessen haben, wischen die vom Obst verklebten Tische sauber und räumen unsere Kaffeetassen in die Spülmaschine.

»Ich hab mir vorhin einen neuen Insta-Channel angelegt«, gestehe ich leise. Marlene zieht die Tür hinter uns zu, und wir treten in die spätsommerliche Abendluft hinaus. Die Luft riecht nach Freiheit, nach Sommer und Sonne. Gierig atme ich sie ein, als würde ich den Duft zum ersten Mal in meinem Leben riechen. »Hast du vielleicht Lust, mir ab und zu mit ein paar Fotos auszuhelfen?«

Marlene ist ein wahres Fotografier-Wunder, und ich habe schon oft ihre unglaublichen Urlaubsbilder bestaunt, die direkt aus einem Ferienkatalog herausgerissen sein könnten. Früher hat Paul oft Fotos von mir gemacht. Aber ich kann mir vorstellen, dass es mit Marlene zusammen auch Spaß macht.

»Cool, das ist echt mega, Alice. Ich freu mich, dass du endlich nach vorne schaust. Natürlich helfe ich dir, wo ich kann. Willst du wieder auf die Fashion-Schiene gehen wie bei *Twins united?*«

Energisch schüttle ich den Kopf und halte für einen Moment inne, während Marlene ihr Rad aufschließt. Gedanken rasen durch meinen Kopf. Und dann sehe ich plötzlich klar. Ein glückliches Lächeln liegt auf meinen Lippen. Und es fühlt sich gut an. Dennoch traue ich mich kaum, Marlene die Wahrheit zu sagen.

»Nein. Ich … es … na ja, ich dachte … um ehrlich zu sein, habe ich die Schnauze von dem ganzen oberflächlichen Scheiß gestrichen voll. Wen interessiert es, ob ich eine neue angesagte Handtasche mit dem hippen Leomuster habe oder ob ich mit einem alten Jutesack rumlaufe?«

»Na ja, es hat dir ein ganz gutes Sümmchen eingebracht, wenn ich mich nicht irre«, spielt Marlene auf die Deals an, die Paul eingefädelt hatte, bevor er seine Diagnose bekam. Er war ein wahres Genie darin gewesen, unseren Kanal zu vermarkten. Mal trug ich jenes Kleid einer bestimmten Marke, dann testete Paul das Skateboard eines angesagten Labels. Den Leuten schien zu gefallen, was wir taten, und so wuchs unsere Followerzahl täglich und mit ihnen die Einnahmen. Wir konnten uns nicht beschweren.

»Was spielt Geld schon für eine Rolle?«, sage ich leise. »Es gibt wirklich Wichtigeres.«

»Ja, zum Beispiel die Kacke von fremden Kinderärschen wegzuwischen. Boah, ich hab heute echt im Akkord Windeln gewechselt.«

Ich lache und erschrecke im ersten Moment selbst, wie echt es sich anfühlt. »Du kriegst 'nen Preis für den krassesten Themenwechsel.«

Sie wackelt belustigt mit den Augenbrauen. »Komm, zur Belohnung für meinen unermüdlichen Einsatz darfst du mich zum Eis einladen. Dann können wir auch gleich mit den ersten Bildern starten, was meinst du?«

»Marlene, du weißt doch …«, winde ich mich und fühle mich mies, dass ich ihren Wunsch abschmettere.

»Keine Widerrede. Ab und zu muss man sich auch etwas gönnen. Und in der Limette gibt es eine leckere Auswahl an Sorbets, falls du gleich mit deinem veganen Zeigefinger wedelst. Ernsthaft, Alice, du musst dringend daran arbeiten, dir nicht alles, was Spaß macht, zu verkneifen.«

»Tu ich doch«, maule ich leise, kann ihr bei den Worten aber nicht in die Augen schauen. Sie hat ja recht. Nicht erst seit Pauls Tod ernähre ich mich bewusster. Und dabei geht es mir nicht darum, auf meine Linie zu achten. Als Zwilling eines an Krebs Erkrankten habe ich ein erhöhtes Risiko selbst zu erkranken. Meine Angst davor kann ich gar nicht in Worte fassen, und sie ist an manchen Tagen so riesig, dass sie mich lähmt und selbst den Schmerz um den Verlust in den Schatten drängt. Gegen die Ungewissheit kann ich nichts machen. Mir bleibt also nur die vage Hoffnung, dass man mit einem gesunden Lebensstil ohne Zucker und tierischem Eiweiß dem Tod ein Schnippchen schlagen kann.

»Na komm schon, ein klitzekleines Mangosorbet? Da sind sogar Vitamine drin. Man muss nur ganz fest daran glauben.« Sie stupst mich an, und schließlich gebe ich mir einen Ruck und lächle sie schwach an. Marlene ist eine der wenigen Freunde, die mir geblieben sind. Und ich möchte sie nicht auch noch verlieren.

Kapitel 3

Schon seit Stunden sitze ich im Atelier von *Jonihoh* fest. Das Loft mit den meterhohen Fenstern besticht durch eine angenehme Kühle. Der Raum selbst ist riesig und lässt die wenigen Klamotten auf den vereinzelten Kleiderständern etwas verloren aussehen. Alles hier riecht nach Geld. Viel Geld.

Langsam zweifle ich an Brians ach so genialer Idee, mein Comeback mit einem Werbedeal zu verknüpfen. Zu meiner Zeit bei *Session One* war es an der Tagesordnung, dass wir von den angesagtesten Designern ausgestattet wurden. Für unsere Recognition-Tour entwarf *Amiri* extra eine Kollektion, die sich in diversen Modetempeln wie geschnitten Brot verkaufte, nachdem wir sie in einigen Shows getragen hatten. Ich habe wirklich gehofft, dass dieser Teil hinter mir liegt. Falsch gedacht.

Brians Plan, mir ein erwachseneres, ernsthafteres Image aufzudrücken, spiegelt sich auch in den Klamotten wider, die *Jonihoh* – alias Jonathan Ohoven – für mich zusammengestellt hat. Er zählt zu den aufstrebenden Modedesignern in Europa, die Starlets reißen ihm die Klamotten aus den Händen, bevor er sie auch nur auf die Kleiderstange hängen kann.

»Kein Anzug! Ich werde keinen Anzug tragen!«, wiederhole ich mein Anliegen wie ein Mantra und halte abwehrend die Hände hoch. Ich habe es schon damals gehasst, wenn wir zu offiziellen Anlässen im Dreiteiler auflaufen mussten. Das Ganze konnte nur noch durch Frack und Fliege getoppt werden. Nach dem Schlussstrich habe ich mir geschworen, mich niemals wieder in so etwas zwängen zu lassen. Niemals! Nicht einmal, wenn das meine Karriere ankurbeln würde. Meine Liebe zu meiner Musik kennt nur wenige Grenzen. Diese ist eine davon. Und sie ist nicht verhandelbar.

»Sam!« Brian legt einen Arm um meine Schultern und zieht mich von dem Designer weg, der ziemlich geknickt aussieht, weil ich seine Kollektion verschmähe. »Wir hatten darüber gesprochen, wie wichtig es ist, dich umzustylen.«

Ich verdrehe die Augen und schalte auf Konfrontation. »Ich mag meinen Look.«

Brian seufzt.

»Wenn du weiter als Boygroup-Hampelmann angesehen werden willst, der in der Dauerschleife des Indie-Pops festhängt ... Bitte!« Er wirft die Hände gespielt ergeben nach oben.

Ich grummle vor mich hin. Brian weiß, wie er mich kriegt. Natürlich werde ich auch diesen Weg mitgehen, doch mein Manager soll ruhig merken, dass ich nicht sonderlich begeistert bin.

Ich winde mich aus seinem Griff und stapfte angesäuert zurück zu Jonathan, der vorgibt, an einer Kleiderstange Klamotten zu sortieren, aber immer wieder neugierig in unsere Richtung späht.

»Keinen Anzug auf der Bühne!« Wenn ich schon auf den Deal eingehe, möchte ich wenigstens versuchen das Beste für mich rauszuschlagen. Das ist mein Traum, meine Show, mein Leben. Ich möchte nicht schon wieder in etwas reingezwängt werden, das ich nicht bin. Das hier soll großartig werden. »Also, was hast du noch zu bieten?«

Dankbar, dass ich ihm noch eine Chance gebe, klaubt er ein paar Kleiderbügel von der Stange und drapiert die Klamotten vor mir auf dem riesigen Glastisch.

»Da du von den bunten Anzügen nicht sonderlich angetan warst, tendiere ich dazu, dich komplett in Schwarz einzukleiden. Was hältst du davon?« Ich nicke, mit Schwarz kann ich leben. »Es ist eine Kunst, die unterschiedlichen Schwarztöne so zu kombinieren, dass es zusammenpasst und dennoch stylisch aussieht. Aber das kriegen wir schon hin. Zieh das mal an, damit ich sehe, wie das sitzt.«

Er drückt mir ein Bündel Klamotten in die Hände und wedelt mit seinen Armen in Richtung Umkleide.

Ich ergebe mich meinem Schicksal. Schlimmer als diese Teppichmuster-Anzüge, die sie mir erfolglos aufzwängen wollten, kann es schließlich nicht werden.

Ich höre, wie Jonathan etwas von verwöhnten Jungstars faselt und damit sicher mich meint. In der Branche wissen immer alle, was gut für dich ist. Oft genug musste ich allerdings feststellen, dass diese Entscheidungen nicht immer zu meinem Besten gewesen sind, sondern mehr zum Vorteil anderer. Zu schnell wird man zur Marionette. Ohne Ziele. Ohne Wünsche. Und auch ohne eigenen Willen.

Die Umkleidekabine ist wie auch schon der Verkaufsraum großzügig geschnitten. Ich ziehe den schweren hellbraunen Vorhang zu und schlüpfe aus meinen Jeans. Argwöhnisch betrachte ich die Verkleidung, die ich ab sofort tragen soll. Zu einem Umstyling gehört es nun mal dazu, dass ich den Kram auch privat trage. Wobei »privat« übertrieben ist. Mein Leben findet ja ohnehin fast ausschließlich in der Öffentlichkeit statt. Selbst jetzt, zwei Jahre nach dem Aus von *Session One*, lauern mir immer noch Paparazzi auf oder kreischen Mädels auf offener Straße, wenn sie mich erkennen. Ich kann es mir schlichtweg so kurz vor meinem Comeback nicht leisten, dass man mich anders sieht, als mich das Management haben will.

Ich schlüpfe in die enge Hose und muss beim kurzen Blick in den Spiegel zugeben, dass sie gar nicht so übel sitzt. Der Stoff ist angenehm weich und kratzt nicht auf meiner Haut. In Kombination mit dem schlichten schwarzen T-Shirt und der Jacke, die zwar einem Jackett ähnelt, aber stylischer wirkt und mich durch den elastischen Stoff lange nicht so einengt, hätte es mich durchaus schlechter treffen können.

»Okay, da kann ich mitgehen«, sage ich, als ich barfuß aus der Umkleide trete. »Die Etiketten müssen raus – die ertrage ich auf Dauer nicht.«

Jonathans Gesichtszüge entspannen sich sichtlich.

»Gut, dann brauchst du noch die passenden Schuhe.«

Kurz mustert er mich mit diesem Designer-Blick, der abzuchecken vermag, welche Größe ich trage und was der optimale Style zum Outfit ist.

»Größe 45, nehme ich an?« Ich nicke kurz, wenig überrascht, dass er richtig liegt.

Jonathan verschwindet durch eine schwere Metalltür und lässt mich mit Brian zurück. Dieser sitzt auf dem Sofa der kleinen Sitzgruppe und hängt mal wieder am Telefon.

Sicher macht er weitere Termine klar, die meine Solokarriere ankurbeln sollen. Den Überblick habe ich schon lange verloren. Wichtig sind mir nur ausreichend Pausen, ich laufe sonst über von all den Eindrücken. Aber da Brian mein Bedürfnis nach Ruhe kennt, mache ich mir wenig Sorgen. Er scheint mich eher schützen zu wollen, als zu überfordern. Welch krasser Gegensatz zu meinem vorherigen Management, das nur darauf aus war, mich auszuquetschen wie eine Zitrone.

Kurzerhand lasse ich mich auf einen dunklen Ledersessel nieder, der auf einem flauschigen cremefarbenen Teppich steht. »Und? Hausaufgaben schon erledigt?«, fragt Brian beiläufig, während er irgendwas in sein Smartphone eintippt. Ich brauche einen Moment, bis ich verstehe, wovon er spricht.

»Bin dran«, murmle ich und verkrieche mich selbst hinter das Display meines Smartphones.

»Gut, nutz die Zeit für deine Freundschaften, solange wir noch hier in Berlin sind und an den Vorbereitungen für dein Comeback arbeiten. Ab November wirst du keine freie Minute mehr haben.«

November. Das klingt nach einer halben Ewigkeit. Wie ich diese Warterei hasse, ich will wieder rauf auf die Bühne und der Welt endlich zeigen, dass ich es auch alleine draufhabe. Ich brenne darauf, meine Songs im Radio zu hören, Interviews zu geben und endlich wieder in der Welt herumzureisen. Mir fehlt die Euphorie, die mich durchströmt, wenn meine Fans mir zujubeln. Sie ist mit nichts zu vergleichen.

Auf die Downs danach, weil ich völlig ausgelaugt bin, möchte ich allerdings gerne verzichten. Ich hoffe, meine Strategie geht auf, und ich komme diesmal mit dem Stress besser zurecht als zuletzt bei *Session One.*

»Unterschätz das nicht, Junge. Bislang hattest du mit den anderen von *Session One* Gleichgesinnte. Du warst nie alleine im Fokus, es ging immer ums große Ganze. Egal wie scheiße es gerade lief: Ihr hattet euch, selbst wenn ihr euch nicht immer blendend verstanden habt ... Da war jemand, mit dem ihr das verrückte Leben teilen konntet. Eure Träume und Ängste, euren Frust und Begeisterung. Aber das sieht jetzt anders aus.« Sein Blick durchbohrt mich. »Alles hängt von dir ab. Von dir alleine. Du bist nun der Kopf dieser Show. Knickst du ein, reißt du uns alle in den Abgrund.« Er holt tief Luft, und ich erschaudere unter seinem stechenden Blick. Dennoch straffe ich die Schultern und versuche, meine Gesichtszüge unter Kontrolle zu halten. »Den dauergrinsenden Teeniestar hast du perfekt drauf. Du bist Künstler durch und durch, ein Entertainer, der es versteht, die Menschen zu begeistern. Aber diese ganze Boygroup-Scheiße hat aus dir eine Pappfigur gemacht. Einen Kerl, der aus einer Fassade besteht. Ich brauche jetzt den Menschen dahinter, verstehst du?«

Ich schlucke, denn mir ist klar, dass er recht hat. Das Gefühl, nicht mehr zu wissen, wer ich bin, war neben meiner absoluten Erschöpfung einer der Gründe, warum ich schließlich bei *Session One* einen Cut gemacht habe. Danach habe ich ein Jahr lang versucht, ein normales Leben zu führen – sofern das in L.A. möglich ist. Aber die Musik fehlte mir.

Die Arbeit an meinem Soloalbum hat mir schließlich geholfen, mich neu zu erfinden. Sieben Monate habe ich mich rund um die Uhr in der Musik verloren. An manchen Tagen stand ich völlig neben mir und erkannte mich beim Blick in den Spiegel selbst kaum. Aber das, was dabei herausgekommen ist, macht mich stolz. Verdammt stolz sogar.

»Ich bin dein Manager. Und ich kann auch dein Freund sein«, fährt Brian eindringlich fort. »Ich hab immer ein offenes Ohr für dich und deine Probleme. Aber das, was du brauchst, um dich zu festigen, ist etwas anderes. Du brauchst einen Anker, etwas, das dir eine gewisse Bodenhaftung verschafft. Fängst du an zu fliegen, verlierst du dich ganz schnell. Ich kenne euch Künstlerseelen, und ich glaube, dich ganz besonders zu sehen. Das Verheerende an deinem Talent ist, dass es aus deinem Herzen kommt. Der Welt da draußen bist du schutzlos ausgeliefert und ich habe ehrlich Schiss, dass es dich kaputt macht, wenn du einzig und alleine die Musik hast.«

»Mann, du verstehst es echt, Druck aufzubauen«, murmle ich und überlege fieberhaft, was ich dagegenhalten kann. Dass dies eine

One-Man-Show wird, war mir schon vorher klar. Mein Name prangt schließlich auf der CD und die Plakate werden von meinem Gesicht geziert. Ich weiß also, was davon abhängt, dass ich das Ganze durchziehe. Statt zu antworten, halte ich einfach seinem Blick stand und hoffe, ich mache ihm damit deutlich, dass es auch mir ernst ist. Verdammt ernst sogar.

»Ich hab noch die Jungs aus der Band, die Technik ...«, wage ich einen zaghaften Einwand, mehr, um mich selbst zu beruhigen.

»Mensch, Sam. Sie arbeiten für dich! Wenn man es realistisch sieht, stehst du mutterseelenalleine da. Und das macht mich verdammt traurig, verstehst du?«

Ich starre ihn an, schlucke schwer und kämpfe gegen den Kloß an, den seine Worte in meinen Hals gepflanzt haben. Brian scheint mich zu durchschauen und obwohl mir das Angst macht, ist das Gefühl, dass mich endlich jemand versteht, auch echt gut.

Brians Telefon klingelt erneut, und als er abnimmt und im Saal herumläuft wie ein Aufziehmännchen, nutze ich die Zeit, um meine Nachrichten zu checken. Ganz untätig bin ich in der Zwischenzeit nämlich nicht gewesen und habe mich nach einigem Hin und Her dazu durchgerungen, einen alten Schulfreund anzuschreiben. Paul. Mit ihm bin ich durch dick und dünn gegangen – bis es mit meiner Karriere losging. *Vom Kindergarten bis zum Abi* war unsere Devise, und danach sollte es gemeinsam nach Hawaii gehen. Oder zumindest ganz weit weg.

Ganz hat das nicht geklappt, denn mit siebzehn hat sich mein Leben schlagartig geändert. Zwar habe ich anfangs versucht, den Kontakt zu halten, aber wir lebten zu unterschiedliche Leben, hatten zu unterschiedliche Probleme und bald nichts mehr, worüber wir reden konnten. Noch immer habe ich keine Antwort auf meine Message erhalten. Sein Facebook-Profil ist schlecht gepflegt, seit über anderthalb Jahren gibt es keine neuen Posts mehr. Vielleicht gehört er zu der Sorte Mensch, die den Social-Media-Plattformen den Rücken gekehrt haben. Es muss eine andere Möglichkeit geben, ihn zu kontaktieren.

Ich öffne Instagram. Vielleicht ist er ja dort zu finden, postet Fotos von den schönsten Küsten Australiens. Oder er ist unter die

Bergsteiger gegangen und küsst nun den Himmel am Himalaya. Ich lächle. Paul war schon immer ein verrückter Typ, ein Träumer und Weltverbesserer. Wenn ich so zurückdenke, hat es nie einen besseren Freund als ihn gegeben. Zusammen haben wir uns in der Grundschule die Schläger aus der 4c vom Hals gehalten. Haben Latein gebüffelt, bis es uns zu den Ohren rauskam. Wir haben in einem Verein gekickt und fast unsere komplette Freizeit zusammen verbracht. Mit Playstationspielen, um die Häuser ziehen und Musik hören.

In der Mittelstufe haben wir schließlich die Schülerband *Bro-Man* gegründet. Wir waren schon so ein Gespann. Haben keinen Ärger ausgelassen und waren zu jeder Party eingeladen. All die Jahre habe ich kaum an die Dinge gedacht, die mir einmal so verdammt wichtig gewesen sind.

Ich tippe in das Suchfeld *Paul Brunner* ein und scanne die Ergebnisse. Nichts Brauchbares dabei. *Brunner*, reduziere ich meine Suchanfrage. Auf Rang drei habe ich Glück. *Alice Brunner*. Allie – mein Herz sticht kurz und heftig, bis ich mich wieder im Griff habe. Ich ignoriere das dumpfe Gefühl in meiner Magengegend.

Sie hat eine Seite mit dem sentimentalen Namen »Love letters to life by Alice«. Das passt zu ihrer romantischen Ader, die mir so manche schlaflose Nacht bereitet hat. Ich klicke auf den Account, der recht neu zu sein scheint. Gerade einmal zwei Beiträge zählt er. Einer davon ist ein Selfie, auf dem Allie zu sehen ist. Augenblicklich fühle ich mich in meine Jugend zurückkatapultiert.

Alice ist die Zwillingsschwester von Paul und war zumindest in den ersten Jahren fast so eine gute Freundin für mich wie ihr Bruder. Das änderte sich schlagartig, als ich während eines Landschulheimaufenthaltes entdeckte, dass sie ein Mädchen war. Gut, das war mir immer klar. Aber sie war ein verdammt hübsches Mädchen, eines, das etwas in meinem Herzen zum Schwingen brachte. Ihre hellbraunen Augen waren der absolute Hammer und so besonders, dass sie mich selbst im Schlaf verfolgten. Dass ich mich damals in sie verliebte und wir an einem Abend herumgeknutscht hatten, fand Paul allerdings nicht so prickelnd.

An den Streit mit ihm kann ich mich noch gut erinnern. Ebenso wie an das miese Gefühl, das mich immer dann überschwemmte, wenn ich Allie gegenübertrat, nachdem ich ihr verklickert hatte, dass nichts aus uns werden würde. Ich war damals so von der Rolle gewesen, dass ich keine Ahnung mehr habe, was ich ihr eigentlich gesagt habe. Da sie mich danach gemieden hat, als würde ich stinken, nehme ich an, dass es nichts besonders Nettes war.

Allie ist älter geworden, natürlich. Und reifer, doch das gefällt mir. Sie ist nicht mehr das Zöpfe tragende Gör, deren Augen vor Unsinn blitzten. Sie wirkt abgeklärt und auf eine anziehende Art auch trotzig. Die ehemals etwas vollen Wangen sind nun hager und geben dem schlanken Gesicht ein gewisses Etwas. Ihre braunen Haare umschmeicheln das blasse Gesicht, doch mein Blick bleibt an ihren bernsteinfarbenen Augen hängen, die von dunklen, dichten Wimpern umrahmt sind. Der Blick aus ihnen ist so intensiv, dass ich erschaudere.

Ich abonniere ihren Kanal und klicke kurzentschlossen auf den Nachrichten-Button. Wenn Paul schon untergetaucht ist, habe ich ja vielleicht bei Allie Glück. Sie kann mir sicher sagen, wie ich ihn erreichen kann.

INSTAGRAM: *Love letters to life – by Alice*

love_letters_to_life Das Leben genießen – in allen Farben und Ausprägungen. Was für viele selbstverständlich ist, stellt mich vor große Herausforderungen. Wie Eis essen zum Beispiel. Aber ich gebe mein Bestes, bemühe mich, die schönen Seiten zu sehen und mich am Leben zu erfreuen. Schritt für Schritt. Oder heute besser Biss für Biss.

#lovelife #daslebengenießen #eisessen #icecube #live #life #loveletterstolife #dufehlst #weitermachen #nachvorneschauen #ichvermissedich #aufgebenistnicht #schrittfuerschritt #leben #lebenkannauchschoensein #lebenlernen #einatmenausatmen #einjahristnichtgenug

Kapitel 4

Ächzend lege ich meine müden Füße auf den Küchenstuhl und gönne mir einen Schluck Detox-Tee. Die Vormittage in der Kita sind deutlich anstrengender als die Spätschichten, in denen weniger Kinder zu betreuen sind. Der einzige Vorteil ist, dass ich früher Feierabend habe, und für heute habe ich mir vorgenommen, endlich unsere Bude aufzuräumen. Am Abend kommen Interessenten, um sich Pauls Zimmer anzusehen.

Ich hasse den Gedanken, bald mit einem fremden Menschen den Ort zu teilen, den ich unweigerlich mit Paul in Verbindung bringe. Hier haben wir gelebt, gelacht, gelitten. Haben gegessen, gespielt, über unsere Träume und Wünsche gesprochen und unsere Sorgen geteilt. Selbst während Pauls Krankheit war die kleine Dachgeschosswohnung unsere Oase. Ein Rückzugsort, in dem nichts Platz hatte außer er und ich und unsere verzweifelte Hoffnung, dass alles gut werden würde.

Direkt nach dem Abi sind Paul und ich hierhergezogen. Es stand außer Frage, dass wir uns zusammen eine Wohnung suchen.

Während Paul auf die Uni ging, um Kunst zu studieren, machte ich eine duale Ausbildung zur Erzieherin. Alles lief prima, wir waren glücklich. Bis es Paul von Tag zu Tag schlechter ging und die Diagnose alles veränderte.

Meine Eltern haben schon die meisten Sachen aus Pauls Zimmer abgeholt. Ich müsste endlich nach vorne schauen, haben sie gesagt und mir kaum Zeit gelassen, die Dinge zusammenzusammeln, die Paul so verdammt wichtig gewesen sind. Ich ertrage den Gedanken kaum, dass sein Leben nun verpackt in Kisten ist.

Ich reiße meine Gedanken von ihm los. Schließlich habe ich mir fest vorgenommen, dem Leben mit offenen Armen entgegenzutreten. Entschlossen arrangiere ich meine Teetasse auf dem Tisch, lege eine der Sonnenblumen daneben, die ich auf dem Nachhauseweg gekauft habe, und schieße ein Foto. Mein Instagram-Account braucht dringend neues Futter.

Ich öffne die App und checke meine Neuigkeiten. Meine Followerzahl ist dank meines Hinweises auf dem alten Kanal rasant angestiegen. Sogar ein paar Messages habe ich – ehemalige Follower, die sich ehrlich freuen, dass ich wieder da bin. Ich überfliege die Nachrichten, presse die Lippen zusammen, da in den kurzen Zeilen so viel Mitleid mitschwingt, dass ich es kaum ertragen kann.

Mein Blick bleibt an einer Nachrichtenanfrage von *Sam_I_Am* hängen. Der Name sagt mir nichts, das Profilbild gibt nicht viel her, da darauf nur ein dunkler Wuschelkopf von hinten zu sehen ist. Kurz zögere ich, ob ich mir eine weitere Nachricht geben kann, in der mir wieder und wieder gesagt wird, wie schade es ist, dass Paul so früh gehen musste. Wie unendlich traurig, unfair, gemein. Ja. Ich weiß!

– Hey, bist du Allie? Pauls Allie? Bis dann. Sam –

Ich verdrehe die Augen, weil die Nachricht so nichtssagend und gewollt cool klingt. Sam … Mein Kopf rattert. Sam I am. Sam. Plötzlich macht es Klick, und ich spucke den Tee aus, den ich gerade im Mund habe. Sam! Samuel Ian Amberger.

Ich lasse den Kopf in den Nacken sinken und schlucke schwer.

Pauls-ehemals-bester-Freund-Sam.

Der-Auslöser-meiner-Kuss-Phobie-Sam.

Zweiundzwanzig-Millionen-Instagram-Follower-Sam.

Erneut starre ich auf das Display. Womit habe ich es verdient, dass er plötzlich aus seinem Rockstarhimmel zu mir herabsteigt, um mir auf die Nerven zu gehen? Nach dem, was er sich geleistet hat, habe ich ganz sicher keinen Bedarf an seinen unverschämt grünen Augen. Oder seinem Grübchenlächeln, das die Teens rund um den Globus reihenweise umkippen lässt. Soll er bei denen sein Glück versuchen.

– Alice. Ohne Paul. –

Bevor ich es mir anders überlegen kann, klicke ich mit fest zusammengepressten Lippen auf Senden. Allie gibt es nicht mehr. Sie ist mit Paul verschwunden. Und Paul ... Ich muss ohne ihn klarkommen. Und am besten, ohne jedes Mal gleich einen Heulkrampf zu bekommen.

– Hey, Allie! Cool, dich hier zu finden. Was ist mit Paul? Habt ihr euch gestritten? Ihr wart doch immer unzertrennlich. Also, wie kann ich Paul erreichen? Auf fb antwortet er seit Tagen nicht. –

Ich starre auf das Display. Die Buchstaben verschwimmen, und energisch wische ich die Tränen weg. Als gefeierter Star von *Session One* hat Sam es nicht mehr nötig gehabt, sich bei Paul oder mir zu melden. Mir ist es damals nur recht gewesen. Nachdem er mich erst geküsst und mir keinen Tag später mein Herz gebrochen hatte, konnte er mir ohnehin gestohlen bleiben. Aber Paul hat ihn bis zum letzten Atemzug vermisst. Ich spüre die Wut in mir hochkochen. Wie ein Geschwür setzt sie sich in meinem Magen fest und lässt mich kaum klar denken. Hätte er sich in all den Jahren ein einziges Mal gemeldet, wüsste er vielleicht, dass sein ehemals bester Kumpel inzwischen unter der Erde liegt.

– Du schnallst es nicht, oder? Paul gibt es nicht mehr. –

Meine Worte sind hart, aber ich kann getrost auf einen Kerl verzichten, der seine Freunde für Ruhm im Stich lässt.

– Oh oh, da muss er aber was ziemlich Dämliches angestellt haben, dass er für dich gestorben ist. Hat er deine beste Freundin vernascht? –

Dahinter hat er ein Emoji gesetzt, das ein Auge zukneift und die Zunge rausstreckt. Ich schlucke die Tränen runter und schüttle über so viel Dummheit den Kopf. Was ist er doch nur für ein riesiges

Arschloch geworden? Erfolg verdirbt den Charakter, das wusste schon meine Großmutter. Kaum zu glauben, dass ich in diesen Kerl einmal unsterblich verliebt gewesen bin.

– Wenn du nicht zu busy bist, kannst du ihn ja auf dem Friedhof besuchen, Mister Superstar. Du kommst zu spät, Paul ist tot! –

Ich pfeffere das Smartphone auf den Küchentisch, kralle mich an meiner Teetasse fest und hoffe, dass die Wärme mein eisiges Herz auftaut. Jetzt nur nicht weinen, ermahne ich mich. Gelingt mir natürlich nicht. Zum Glück bleibt das Handy still.

Es bleibt still? Warum antwortet Sam nicht? Ich beuge mich über den Tisch, um einen Blick darauf zu werfen und sicherzugehen, dass ich keine Message verpasst habe. Doch da stehen als Letztes nur die drei Worte, die mir noch immer tief ins Herz schneiden. *Paul ist tot.*

Vielleicht hätte ich Sam etwas behutsamer darauf hinweisen sollen, schließlich sind die beiden damals die dicksten Kumpels gewesen. Ach verdammt, das war gerade echt scheiße von mir! Niemand hat verdient, dass man so mit ihm umspringt. Nicht einmal Sam.

– Gibst du mir deine Nummer? –

Zwar fürchte ich mich davor, Sams Stimme zu hören, aber das muss ich jetzt geradebiegen, und das geht am besten am Telefon. Sonst quält mich ewig das schlechte Gewissen, wenn ein neuer Drogenskandal um Sam in der Presse die Runde macht. Ungeduldig trommle ich auf die Tischplatte, bis endlich der Eingang einer neuen Nachricht angezeigt wird.

– Netter Versuch. –

Ich schüttle den Kopf und lese die zwei Worte erneut. Meint das selbstverliebte Arschloch ernsthaft, ich würde in dieser Situation versuchen, an seine Nummer zu kommen, weil ich ihn ach so toll finde? Ich schnaube wütend aus. Doch dann denke ich an Paul und daran, dass er immer nur das Beste in Sam gesehen hat. Bis zuletzt.

Ich habe ihn gerade mit einer ganz miesen Nachricht konfrontiert, kein Wunder, dass er austeilt und versucht, mich seinerseits zu verletzen.

– Okay, wenn du reden willst ... Hier ist meine Nummer: 0151 5432876 –

Ich schätze, damit habe ich meinen Patzer von vorhin wiedergutgemacht. Nun liegt der Ball in Sams Spielfeld, und wie ich ihn kenne, wird er dort lange liegen. Er wird sich nicht melden. Wie damals, als sich Paul von ihm verabschieden wollte. Da hatte Sam auch keine Zeit gefunden, sich noch einmal mit Paul zu treffen. Ein letztes Mal!

In meiner Wut gefangen, nehme ich kaum wahr, dass das Telefon klingelt. Erst als zusätzlich der Vibrationsalarm auf den Anruf aufmerksam macht, reiße ich mich zusammen und nehme ab.

»Hey«, presse ich hervor.

»Allie!«

Ich schlucke, als diese Stimme wie pures Gift in mich träufelt. Ich hatte fast vergessen, wie tief und erwachsen sie schon immer geklungen hat. Warm und einladend. Und ein bisschen verrucht. Verdammt, ich möchte diese Erinnerungen nicht haben. Nicht jetzt. Energisch schüttle ich den Kopf, atme tief ein und blinzle ein paarmal, um die Tränen zurückzudrängen, die sich schon wieder in meinen Augen sammeln.

»Hör zu, das gerade war ziemlich ...« Ich räuspere mich. »Na ja, das war echt unsensibel. Ich hätte dir das nicht einfach so hinwerfen dürfen.«

Schweigen hängt in der Leitung. Ich höre ihn atmen. Leise nur, aber er ist noch da. Schließlich kommt ein kaum wahrnehmbares: »Wann?«

»Vor einem Jahr«, gebe ich knapp Auskunft. Ein Jahr. Das hört sich wie eine Ewigkeit an, dabei ist es, als sei es erst gestern gewesen.

Wieder höre ich Sams schwere Atemzüge. Ich lasse ihm Zeit, Small Talk ist an dieser Stelle völlig unangebracht. Außerdem wüsste ich ohnehin nicht, was ich mit ihm reden sollte. Uns verbindet nichts – außer einer längst verblassten Vergangenheit, an die sich Sam ganz sicher nicht erinnert.

»Er hat sich gemeldet. Vor … keine Ahnung … ich war damals in L.A., es muss also etwas länger her gewesen sein als ein Jahr, aber …«

»Ich weiß, er wollte sich von dir verabschieden, aber du warst zu beschäftigt und hast ihn vertröstet, dass du dich später bei ihm meldest. Irgendwann«, spucke ich aus. »Jetzt ist es zu spät.«

Ich finde keine Worte dafür, wie sehr ich Sam in diesem Moment gehasst habe, weil er Pauls Wunsch abgeschmettert hat. Und Paul? Er hatte nur ein mildes Lächeln für Sam übrig und freute sich auch noch, dass es so gut für seinen Freund lief. Verdammt! Nicht einmal fünf Minuten hatte das Arschloch für den Menschen übrig, der ihn wie einen Bruder geliebt hat.

»Fuck«, kommt es wütend aus dem Telefon.

Ich nicke beipflichtend, wohl wissend, dass Sam mich nicht sehen kann.

»Es war ziemlich scheiße zu der Zeit, ich hatte wirklich keinen Kopf … Ich wusste nicht … warum hat er nichts gesagt?«

»Paul hatte Krebs, und er wollte ganz sicher kein Mitleid, verstehst du? Es wäre ihm wichtig gewesen, dass du aus freien Stücken mit ihm sprichst.« Ich atme tief ein und zwinge mich dazu, ruhiger zu werden. »Du hast dich fast sechs Jahre einen Dreck um ihn geschert. Eine einzige verdammte CD hast du ihm geschickt und die auch noch signiert, als wäre Paul irgendein Fan, der dich anhimmelt. Und nach ein paar Anrufen, während denen du nur über dich geredet hast, war Funkstille. Keine Nachricht zum Geburtstag, keine zu Weihnachten.« All die Erinnerungen kochen hoch. Auch, dass ich jedes Jahr am Abend vor meinem Geburtstag die Hoffnung hatte, dass Sam an mich denkt. Wenigstens an diesem einen Tag im Jahr. Dabei war ich doch so wütend auf ihn. »Weißt du, was das Dramatische daran ist?« Ich warte keine Antwort ab, sondern rede einfach weiter. »Alles, was er sich gewünscht hat, war, dich noch ein letztes Mal zu sehen, noch ein Mal mit dir zu quatschen, Erinnerungen aufleben zu lassen. Ich schätze, er wollte noch ein Mal das Leben spüren, das mit jedem Atemzug aus seinem Körper gewichen ist. Und du hättest ihm das geben können! Fünf Minuten, Sam! Aber selbst dafür warst du zu busy.« Ich schlucke die bittere Galle hinunter, die in mir aufsteigt. »Er hat dich vermisst, weißt du? All die Jahre hat er dich vermisst.«

Mir ist bewusst, dass meine Worte schwer wiegen. Sie sind anklagend und weisen ihm eine Schuld zu, die er nicht mehr begleichen kann. Vielleicht ist es unfair, ihm diese Bürde aufzuerlegen. Aber ich kann nicht anders.

»Aber *du* hättest mir Bescheid sagen können. Mensch Allie! Ich wusste doch nicht ...«

Ich erstarre. Und gleichzeitig leistet mein Herz Höchstarbeit. Es rast und hämmert und pocht und stolpert. Betreten senke ich den Blick. Es gibt nicht viel, was ich in meinem Leben bereue. Mich nicht intensiver um Pauls letzten Wunsch gekümmert zu haben, gehört definitiv dazu.

»Ich bin dir nichts schuldig, Sam!«

Ein schwacher Versuch, mein Verhalten vor mir selbst zu rechtfertigen. Dabei hatte ich damals einfach Schiss, auf den Kerl zu treffen, der mein Herz gebrochen hatte.

Mehr als eine halbherzige SMS an Sams alte Nummer habe ich daher nie zustande gebracht – und die ist sicher im Nirvana gelandet.

»So habe ich das nicht gemeint, Allie.«

»Alice«, weise ich ihn zurecht. Ich ertrage es nicht länger, dass er für mich den Kosenamen nutzt, der Paul vorbehalten war. Dabei ignoriere ich die Tatsache, dass ich es immer geliebt habe, wenn Sam mich so nannte. Es klang so vertraut, als würde er zu mir gehören. Aber das war damals.

Ich höre Sam seufzen. Soll er nur. Er kann gerne von mir denken, ich sei eine verbitterte Zicke. Vielleicht hat er damit ja sogar nicht ganz Unrecht. Doch gerade jetzt kann ich nicht aus meiner Haut.

»Hätte ich etwas gewusst ... Ich hätte mich wirklich gerne von Paul verabschiedet. Ich wäre zur Beerdigung gekommen.«

Tränen kullern über meine Wangen. Ich bin das Gefühl schon

so sehr gewohnt, dass es mir kaum mehr auffällt. Dennoch streiche ich mit dem Handrücken über mein Gesicht.

»Ist klar, Sam. Du wärst gekommen!«, spucke ich aus. »Hörst du dir eigentlich selbst zu? Er war dir zu Lebzeiten nicht wichtig. Warum also sollte dir sein Tod etwas bedeuten? Und jetzt geh am besten wieder auf die Bühne und mach ein paar fremde Menschen glücklich, wenn du das schon nicht bei denen schaffst, denen du mal nahegestanden hast.«

Das ist der Punkt, an dem ich das Gespräch beende und einfach auflege. Mein Herz pocht wild, und ich nehme erstaunt wahr, dass ich mich schon lange nicht mehr so lebendig gefühlt habe. Hysterisch lache ich auf. Wenn Leben das ist, der Schmerz, den ich gerade so ungefiltert fühle, dann ist es ganz und gar nicht schön. Plötzlich ist es, als hätte ich nicht nur Paul verloren. Da ist noch ein anderer Mensch, der mir einmal wichtig war. Ein Mensch, der durch die Tragik in meinem Leben in den Hintergrund getreten ist. Und den ich dennoch nie ganz vergessen konnte.

Kapitel 5

SAM

Ungläubig starre ich in den Spiegel des Salons, in den mich Brian geschickt hat, um mir eine neue Frisur verpassen zu lassen. Die Stylistin war umsichtig genug, mir Privatsphäre zu gönnen, während ich telefoniert habe. Nun, da ich das Handy wieder sinken lasse, kommt sie herangeeilt. Mit dem Kamm in der Hand und diesem professionellen Lächeln auf den dunkel geschminkten Lippen.

Sie setzt sich auf ihren Drehhocker und nimmt aus ihrer ledernen Bauchtasche die Schere heraus, um sich weiter ans Werk zu machen. Mein leerer Blick dringt durch den Spiegel, lässt sich von der glänzenden Folie nicht auffangen und reflektieren. Er verschwindet im Nichts. Einfach weg. Wie Paul! Was für ein verdammter Mist.

Ich schlucke schwer und kämpfe gegen das seltsame Gefühl an, das mich zu überrollen droht. Meine Hände zittern, und ich kralle meine Finger vorsorglich in das Leder des Friseurstuhls. Alles in mir fühlt sich taub an. Da ist kein Schmerz, keine Trauer, keine Sehnsucht. Nur eine Leere, die mich zu verschlucken droht. Vorboten eines Zustandes, den ich ganz und gar nicht mag.

Paul ist fort. Der Mensch, mit dem ich aufgewachsen bin, ist nicht mehr da. Für immer ausgelöscht. Dabei ist er doch gerade einmal ein paar Tage älter als ich! Paul. Der Kerl, der die gute Laune gepachtet zu haben schien. Der Kerl, der mehr Energie und Lebensfreude gehabt hat als jeder andere, den ich kenne. Der Kerl, mit dem ich irgendwann einmal um die Welt hatte reisen wollen. Wir hatten doch Pläne!

»Ich muss noch mal telefonieren«, murmle ich an Cindy gewandt und schenke ihr ein schwaches Lächeln. Sie lässt sich ihren Unmut nicht anmerken und steht mit einem »Klar, kein Problem« auf.

Es klingelt eine kleine Ewigkeit, und ich fürchte schon, Allie hat mich blockiert. Doch endlich nimmt sie ab.

»Ich will zu ihm«, fordere ich, bevor sie mich schon wieder mit Vorwürfen überschütten kann. Jedes ihrer Worte war so verdammt wahr. Die Last drückt so schwer auf mich, dass ich kaum atmen kann. Aber damit kann ich mich jetzt nicht aufhalten.

»Was?«

»Paul. Ich will auf den Friedhof. Also, wann hast du Zeit?«

»Wir … äh … ich … Bist du denn gerade in Berlin?«

»Ja«, gebe ich knapp Auskunft. »Also, wo muss ich hin?«

Ich hätte mit mehr Widerstand gerechnet, doch es zahlt sich aus, dass ich Allie so überfahre und ihr kaum eine Chance biete, auszuweichen. Sie gibt mir die Adresse eines Friedhofs in Weißensee durch.

»Cindy«, rufe ich die Stylistin herbei, die auch gleich angelaufen kommt. »Ich muss in einer halben Stunde los. Kriegst du das hin?«

»Wenn ich jetzt in Ruhe arbeiten kann?« Ihr Augenaufschlag ist süß, aber mir steht gerade nicht der Sinn danach, ihren Vorwurf wegzuflirten. In mir herrscht das pure Chaos. Noch ist die Tatsache, dass Paul tot ist, nicht so ganz bei mir angekommen. Das kann auch wirklich nicht sein, oder?

Cindy verpasst mir einen neuen Look, und als sie den Spiegel an meinen Hinterkopf hält und auf ein begeistertes Wow wartet, bin ich psychisch kaum mehr anwesend. Immer und immer wieder huschen meine Gedanken zurück in meine Vergangenheit. Paul, wie er seinen Bass zu Weihnachten bekommen hat und wir voller Träume unsere erste Probe im Keller von Pauls Elternhaus in den Sand gesetzt hatten. Erinnerungen, wie Paul und ich durch die Schulflure stolziert sind, als wären wir die Könige der Schule. Paul bei seinem ersten Liebeskummer, als Caro mit ihm Schluss gemacht hatte und er so down war, dass ich ihn kaum wiedererkannt habe. Warum habe ich die letzten Jahre nicht ein Mal an all die Dinge zurückgedacht, die wir gemeinsam erlebt haben? Vielleicht wäre ich dann selbst auf die Idee gekommen, mich mal bei ihm zu melden. Uns verbanden so verdammt viele Dinge. Wir hatten Träume, Ziele und Pläne. Alles zerplatzt.

Die Zeit, bis wir beim Friedhof eintreffen, zieht an mir vorüber, ohne dass ich tatsächlich etwas wahrnehme. Bevor wir aus dem Taxi aussteigen, wende ich mich an Konrad.

»Ich mache das hier alleine«, sage ich bestimmt. »Such dir doch ein Café und warte dort auf mich.«

»Sorry, Mann. Aber mein Job ist es, auf dich aufzupassen.«

»Was soll bitte schön auf einem Friedhof passieren? Glaubst du ernsthaft, dass sich Fans hinter einem Grabstein verstecken und mir an die Wäsche wollen?« Ich versuche mich an einem Lachen, doch es bleibt mir im Halse stecken. Mein Vater starb, als ich vier war. Ich erinnere mich nur noch daran, dass ich ihm mein rotes Lieblings-Matchbox-Auto ins Grab geworfen habe, als wir ihm Lebewohl sagten. Seither hasse ich Friedhöfe. Sie machen mir Angst. Noch immer.

»Ich halte mich im Hintergrund.« Konrads Lächeln ist verbindlich und zeigt mir, dass er offensichtlich von Brian gut gebrieft ist. Ihn kriege ich wohl so schnell nicht los. Grundsätzlich habe nichts dagegen, dass er mir am Arsch klebt. Ich bin es gewohnt, dass ich keinen Schritt alleine unternehmen kann, und habe in den vergangenen Jahren gelernt, meinen Schatten einfach auszublenden und damit zu leben. Aber das hier fühlt sich viel zu privat an, als dass ich einen Bodyguard mitnehmen kann. »Zieh deine Sonnenbrille an«, rät er mir.

Ich verdrehe die Augen. Während ich die Autotür aufstoße, rücke ich mir dennoch das Cap tief ins Gesicht und schiebe die dunkle Ray-Ban auf die Nase.

Der Sommer nimmt noch einmal richtig Anlauf und bäumt sich gegen den nahenden Herbst auf. Die Temperaturen sind über die Zwanzig-Grad-Marke geklettert, und in meiner schwarzen *Jonihoh*-Kluft ist mir ganz schön warm. Immerhin passt die Farbe zu diesem Anlass.

Es ist das erste Mal seit dem Tod meines Vaters, dass ich auf einen Friedhof gehe. Lange habe ich geglaubt, dass man beim Betreten eines Friedhofs selbst stirbt. Und obwohl ich heute natürlich weiß, dass das Quatsch ist, fühlt es sich gerade so an, als würde ein Teil von mir herausgerissen.

Ich atme tief ein und bilde mir ein, den Tod zu riechen. Die Erde. Das Modern. Schnell presse ich die Lippen zusammen und trete durch das Tor am Eingang des Friedhofs.

Das dumpfe Gefühl in meinem Magen will mich dazu drängen, umzudrehen, doch ich ignoriere es. Scheiße – so habe ich mir das Wiedersehen mit meinem ehemals besten Freund wahrlich nicht vorgestellt.

»Hey«, spricht mich eine gedämpfte Stimme an. »Ich dachte ja, du kneifst.«

Allie! Ich bin froh, dass ich die dunkle Sonnenbrille aufhabe und sie daher nicht sieht, wie sich meine Augen weiten. Das Mädchen, mit dem ich früher auf dem Spielplatz herumgetollt bin, ist zu einer wunderschönen Frau geworden.

»Allie«, begrüße ich sie einsilbig, weil ich keine Ahnung habe, was ich sonst sagen soll. Aus einem inneren Drang heraus schlinge ich die Arme um sie und ziehe sie eng an mich. Das Erste, das mir auffällt, ist ihr Geruch. Sie riecht nach einem Parfüm, das ich nicht kenne. Aber unter diesem Duft liegt noch etwas. Etwas, das mir seltsam vertraut vorkommt.

Mir entgeht nicht, wie sie sich versteift und ihre Arme schützend vor ihren Körper legt, also lasse ich sie schnell wieder los. Eine kilometerweite Distanz liegt zwischen uns, dabei waren wir uns mal so nah.

Ich versuche es mit einem Lächeln, ziehe einen Mundwinkel schief nach oben. Damit bin ich bislang ziemlich gut durchs Leben gekommen. Doch Allie scheint immun dagegen zu sein, ihre Gesichtszüge bleiben hart.

»Du hättest dich nicht extra schick machen müssen.« Allie deutet auf meine Klamotten. Ein leises Lächeln huscht über ihre Lippen. Sie macht sich lustig über mich. Na toll.

Ich verdrehe die Augen hinter meinen dunklen Brillengläsern und lasse meinen Blick über ihren mageren Körper gleiten.

»Ich wollte dir nur in nichts nachstehen«, kontere ich. Ihre eng geschnittenen Slacks schlabbern um die Oberschenkel und das flatterige Top betont ihre knochige Statur mehr, als dass es sie verhüllt.

Sie krallt sich an einer dunkelblauen Lederhandtasche fest und nickt auf einen von Bäumen gesäumten Kiesweg, der ins Innere des Friedhofs führt. Ich schlucke meinen Widerwillen hinunter. Das hier muss ich tun. Ich muss einfach. Also zwinge ich meine Füße dazu, sich zu bewegen. Sie sind schwer wie Beton, und es kostet mich enorme Kraft, einen Schritt nach dem anderen zu tun.

»Und? Bei dir läuft's, hab ich gesehen«, stellt sie fest, während wir durch den parkähnlichen Friedhof gehen.

Small Talk. Wie ich es hasse. Das Rauschen der Blätter macht mich nervös. Etwas in mir hofft, dass gleich Paul hinter einem Baum hervorspringt. Aber für so abgebrüht, mich mit so etwas zu verarschen, halte ich Allie dann doch nicht.

Ich seufze tonlos und lasse mich auf ihre Frage ein. »Kommt auf den Blickwinkel an. *Session One* hat sich aufgelöst.«

»Schätze, da sind einige todtraurig drüber.«

Allie kichert, und es hört sich an diesem Ort, der trotz der Sommersonne so düster wirkt, fehl am Platz an.

»Na ja, für mich ist es eine Chance. Ich arbeite gerade an meinem ersten Soloalbum«, versuche ich, mich nicht einschüchtern zu lassen, spüre aber, wie mein Selbstbewusstsein einen derben Knick bekommt. Dabei bin ich stolz darauf, dass ich es so weit gebracht habe.

»Wow!«

Wie kann man in ein einziges Wort so viel Ablehnung legen? Ob es eine gute Idee war, heute hierherzukommen? Vielleicht sollte ich einfach umdrehen, mir Konrad schnappen und in einem Taxi davonrauschen. Weg von diesem düsteren Ort, der mir Gänsehaut verschafft. Weg von der Realität, die so viel komplizierter zu sein scheint als das Leben, das ich für gewöhnlich führe.

»Paul wäre wirklich stolz auf dich.«

Ich schlucke, denn mit einem Schlag hat sich die Stimmung verändert. In Allies Stimme schwingt so viel Traurigkeit mit, so viel Schmerz, dass es mir die Luft zum Atmen nimmt.

Wind streicht durch die Blätter, und ein Schauder läuft über meinen Rücken. Ich fühle mich unwohl, und die Aussicht darauf, gleich am Grab meines ehemals besten Freundes zu stehen, macht es nicht besser.

»Erzähl mir, was passiert ist«, bitte ich Allie leise, um mich darauf vorzubereiten, gleich die letzten Zweifel auszuräumen.

Auf dem Friedhof ist es ruhig. Die Handvoll Leute, denen wir begegnen, beachtet uns nicht.

»Es fing vor gut zwei Jahren an. Paul war ständig schlapp, hatte kaum noch Appetit, und dann kamen diese Kopfschmerzen und auch noch Sehstörungen. Erst dachten wir, er hätte sich einen Virus eingefangen. Etwas, das mit ein bisschen Ruhe und Erholung wieder weggeht. Aber es wurde nicht besser, und der Ärztemarathon begann. Ein CT brachte Gewissheit: Er hatte einen Tumor zwischen beiden Gehirnhälften, der so blöd saß, dass man nicht operieren konnte. Paul war wirklich stark und hat bis zum letzten Tag gekämpft. Hat die Bestrahlung über sich ergehen lassen, die Chemo. Er hat sein komplettes Leben umgekrempelt, und zwischendrin sah es auch tatsächlich so aus, als würde der Tumor kleiner werden. Aber das Mistding hatte gestreut. Dann ging alles ziemlich schnell. Viel zu schnell.«

Allie klingt abgeklärt. Emotionslos und kühl. Sie rattert Pauls Geschichte wie eine Krankenakte herunter. Ein Blick in ihr Gesicht macht jedoch klar, dass das nur Fassade ist. Wie viel Kraft es sie kosten muss, nicht zusammenzubrechen, lässt sich nur erahnen.

Die beiden waren Zwillinge wie aus dem Bilderbuch. Obwohl sie zweieiig waren, sahen sie sich verdammt ähnlich, sie lachten über dieselben Dinge, liebten die gleiche Eissorte, und ich dachte oft, dass sie eine Seele hatten, die auf zwei Körper aufgeteilt war. Entsprechend seltsam war es für mich, als ich plötzlich Gefühle für Allie entwickelte. Sie war schließlich die Schwester meines besten Freundes! Vielleicht hatte ich mich deshalb so schnell von ihr abgewandt, als Paul mich eindringlich darum gebeten hatte, seine Schwester in Ruhe zu lassen. Dabei war der Kuss an diesem Abend im Landschulheim nicht nur der erste meines Lebens gewesen. Es war auch das Intensivste, was ich bis heute gefühlt habe.

»Es tut mir leid«, würge ich hervor. Meine Stimme klingt seltsam belegt, und ich räuspere mich, weil ich verdammt noch mal nicht weiß, was man in so einer Situation sagt. Niemand bringt einem bei, wie man mit dem Tod umgehen soll. Niemand bereitet einen darauf vor, wie es ist, einen Freund, Bruder, Partner zu verlieren.

»Tja, wem nicht«, antwortet Alice schnippisch. »Hier lang.« Sie biegt in einen schmalen Weg ein, der unter einer Kastanie endet. Das Blätterdach ist kräftig und dicht, sodass kaum Sonne durchdringt, die uns wärmen könnte.

Ich atme tief ein, versuche mich darauf vorzubereiten, was mich gleich erwarten wird. Doch das Zittern, das sich in mir ausbreitet, will sich einfach nicht kontrollieren lassen. Ich ziehe die Schultern hoch, vergrabe die Hände in den Hosentaschen, wappne mich gegen den Schmerz, der unwillkürlich kommen wird. Bis jetzt habe ich alles von mir ferngehalten, habe mir eingeredet, alles sei nur ein schlechter Scherz. Aber nichts hier ist lustig, nichts surreal. Mit einem Blick auf den marmornen Grabstein trifft mich die Gewissheit. Paul ist tot. Tot! Für immer.

Ich schlucke schwer, wende den Blick ab, als könnte ich es damit ungeschehen machen. Wenn ich es nicht sehe, ist es nicht passiert. Doch das ist natürlich naiv. Also zwinge ich mich dazu, der Realität ins Auge zu blicken. Deshalb bin ich schließlich hier.

Der Grabstein ist schlicht und doch besonders, aus einem hellen Stein geschlagen, etwas kantig, und doch wirkt er nicht brüchig. Eine Hälfte ist poliert, in die andere sind die Daten eingraviert:

Paul Brunner. *25.9.1992 †30.08.2018.

So kurz, so verdammt kurz war sein Leben. Ich könnte es noch immer nicht glauben, wenn es nicht direkt vor mir in Stein gemeißelt stehen würde. Unveränderbar.

»Das hier hat er selbst entworfen.« Allie streicht zärtlich über die polierte Seite des Grabsteins. Ein leises Lächeln huscht über ihr blasses Gesicht.

Ich brauche einen Moment, bis ich klarsehe und die Details erkenne, die in den grauen Stein graviert sind. Wie Tinte in die Haut, für immer und ewig.

Dann sehe ich einen Baum, doch statt Äste und Blätter trägt er Wörter und Buchstaben. Ich trete einen Schritt näher, achte darauf, nicht aufs Grab zu treten, was albern ist, denn Paul kann ich nicht mehr verletzen.

Neugierig beginne ich zu lesen. Doch mit jedem Buchstaben, mit jedem Wort drängt sich die Übelkeit ein Stückchen mehr in den Vordergrund. Satz für Satz erinnere ich mich.

When you look up to the sky
there will be light, so bright, so high
no matter how many years pass by
You will always be too young to die

Diese Zeilen haben Paul und ich geschrieben. Gemeinsam. Wir müssen ungefähr vierzehn oder fünfzehn gewesen sein. Damals war der Tod so fern und dennoch durch das frühe Ableben meines Vaters immer präsent. Das Thema beschäftigte mich, es faszinierte und ängstigte mich gleichermaßen. Und es ließ mich nicht mehr los. Nächtelang sprachen wir über das Danach. Über die Endlichkeit. Und die Unendlichkeit. Das Philosophieren mit Paul half mir, mit diesem Loch im Herzen klarzukommen. Es gab mir Hoffnung und nahm dem Tod etwas von seiner Schwere. Wer hätte denn schon ahnen können, dass Paul so schnell selbst damit konfrontiert werden würde?

Ungläubig schüttle ich den Kopf, versuche all die Erinnerungen, die mich überrollen, von mir fernzuhalten. Die Buchstaben verschwimmen, sie verflüchtigen sich. Steigen zum Himmel empor und verschwinden. Ich schaue ihnen nach. Doch ich kann sie nicht mehr greifen. Sie sind weg. Einfach weg. Wie Paul.

Das Zittern lässt sich kaum noch kontrollieren, es schüttelt mich, und wie ferngesteuert wende ich mich ab und renne auf die große Kastanie zu, die nur wenige Meter entfernt steht. Gerade noch rechtzeitig beuge ich mich vor, würge und krächze seltsame Laute, die mir in den Ohren schmerzen. Warum tut es so weh? Warum fühlt sich alles in mir so schmerzhaft an? Als wären Wunden in mir aufgerissen, von denen ich nicht wusste, dass sie existieren.

»Hey«, höre ich eine leise Stimme. Sie klingt so fern, und doch streift warme Atemluft meine Haut am Nacken, die mit kaltem Schweiß bedeckt ist.

Ich kann nicht atmen, kann nicht denken. Kann mich nicht rühren. Wie kann man sein, wenn die Welt plötzlich stehen bleibt und sich nicht mehr weiterdreht? Wie kann man reden, wenn es keine Worte gibt. Für das, was gerade in mir tobt? »Sam? Sag doch was.«

Ich hebe den Blick, schaue in diese hellbraunen Augen, die mir früher einmal so viel bedeutet haben. Ich blicke in ihr Gesicht, das aussieht wie eine weichere Version von Pauls, eine lieblichere. Lebendig. Wieder würgt es mich, wieder ringe ich nach Atem und will den Schmerz kontrollieren. Doch vergeblich. Meine Knie sacken weg, und ich lasse mich auf das Gras unter dem Baum sinken. Es bringt nichts, sich zu wehren. Meine Mauer ist zerbröckelt, meine Gefühle haben mich überrollt, und ich weiß zu gut, dass ich nun einfach Zeit brauche, um wieder zu mir zu kommen.

Ich setze mich, vergrabe mein Gesicht in den Händen und weine die Tränen, die ich schon vor einem Jahr hätte vergießen sollen. Doch da war ich selbst am Boden, habe mich mit Drogen und Alkohol zugepumpt und mir die Nächte in den Edel-Clubs in L.A. um die Ohren geschlagen. Unter all der Scheiße habe ich vergessen, was wirklich zählte. Ich habe Paul vergessen. Und damit die letzten Momente ungenutzt verstreichen lassen.

Es dauert ein paar Sekunden, dann spüre ich Allie. Sie ist einfach da. Wie sie auch früher immer für mich da war. Sie sitzt neben mir und wendet sich nicht ab, weil sie mich so zerstört sieht. Lässt mir Zeit, und ich weiß, wenn jemand verstehen kann, wie ich mich fühle, dann ist sie es. Das war schon immer so, und es ist beruhigend, dass sich zumindest daran nichts geändert hat.

»Wie …« Ich sauge gierig Luft ein, versuche meine zitternde Stimme in den Griff zu bekommen und starte einen neuen Anlauf. »Wie kannst du weitermachen? Wie schaffst du es, weiterzuleben, während Paul …« Ich breche ab, denn es auszusprechen, schaffe ich einfach nicht.

Allie antwortet nicht gleich. Sie scheint sich ihre Antwort gut zu überlegen. Das gibt mir Zeit. Zeit, um den Schmerz zu verarbeiten. Zeit, um wieder klarer zu werden. Schließlich lehnt sie ihren Kopf an meine Schulter und schiebt ihre Finger in meine Hand. Kurz zucke ich zurück. Noch vor wenigen Minuten hat sie mich angezickt, und ich fürchtete, sie würde mich aus tiefstem Herzen hassen. Und

45

jetzt ist es, als wäre nie etwas zwischen uns vorgefallen. Ihre Nähe ist tröstlich. Allie hatte schon immer so eine Gabe, mich zu beruhigen. Alleine ihre Anwesenheit, eine Berührung, ein Lächeln, und mir ging es besser. Keine Ahnung, wie sie es macht, und im Grunde ist es auch egal, Hauptsache, es hilft mir.

»Ich atme, Sam. Atme ein und atme aus. Immer und immer wieder. Ich esse und trinke, schlafe und wache am nächsten Morgen wieder auf. Tag für Tag. Woche für Woche. Und daran halte ich mich fest. Es wird leichter, weißt du. Mit jedem Tag ein klitzekleines Stückchen mehr.« Mühsam hebe ich den Blick und schaue sie an. Allie lächelt. Es ist nicht dieses aufgesetzte, kalte Lächeln, das sie mir vorhin geschenkt hat. Dieses hier ist echt. »Ich weiß, dass Paul da oben sitzt und von mir erwartet, dass ich weitermache. Dass ich nicht aufgebe und das Leben liebe, wie er es getan hat. An manchen Tagen gelingt mir das. An anderen bin ich meilenweit davon entfernt, aber ich arbeite daran.«

Ihre Worte sickern in mich. Einatmen. Ausatmen. Leben. Hört sich einfach an, doch das ist es sicher nicht. Ich schaue wieder geradeaus. Direkt auf dieses braune Stück Erde, unter dem mein bester Freund liegt – oder das, was die Würmer noch nicht zerfressen haben. Schnell schiebe ich den Gedanken beiseite und wische mir mit meiner freien Hand die Tränen von den Wangen.

»Sorry, ich … das hat mich gerade ziemlich umgehauen«, beeile ich mich zu sagen. Es ist mir unangenehm, dass Allie mich so sieht.

»Ich hatte ganz vergessen, dass du viel intensiver fühlst als viele andere. Es war nicht fair, dir das so vor den Latz zu knallen. Aber ich war so überrumpelt und da war diese Wut … Es tut mir echt leid, Sam. Ich bin sonst nicht so …«

»… eine Zicke?«, helfe ich ihr aus und kann nichts dagegen tun, dass sich meine Mundwinkel ein winziges Stückchen heben. Es ist weit entfernt von einem Lächeln, aber alleine diese kaum wahrnehmbare Bewegung gibt mir Hoffnung, dass Allie recht hat. Dass es besser wird. Irgendwann.

Ich kann jetzt unmöglich alleine sein. Schon die Vorstellung, mich in mein Hotelzimmer zu verkriechen und mich all den Gedanken und Gefühlen hinzugeben, versetzt mich in Panik.

In rasender Geschwindigkeit gehe ich die Palette an Dope durch, an die ich in Berlin problemlos drankommen könnte. Von meinen üblichen Hilfsmitteln kommt heute nur Gras infrage. Bei allem anderen wäre in meinem desolaten Zustand ein Horrortrip vorprogrammiert. Aber will ich das? Nichts mehr denken. Nichts mehr fühlen. Es wäre so einfach, allem aus dem Weg zu gehen. Abzutauchen in eine heile Scheinwelt, die lang nicht so rosarot ist, wie alle denken. Die allerdings eines verdammt gut kann: mich von der Realität fernhalten. Dem wahren Leben. Das funktioniert wirklich gut. Bis zu einem gewissen Punkt. Denn das Fatale daran ist, dass keines der Probleme gelöst ist, sobald die Wirkung nachlässt.

Ich würde gerne noch ein paar Stunden mit Allie verbringen, mit ihr reden und bei ihr sein. Das könnte mir guttun. Zum Gras könnte ich auch später noch greifen.

»Was hältst du davon, wenn wir noch mal von Neuem starten? Ich lad dich auf einen Kaffee ein, hast du Lust?«

Erwartungsvoll hebe ich die Augenbrauen.

Allie entzieht mir ihre Hand und fährt sich damit durch die Haare. Sicher wird ihr die Nähe langsam unangenehm. Sie seufzt. Das würde ich auch jetzt auch gerne, denn ich vermisse schon jetzt den Halt, den mir ihre Berührung gegeben hat.

»Tut mir leid, Sam. Ich kann nicht.«

»Komm schon, Allie. Lass mich nicht betteln.« Ich erschrecke, wie verzweifelt es klingt.

»Das war keine nette Umschreibung für *ich will nicht*. Ich muss wirklich nach Hause. Es kommen gleich noch ein paar Interessenten, die sich Pauls Zimmer anschauen.« Sie wendet sich mir zu und zieht ihre Augenbrauen zerknirscht zusammen.

»Was?« Meint sie das ernst? Sie kann doch nicht … »Du willst sein Zimmer vermieten?«

»Meine Eltern haben mir den Geldhahn zugedreht. Entweder ich hol mir jemanden in die WG, der Kohle zahlt, oder ich muss wieder zurück zu ihnen. Und das ist keine Option.« Sie wirkt unglücklich über diesen Zustand, was ich durchaus nachvollziehen kann. Dabei habe ich es nie selbst erlebt, Geldprobleme zu haben. »Aber was hältst du davon, wenn du einfach mitkommst? Kaffee gibt's auch bei mir zu Hause und ich wohne nicht weit von hier.« Sie lächelt aufmunternd und steht schon auf, als wäre es beschlossene Sache, dass ich ihr folgen würde.

Kurz überlege ich und schaue mich suchend nach Konrad um. Er ist in Sichtweite und läuft etwas aufgescheucht hin und her. Das Smartphone am Ohr und den Blick auf mich geheftet wirkt er unentschlossen, ob er bodyguardlike auf mich zustürmen soll oder ob er den Abstand wahrt, den er mir zugesagt hat.

»Okay, ich muss nur schnell einen Termin absagen«, beeile ich mich zu sagen und zücke mein Smartphone. Bestimmt telefoniert Konrad mit Brian und holt sich Instruktionen ab. Ich bin mir unsicher, ob er mich nicht doch gleich über die Schulter wirft und mit Blaulicht ins nächste Krankenhaus verfrachtet. Nichts darf die anstehende Tour gefährden, nicht einmal ein läppischer Schnupfen. Und schon gar kein emotionaler Zusammenbruch.

– *Ich gehe noch auf einen Kaffee mit zu Allie. Mach doch Feierabend für heute. Ich komme schon klar.* –

Während ich aufstehe, vergewissere ich mich mit einem Blick, dass Konrad meine Nachricht auch liest. Er schaut zu mir und braucht einen Moment, bis er schließlich nickt. Hoffentlich ist Allie zu abgelenkt, um meinen Leibwächter zu bemerken. Doch sie steht vor Pauls Grab und scheint ein stummes Zwiegespräch mit ihm zu führen. Ein trauriges Lächeln umschmeichelt ihre Lippen, ihre Augen schimmern feucht. Sie ist schon immer sehr einfühlsam gewesen. Eine Eigenschaft, die ich rückblickend sehr an ihr mag, denn das ist so erfrischend anders als all die Oberflächlichkeit, der ich in den letzten Jahren so oft begegnet bin.

»Lass uns gehen«, murmle ich und lege eine Hand auf ihre Schulter. Sie zuckt nicht zurück, wie ich erwartet habe, sondern schaut mich nur an, als hätte ich sie aus einem Traum gerissen. Doch leider ist das alles hier real.

Ihr Blick ist intensiv und dauert einen Tick zu lange. Das scheint Allie auch zu merken. Sie räuspert sich. Was sie wohl in meinem Gesicht gesucht hat? Habe ich mich in den letzten Jahren sehr verändert? Einerseits hoffe ich das, schließlich möchte ich nicht mehr der pickelige Teenie sein, der ich einmal war. Andererseits wünsche ich mir die Vertrautheit zurück, die das Zusammensein mit Allie ausgemacht hat.

Kapitel 6

Ich hatte mir fest vorgenommen, wütend auf Sam zu sein. Schließlich hat er Paul im Stich gelassen. Er hat mich im Stich gelassen. Aber jetzt, da ich ihm all das an den Kopf werfen oder ihm zumindest die kalte Schulter zeigen könnte, ist nichts mehr da von den Gefühlen, die bis vor einer Stunde so mächtig in mir getobt haben.

Ihn so zerstört zu sehen, hat all meine Wut verpuffen lassen. Pauls Tod berührt ihn. Und das lässt meine Mauer bröckeln.

Hier an Pauls Grab blitzte gerade ein ganz anderes Gesicht auf als das, welches mir in den letzten Jahren in den Medien begegnet war. Kein arroganter, selbstverliebter Rockstar. Sondern der Mensch, den ich von früher kenne. Damals war Sam empathisch, sensibel und einfühlsam. Er schien Gefühle viel stärker wahrzunehmen als andere. Seine etwas andere Art brachte ihm nicht gerade den Ruf des coolsten Jungen der Schule ein. Ich fand diese weichen Züge allerdings extrem interessant und anziehend.

Meine Mutter ist sich bis heute sicher, dass Sam hochsensibel ist. Der trampeligen Art nach zu urteilen, wie er damals mit mir Schluss gemacht hatte, bin ich mir da allerdings nicht so sicher.

Den Weg zu meiner Wohnung verbringen wir schweigend. Ich kann mir gut vorstellen, dass in Sams Kopf die Erinnerungen an Paul herumwirbeln. Für ihn muss es wie ein Schlag ins Gesicht sein, etwas, das ihn völlig überrennt. Ich konnte mich wenigstens auf den Tag vorbereiten, an dem der Atem aus dem Körper meines Zwillings gewichen ist, und Abschied nehmen. Es tat weh – natürlich. Aber noch heute geben mir Pauls letzte Worte Kraft. »Sei mutig«, riet er mir und lächelte mich liebevoll an. Es war so ehrlich, so echt, dass ich es wohl niemals wieder vergessen werde.

Mutig sein – eine Eigenschaft, die er bis dahin für uns beide übernommen hatte. Mich hinter ihm zu verstecken und nur dann meinen Kopf hervorzustrecken, wenn keine Gefahr mehr lauerte, war so einfach gewesen.

»Hier wohne ich«, breche ich schließlich die Stille und deute auf eine Altbautür, die ihre besten Jahre schon lange hinter sich hat.

Das Treppenhaus riecht muffig, und ich fürchte fast, Sam dreht gleich um. Sicher ist er Besseres gewohnt als diesen Altbau, in dem der Putz von den Wänden bröckelt und die Holzdielen bei jedem Schritt knarzen.

»Ich hoffe, du bist fit, wir müssen in den fünften Stock.« Ich liebe es, dass die Wohnung unter dem Dach liegt und ich in der Nacht den Sternenhimmel bewundern kann. Da nehme ich das tägliche Pensum an Sport gerne in Kauf.

»Umziehen macht hier bestimmt Spaß!«, unkt Sam, der hinter mir die Treppen hochsteigt. Einhundertdrei Stufen sind es – im Normalfall zähle ich jede Einzelne davon, heute fehlt mir dazu die Konzentration.

Ich schließe die Tür auf und bitte Sam hinein.

»Hier …«, murmle ich verlegen und zeige ihm den Weg in die Küche. »Ich muss noch schnell ein paar Sachen aufräumen, bevor die Bewerber kommen. Mach es dir doch gemütlich. Um Kaffee kümmere ich mich gleich.«

Schon stürme ich ins Badezimmer. Natürlich liegt hier nichts rum, alles ist an seinem Platz und schreit danach, dass ich nur einen Vorwand gesucht habe, um in Ruhe durchzuatmen und zu Verstand zu kommen. Immer wieder sage ich mir, dass es nur Sam ist. Sam, den ich schon in den peinlichsten Situationen erlebt habe. Der nackt durch unseren Garten gesprungen ist – als Kind natürlich. Sam, der so oft bei uns übernachtet hat, wenn seine Mom wieder einmal länger arbeiten musste.

Er klingt sogar noch wie früher. Und sein Duft ist so vertraut. Warum also macht er mich nervös? Ist es die Tatsache, dass er ein gefeierter Mega-Star ist? Dass er inzwischen eine Ausstrahlung hat, die wahnsinnig einnehmend ist und der auch ich mich nicht entziehen kann? Oder etwa, dass mein Herz ein mieser Verräter ist und offensichtlich unter Alzheimer leidet? Erinnert es sich denn nicht, dass er mich damals so sehr verletzt hat, dass ich noch Jahre später Probleme hatte, einem Kerl zu vertrauen?

Ich halte den Atem an, zähle bis zehn und schüttle anschließend den Kopf, denn nichts in mir fühlt sich entspannter an, nichts ist ruhiger und gelassener geworden. Im Gegenteil.

Aus der Küche höre ich eine gedämpfte Stimme – offensichtlich telefoniert Sam. Ich möchte wirklich nicht lauschen, aber hier im Altbau ist alles so hellhörig, dass ich unwillkürlich jedes Wort verstehe.

»Wir müssen noch mal ins Studio ... Ja, schon klar, dass das schwierig ist ... du schaffst das ... Du weißt, was wir brauchen ... Ja, das ist gut ... okay ... Das Geld ist es wert ... Wenn ich es doch sage ... ja, die gesamte Band ... Trommle sie zusammen.«

Länger kann ich es mit meinem Gewissen nicht vereinbaren, dass ich auf der anderen Seite der Tür stehe und alles mit anhöre, ohne, dass Sam davon weiß.

Also gehe ich zurück in die Küche, schalte die Kaffeemaschine an und stelle einen Topf Sojamilch auf den Herd.

»Ja, ich bin mir sicher ... Mach dich an die Arbeit ... Danke! Bis dann.«

Sam legt das Handy auf den Tisch und blickt in eine unbestimmte Ferne. Als er mich bemerkt, deutet er entschuldigend darauf. »Sorry, ich musste mal telefonieren.«

Ich nicke und nehme zwei Becher aus dem Küchenschrank. Kurz überlege ich, ob ich Pauls Lieblingstasse nehmen soll, schließlich ist es ein besonderer Anlass. Aber ich hüte seine Sachen wie einen Schatz, und so bringe ich es auch heute nicht über mich, sie zu benutzen.

Während die Kaffeemaschine aufheizt, lehne ich mich an die Arbeitsplatte. Es ist seltsam, Sam hier in meiner Küche sitzen zu sehen. Er ist älter geworden – klar – aber die kleinen Fältchen um seine Augen und der Bartschatten machen ihn wirklich attraktiv.

Ich werfe einen kurzen Blick auf die dünnen schwarzen Linien, die unter den hochgekrempelten Ärmeln seines Hemdes hervorlugen. Die Tattoos sehen aus wie viele zusammengewürfelte Einzelbilder, und doch ergeben sie ein Gesamtwerk, das in sich stimmig ist. Ob er am gesamten Körper tätowiert ist?

»Wie trinkst du ihn?«, will ich wissen und wende schnell den Blick ab, bevor ich rot werde, weil ich mir gerade überlege, ob Sam immer noch einen Sixpack hat. Einen tätowierten Sixpack. Schnell zwinge ich meine Gedanken zurück zu den Getränken.

»Hast du einen Wodka da? Grappa? Oder was anderes, mit dem ich den Kaffee strecken könnte?«

»Äh …« Ich drehe und wende mich, auf der Suche nach einer Ecke, in der sich noch Alkohol verstecken könnte. Herrje, es ist gerade einmal Nachmittag, und der Kerl will schon etwas Hartes trinken?

»Haha, Allie, du müsstest mal dein Gesicht sehen. Du glaubst auch jedes Musikerklischee, oder?« Sein tiefes Lachen ist ansteckend, und es löst so viel von meiner Anspannung und Nervosität, dass ich nicht anders kann, als einzustimmen.

»Ich dachte echt, du hättest ein Alkoholproblem«, gebe ich erleichtert zu, als ich mich langsam wieder beruhige.

»Es gibt sicher Menschen, die würden dir zustimmen. Und zugegeben, nach den Neuigkeiten hätte ich auch nichts gegen einen Schnaps. Aber nicht im Kaffee. Den kriege ich sonst nicht runter. Wenn du hast, wäre ein Schluck Milch prima.« Seine Augen tragen noch immer das Lachen in sich, und ich brauche eine Sekunde, um mich von dem Anblick loszureißen, der mich an Zeiten erinnert, die ich fast schon vergessen habe. In meinem Bauch kribbelt es, und ich öffne schnell die Kühlschranktür, um mich abzulenken.

»Oh … ich … ähm. Ich kann dir nur Sojamilch anbieten. Ich bin nicht wirklich auf Besuch eingestellt.«

»Sojamilch«, murmelt er nachdenklich. »Bist du jetzt auch auf diesem veganen Trip?«

Ich drehe Sam den Rücken zu, stelle eine Tasse unter die Kaffeemaschine und schalte sie ein. Geräuschvoll mahlt die Maschine die Bohnen zu Pulver und presst anschließend Wasser hindurch.

»Damals, als Paul von dem Tumor erfahren hat, hat er seine Ernährung radikal umgestellt. Kein Fleisch, keine Milchprodukte, kein Zucker. Es schien zu funktionieren, zumindest wuchs der Tumor nicht, und Paul fühlte sich gut. Ich hab das einfach mitgemacht«, gebe ich achselzuckend zu. Ich bin in den veganen Lebensstil einfach so reingeschliddert. Damals war das einzige Ziel, Paul beim Überleben zu helfen.

»Und jetzt? Ich meine, du könntest ...«

Ich stelle die volle Kaffeetasse energischer als beabsichtigt vor Sam auf den Tisch. Dann presse ich die Lippen zusammen, um mich zu sammeln. Kurz überlege ich, ob ich mit der Tierschützerkeule schwingen soll, doch wozu sollte ich Sam anlügen?

»Als Zwilling von Paul habe ich ein erhöhtes Risiko, selbst an Krebs zu erkranken. Ich habe schlichtweg Angst, verstehst du? Außerdem ... so übel ist es gar nicht. Also? Willst du Sojamilch, oder nicht?«

»Klar, warum nicht.« Er schenkt mir ein versöhnliches Lächeln und streckt mir die Kaffeetasse entgegen.

»Ich schäum sie noch schnell auf, warte.« Die Tasse stelle ich auf die Arbeitsplatte und wende mich wieder dem Herd zu. »Wie läuft das jetzt mit deiner Solokarriere?«, versuche ich ein halbwegs normales Gespräch zustande zu bekommen.

»Weiß nicht«, brummt er. »Was willst du wissen?«

»Wovon handeln deine Songs?«

»Von diesem und jenem«, gibt er wortkarg Auskunft und wirft einen nervösen Blick auf sein Smartphone.

»Ah, interessant. Und deine Band, ist die gut?«

»Ja.«

»Super. Sag mal, warum bist du eigentlich mitgekommen, wenn du offensichtlich keine Lust auf eine Unterhaltung hast?«, frage ich betont freundlich und verziehe meinen Mund zu einem gekünstelten Lächeln. Ich drücke ihm seinen Milchkaffee in die Hand und setze mich an die andere Seite des Tisches.

Mein Blick huscht kurz zur Küchenuhr. In fünf Minuten müssten die Bewerber kommen.

»Allie, ich ...« Er atmet tief ein, sein Blick wirkt seltsam unsicher. Er klammert sich an seiner Kaffeetasse fest und versucht sich an einem Lächeln. »Mir wirbelt gerade so unendlich viel im Kopf herum. Paul. Du ... Irgendwie fühlt es sich echt verrückt an, hier zu sitzen und mit dir über meine Musik zu reden. So, als wäre nie etwas gewesen. Ich kann das nicht. Ich muss erst …« Sam atmet geräuschvoll ein und fährt sich mit den Händen durch seine wuscheligen Haare. »Allie, wegen damals …«

Ich hebe abwehrend die Hand. Plötzlich ist dieses seltsame Gefühl wieder da. Es ist so drückend und füllt mich aus. All die Jahre habe ich es als Wut bezeichnet. Wut. Trifft es das wirklich?

»Nicht, Sam. Es ist doch alles okay«, gebe ich vor und zwinge mir ein Lächeln auf die Lippen. Aber Sam schüttelt tadelnd den Kopf.

»Vielleicht glaubst du mir das nicht, aber ich kenne dich, Allie. Du bist verletzt und auch sauer, dass ich damals einfach gegangen bin und mich nicht mehr gemeldet habe. Das war Scheiße, ja! Aber ich war jung, und die ganze Sache hat mich maßlos überfordert.«

Sam schüttelt in Erinnerung daran den Kopf, sodass seine dunklen Locken hüpfen.

»Es war absolut verrückt. Überall diese Menschen, die schier in Ohnmacht gefallen sind, wenn sie mich gesehen haben. Die ständigen Interviews, Berichte über uns, Gigs … Mein komplettes Leben hatte sich innerhalb weniger Wochen verändert, und über all das habe ich vieles vergessen. Wer ich bin zum Beispiel. Was mir wichtig ist und was im Leben wirklich zählt. Ich habe meine Freunde, aber auch meine Familie vernachlässigt. Glaub mir, da bin ich echt nicht stolz drauf. Es tut mir leid, dass ich nicht für Paul da war. Und auch, dass ich dich im Stich gelassen habe. Wirklich. Aber ich kann es nicht mehr ändern. Verstehst du?« Sam streckt seine Hand nach mir aus und berührt zaghaft meine Finger, die auf der Tischoberfläche liegen. Obwohl sich alles in mir anspannt, weil diese Berührung so plötzlich kommt, lasse ich es zu und zucke nicht zurück.

»Ich will es in Zukunft besser machen. Paul bringt das nichts mehr. Aber dir hoffentlich. Wer weiß, vielleicht schaffen wir es ja sogar, Freunde zu sein. Wenn du das willst.«

Freunde. Wie soll das funktionieren? So viele Jahre sind inzwischen vergangen, so vieles hat sich verändert. Wir kennen uns doch gar nicht mehr.

Sams Worte wirbeln in meinem Kopf herum. Für einen feinfühligen Menschen wie Sam muss es der Himmel und die Hölle zugleich gewesen sein. Denn bei all den positiven Erlebnissen, die er gerade geschildert hat, weiß ich, wie sehr ihn all der Trubel geschlaucht haben muss. Dass er es so weit gebracht hat, grenzt an ein Wunder.

»Wann genau startet dein Comeback? Ich schätze, das wird dich genauso überrollen, wie damals der Erfolg mit *Session One*. Ich hab gehört, du bist gut«, lenke ich ab, um irgendwas zu sagen. Ich sollte auf seine sehr persönlichen Worte reagieren, sollte seine Entschuldigung annehmen – oder auch abschlagen. Doch wie kann ich ihm vertrauen? Wie kann ich sichergehen, dass sich nicht all das wiederholen wird, was mich vor so vielen Jahren verletzt hat?

»Im November. Und mir ist klar, worauf du hinauswillst. Warum sich mit mir abgeben, wenn ich dann ohnehin wieder verschwinde? Aber weißt du was? Man kann aus Fehlern lernen, selbst ich kann das. Zwar werde ich dir nicht versprechen, dass ich der perfekte Freund bin, der nie etwas falsch macht. Aber ich … lass mich wenigstens versuchen, es wiedergutzumachen, ja?«

Ich grinse gequält. Mein Herz pocht viel zu schnell. Die Sekunden zerrinnen. Und schließlich schüttle ich den Kopf.

»Weißt du, Sam, normalerweise verhandelt man nicht, ob man befreundet ist, oder nicht. Freundschaft ist kein Business. Und es gibt auch keine Verträge. Freundschaft ist ein Gefühl. Und Gefühle kann man nicht erzwingen.«

»Okay«, sagt Sam matt, trinkt seine Tasse aus und steht auf. »Ich verstehe. Trotz allem …« Offensichtlich ringt er nach Worten. »Es war schön, dich wiederzusehen, Allie.« Sein Blick ist traurig und seine Schultern hängen.

Unentschlossen wendet er sich ab, und bevor er davon gehen kann, halte ich ihn am Handgelenk fest und seufze auf.

»Gibst du immer so schnell auf, Mister Superstar? Bist es wohl nicht gewohnt, dass man dir nicht hinterherläuft, oder?« Er kneift die Augenbrauen zusammen und versteht offensichtlich nicht, worauf ich hinauswill. »Jetzt setz dich. Ich hab doch gar nicht gesagt, dass ich nicht mit dir befreundet sein will. Es hat mal Zeiten gegeben, da hab ich dich echt gemocht. Vielleicht ist der Kerl ja noch irgendwo in dir drin.« Ich grinse ihn frech an. »Du hast wirklich verlernt, wie normale Menschen miteinander umgehen.« Ich muss grinsen und lege den Kopf schief.

Unsicher steht er vor mir. Seine Schultern hängen, und seine sonst so strahlenden Augen blicken mich fragend an. Offensichtlich fällt es uns beiden nicht leicht, einen passenden Umgang miteinander zu finden.

»Meine Freundin, Marlene, ist ein ziemlich großer Fan von euch«, wechsele ich daher das Thema und versuche es mit Small Talk. Dabei finde ich es eigentlich ganz sympathisch, ihn so unsicher zu sehen. Mister Weltstar. Pff.

»Du meinst von *Session One*?« Endlich setzt er sich wieder und ich entspanne etwas. Er verschränkt die Arme vor seiner Brust und presst die Lippen zu einem schmalen Strich zusammen. Es braucht wohl noch etwas Zeit, bis er sich wohlfühlt.

»Eigentlich ist sie nur scharf auf Ben, oder wie der heißt.«

»Auf Ben stehen ziemlich viele Girls.« Sam grinst. Sein Lächeln wirkt verhalten und hat nichts mit diesem großspurigen Superstar-Gehabe gemein, das ich mal im Fernsehen an ihm gesehen habe. Ich mag es. »Ich könnte ihr ein Autogramm besorgen«, bietet Sam an und glaubt wohl, dass er mir damit einen Gefallen tun würde.

»Äh nein, dann werde ich sie niemals wieder los. Gott, sie wird einen Herzinfarkt bekommen, wenn sie erfährt, dass du mit mir Kaffee getrunken hast.« Vielleicht sollte ich ihr das einfach verschweigen. Allzu oft werden Sam und ich uns ohnehin nicht sehen, wenn er in zwei Monaten schon wieder seine Zeit in seine Karriere stecken wird. Da kann er mir viel versprechen – erwarten werde ich erst mal nichts.

»Also streng genommen trinken wir Sojamilch. Mit einem Klacks Kaffee. Das ist etwas gänzlich anderes«, neckt er mich, und ich freue mich, dass sich die Stimmung zwischen uns langsam etwas entspannt.

Wieder werfe ich einen Blick auf meine Uhr. Seit ein paar Minuten läuft die Besichtigungszeit, und normalerweise geht es schon eher zu wie im Taubenschlag. Heute rührt sich nichts. Niemand möchte meine Wohnung sehen. Warum?

»Magst du mir jetzt vielleicht was von deiner Band erzählen? Wie läuft das, wenn du solo durchstartest? Hast du deine Musiker über eine Anzeige gesucht, oder wie muss ich mir das vorstellen?«

Sam lacht und schüttelt den Kopf. »Nein, mein Manager hat sich ein paar Musiker angeschaut und eine Vorauswahl getroffen. Wir haben uns dann zusammengesetzt und ein bisschen Musik gemacht. Die Chemie muss stimmen, weißt du?«

»Okay. Und jetzt seid ihr vier oder fünf gut aussehende Jungs und macht einen auf *Session One 2*?«

»Wir sind zu viert. Und gut aussehend ist wohl nur einer.«

»Oh, eitel sind wir gar nicht, Samuel Ian Amberger!« Ich schüttle den Kopf und lache. In dem Moment macht es mir gar nichts aus, dass er so dermaßen von sich selbst überzeugt ist, dass einem schlecht davon werden könnte.

»Gott, Allie! Ich habe Mika damit gemeint. Mein Schlagzeuger modelt nebenher für Calvin Klein.« Er zwinkert mir kurz zu und verzieht amüsiert den Mund. Offensichtlich erwartet er, dass ich in Verzückung gerate. Den Gefallen tu ich ihm aber nicht.

»Schade, ich stehe eher so auf Hugo Boss«, gebe ich achselzuckend Auskunft.

Die Zeit verrinnt und niemand klingelt. Seltsam. Was ist da los? Hatte ich etwa in der Annonce eine falsche Uhrzeit hinterlegt? Nachdenklich entsperre ich mein Handy. Doch ein Blick auf die Anzeige bestätigt mir, dass genau jetzt meine Türklingel glühen müsste.

»Was ist los? Du wirkst etwas nervös.«

»Nichts. Die Bewerber für das Zimmer … ich schätze, es will keiner sehen.«

»Hattest du mit großem Andrang gerechnet?«

»Na ja, letzte Woche haben sie mir die Türen eingerannt. Es liegt nicht gerade schlecht und ist bezahlbar. Bislang haben sich leider nur Spacken vorgestellt, und ich hab auf heute gehofft. Aber wenn jetzt niemand mehr kommt, um das Zimmer anzuschauen, werde ich wohl einen von denen nehmen müssen.« Als sei Sam eine Idee gekommen, steht er auf und geht zum Fenster. Ein kaum hörbares *Fuck* entschlüpft seinem Mund, doch als er mich auf sich zukommen sieht, setzt er schon wieder dieses Lächeln auf, das jeden Widerstand zwecklos macht.

»Hast du noch ein Glas Wasser für mich?«, bittet er mich. »Und vielleicht eine Aspirin oder Ibuprofen?«

»Oh, hast du Kopfschmerzen?« Mist, hat ihm der Besuch auf dem Friedhof etwa so zugesetzt? »Klar, warte …« Ich eile ins Badezimmer und komme mit einer Schachtel Schmerzmittel zurück. Sam hängt schon wieder am Handy und tippt eilig eine Nachricht ein. Sicher hätte er etwas Wichtigeres zu tun, als sich mit mir zu unterhalten. »Hier.« Ich reiche ihm den Blister und lasse ein Glas Wasser volllaufen. Geübt wirft sich Sam die Tablette ein und spült sie runter.

»Was hältst du davon, wenn ich es nehme?«

»Was? Häh? Was willst du nehmen?«

»Das Zimmer. Ich könnte hier einziehen«, schlägt er vor.

»Nein, Sam … du …« Das geht nicht, weil … verdammt, wo sind all die erdrückenden Argumente? »Du wohnst doch sicher in einer Villa. Mit fünfzig Zimmern, dreißig Bädern und einem Pool.« Sam lacht, und augenblicklich erinnere ich mich an seinen Spruch mit den Musikerklischees. »Okay, streich das mit dem Pool, das wäre übertrieben. Aber ich habe die acht Sportwagen vergessen.« Ich hebe erwartungsvoll die Augenbrauen. »Wo wohnst du überhaupt? Ich meine, wo ist dein Zuhause?«

»Nirgends.«

»Nirgends?«, echoe ich verständnislos.

»Na ja, ich habe eine Clubkarte im Four Seasons und nehme mir ein Zimmer, wo ich gerade gebraucht werde.«

»Hotel. Verstehe. Und wenn du mal nicht *gebraucht* wirst? Wo bist du dann?«

»Worauf willst du hinaus?«

»Na ja, wenn dich jemand fragt, wo du wohnst, antwortet man normalerweise mit etwas wie ›Oh, ich hab eine nette Wohnung in Berlin, Frankfurt, London oder New York‹ oder auch ›Mein Zuhause ist ein Nest in Schottland. Dort habe ich ein Cottage, nichts Besonders, aber für mich und meine Windhunde ist es ein schöner Rückzugsort.‹ Irgendwas, wo du hingehörst.«

Sam hebt gequält die Schultern. »Ich habe ein Klavier. Na ja, es ist eher ein E-Piano. Und ein eigenes Kissen. Zählt das?« Er zieht die Augenbrauen hoch und wartet auf mein Lachen. Doch das bleibt mir im Hals stecken.

»Okay, keine Villa. Aber ernsthaft, Sam. Was willst du mit einem WG-Zimmer in einem schmuddeligen Berliner Altbau?« Außerdem sieht alleine sein Hemd so aus, als sei es teurer als eine Monatsmiete meiner Wohnung. Von der dicken Uhr und den vielen Ringen an seinen Fingern, die sicher aus Platin oder mindestens Weißgold sind, ganz zu schweigen.

»Du hättest jemanden, der die Miete für das Zimmer zahlt und kaum da ist. Und ich hätte meine erste eigene Wohnung. Mit fast siebenundzwanzig ist das echt überfällig, findest du nicht auch?«

»Aber … Mensch, du kannst doch nicht die ganze Zeit Miete zahlen für etwas, das du nicht nutzt. Da würde ich mich total mies fühlen.« Plötzlich fällt der Groschen. Es geht ums Geld und darum, dass er seine Schuld begleichen möchte. Doch kein besonders guter Freund für meinen Bruder gewesen zu sein, kann man nicht in Euro-Noten aufwiegen. Bestimmt schüttle ich den Kopf. »Nein, Sam. Das geht echt nicht. Du bist mir nichts schuldig.«

»Wieso schuldig? Komm schon. Wir hätten beide etwas davon. Ich hab noch zwei Monate, bevor es wieder richtig losgeht. Das Hotelzimmer erdrückt mich, und du könntest mir beibringen, wie man mit normalen Menschen umgeht. Etwas vom echten Leben zeigen.« Er zwinkert schelmisch, und bevor er mich mit seinem Grinsen absolut wehrlos macht, seufze ich und hebe abwehrend die Hände.

Sam tagtäglich zu sehen ist eine Verlockung, der wohl tausende Mädchen ohne zu überlegen nachgegeben hätten. Was sage ich, wahrscheinlich sind es sogar ein paar Millionen, wenn man sich die Followerzahlen auf seinen Social-Media-Kanälen anschaut. Aber ich bin nun mal keine von ihnen. Und dennoch bringe ich ein klares Nein nicht über die Lippen.

Was also lässt mich zögern? Ist es die Aussicht darauf, mit ihm über Paul reden zu können, ohne, dass ich ein genervtes Augenverdrehen kassiere, wie es aktuell bei meinen Freundinnen der Fall ist? Dass ich mit ihm in Erinnerungen schwelgen kann, in denen Paul lebendig sind. Oder haben mich seine Worte weich werden lassen? Er ist einsam, und ich kann ihn doch unmöglich weiter in diesem anonymen Hotelzimmer verrotten lassen.

»Herrje, Sam! Was denkst du dir dabei? Ich gebe dir höchstens eine Woche, dann wird das normale Leben zu anstrengend, und du gehst freiwillig zurück ins Hotel. Hier gibt es nämlich keine Putzfrau und keinen Wäscheservice. Den Einkauf teilen wir uns übrigens, und die Miete ist zum Ersten fällig. Keine Drogen, sonst bist du raus. Verstanden?«

Erst da merke ich, dass ich mich bereits entschieden habe. Erschrocken schlage ich mir die Hände vor den Mund. Auch Sam scheint mit dieser Antwort nicht gerechnet zu haben, doch das Lächeln, das sich auf seinem Gesicht ausbreitet, ist so strahlend, dass ein Rückzieher unmöglich ist.

Das kann nur in einer Katastrophe enden. Aber besser als die ungepflegten, muffigen Typen und die auf High Heels stolzierende Diva, die ich sonst in Pauls Zimmer einquartieren müsste, ist Sam allemal. Es ist nur für zwei Monate. Und notfalls tauche ich in den wenigen Wochen, in denen Sam noch anwesend ist, einfach bei Marlene unter.

»Das heißt, ich hab das Zimmer?« Plötzlich wirkt Sam wie ein kleiner Junge. Aufregung spiegelt sich in seinen Augen, und er ist kaum mehr zu halten. »Kann ich es sehen?«

Stimmt, außer der Küche kennt er noch nichts. Umso erstaunlicher, dass er das Zimmer so unbedingt haben wollte. Also nicke ich zaghaft und stehe auf, um ihm die Wohnung zu zeigen. Sams erstes eigenes Zuhause, wie mir klar wird.

Die Tür zu Pauls Zimmer ist angelehnt. Es gibt mir das Gefühl, er könnte immer noch da sein und jeden Augenblick herausspazieren.

»Es stehen noch ein paar Kartons rum«, entschuldige ich mich bei Sam und stoße die Tür auf, um ihn hereinzubitten. Ich bin nicht oft hier drin, weil es mir schwerfällt, all die Erinnerungen beiseitezuschieben. »Wenn du mir sagst, wann du einziehen willst, schaffe ich den Kram rechtzeitig weg.«

»Keine Eile«, sagt Sam, tritt in das Zimmer und blickt sich neugierig um. »Ich kann dir auch helfen.«

Er wirft einen Blick aus dem Panoramafenster, durch das ich gerne den Sternenhimmel betrachte.

»Es gefällt mir. Wo muss ich unterschreiben?« Sams Stimme hallt im kahlen Raum und macht mir die Leere, die seit über einem Jahr in diesem Zimmer hängt schmerzlich bewusst.

Ich suche Sams Blick. Er lächelt und wirkt plötzlich aufgeregt. Ich zucke mit den Schultern. Nun denn … Sam Amber ist offensichtlich mein neuer Mitbewohner. Das wird mir nicht einmal Marlene glauben.

INSTAGRAM: *Love letters to life – by Alice*

love_letters_to_life Ich laufe, laufe vorwärts, schaue nicht zurück, der Sonne entgegen, Stück für Stück.
Mein Herz drängt vor und nicht zurück, hinein ins Leben. Und ins Glück

#lovelife #daslebengenießen #vorwärts #sportistmord #live #life #loveletterstolife #dufehlst #weitermachen #schrittfuerschritt #leben #lebenkannauchschoensein #einatmenausatmen #einjahristnichtgenug #inbewegungbleiben #glückistmachtbar #weitergehts #nichtaufgeben #sporthilft #selbstmotivation #selbstliebe #achtsamkeit

Kapitel 7

Ich atme tief ein, als die Tür ins Schloss fällt, und eile die Treppenstufen nach unten. Das Holz knarrt unter meinen Schritten, die harten Absätze meiner Schuhe machen einen Höllenlärm.

Scheiße – so habe ich mir den Tag wahrlich nicht vorgestellt. Wenn es überhaupt etwas Gutes heute gab, dann, dass ich den ersten Mietvertrag meines Lebens unterschrieben habe. Der Schlüssel steckt in meiner Hosentasche und wartet nur darauf, von mir genutzt zu werden.

Zugegeben, viel Zeit werde ich in der Bude sicher nicht verbringen können, aber Allie hilft es, wenn ich einen Teil der Miete übernehme. Zumindest das kann ich tun, wenn ich schon bei Paul versagt habe.

Dass sich jemand Fremdes in Pauls Zimmer breitmacht, konnte ich unmöglich zulassen. Obwohl ich erst heute von seinem Tod erfahren habe, muss ich das bisschen, das von ihm geblieben ist, schützen. Zum Glück hat Allie den Köder geschluckt. Und bei Brian dürfte mir diese Aktion auch noch ein paar Pluspunkte einbringen, ihm stößt es ohnehin auf, dass ich mich im *Four Seasons* einquartiert habe.

Konrad wartet auf der anderen Straßenseite. An die Wand gelehnt und seinen Blick auf die Haustür geheftet wirkt er eher wie ein Dieb, der sein neuestes Objekt ausspioniert. Wortlos laufe ich an ihm vorbei und gehe davon aus, dass er mir folgt.

»Was war los?«, frage ich schließlich, als ich mir sicher bin, dass er in Hörweite ist. Das schwarze Cap habe ich wie immer, wenn ich unterwegs bin, tief ins Gesicht gezogen, die Sonnenbrille wirkt um diese Uhrzeit albern, deshalb halte ich lieber den Kopf gesenkt und vermeide Blickkontakt mit den wenigen Passanten, die mir entgegenkommen.

»Du hättest mich wirklich vorwarnen können, dass ich eine ganze Meute abwimmeln muss. Hat deine Flamme gleich in den sozialen Medien herumposaunt, wo du zu finden bist?«

»Du hast die Bewerber für ein WG-Zimmer in Allies Wohnung weggeschickt«, erkläre ich matt. »Die wussten nichts davon, dass ich da war«

»Was? Shit! Ich dachte echt, ich muss Verstärkung ordern. Die Gruppe konnte ich unmöglich zu euch durchlassen. Na ja, deine Freundin wird's verkraften und bald jemanden finden. Gibt ja genügend, die ein Zimmer suchen.«

Seine Hand landet auf meiner Schulter. Missmutig schüttle ich sie ab. Ich vertraue ihm. Zu einhundert Prozent. Aber er ist nicht mein Freund, was soll dann so eine kumpelhafte Geste?

»Ich werde hier einziehen«, gebe ich knapp Auskunft.

»Was?« Konrad bleibt einen Moment wie angewurzelt stehen, schließt aber schnell wieder zu mir auf.

»Du hast schon richtig gehört.« Konrad stöhnt genervt auf. Ich habe keine Ahnung, welcher Film gerade bei ihm abläuft, also werfe ich ihm einen fragenden Blick zu. »Gibt es Einwände?«

»Na ja, eine normale Wohnung? Im Hotel gibt es jede Menge Angestellte, die deine Privatsphäre wahren und aufpassen, dass niemand in deine Suite eindringt. Da gibt es Kameras und einen Wachdienst. Ich hoffe nur, Brian erwartet nicht, dass ich Tag und Nacht hier Schmiere stehe.«

Jetzt bleibe ich stehen und mustere meinen Bodyguard. Er ist kaum größer als ich, wirkt aber durch seine muskulöse Gestalt massiger und damit auch gefährlicher. Dennoch schüchtert er mich nicht ein. Im Grunde ist er in Ordnung.

»Weißt du was, Konrad?« Mich nervt seine Jammerei. »Warum heuerst du nicht bei einem B-Promi an, wenn du keinen Bock auf deinen Job hast? Ich hab heute nämlich echt keinen Nerv auf dein Geflenne. Wenn ich mich recht erinnere, bekommst du kein allzu schlechtes Gehalt dafür, dass du Tag und Nacht Schmiere stehst, wie du es nennst. Also reiß dich zusammen, oder geh mir verdammt noch mal aus den Augen.«

»Wow, was geht denn bei dir ab?« Der verständnislose Blick, den er mir zuwirft, bringt mich zurück in die Realität.

Ich reibe mir über die Augen, versuche, mich zu beruhigen, doch jetzt, da Allies Nähe mich nicht mehr ablenken kann, überrollt mich die Gewissheit mit voller Wucht.

»Sorry, Mann. Ich wollte nicht …« Ich atme tief ein. Die Erinnerungen an Paul bohren sich tief in meinen Kopf. »Der Mittag war ganz schön heftig.«

»Kein Thema. Du scheinst ganz schön durch den Wind zu sein. Willst du drüber reden?«

Ich schüttle energisch den Kopf und stöhne gequält.

»Ich vertraue dir zwar mein Leben an, Konrad, aber das bedeutet nicht, dass wir über jeden Scheiß reden müssen, ja? Gönn wenigstens du mir ein bisschen Privatsphäre«, blocke ich automatisch ab. »Ich komme klar.«

Dennoch fühlt sich Konrads Hand, die auf meiner Schulter landet seltsam tröstlich an. Diesmal schüttle ich sie nicht ab.

»Soll ich ein Taxi rufen?«, fragt er schließlich und ist schon bereit für den Sprung auf die Straße.

»Hat Brian dir Bescheid gesagt, welches Studio er klargemacht hat?« Ich habe keine Ahnung, wo ich hinmuss und bin stillschweigend davon ausgegangen, Konrad hätte Instruktionen erhalten.

»Studio? Ich weiß von nichts.« Im nächsten Moment hat er schon das Handy am Ohr und gönnt mir somit eine kleine Auszeit, um mich zu sammeln.

»Und?«, frage ich nach, als er auflegt.

»Das Blackbeard.« Konrad winkt ein Taxi ran, und wir steigen ein. Ich nicke anerkennend. Das Studio, das hoch über der Spree liegt hat bei Künstlern aus der ganzen Welt einen guten Name inne.

»Ich soll dir ausrichten, dass die Jungs nicht gerade begeistert sind.«

Ich presse die Lippen zu einem Strich zusammen. Wie soll ich ihnen auch erklären, dass mich jetzt nur noch die Musik retten kann. Hätte ich ein innigeres Verhältnis zu meinen Bandkollegen, hätte ich sie vielleicht zu einer gemeinsamen Jam-Session überredet.

Aber diese Distanz, die ich einfach nicht überbrücken kann, lässt mir keine Wahl.

»*Gravity* war noch nicht perfekt. Für eine Single-Auskopplung ist mir das zu schwach.« Eine miese Ausrede, denn die Jungs haben natürlich gute Arbeit geleistet und die Single wird einschlagen. Jeder Ton, jede Nuance sitzt.

»Erzähl das Brian.«

Die Stadt rauscht an uns vorüber. Mein Bein wippt unkontrolliert auf und ab, und ich fühle mich, als wäre ich auf einem ziemlich miesen Trip hängen geblieben. Immer und immer wieder tauchen Bilder von Paul vor meinem inneren Auge auf.

»Halten Sie da mal an«, weise ich den Taxifahrer an, als ein Supermarkt in Sichtweite kommt. »Hier.« Ich strecke Konrad einen Hundert-Euro-Schein hin. »Kannst du mir einen Whiskey holen? Aber keinen so billigen amerikanischen Scheiß, ja?«

Konrad schaut mich durchdringend an.

»Hältst du das für eine gute Idee?«

Ich seufze und schüttle unschlüssig den Kopf.

»Mach einfach«, entgegne ich matt und lasse meinen Kopf an die Nackenstütze sinken. Einen Moment später höre ich die Autotür öffnen und zuknallen.

Die Minuten kriechen unendlich langsam vorwärts. Ich weiß nicht, wie lange ich es noch in diesem Wagen aushalte. Die Gedanken machen mich wahnsinnig. Warum? Warum bin ich nur so selbstsüchtig gewesen und habe ihn abgewimmelt, als er sich gemeldet hat?

»Ich hoffe, der passt.« Konrad streckt mir eine Papiertüte mit einer Flasche entgegen. Ich mache mir nicht die Mühe, nachzuschauen, welchen Tropfen er gekauft hatte. Es ist schlichtweg egal, was meine flatternden Nerven beruhigt.

Lennox und Elián warten bereits vor dem Blackbeard und scheinen sich blendend zu verstehen. Doch wieder einmal kippt die Stimmung, als ich aus dem Auto steige und sie mich sehen. Ich nehme es durchaus wahr, dass ihr Lachen verstummt und sich ihre Körperhaltung verändert. Sie sind sauer, das ist mir klar, doch darauf kann ich gerade keine Rücksicht nehmen. Dennoch schlucke ich, denn diese Gefühle gehen heute tiefer an als anderen Tagen, an denen ich alles an mir abprallen lasse. Pauls Tod hat gehörig an meinen Mauern gerüttelt.

»Alles klar, Jungs?« Ich lächle sie mit diesem Lächeln an, das mir dank jahrelanger Übung selbst dann über die Lippen kommt, wenn mir sterbensschlecht ist. »Wo ist Mika?«

»Der hängt noch auf 'nem Modeljob fest. Kommt später«, informiert mich Lennox.

Ich nicke, stürme an den beiden vorbei und hole den Aufzug. Ungeduldig drücke ich mehrfach den Knopf, hämmere darauf ein. Die Unruhe, die in mir tobt, ist kaum auszuhalten. Meine Hand krallt sich um den Hals der Whiskey-Flasche.

Endlich schieben sich die Türen zur Seite und ich hechte in das Innere des Metallkastens. Die anderen folgen mir wortlos. Ich kann ihren Unmut förmlich spüren und hasse die Tatsache, dass mein Schutzschild Risse bekommen hat. Ich muss mich schleunigst wieder in den Griff kriegen. Alles ungefiltert wahrzunehmen, Stimmung aufzusaugen, Befindlichkeiten zu erfassen ist entgegen der Meinung vieler kein Geschenk. Ich habe im Laufe der Jahre gelernt, mich zu schützen. Mich auf mich zu konzentrieren und den Rest um mich herum auszublenden. Heute weiß ich, dass ich nicht für das Glück oder das Seelenheil der anderen zuständig bin. Ich muss auf mich selbst achten. Sonst tut es nämlich niemand.

Diese Art, mit meiner Veranlagung umzugehen, hat mir den Ruf eingebracht, arrogant und selbstverliebt zu sein. Ich würde es am ehesten distanziert nennen. Für mich ist es meine ganz persönliche Strategie, um in dieser Welt zu überleben.

Sie werden sich schon einkriegen, wenn wir erst mal Musik machen, bete ich mir vor und meide weiter den Blick der anderen.

Oben angekommen begrüßt uns eine zierliche Angestellte, die es offensichtlich kaum erwarten kann, ins Wochenende zu verschwinden. In Rekordzeit zeigt sie uns das Studio, verweist uns auf das Handbuch für die Technik und zeigt, wo die Kaffeemaschine steht. Schließlich drückt sie mir einen Schlüssel in die Hand und lässt uns zurück.

Ich reiße erst mal die Fenster im Aufenthaltsbereich auf und drehe mich zu meiner Band um.

»Könnt ihr schon mal alles aufbauen, bitte?«, bemühe ich mich um einen freundlicheren Tonfall.

»Brian meinte, Mika müsste auch gleich mit dem Drum-Set aufschlagen. Und Jordan ist auch schon auf dem Weg, um die Technik zu übernehmen. Ich würde dann Feierabend machen. Außer du brauchst mich noch, Sam?« Mein Bodyguard schaut mich abwartend an. Ich weiß, dass Freizeit für ihn rar ist. Immer auf Abruf, genießt er die wenigen Gelegenheiten, in denen er mich sicher in einer Location weiß, in der keine Gefahr lauert.

»Erhol dich gut«, murmle ich. »Ich geh mich mal einsingen.« Ich schaue auf die Flasche, die ich noch immer wie einen Rettungsanker umklammere.

Schon laufe ich zu dem kleinen Raum, den ich beim Rundgang als mein ganz persönliches Reich auserkoren habe, und schließe die Tür hinter mir. Zitternd lehne ich mich an die Wand und lasse den Kopf gegen die kühle Mauer sinken. Mein Herz rast, der Kopf hämmert. Ich will … Ich muss … Ich schraube erst mal die Flasche auf, und bevor ich einen großen Schluck nehme, starre ich auf die goldbraune Flüssigkeit.

»Auf dich, du verrückter Scheißkerl. Ich werde dich vermissen.«

Ich setze die Flasche an und trinke. Der Kloß in meinem Hals macht es mir fast unmöglich, zu schlucken. Der Alkohol brennt in der Kehle, und ich verziehe angewidert das Gesicht.

Doch natürlich bleibt immer dann, wenn man auf einen Kick wartet, die Wirkung aus. Resigniert nehme ich einen weiteren Schluck. Und noch einen. Tränen steigen mir in die Augen, weil der Alkohol zu scharf ist. Oder mich nun doch die Traurigkeit übermannt. Wer weiß das schon? Ich wische sie wütend weg, aber immer weiter drückt die nasse Flut gegen meine Lider. Die Bilder in meinem Kopf wollen nicht verschwinden. Pauls Lachen dröhnt in meinen Ohren. Er war lebensfroh und immer gut drauf. Von uns beiden war er der Coole, derjenige, der bei allen beliebt gewesen ist. Ich habe ihn bewundert, ihn verehrt und geliebt wie einen Bruder.

Wieder setze ich die Flasche an. Wann wirkt der verdammte Alkohol? Wann vernebelt mir das Gesöff endlich die Gedanken? Ich will nicht mehr an Paul denken, nicht an den Tod. Und auch nicht an das Leben. Ich will gar nichts mehr denken, sehne mir ein Vakuum herbei, in dem ich existiere.

Plötzlich drängt sich Allie in meine Gedanken. Allie, die durch Pauls Tod sichtlich gezeichnet ist, aber die sich so tapfer ins Leben zurückkämpft und nicht ans Aufgeben denkt. Sie ist stark, viel stärker als ich.

Es tut verdammt weh, Paul gehen lassen zu müssen. Aber die Welt dreht sich weiter. Das habe ich schon damals gelernt, als mein Vater bei diesem Autounfall ums Leben kam.

Ein Klopfen, das wie Donnerschläge an der Tür hallt, reißt mich aus meinen Gedanken. Verwirrt schaue ich auf das Weiß des Türblatts, unfähig, sie aufzumachen.

»Was?«, herrsche ich mein unbekanntes Gegenüber an. Ich will meine Ruhe, verdammt!

»Wir wären dann so weit. Wann willst du starten?«, höre ich Elián gedämpft fragen. Unwillkürlich schüttle ich den Kopf. Ich will nicht … ich will nicht … ich muss. Ich seufze tief.

»Ich komme gleich«, sage ich matt und stoße mich von der Wand ab. Meine Kiefer schmerzen, so fest habe ich die Zähne in den letzten Minuten zusammengebissen. Keine besonders gute Ausgangslage, um gleich zu singen. Eilig suche ich einen Spiegel und mache ein paar Übungen, um meine Gesichtsmuskulatur zu lockern. Erschreckt stelle ich fest, wie müde ich aussehe. Meine Augen sind gerötet, meine Lippen blass und schmal. Alles an mir sieht übel aus und macht mich wütend. Verdammt, manchmal kann ich diesen Kerl, der mir da aus dem Spiegel entgegenblickt, selbst nicht leiden.

Angeekelt wende ich mich ab, drehe den Wasserhahn auf und versuche mit kaltem Wasser, das Schlimmste abzuwaschen. Aber die Scham, dass ich bei meinem besten Freund versagt habe, klebt wie Pech an mir. So fest und so lange ich auch rubbele, diesen Makel werde ich niemals wieder loswerden.

Ich recke das Kinn und atme tief ein. Ich darf nicht zulassen, dass mich Pauls Schicksal in die Tiefe reißt. Ich kann nichts tun. Ich kann nichts mehr tun!

Doch ich kann dieses Mantra noch so oft wiederholen – es verfehlt seine Wirkung, denn im Herzen weiß ich ganz genau, dass es mein Problem ist. Und nun für immer bleiben wird.

Einen tiefen Atemzug später schiebe ich all die Gedanken beiseite. Wie ich es schon so oft in meinem Leben getan habe. Ich habe Übung darin, Gefühle einfach von mir fernzuhalten. Wie sonst hätte ich all den Wahnsinn durchstehen können? Auch heute wird es mich retten, dass ich einfach eine Wand zwischen mich und das Leben schiebe. Mich abschirme von all den Dingen, die ohne diese Mauer ungefiltert auf mich einprasseln. Entschlossen öffne ich die weiße Tür, stürme den Gang entlang. Die schwarz-weißen Porträtaufnahmen wirken, als würden die Künstler Spalier für mich stehen. Ich meide ihre Blicke, will nicht sehen, dass sie mich durchschaut haben. Dass sie wissen, wie dünn meine Fassade ist.

»Hey«, kommt Mika auf mich zu und streckt seine Hand aus. Er trägt ein weißes, eng anliegendes Hemd, das vorteilhaft seine durchtrainierte Figur umschmeichelt, ihn aber viel zu seriös für die Studioaufnahmen erscheinen lässt. Seine Haare sind frisch gestylt und sein Gesicht perfekt abgetönt. Hätte Lennox es mir nicht bereits gesteckt, wüsste ich spätestens jetzt, dass er bis vor wenigen Minuten auf einem Fotoshoot war.

»Wenn dir das nächste Mal ein anderer Job wichtiger ist, war's das«, zische ich. Schon während ich ihn so anfahre, bereue ich meine Worte. Es ist nicht fair, meinen Frust an ihm auszulassen. Wir alle haben noch ein Leben neben der Musik – ich sollte das wirklich wissen, denn während meiner Zeit bei *Session One* hatte ich unzählige Werbedeals, die mir ein ganz gutes Sümmchen eingebracht haben.

Als ich mich an ihm vorbeischiebe, um in den Aufnahmeraum zu gelangen, nehme ich aus den Augenwinkeln wahr, wie Mikas Lächeln auf dem Gesicht gefriert. Als könne er mich nicht ganz einschätzen, verengt er die Augen zu Schlitzen und folgt mir.

»Brian habe ich doch gesagt, dass ich noch ein Shooting habe«, verteidigt er sich. »Außerdem kann ich mich nicht erinnern, dir meine Seele verschrieben zu haben.«

»Doch«, widerspreche ich energisch und drehe mich zu ihm um.

»Wenn du hier mitmachen willst, dann erwarte ich, dass du voll und ganz und ohne Wenn und Aber bei unserer Sache dabei bist.«

»Du meinst *deine* Sache«, klugscheißt der Eins-neunzig-Mann, der die Drums spielen kann wie kein anderer. Ich verdrehe die Augen.

»Das gilt übrigens für euch alle.« Lennox und Elián halten Abstand und beäugen mich misstrauisch. »Wir gehen noch mal an *Gravity* ran.«

Ein Blick in die Runde zeigt mir, dass die Jungs gute Arbeit geleistet und den Aufnahmeraum bereits vollständig vorbereitet haben. Die Instrumente sind verkabelt, das Drumset hinter Plexiglas verstaut und die Miks verteilt. Selbst den Ploppschutz haben sie vor mein Mikrofon gespannt, als hätten sie geahnt, dass ich heute zu angespannt bin, um eine harte Aussprache zu vermeiden.

»Die Aufnahmen sind perfekt«, begehrt Lennox leise auf. Als ich mich ihm zuwende, verstummt der Bassist, den ich aus einem bestehenden Engagement herausgelöst habe. Ich bin so begeistert von seinem Groove gewesen, dass ich ihn unbedingt in meiner Band haben musste. Der Kerl hat das gewisse Etwas, schafft das perfekte Fundament für meine Vocals und macht sie zu etwas Besonderem.

Er ist Musiker durch und durch. Ich mag seine ruhige Art und die Liebe, mit der er mit seinem Bass zu verschmelzen scheint. Ihn spielen zu hören, ist jedes Mal aufs Neue ein Genuss. Einfach die Augen schließen und mich fallen lassen. Lennox' Teppich gewebt aus tiefen, dumpfen Tönen fängt mich auf.

»Tatsächlich?. Ich bin da anderer Meinung. Die Aufnahmen sind ein lebloses Stück Scheiße. Besonders *Gravity* fehlt die Seele, das gewisse Etwas, das jedem die Haare auf den Armen aufstellt. Also alles auf Anfang und diesmal bitte mit mehr Gefühl. Und wo ist Jordan, verdammt noch mal?«

Ich blicke in die Runde, doch alle zucken mit den Schultern. In ihren Gesichtern spiegelt sich Unverständnis.

»Muss man denn alles selber machen?«, maule ich und stürme in den Technikraum. Aber auch hier ist die Luft nicht besser. Die Wolke aus Schwermut lässt sich einfach nicht abschütteln und folgt mir, wo ich auch hingehe. Ich setze mich hinter das Mischpult, das die

Jungs schon perfekt ausgesteuert haben. Die Technik ähnelt der in anderen Studios und ist mir daher recht vertraut. »Dann eben keine Live-Session. Wir fangen mit der Bassline an. Die anderen: raus!«, pfeffere ich meine Anweisung ins Mikro, das meine Worte direkt in den Aufnahmeraum gibt.

Unzählige Male jage ich Lennox durch die Bassline.

»Lass uns eine Pause machen«, schlägt Mika irgendwann vor und legt eine Hand auf meine Schulter. Seine Stimme ist ruhig und bestimmt.

Ich schüttle energisch den Kopf.

»Wir haben nur das Wochenende, und wenn wir in dem Tempo weitermachen ... Keine Pause.« Ich wische mir über das Gesicht. Das grelle Licht im Technikraum blendet mich und schmerzt in meinem Kopf. »Lennox, dein Einsatz.«

»Was ist los mit dir, Sam? Siehst du nicht, dass das so überhaupt nichts bringt? Jetzt mal ernsthaft, wenn du die Jungs weiter unter Druck setzt, kriegst du ganz bestimmt nicht, wonach du suchst.«

»Hast du eine beschissene Ahnung, was ich suche?«, blaffe ich ihn an. »Wir ziehen das durch, bis *Gravity* so ist, wie es der verdammte Song verdient hat. Verstanden? Und wenn es die ganze Nacht dauert, bis Lennox diese scheiß Bassline endlich so spielt, dass es passt.«

Mika schiebt sich vor das Mikro und drückt den Knopf, der seine Stimme direkt ins Aufnahmestudio schaltet. »Wir machen eine Pause, Lennox. Komm raus.«

Ich funkele Mika an. Meint er etwa, nur, weil er heute in Calvin Klein aufläuft, kann er sich als Boss aufspielen? Ich bin immer noch derjenige, dessen Name auf der CD stehen wird. Es sind meine Songs. Meine Seele, die in jedem Ton, in jedem Wort steckt.

»Tu. Das. Nie. Wieder!«, zische ich und beiße anschließend meine Zähne so fest zusammen, dass meine Kiefermuskeln verkrampfen.

»Sonst was?« Herausfordernd schaut er zu mir runter, aber so leicht lasse ich mich nicht einschüchtern.

»Mein Team. Meine Regeln! Wir machen weiter.«

»Sam! Jetzt komm mal runter. Dir muss doch klar sein, dass das so überhaupt nichts bringt.«

Als er an mir vorbeiläuft, rempelt er mich scheinbar unabsichtlich an. Ich strauchle und halte mich an dem Mischpult fest.

Ich klicke darauf herum, versuche mich abzulenken. Ich wollte doch nur in die Musik abtauchen, wollte alles vergessen, wollte nicht mehr an Paul denken und daran, dass ich versagt habe. Aber es klappt nicht. Das, was mir in all den Jahren immer zuverlässig aus jedem Loch geholfen hat, lässt mich heute im Stich. Dabei ist die Musik alles, was mir noch geblieben ist. Scheiße!

Jeder Muskel in mir spannt sich an. Ich brülle und schreie, ich schlage auf die Wand ein und nehme schließlich aus einem unbändigen Drang heraus den Hocker, der in der Ecke steht, und schleudere ihn mit voller Wucht quer durch den Raum. Mit einem ohrenbetäubenden Krach schlägt er auf das Glas, hinter dem die Platin-Platte von *Hero Seven* hängt. Erschrocken halte ich inne. Höre nur meinen viel zu schnellen Atem, mein rasendes Herz. Blut rauscht in meinen Ohren. Laut. Viel zu laut. Verdammt!

Mutlos sacke ich in mich zusammen, starre auf das Desaster, das ich angerichtet habe. Überall liegen Glasscherben, die Schallplatte ist in der Hälfte gebrochen. Scheiße! Was habe ich nur getan? Meine Hände zittern, meine Augen brennen. Mir ist übel. Ich will nicht mehr. Ich will einfach nicht mehr. Es tut so weh, so unendlich weh. Wann hört es denn endlich auf?

Ich atme. Atme ein. Und atme aus. Immer wieder, so wie Allie es getan hat. Ich kämpfe gegen den Schmerz an, der so mächtig ist und mein Herz zu zerstören droht. Ich spüre, wie es bricht. In so viele Stücke, dass ich Angst habe, es niemals wieder kitten zu können. Krampfhaft suche ich nach Erinnerungen. Paul. Mein Vater. Da ist Allie. Verzweifelt kralle ich mich an ihr fest, lasse nicht zu, dass sie aus meinem Kopf verschwindet und Platz macht für die dunklen Gedanken, die mir eine verdammte Angst einjagen.

Für Paul kann ich nichts mehr tun. Doch Allie lebt. Ich lebe. Bin ich es ihr nicht schuldig, dass ich ihr der Freund bin, der ich für Paul nicht sein konnte?

Mühsam hieve ich mich hoch, vermeide es, den zertrümmerten Bilderrahmen anzuschauen, kann aber in der Enge des Raumes dem Ausmaß meiner Zerstörungswut nicht entrinnen.

»Sam?«, höre ich plötzlich Brian. Seine Stimme ist sanft und doch sehr klar und bestimmt. Ich drehe mich verwirrt in die Richtung, in der ich meinen Manager vermute.

»Brian«, sage ich ehrlich erfreut und torkle auf ihn zu. »Was machst du hier?«

»Die Band, sie machen sich Sorgen.«

»Ja, ich …« Ich lache hysterisch auf und fange schon wieder an zu heulen. Kraftlos lasse ich mich zurück auf den Boden sinken und zeige auf die Glasscherben. »Ich bin ausgetickt … ich … ich zahl das …«

Ich vergrabe mein Gesicht in den Händen, versuche mich zu beruhigen, aber die Tränen lassen sich einfach nicht stoppen.

Er setzt sich zu mir auf den Boden, und legt seine Hand auf meine bebende Schulter.

»Hör zu, Sam, du hast es hier drin.« Ich hebe den Blick und sehe durch einen Tränenschleier, wie er sich auf sein Herz klopft und väterlich lächelt. Was redet er da? »Deine Songs könnten Musikgeschichte schreiben. Und wenn du ganz in die Musik abtauchst, dann ist es ein Geschenk, dir dabei zuzuhören, dich zu sehen und deine tiefe Liebe zu spüren. Aber, es soll dich nicht kaputtmachen, verstehst du?«

»Die Musik hilft mir!«, empöre ich mich. Ich schlucke, wische meine Wangen trocken und schaue Brian direkt in die Augen, der die Situation offensichtlich falsch interpretiert. »Paul ist tot.«

Stille. Sie dröhnt in meinen Ohren.

Einatmen. Ausatmen.

Es auszusprechen tut verdammt weh. Die Worte schmecken bitter, sie sind sperrig, obwohl sie so kurz sind.

»Oh«, sagt Brian schließlich, da ich nicht weiterrede. »Wer ist Paul?«

Mein Brustkorb bebt, und ich bin mir nicht sicher, ob ich es fertigbringe, jetzt schon zu sprechen. Also nehme ich mir Zeit. Lachen dringt in diesen kleinen Raum. Wie können sie lachen?

Einatmen. Ausatmen.

»Du hattest mich gebeten, alte Freundschaften aufzufrischen.« Ich hebe resigniert die Arme. »Tja. Mein bester Freund ist nicht mehr da.«

»Das tut mir leid«, sagt Brian ehrlich bewegt. Seine Hand klopft auf meine Schulter. Sicher meint er es tröstend, doch die Last drückt so schwer auf mich, dass ich es nicht länger ertrage. Also verändere ich meine Sitzposition, sodass ich ihn anschauen kann.

»Mir auch.«

»Komm, wir machen Feierabend für heute. Wenn du willst, gehen wir zusammen ein Bier trinken und du erzählst ein bisschen von ... Paul.«

»Nein!« Panik steigt in mir auf. »Die Musik ... ich brauche sie. Jetzt!«

Brian fährt sich übers Gesicht und schüttelt schließlich den Kopf.

»Sam! Die Band packt gerade zusammen. Ich habe sie nach Hause geschickt. Und du«, er legt den Kopf schief. »Du kommst am besten mit zu mir. Das Wochenende über kannst du im Gästezimmer schlafen.«

»Was?« Ich reiße die Augen auf. »Nein, nein, nein, nein! Ich bleibe hier. Ich will ... ich muss ... Verdammt! Ich zieh das auf meine Weise durch.« Wie kann ich Brian nur klarmachen, dass ich nicht einfach nur rumsitzen und Däumchen drehen kann. Tausend Gedanken und Gefühle wirbeln in meinem Kopf herum. Sie machen mich schwindelig. Sie machen mich verrückt.

»Sam. Sam! Ernsthaft! Ich kann dich in dem Zustand nicht alleine lassen. Komm mit. Meine Frau wird sich freuen, dich kennenzulernen. Und meine Tochter wird ausrasten.« Er grinst schief, doch das täuscht mich nicht über die Bedeutung dessen hinweg, was er unterschwellig mit seinem Angebot andeutet: Er traut mir nicht.

»Du denkst nicht ernsthaft ...« Ich starre ihn ungläubig an. »Doch, du denkst es«, stelle ich resigniert fest. »Okay, ich hab ein Tief, aber deshalb bringe ich mich doch nicht gleich selbst um!«

»Es wäre nicht das erste Mal, dass ein talentierter Sänger vor seinem Solo-Start kalte Füße bekommt«, erwidert Brian ernst und scheint gespannt auf meine Reaktion zu sein. »Und ganz ehrlich: Ich bin nicht bereit, dich in den Club 27 ziehen zu lassen. Dort oben sind schon viel zu viele junge Ausnahmekünstler.«

»Noch mal für dich zum Mitschreiben: Ich bekomme keine kalten Füße, und der Druck ist mir nicht zu groß! Es geht hier nicht um mich, verstehst du? Paul ist tot. Es ist doch normal, dass mich das aus der Bahn wirft. Wenn ich das mit einem Schulterzucken abtun würde, dann würde ich mir an deiner Stelle Gedanken machen, dass etwas nicht stimmt.« Ich fahre mir durch die Haare, atme tief ein, um mich wieder zu beruhigen. »Alles, was ich will, ist Musik machen. Lass mich das Wochenende hierbleiben. Bitte. Ich verspreche dir, dass ich nichts mehr demoliere, und am Montag kriegst du einen neuen Song. Ist das ein Deal?«

Brian zieht seine Stirn in Falten und scheint meinen Vorschlag zu durchdenken. Das ist immerhin kein Nein, und ich überlege, wie ich damit umgehen soll, wenn er mir diesen Wunsch dennoch verwehrt. Er meint es nur gut mit mir, aber ich weiß selbst am besten, was ich brauche. Trauer ist ein Gefühl. Und wie bei allem, was mit Emotionen zu tun hat, gibt es nicht nur den einen richtigen Weg.

»Sam, ich weiß nicht.«

»Brian, das war keine Bitte!« Mein Ton wird bestimmter, mein Entschluss steht fest.

»Wir machen es so: Du schickst mir morgens, mittags und abends eine Nachricht. Ich komme vorbei – unangekündigt und zu ganz unterschiedlichen Uhrzeiten. Und ich warne dich: Wenn ich dich zugekokst in einer Ecke finde, oder du dir sonst etwas antust, haben wir ein Date in der Hölle! Das meine ich bitterernst, mein Lieber! Du wirst keinen Gedanken daran verschwenden, aufzugeben, hast du verstanden?«

Ich nicke eifrig. »Ich gebe nicht auf. Niemals!«, krächze ich, und mein Herz trommelt zur Bestätigung schnell. Mein Entschluss, das Wochenende auch ohne Band durchzuziehen, erfüllt mich mit Freude. Ich werde Musik machen, werde an neuen Songs schreiben. Vielleicht bringe ich den Song zu Ende, den Paul und ich vor ein paar Jahren begonnen haben und dessen Zeilen nun seinen Grabstein zieren. Vielleicht ist das ja mein Weg, um damit klarzukommen.

Kapitel 8

»Stell dich noch mal hier hin. Mit dem Rücken zu mir und dann schaust du über die Schulter. Und lächeln nicht vergessen!« Marlene knipst gefühlte hundert Fotos von mir und schwärmt, wie toll das Licht ist. Die Sonne bricht in goldenen Strahlen durch das sattgrüne Blätterdach der großen Eiche am See. Der Himmel ist wolkenlos, und der Sommer scheint sich einen weiteren Tag vom Herbst zu klauen. Mir soll es recht sein. Die Sonne wärmt nicht nur meine Haut, sondern auch meine Seele. »Warte, ich nehme noch schnell einen anderen Filter. Nicht bewegen.« Ich verharre in der Position, in die sie mich dirigiert hat, und schließe die Augen.

Ich habe es Marlene zu verdanken, dass ich an einem Samstagmorgen bereits wach bin. Sie liebt das morgendliche Spätsommerlicht und wollte unbedingt ihr neues Objektiv für die Spiegelreflex-Kamera ausprobieren.

Das Dauergrinsen strengt mich an. Obwohl es von Tag zu Tag besser wird und sich ein Lachen lange nicht mehr so gekünstelt anfühlt wie noch vor ein paar Monaten, ist es ungewohnt, mich auf mich selbst zu fokussieren.

Dies ist gefühlt die hundertste Einstellung. Früher waren solche Fotoshootings an der Tagesordnung. Wir haben oft an einem Tag mehrere Szenen nachgestellt, um sie auf unserem Kanal zu posten. Heute mache ich das nur Marlene zuliebe, weil sie eine neue Kamera hat und ihr neues Equipment ausprobieren möchte. Vielleicht fällt ja auch ein neues Profilbild für meinen Kanal ab, eines, auf dem ich endlich wieder lache.

»Bin so weit«, flötet meine Freundin gut gelaunt und kommt mit der Kamera in der Hand auf mich zu. Schon schieben sich meine Mundwinkel nach oben, und ich schaue verschmitzt in die Kamera.

»Supersüß. Ja, genau so. Prima. Und jetzt noch ein paar nachdenkliche Pics. Schau mal in die Ferne und denk an was Schönes.«

Ich tue, wie mir gesagt wird, und ändere meine Haltung. Ich drehe Marlene mein Profil zu und lächle sanft, schließlich will ich optimistisch aussehen, fröhlich und verliebt ins Leben. Doch als ich meine Gedanken loslasse, gefriert mir das Lächeln auf den Lippen, denn plötzlich schiebt sich Sam vor mein inneres Auge. Ich schlucke. Er hat so traurig gewirkt, als wir gestern Paul besucht haben. Fast schon gebrochen. Vielleicht sollte ich mal bei ihm anrufen, um zu fragen, ob auch alles okay ist. Irgendeinen Vorwand würde ich sicher finden, jetzt, da er offiziell mein Mitbewohner ist, gibt es so einiges zu besprechen. Wann er vorhat einzuziehen, zum Beispiel.

»Alice!«, mault Marlene genervt. »Du guckst wie 'ne verschreckte Ente. Hast du einen Geist gesehen?«

Ich kichere. Für manche ist Sam sicher eine nebulöse Lichtgestalt. Aber ich kann bezeugen, dass der Kerl aus Fleisch und Blut ist.

Ich habe Marlene noch nichts davon erzählt, dass ich Pauls Zimmer vermietet habe. Um bei der Wahrheit zu bleiben, habe ich ihr die gestrige Begegnung mit Sam komplett verschwiegen. Bewusst, denn ich hatte einfach keinen Nerv auf ihr *Session One*-Rumgeschwärme. Mir schwirrt auch so genug im Kopf herum.

»Denk mal an einen heißen Kerl! Ronaldo zum Beispiel.« Ich verziehe das Gesicht und schüttle energisch den Kopf. »Okay, dann … dann … Harry Styles?« Kurz überlege ich, doch wieder kassiert sie ein Nein. Der Typ ist heiß, aber leider kann er Sam nicht im Geringsten das Wasser reichen. »Colton Haynes?« Wieder wehre ich ihren Vorschlag ab. »Du bist echt seltsam. Egal. Mach einfach. Ein bisschen schmachten für das kleine Vögelchen.« Sie tätschelt liebevoll ihre Kamera und verzieht bettelnd ihre Lippen zu einem Schmollmund.

Nein, ganz sicher werde ich jetzt nicht das liebestolle Mädchen mimen, ich fürchte nämlich, dass es Sam sein könnte, der in meinen Gedanken auftaucht. Ja, verdammt, er gefällt mir immer noch. Ob er noch immer so gut küssen kann wie damals?

»Hast du die neuesten Gerüchte schon gehört?«, fragt Marlene, während sie weiter die Linse auf mich hält und unzählige Fotos schießt. »Drehen!«

Ich folge ihren Befehlen und zirkle um die eigene Achse. Dabei versuche ich kein allzu konzentriertes Gesicht zu machen, was nicht so einfach ist, da ich heute seit Langem wieder einmal hochhackige Schuhe trage. Und das auf der weichen Wiese!

Marlene hatte es schon immer drauf, Bilder einzufangen, auf denen ich mir selbst gefalle. Ich entdecke auf manchen jene lebenslustige Frau wieder, die ich einmal war. Doch es gibt auch die Fotos, auf denen meine nachdenkliche Seite nicht als Schwäche rüberkommt, sondern als Teil von mir, den ich annehmen kann.

»Erde an Alice!« Marlene schnippt vor meinem Gesicht herum. »Mit verträumt schauen habe ich nicht gemeint, dass du komplett abtauchst. Eine gewisse Präsenz deinerseits brauche ich hier schon, also unterhalte dich mit mir!«, fordert sie und drapiert eine Strähne meiner langen Haare über meiner Schulter. Ein Windhauch streift über mein Gesicht. Die Haare kitzeln, und ich lache unwillkürlich die traurigen Gedanken weg.

»Entschuldige«, sage ich wahrheitsgemäß. »Wo sind wir stehengeblieben?«

»Bei den Gerüchten«, hilft mir Marlene auf die Sprünge und hält sich die Kamera wieder vor die Augen. Sie fotografiert mit vollem Einsatz, lässt sich auf die Knie sinken und wirft sich vor mir auf den Rasen.

»Gerüchte …«, überlege ich laut, um mich auf das Shooting zu konzentrieren. »Welche Richtung? Dass Herzogin Kate wieder schwanger ist?«

»Nein.« Marlene setzt sich auf das durch den heißen Sommer verdorrte Gras und lässt die Kamera sinken, in ihrem Gesicht spiegelt sich Aufregung. »Ben, du weißt schon, der Hotti von *Session One* soll nach Berlin kommen und Jury-Mitglied bei der nächsten Staffel von Germany's Mega-Talent werden.«

Ich zucke hilflos mit den Schultern.

»Keine Ahnung. Kann doch sein, oder?«

»Mensch, Alice!«, brüllt sie dem Ausrasten nahe, ihre Augen

sprühen, ihre Wangen sind feuerrot. »Ben in unserer Stadt! Das kann kein Zufall sein!«

»Und was ist so toll daran? Soweit ich weiß, wohnt doch noch ein anderer Kerl aus der Band in Berlin, oder?«

Argh, es fühlt sich beschissen an, meine Freundin so zu belügen. Vielleicht wäre jetzt der perfekte Zeitpunkt, ihr von Sam zu erzählen.

»Jap, und dann werden sie sich bestimmt treffen. Und eine Reunion planen. Der gemeinsame Auftritt bei der Casting-Show wird erst der Anfang sein. Ich sag's dir! Das wird so der Oberhammer. In ein paar Monaten sind sie wieder zusammen«, schwärmt sie in den höchsten Tönen und drückt ihre Hände verträumt an ihr Herz.

»Du verrennst dich da in was. Es ist jetzt zwei Jahre her, dass sie sich getrennt haben. Sicher genießen sie ihre Freiheit in vollen Zügen, schreiben Songs und schlürfen irgendwo in der Karibik Cocktails.« Ich atme tief durch und wage einen ersten Vorstoß. »Wollte nicht einer der Jungs solo durchstarten? War da nicht was? Das wird doch überall als die Sensation des Jahres angepriesen.«

»Sam hat ein Soloalbum angekündigt. Aber das eine schließt das andere ja nicht aus«, flötet sie fröhlich und tanzt schon auf der Stelle herum.

»Vielleicht wird er aber erst mal alleine auf Tour gehen, um sein eigenes Ding durchzuziehen, oder? Zweiteilen kann er sich ja auch nicht.«

»Gott, ich vermisse die Jungs so sehr.« Hat sie meinen Einwand überhaupt gehört? Offensichtlich nicht. »Und bald sie sind wieder vereint!«

»Du bist echt eine verrückte Nudel«, sage ich und schüttele mich vor Lachen. »Sollen wir weitermachen?«, schlage ich vor. Sie nickt und stellt schon unzählige Rädchen an ihrer Kamera neu ein. Doch bevor ich mich wieder in Position bringen kann, schallt mir Linkin Parks »One more Light« entgegen. Ich eile zu meiner Tasche auf der nahegelegenen Parkbank, um das Handy herauszukramen.

Beim Blick auf das Display stolpert mein Herz. Sam. Kurz drehe ich mich zu Marlene und bin versucht, ein paar Schritte von ihr wegzulaufen. Wie albern. Sie ist meine beste Freundin und wir haben keine Geheimnisse voreinander. Niemals. Na okay, fast. Schließlich nehme ich ab.

»Samuel, hi!« Es fühlt sich seltsam an, diesen Namen für ihn zu benutzen. Für mich war er schon immer Sam. Vielleicht habe ich ihn auch schon Samu genannt, jedoch nie Samuel. Aber ich möchte nicht, dass Marlene sofort hellhörig wird. Mein Blick zuckt kurz zu ihr, die Gefahr, dass sie in meinem Gesicht wie in einem offenen Buch lesen kann, ist mir doch zu groß und ich schaue schnell wieder weg.

»Hey.« Schon bei dieser einen Silbe höre ich, dass etwas nicht stimmt. Er spricht leise, seine Stimme ist belegt und rau.

»Alles okay bei dir? Ich wollte mich auch noch bei dir melden. Das gestern war doch ganz schön heftig. Geht es dir gut?« Ich fühle mich atemlos. Aufgeregt. Und irgendwie seltsam.

Atem knistert in der Leitung, als würde Sam das Luftholen anstrengen.

»Hat er ... ich meine ... hat Paul mir verziehen, bevor ...« Sams Stimme zittert und er bricht ab. Ich schließe die Augen und presse die Lippen fest aufeinander. Verdammt. Was habe ich Sam angetan? Ich hätte vorsichtiger sein müssen, hätte meine Worte sorgfältiger wählen sollen. Ich weiß doch, was Worte anrichten können.

»Sam, du musst nach vorne schauen, hörst du?«

»Das ist keine Antwort auf meine Frage, Allie! Ich muss es wissen. Bitte.«

»Okay«, sage ich schließlich, unentschlossen, welche Kreuzung ich nehmen soll. Soll ich ihm von den Tränen erzählen, die Paul vergossen hat, als ihm klar wurde, dass er Sam vor seinem Tod nicht noch einmal treffen würde? Es wäre die Wahrheit, doch Sam hilft das nicht weiter. Im Gegenteil, sein Leben lang würde er diese Schuld mit sich herumtragen, ohne jemals die Chance zu erhalten, es wiedergutzumachen. Ich erinnere mich an Sams Anblick gestern, höre seine gebrochene Stimme und beschließe, dass er seine Lektion gelernt hat.

»Paul hat dich mit jeder Faser geliebt, du warst wie ein Bruder für ihn. Und all diese Liebe hat er mit auf die andere Seite genommen. Er hatte seinen Frieden geschlossen, als er eingeschlafen ist.

Auch mit dir! Sicher war er traurig, dass er dich nicht mehr gesehen hat. Aber ich glaube nicht, dass er wütend war. Nicht Paul. Er hätte niemals auf dich sauer sein können.« Ich atme geräuschlos aus. Jedes einzelne Wort davon ist wahr. Dass ein kleiner Teil fehlt, muss Sam nicht wissen.

»Danke, Allie!«, murmelt Sam nach einer Weile bewegt, und ich bin mir nicht sicher, ob er weint.

»Hey, ist wirklich alles okay?«

»Mir geht es gut«, versucht er mich zu beruhigen, doch ich glaube ihm nicht. Als würde er das spüren, setzt er entschlossener nach: »Es tut weh, aber ich mache es, wie du gesagt hast. Ich atme ein. Und wieder aus. Und ich schreibe diesen Song, das hilft.« Er zögert, und ich ahne, dass da noch etwas kommt. »Danke, dass du da bist«, sagt er schließlich, und es hört sich nicht wie eine einstudierte Floskel an, sondern als käme es wirklich aus seinem Herzen.

Ich lächle augenblicklich, weise mich dann aber schnell zurecht, da es völlig unangebracht ist.

»Immer gerne. Wann willst du denn einziehen?«, wechsle ich das Thema.

»Mal sehen«, weicht er aus und schlägt damit mein Angebot auf ein unverfängliches Gesprächsthema aus. »Allie, mir schwirrt gerade so viel im Kopf rum. Es tut gut, deine Stimme zu hören, aber –«

»Dir ist gerade nicht nach reden«, nehme ich ihm das Wort aus dem Mund. Ich kenne diese Stimmung. Ich kenne sie zu gut! »Kein Thema.«

»Danke, Allie! Ich mach dann mal weiter.«

»Viel Erfolg!«, wünsche ich ihm und nehme ein seltsames Ziehen in meinem Bauch wahr, als ich auflege.

»Alles okay?«, reißt mich Marlene aus den Gedanken. Sie wirkt besorgt und kommt zu mir herübergelaufen.

»Ja, das war mein neuer Mitbewohner.«

»Mitbewohner?«, hakt sie nach und legt den Kopf schief. »Okay, das klang ...«, sie ringt nach Worten, »sehr vertraut. Hab ich was verpasst?«

»Offensichtlich. Ich kenne Samuel von früher. Er ist ...«, ich unterbreche mich, als mir mein Fehler bewusst wird, »nein, er war der beste Freund meines Bruders.«

»Okay. Sieht er gut aus?« Sie grinst breit, und ich weiß, was sie vorhat. Sie will die Schwermut aus diesem Gespräch wischen, mich zwingen, die Gedanken an Paul beiseitezuschieben und nach vorne zu schauen.

»Gut möglich.« Das Lächeln, das sich auf meinem Gesicht ausbreitet, ist wohl Antwort genug, denn Marlene wirkt mehr als zufrieden.

»Erzähl mir von ihm.« Sie setzt sich neben mich auf die Bank, streckt die Nase in die Sonne und die Beine weit von sich.

»Was willst du denn wissen?«

»Name, Alter, Schuhgröße ... alles, was du an Fakten hast!«

»Okay. Er heißt Samuel.« Ich würde ja gerne mit ihr über Sam reden. Über das, was damals passiert ist zwischen uns. Und über dieses seltsame Gefühl, das ich in meinem Magen spüre, wenn ich an ihn denke.

»Wie noch?«

Ich verdrehe die Augen, hoffe aber, dass sie mit Sams bürgerlichem Namen nicht allzu viel anfangen kann. »Samuel Amberger, er ist sechsundzwanzig und seine Schuhgröße ... keine Ahnung! So Standardgröße, was weiß ich.«

»Okay, und was macht dein Samuel so?«

»Er ist nicht mein ...«, widerspreche ich.

Plötzlich kreischt Marlene und hält mich an den Schultern fest. Als wäre sie von Dämonen besessen, schüttelt sie mich und schaut mich mit weit aufgerissenen Augen an.

»Samuel Amberger ist Sam Amber!«, presst sie atemlos und viel zu laut raus. »Sam fucking Amber!«, wiederholt sie, als wüsste ich nicht, von wem sie spricht.

»Pssst!« Ängstlich schaue ich mich um. Müssen ja nicht alle hier im Park mitkriegen, dass ich mit einem von Deutschlands wenigen Mega-Stars bereits im Sandkasten gespielt habe.

Wie komme ich nur wieder aus der Nummer raus? *Gar nicht*, signalisiert mir mein Verstand. Marlene hätte es ohnehin bald herausgefunden, spätestens, wenn sie ihm in meiner Wohnung über den Weg gelaufen wäre. Besser, sie ist vorbereitet, als dass sie in seinem Beisein kollabiert.

»Ja«, bestätige ich also resigniert ihren Ausspruch. »Sam von *Session One.*«

»Warum ... ich wusste nicht ... Oh mein Gott!« Sie hält ihre Hände an die Schläfen und trägt ein breites Grinsen im Gesicht. »Arrgh! Allie, warum sagst du denn nichts? Das ist ein Sechser im Lotto! Weißt du das?«

»Warum?«, frage ich argwöhnisch. Sam ist ... Sam ist Sam. Klar ist er berühmt und so, das ist mir durchaus bewusst. Aber Marlene kennt ihn doch gar nicht. Also nicht ihn, den Menschen hinter der Figur Sam Amber. Sie kann nicht wissen, wie einfühlsam er ist. Wie gut seine Lippen schmecken. Und wie unsagbar fies er sein kann.

»Na ja, jetzt überleg doch mal!«

»Hab ich. Aber sorry, ich schnall's nicht. Du machst einen Aufriss wegen eines Typen, den du nur von Bildern, Videos, Plakaten oder Liedern kennst. Oder besser gesagt zu kennen glaubst. Ich verrate dir was. Sam ist ... er ist ... ja gut, er ist großartig. Zumindest war es das mal, aber der Typ, der da gestern vor mir stand, war ...« Ich überlege, welche Beschreibung auf ihn passt. »... verwirrend«, murmele ich, als mir klar wird, dass ihn dieses Adjektiv am besten beschreibt.

»Ohoh!«

»Was?«, hake ich zerstreut nach, doch Marlene schaut mich nur wissend an. Bevor ich nachfragen kann, schüttelt sie den Kopf und macht sich an ihrer Kamera zu schaffen.

»Nichts. Wann lerne ich ihn kennen? Vielleicht kann er mir ein Date mit Ben verschaffen?« Sie hebt wieder den Blick, ihre Augen glühen. Der Erfüllung ihres Traumes so nahe, muss sie sich gerade wie im siebten Himmel fühlen.

»Frag ihn selbst!«

»Okay, wann?«

Eine Antwort darauf bleibe ich ihr schuldig, denn ich weiß selbst nicht, wann er einziehen wird und zucke deshalb gelangweilt mit den Schultern. »Du wirst deine Gelegenheit schon bekommen. Und jetzt lass uns weitermachen. Sonst können wir unseren Filmabend gleich hierher in den Park verlegen.«

Marlene mault zwar, doch die Aussicht darauf, Sam Amber bald persönlich kennenzulernen, stimmt sie offensichtlich milde.

Kapitel 9

Zufrieden radle ich nach Hause. Ich sollte Pauls Zimmer ausräumen, damit Sam einziehen kann. Danach freue ich mich darauf, mit einem selbst gepressten Saft die letzten Sonnenstrahlen auf meinem Balkon einzufangen und durchzuatmen. Beschwingt hüpfe ich die einhundertdrei Treppenstufen hoch und schnappe, oben angekommen, nach Luft.

Kurz verharre ich, als die Tür früher als erwartet aufspringt. Nanu? Ich lasse ein leises Hallo verlauten, als ich eintrete, schüttle aber den Kopf, da keine Antwort kommt. Bestimmt habe ich nur vergessen, abzuschließen.

Meinen Schlüssel werfe ich auf die Kommode im Flur und streife mir die Turnschuhe von den Füßen. Pfeifend laufe ich in die Küche und schenke mir ein Glas Wasser ein. Erst mal sollte ich mir einen Überblick verschaffen, was noch alles in Pauls Zimmer rumliegt. Der Keller platzt aus allen Nähten, und ich hoffe wirklich, Sam bringt nicht viel mit, was wir dort zwischenlagern müssen.

Ich gehe zu Pauls Zimmer. Die Klinke in der Hand, zögere ich. Auch nach einem Jahr fühlt es sich noch seltsam an, durch die Tür zu gehen und zu wissen, dass Paul nicht dahinter auf mich warten wird. Er wird nicht den Kopf zu mir wenden und mich mit diesem wahlweise liebevollen oder auch genervten Blick betrauen. Sein Mund wird kein Lächeln andeuten. Und auch Worte werde ich von ihm keine mehr hören. Nie wieder. Entschlossen presse ich die Lippen aufeinander und stürme in den Raum. Je schneller ich mich daran gewöhne, dass das nicht mehr Pauls Zimmer ist, desto besser.

Aber schon beim ersten Schritt halte ich mitten in der Bewegung inne und stolpere über meine eigenen Beine. Sam! Er liegt auf dem Boden unter dem Panoramafenster und … schläft.

»Sam?«, frage ich leise und warte darauf, dass er mich registriert. Doch er bewegt sich nicht. Einzig sein Brustkorb hebt und senkt sich in einem regelmäßigen Rhythmus.

Ich trete näher an ihn heran und knie mich neben ihn. Doch bevor ich ihn wecken kann, erliege ich der Versuchung, ihn anzuschauen. Es ist so lange her, dass ich jede noch so kleine Linie in seinem Gesicht gekannt habe. Ich mustere ihn, scanne sein Gesicht, seine hohen Wangenknochen, die Lippen, die so fein geschwungen sind. Aus Sam ist ein wirklich attraktiver Mann geworden. Was bringt es, zu leugnen, dass er mir gefällt? Rein optisch gesehen, versteht sich. Ich räuspere mich und fühle mich von mir selbst ertappt.

Unter seinen geschlossenen Augen liegen tiefe Schatten, und dennoch sieht er friedlich und entspannt aus. Seine Lippen sind leicht geöffnet, und er atmet ruhig ein und aus.

»Sam«, versuche ich weiter, ihn zu wecken. Wenn er schlafen will, kann er das auf dem Sofa tun. Hier holt er sich nur einen steifen Nacken.

Seine Lider zucken, als würde er träumen. Seltsam, in diesem Moment erinnert er mich sehr an den Sam, den ich schon lange kenne. Ihn hier liegen zu sehen, kommt mir so vertraut vor, als könnte es gar nicht anders sein.

Er scheint frisch geduscht zu sein. Ein angenehmer Duft geht von ihm aus und seine Wangen sind ganz glatt, als hätte er sich gerade erst rasiert. Beim Gedanken, dass dieser Kerl vielleicht vor Kurzem erst nackt unter meiner Dusche stand, wird mir ganz warm, und ich wische den Gedanken schnell beiseite. Doch mein Blick bleibt weiter auf ihm haften. Auch heute trägt er wieder eine schmal geschnittene Hose, die seine durchtrainierte Figur gut zur Geltung bringt. Verdammt, warum muss alles an diesem Kerl so verdammt sexy und anziehend sein? Sein schwarzes Hemd hat er an den Armen gekrempelt und zeigt wieder die Tattoos, die ich nun endlich genauer unter die Lupe nehmen kann. Die vielen einzelnen kleinen Bilder sind recht filigran gestochen. Geschwungene Linien umranken einzelne Bilder. Ich erkenne Flammen, Noten und ein Auge. Was für eine Bedeutung diese Tattoos wohl für ihn haben? Mein Blick wandert an Sams Körper entlang. An der Hüfte ist sein Hemd etwas verrutscht, sodass feine schwarze Linien eines Tattoos hervorspicken. Ich kann den Blick kaum abwenden, weil meine Neugier so riesig ist, dass ich mich schier nicht zügeln kann. Ich drehe und wende meinen Kopf, um weitere Details erkennen zu können, um auszumachen, ob dort ein weiteres Symbol verewigt ist, das mir etwas über Sams Leben sagen könnte. Vielleicht sollte ich das Hemd zurechtzupfen, damit ich nicht immer dorthin starren muss. Zaghaft strecke ich meine Hand aus und nehme den Stoff vorsichtig zwischen meine Finger. Um ihn nicht versehentlich zu berühren, ziehe ich wie in Zeitlupe an seinem Hemd. Ich schlucke, mein Herz rast, als wäre ich dabei, etwas Verbotenes zu tun. So ganz falsch liegt es damit nicht, denn ich habe kein Recht, diesen Kerl anzutatschen.

Ich bin so konzentriert dabei, sein Hemd über die Hüfte zu ziehen, dass ich wahnsinnig erschrecke, als Sam plötzlich mein Handgelenk greift und sich ruckartig aufsetzt. Panisch schaue ich zu ihm.

»Ich ...«, ringe ich verzweifelt nach einer Erklärung und spüre, wie mir die Röte in die Wangen schießt. Hilflos ziehe ich die Schultern hoch. Aus aufgerissenen Augen starrt mich Sam an. Sein Blick ist hart. Mein Herz klopft wild, ich fühle mich ertappt und schaue beschämt zur Seite.

Schließlich lockert Sam seinen Griff, und ich entwinde ihm mein Handgelenk. Er hat ganz schön fest zugedrückt, aber ich widerstehe dem Drang, mir über die Haut zu fahren und damit zu zeigen, dass er mir wehgetan hat.

»Sorry, ich wusste nicht, dass du es bist«, sagt er. »Ich mag es nicht, wenn man mich anfasst.«

»Ich ... Dein Hemd ... Ich wollte ...«, stammle ich und fuchtele mit den Händen, bemüht ihm eine sinnvolle Erklärung zu geben. Als mir klar wird, dass, egal was ich sage, die Situation ohnehin nur falsch verstanden werden kann, entschließe ich mich, die Wahrheit zu sagen. Mein Kopf sinkt in den Nacken. »Dein Hemd war verrutscht, und bevor ich weiter auf dein Tattoo starre, wollte ich ... Ach Scheiße, tut mir leid. Ich wollte dich nicht begrabschen, ehrlich nicht.«

Sams Blick durchbohrt mich, dann zaubert er schließlich ein schiefes Lächeln auf sein Gesicht. Seine Züge entspannen sich. »Sorry, ich wollte nicht … Aber ich wusste im ersten Moment nicht, wo ich bin. Und ich bin schon mal von ein paar Fremden in einem Hotel überrascht worden.«

»Okayyyy.« Ich ziehe das Wort ungläubig in die Länge. »Macht bestimmt Spaß, immer und überall Auswahl zu haben.« Wie furchtbar, wenn man noch nicht einmal im Schlaf sicher sein kann, seine Ruhe zu haben.

»Total. Und dass ich seither kaum mehr alleine aufs Klo kann und immer einen Bodyguard am Arsch kleben habe, ist auch unglaublich lustig. Haha, selten so gelacht.«

»Okay«, wiederhole ich mich selbst. Mir ist schon klar, dass berühmte Menschen gestalkt werden, das hat man ja schließlich schon in den Nachrichten oder auf irgendwelchen Klatschportalen mitbekommen. Aber Sam? »Sieht er wenigstens gut aus?«

»Wer?«

»Na, dein Leibwächter. Wenn ich das so höre, wird er sich ja wohl hier auch häuslich niederlassen. Ob du allerdings ein zweites Bett hier rein bekommst?«, überlege ich laut und schaue mich demonstrativ um. Vor meinem inneren Auge sehe ich noch immer Pauls Inneneinrichtung und bin gespannt, was Sam aus diesem Zimmer machen wird.

»Ich dachte eigentlich, Konrad könnte bei dir …«, startet Sam mit einem schelmischen Grinsen, doch ich steige auf dieses Geplänkel nicht ein.

Stattdessen starre ich Sam an, versuche, den Superstar in ihm zu erkennen, den alle in ihm sehen. Aber hier, jetzt ist er einfach nur Sam. Diese ehrlichen Einblicke in die Schattenseiten seines Lebens, die Neckereien … Es ist, als wären wir schon ewig Freunde, und das fühlt sich echt gut an.

»Was machst du eigentlich hier auf dem Boden? Kannst du dir kein Bett leisten?«

Sam lässt sich wieder zurücksinken und verschränkt die Arme hinter dem Kopf. Er gähnt herzhaft und schaut dann aus dem Panoramafenster.

»Man kann die Wolken sehen. Schau.« Sam deutet nach oben, als sei es so etwas Besonderes, dass man durch ein Dachfenster den

Himmel betrachten kann. Ich überlege kurz, lege mich aber dann neben ihn. Dabei achte ich darauf, nicht zu nahe an ihn heranzurücken. Nicht, dass er etwas falsch versteht. Dennoch pocht mein Herz viel zu schnell. Was mache ich hier?

Wie die Kinder, die wir einmal waren, starren wir in den Himmel. Schweigend. Die Stille hat nichts Unangenehmes. Und dennoch halte ich sie nach einer Weile nicht mehr aus.

»Diese da«, ich zeige auf ein luftiges Wolkenbild, das mit etwas Fantasie einem dickbäuchigen Elefanten gleicht. »Das könntest du sein«, necke ich ihn und ernte einen Klaps gegen meinen Oberarm. Ich lache auf. Mit Sam herumzualbern, erinnert mich an alte Zeiten. Mit jeder Minute fällt etwas von der Anspannung ab, die ich in seiner Gegenwart spüre. Die Fremdheit zwischen uns, die Distanz verringert sich. Würde jetzt noch Paul durch die Tür spazieren und sich zu uns legen, wäre alles fast wie früher.

»Schau, eine Krone für dich, du kleine Prinzessin.« Sam zeigt mir eine Wolke, von der die vier Zipfel abstehen. Kurz beschleunigt sich mein Herzschlag, weil Sam damals diesen Kosenamen manchmal für mich benutzt hat. Prinzessin. Ich schlucke, denn in diesem Moment erinnere ich mich daran, wieviel Schmerz dieser Kerl in mein Leben gebracht hat. Wie kann ich all das beiseiteschieben?

»Du schummelst. Das ist höchstens ein Kaktus, den du mir da auf den Kopf setzen willst«, sage ich daher eilig.

»Sei froh, dass es kein Kackhaufen ist«, stößt Sam belustigt aus und wuschelt mir unvermittelt durch die Haare. Ich muss lachen. Erfolglos versuche ich, seine Hände abzuwehren. Dann plötzlich hält Sam inne.

Ich schaue zu ihm, und der Blick, den er mir schließlich zuwirft, ist seltsam. Mein Herz trommelt viel zu laut und hallt mir in den Ohren. Verdammt, ich sollte ihm doch noch immer böse sein und ihn auf Aufstand halten. Das wäre für mein kleines Herz sicher gesünder.

»Boah, Allie nimm es mir nicht übel, aber du stinkst.« Ich reiße meine Augen ungläubig auf. »Nach Kotze!«

Das ist der Moment, in dem ich lauthals loslache.

»Sorry, ich habe neuerdings ein Spuckkind in der Gruppe«, bringe ich mühsam hervor und kann mich kaum beruhigen. Schließlich setze ich mich auf. »Ich springe schnell unter die Dusche, ja? Sag mal, wann kommen denn deine Möbel? Ich wollte ja eigentlich gerade Pauls Kram in den Keller schaffen. Vielleicht magst du mir helfen? Dann hast du Platz.«

»Klar, kann ich machen. Aber ...« Er kratzt sich am Kopf und setzt sich ebenfalls auf, was bei ihm wie eine einstudierte Geste aussieht. Schnell wende ich den Blick ab, damit ich ihn nicht weiter anstarre. Und mir versehentlich noch der Mund aufklappt oder andere peinliche Dinge passieren. »Na ja, ich habe keine Möbel. Hotel – du erinnerst dich? Ich muss erst noch welche kaufen.«

»Oh, ach so. Stimmt.« Ich nicke. Da hätte ich auch selbst drauf kommen können, aber irgendwie ist das so eine Sache mit dem Denken, wenn Sam in meiner Nähe ist. »Also, wenn du willst, Pauls Bett und Rost stehen noch im Keller. Du müsstest dir nur eine Matratze organisieren.«

»Ich will dir keine Umstände machen.«

»Tust du doch gar nicht. Ich bin froh, wenn etwas von Pauls Sachen noch weitergenutzt wird.«

Sam überlegt und nickt schließlich. »Ich kann es mir ja mal anschauen.«

»Gute Idee. Jetzt gleich? Dann kann sich jeder was von dem Kram hier unter den Arm klemmen. Frisch geduscht habe ich da auch keine Lust drauf. Es sei denn, dich stößt der Kotzegeruch so ab ...«

»Ich schätze, ich werde es überleben. So lange du mir nicht zu nahe kommst.« Er zwinkert mir zu. »Also, was soll ich nehmen?«

Ich deute auf einen der großen Umzugskartons, in den ich jede Menge Kleinkram gepackt habe, von dem ich mich nicht trennen konnte.

Ich selbst schnappe mir einen kleineren Karton mit Pauls Studienunterlagen. Mir ist schon klar, dass ich das niemals wieder brauchen werde, aber ich bringe es einfach nicht übers Herz, es wegzuwerfen. Es wäre so endgültig.

»Was machst du eigentlich beruflich? Außer dich ankotzen zu lassen, meine ich. Krankenschwester?«, mutmaßt Sam, während wir

die Stufen nach unten in den Keller laufen. Ich schüttle den Kopf.
»Ärztin?«

»Erzieherin. Im Moment bin ich bei den ganz Kleinen.«

»Und? Macht es dir Spaß?«

»Und wie! Ich liebe Kinder und da ich selbst nie welche haben
werde, ist das meine Chance, sie dennoch aufwachsen zu sehen.«

»Warum wirst du keine Kinder haben? Du bist doch so jung!«

Ich seufze und überlege, ob ich diese Diskussion tatsächlich führen möchte

»Na ja, mit meinem Erbgut gleicht das einer tickenden Zeitbom-
be. Ich könnte nicht mit der Angst leben, dass ich meinem Kind etwas vererbt habe, was ich in mir trage«, gebe ich leise zu und schließe den Keller auf. Ich atme tief ein, versuche die Fesseln zu lockern,
die um meine Brust geschnürt sind. Angst um das Leben anderer ist
noch schlimmer, als sich vor dem eigenen Tod zu fürchten.

»Hier ist es«, sage ich und deute auf ein paar weiß lasierte Holz-
latten. Ich schüttle die dunklen Gedanken ab und fange an, die Kisten davor notdürftig wegzuräumen und auf andere zu stapeln, damit
Sam sich das gute Stück anschauen kann. Doch statt mir zu helfen,
steht Sam nur da und schaut mich – den Umzugskarton noch immer in den Händen – wie versteinert an.

»Was ist?« Ich lege den Kopf schief. »Hab ich was in den Haaren
hängen? Oder sonstige Kollateralschäden aus der Kita?«

»Nein.« Sam schüttelt langsam den Kopf. »Das, was du gesagt
hast, das ist traurig.«

»Ja, ist es. Aber mach dir keinen Kopf, ich komme schon klar.«

»Allie, du bist so jung! Du solltest nicht schon aufgeben. Die Me-
dizin entwickelt sich doch so schnell weiter. In ein paar Jahren ...«

»Hör auf, Sam!«, ich spüre, wie schon wieder die Tränen in mir
aufsteigen. Ich hätte nicht damit anfangen dürfen. »Ich werde ganz
sicher nicht mit dir meine Kinderplanung besprechen.«

»Vielleicht ist es ja völlig unangebracht und steht mir nicht zu.
Aber als Freund möchte ich für dich da sein«, entgegnet er sanft und
stellt den Karton endlich ab. Behutsam streicht er über meinen
nackten Oberarm. Ich zittere. »Ich kann verstehen, dass du Angst
hast, Allie. Aber ich verrate dir was: Ich habe auch Angst, denn nie-

mand weiß, was einen erwartet.« Er atmet geräuschvoll ein, während ich einfach dastehe und meine Arme fest um meine Mitte schlinge, um nicht auseinanderzubrechen. »Wir haben nur dieses eine Leben, und ich denke, wir sollten es in vollen Zügen genießen und uns nicht aus Angst vor dem, was möglicherweise eintreffen könnte, verkriechen.«

Ich atme tief ein und merke, wie mein Brustkorb bebt. Wie oft habe ich mir das, was Sam gerade in Worte gefasst hat, selbst schon gesagt? Aber es zu wissen und zu machen sind zwei unterschiedliche Dinge. Unentschlossen hebe ich die Schultern.

»Komm her.« Sam lächelt mich sanft an und breitet seine Arme aus. Kurz überlege ich, ob ich dem Kerl, der mein Herz gebrochen hat, tatsächlich wieder so nah sein möchte. Tausend Gründe sprechen dagegen, nach so kurzer Zeit eine Vertrautheit zuzulassen, die mich verletzbar macht. Die ihm die Macht darüber gibt, mein Herz ein weiteres Mal in Stücke zu reißen. Doch die Aussicht auf ein bisschen Trost ist in diesem Moment stärker, als die Angst, verletzt zu werden. Ich möchte nicht mehr alleine sein. Mit meiner Trauer, meiner Angst vor dem Leben. Möchte nicht mehr alleine stark sein müssen. Also trete ich einen Schritt auf ihn zu, lasse es zu, dass er seine Arme um mich legt, dass er mich eng an sich zieht und sein Kinn auf meinen Scheitel legt. Behutsam drücke ich meinen Kopf an seine Brust. Sein Herz pocht kraftvoll gegen seine Rippen. Ich kann es spüren. Gierig ziehe ich die Luft ein, und mit ihr dringt sein ganz eigener Geruch in meine Nase, der vertraut ist und mich an früher erinnert.

Endlich lässt die Enge in meiner Brust nach. Die Angst ist immer noch da, aber sie ist erträglich, fast so als könnte ich mit ihr leben. Bei Sam fühle ich mich sicher, stelle ich verwundert fest. Das war schon immer so. Nur hatte ich es in der Zwischenzeit vergessen.

Minutenlang stehen wir einfach so da. Inmitten meines Chaoskellers schenkt Sam mir die Geborgenheit, die ich schmerzlich vermisse, seit Paul gestorben ist. Die ich dringend brauche. An manchen Tagen mehr als die Luft zum Atmen.

Ich sauge die Vertrautheit ein, die Zuversicht und Hoffnung, die mir Sam vermittelt. Vielleicht hat er recht. Vielleicht kann ich ja ein ganz normales Leben führen. Irgendwann. Ohne Angst. Und ohne dieses riesige Loch in meinem Herzen, das noch viel zu oft größer scheint als das, was noch übriggeblieben ist.

»Danke«, murmle ich schließlich und räuspere mich. Als ich zu ihm hochschaue, knackt es plötzlich, und in der nächsten Sekunde wird es stockdunkel. Mist, die Zeitschaltuhr, die das Kellerlicht löscht, ist offensichtlich abgelaufen.

»Sorry, warte«, sage ich eilig und strecke einen Arm hinter mich, um mich zum Lichtschalter vorzutasten, doch Sam lässt mich nicht los.

»Warte«, murmelt er. Sein Atem streift über mein Gesicht und ich weiß, ich müsste mich nur ein kleines bisschen strecken, um seine Lippen zu berühren. Nur ein bisschen … Seine Arme halten mich fest, hindern mich daran, mich zurückzuziehen.

Diese Vertrautheit bringt mich um. Obwohl ich es besser wissen sollte, kuschle ich mich wieder an seine Brust, lausche seinem Herzschlag, der ein bisschen zu schnell geht. Lächle, weil es niemand sieht, wie sehr es mir gefällt, so nahe bei Sam zu sein.

Das, was gerade in mir herumwirbelt, ist mehr als freundschaftlich und erinnert mich an die Zeit, als Sam und ich uns heiße Blicke zugeworfen haben. Ich spüre, wie viel er mir bedeutet. Noch immer. Und ich fürchte, ich kann mir noch so oft einreden, dass wir nur gute Freunde sein können. Mein Herz hat offensichtlich andere Pläne. Und das ist wunderschön und Furcht einflößend zugleich.

»Ich wusste gar nicht, wie sehr ich dich vermisse, Allie«, flüstert Sam in meine Haare und vielleicht irre ich mich, aber es fühlt sich fast so an, als würde Sam mir einen Kuss auf den Kopf hauchen.

»Es ist schön, dass du wieder da bist«, entgegne ich zaghaft. Obwohl ich seine Nähe sehr genieße und die Geborgenheit tröstlich ist, bin noch nicht so weit, ihm zu vergeben.

»Sollen wir«, ich räuspere mich und löse mich etwas von Sam. »Sollen wir wieder nach oben gehen?«, schlage ich vor und taste im Dunkeln nach dem Lichtschalter. Noch habe ich Sam nicht ganz losgelassen. Noch zögere ich, das Licht anzuschalten und damit diesen intimen Moment für immer zu beenden.

»Wenn du das möchtest.« Sams Stimme hört sich rau an. Ein

Finger streicht kaum merklich über meinen Handrücken. Ich sauge seine Berührung auf, lasse es zu, dass ich weiter zögere.

Wenn ich zu ihm zurückginge, wenn ich mich in seine Arme werfe, dann würden wir uns küssen. Mein Herz bäumt sich bei diesem Gedanken so heftig auf, dass ich mich seit Ewigkeiten wieder richtig lebendig fühle. Doch dieser plötzliche Gefühlsausbruch macht mir solche Angst, dass ich ohne weiter nachzudenken den Lichtschalter betätige und damit all das hätte-könnte-würde im Keim ersticke.

Wir schlagen hart in der Realität auf. Sam kneift die Augen zusammen und schirmt damit das kalte Neonröhrenlicht ab. Hier in meinem Keller sieht er mit seinen stylischen Klamotten, den Tattoos, Lederarmbändern und Ringen an den Fingern so fehl am Platz aus.

»Du bist echt gnadenlos«, beschwert sich Sam, der von meinem plötzlichen Entschluss, das Licht anzuschalten, überrumpelt scheint. Aber wenn das mit unserer WG und der Freundschaftssache etwas werden soll, darf ich mich nicht irgendwelchen romantischen Gefühlen hingeben. Wie schnell kann ein unbedachter Kuss etwas kaputt machen. Das habe ich schon früh gelernt. Nur mein flattriges Herz will aus meinen Fehlern offensichtlich nicht lernen.

»Bin ich«, pflichte ich Sam bei und schaue ihn herausfordernd an. »Das mit dem Bett kannst du dir ja überlegen. Du weißt ja jetzt, wo es steht.«

Mit diesen Worten schiebe ich ihn aus dem Kellerabteil und schließe den Bretterverschlag sorgfältig ab. Schweigend steigen wir die Treppenstufen empor, die mir heute endlos erscheinen. Aber schließlich haben wir es in den fünften Stock geschafft.

»Ich geh duschen«, sage ich betont fröhlich, als sei nichts gewesen, und höre ihn leise murmeln.

Als ich die Tür hinter mir zumache und vorsorglich abschließe, atme ich tief aus.

Die Klamotten pfeffere ich gleich in die Wäsche und stelle mich unter die Dusche. Noch immer hallen die Wärme und Geborgenheit in mir nach. Und noch etwas ist da, was meine Mitte wohlig kribbeln lässt. Unwillkürlich verziehen sich meine Lippen zu einem Lächeln. Marlene wird ausrasten, wenn ich ihr davon erzähle, dass ich beinahe Sam Amber geküsst habe. Wobei – jetzt bei Licht betrachtet, habe ich mir das Ganze vielleicht doch nur eingebildet. Oh, hoffentlich habe ich das, denn jetzt, wo ich mich schlagartig daran erinnere, dass ich noch immer nach Veros Kotze stinke, ist es mir unendlich peinlich, Sam so nahe gewesen zu sein.

Warum muss mit Sam immer alles so kompliziert sein? Und warum habe ich ihn wieder in mein Leben gelassen, obwohl ich doch weiß, dass er nur Chaos in mir anrichtet?

Das Klingeln der Wohnungstür durchschneidet das monotone Plätschern der Wasserstrahlen.

»Sam? Kannst du mal aufmachen?«, rufe ich und hoffe, er hört es.

»Erwartest du jemanden?«

»Nein. Du?«

»Witzig!«

»Könnte ja sein. Aber vielleicht ist es nur der Paketbote«, überlege ich laut. Sam wird es schon regeln.

Kapitel 10

Wer das wohl ist? Hoffentlich hat niemand spitzgekriegt, dass ich hier bin. Lauernde Fans kann ich hier keine gebrauchen. Da Allies Wohnung im fünften Stock ist, dauert es eine Weile, bis der Besucher nach oben kommt. Ich hätte auch die Türsprechanlage nutzen können – wenn ich denn eine Ahnung hätte, wie die funktioniert.

»Hallo?«, ruft jemand. Die männliche Stimme kommt mir bekannt vor, doch ich kann sie nicht zuordnen.

»Ganz oben«, antworte ich, froh, dass es keine Freundin von Allie ist, die gleich einen Herzinfarkt bekommt, wenn sie mich sieht. Bei Männern ist die Gefahr, dass sie ausrasten, weil sie mich erkennen, dann doch deutlich geringer.

»Im Elfenbeinturm. Ist klar«, stöhnt der dunkelhaarige Kerl, der sich die letzten Treppenstufen hochkämpft.

»Mika.« Verwirrt schüttle ich den Kopf. »Was machst du denn hier?«

»Brian meinte, dass ich dich hier finde.«

»Aha«, murmele ich und nicke. »Komm rein.«

Ich klatsche meinen Drummer ab und halte ihm die Tür auf. Neugierig schaut er sich um. Schließlich dränge ich mich an ihm vorbei und gehe vor in die Küche.

»Ich kann dir nicht viel anbieten. Wenn man es genau nimmt, bin ich noch nicht einmal richtig eingezogen. Aber setz dich.«

Ich öffne den Kühlschrank, doch darin finden sich nur Milchersatzdrinks, Gemüsesäfte und jede Menge anderer gesunder Kram. Nichts, was ich Mika ernsthaft anbieten könnte. »Wasser?«, frage ich daher schulterzuckend und gebe der Kühlschranktür einen Schubs.

»Nehm ich.« Mika setzt sich an den runden Tisch, an dem ich vor ein paar Tagen mit Allie gesessen habe, und streckt seine langen

Beine von sich. Interessiert lässt er seinen Blick durch Allies Wohnzimmer schweifen.

»Hübsch! Aber ich hätte etwas anderes von dir erwartet, Sam Amber!«

»Aha«, sage ich wieder, weil mein Kopf damit beschäftigt ist, auszuloten, warum er hier ist.

»Wie war es im Studio?«

»Joah«, eiere ich rum. Dann grinse ich ihn an. »Ich hab zwei Songs geschrieben. Sie liegen schon bei Brian, hab ich ihm vorhin vorbeigebracht.«

»Hab ich gehört«, erwidert Mika. »Und das von deiner Fake-Verlobung.« Ein schiefes Grinsen erscheint auf seinem Gesicht. Mein Kopf sinkt in den Nacken, und ich stöhne auf.

»Ich hab Brian gesagt, dass ich das nicht mache. Diesmal wird es keine solchen PR-Coups geben. Es geht um die Musik. Und nur um die Musik.«

Mikas Blick ist durchdringend.

»Weißt du, Amber. Manchmal glaube ich, dass es dir echt guttun würde, wenn du dich mal etwas locker machen würdest. Du willst Musik machen? Dann mach es doch, verdammt noch mal, einfach. Hab Spaß! Bei dir muss immer alles so ultra perfekt sein. Nichts passiert aus der Intuition heraus. Und du predigst etwas von wegen Emotionen und so einen Scheiß. Dabei bist du es, der alles abblockt, was auch nur im weitesten Sinne mit Gefühlen zu tun hat.«

Ich kneife die Augenbrauen zusammen, versuche noch immer herauszufinden, was er von mir will.

Mika trinkt einen Schluck Wasser. Über den Rand des Glases fixiert er mich mit seinen stahlblauen Augen. Ich erschaudere.

»Du behandelst Lennox, Elián und mich immer korrekt. Na ja, abgesehen von dieser Studio-Sache, wo du ausgetickt bist. Aber … Hey, da hast du zum ersten Mal echte Emotionen gezeigt. Du warst wütend, und auch wenn wir uns im ersten Moment echt erschrocken haben, war es verdammt gut zu sehen, dass du auch mal die Fassung verlierst.«

War das jetzt gut oder schlecht? Was zum Geier wollte Mika von mir?

»Das war Scheiße, ich weiß«, reiße ich das Gespräch an mich. »Ich war … mir ging es nicht gut, okay?«

»Es würde uns allen guttun, wenn wir ehrlicher zueinander wären. Musik ist …«

»Musik ist mein Leben.«

»Siehst du: unseres auch. Schließ uns nicht aus der Sache aus, Sam. Vielleicht steht es mir nicht zu, aber es ist kacke als Musiker wie ein Angestellter behandelt zu werden.«

Er legt eine bedeutungsschwere Pause ein. Ich schlucke und finde nichts, was ich ihm entgegenschleudern könnte. Was soll man dazu auch sagen?

»Die Jungs und ich, wir sind bereit, alles, was wir haben in den Erfolg deiner Soloplatte zu stecken. Wir sind mit Herzblut dabei. Weil deine Songs echt der letzte geile Scheiß sind.« Er grinst breit und zwinkert mir zu. »Aber behandle uns endlich als das, was wir sind: Deine Band. Und keine fucking Angestellten. Lass uns endlich Spaß haben. Zusammen.«

Ich schlucke und wende den Blick ab von dem Kerl, der die Eier in der Hose hat, mir solche Worte an den Kopf zu werfen. Worte, die viel Wahrheit in sich tragen. Es ist nicht so, dass ich es nicht gewusst hätte. Natürlich habe ich gespürt, dass zwischen ihnen und mir eine dicke Wand ist. Diese Wand sollte mich schützen – ich hatte nicht bedacht, dass sie mich auch ausgrenzt.

»Ich …«, starte ich, habe aber keine Ahnung, wie ich darauf reagieren soll. Es fällt mir schwer, aus alten Mustern auszubrechen, Menschen an mich ranzulassen. Wie soll ich mich denn schützen, wenn ich all meine Gefühle offenlege? Wenn ich allen zeige, was in mir vorgeht.

»Hey«, höre ich Allie hinter mir. »Sorry für meinen Aufzug, aber ich hab nicht mit Besuch gerechnet.«

Mir purzeln fast die Augen aus dem Kopf, als ich Allie halb nackt im Flur stehen stehe. Sie hat ein Badetuch um ihre Mitte geschlungen, das kaum etwas von ihren schlanken Beinen verhüllt. Ihre nassen Haare kleben am Kopf, als sei sie gerade wie ein Bond-

Girl aus dem Meer gestiegen. Und diese Figur! Ich räuspere mich tonlos und verdränge die unanständigen Gedanken, die sich in meinem Kopf breitzumachen drohen. Schnell gucke ich zu Mika, der scheint jedoch ebenfalls in seinem Kopfkino gefangen und starrt Allie mit offenem Mund an.

»Öh, Allie, das ist Mika, mein Drummer.«

»Ah, Mister Calvin Klein! Schön, dich kennenzulernen. Sam hat schon von dir erzählt. Ich zieh mir schnell etwas über und bin gleich bei euch, okay?«

Ich nicke synchron mit Mika und verfolge Allie mit staunendem Blick, wie sie in ihrem Zimmer verschwindet. Was war das denn gerade?

»Siehst du, wir wissen nichts über dich, weil du immer gleich dicht machst! Ich wusste nicht einmal, dass du so eine scharfe Freundin hast, Amber!«, sagt er bewundernd und zieht vielsagend die Augenbrauen hoch. Kurz überlege ich, ob ich Mikas Annahme einfach unkommentiert im Raum stehen lassen soll. Scharf – Mika hat wirklich recht! Da Allie aber gleich zurückkommt und es seltsam werden könnte, fasse ich mir ein Herz.

»Allie ist eine Freundin, nicht meine Freundin. Ein Buchstabe – aber ein großer Unterschied.«

»Fickst du sie?«

»Spinnst du?«

»Also ich an deiner Stelle … Hast du was dagegen, wenn ich -«

»Hab ich«, unterbreche ich ihn entschlossen und schaue ihn herausfordernd an. »Allie ist tabu, verstanden?«

»Hoho, das war nur eine Frage, Kleiner, aber keine Sorge, ich kann meine Finger schon stillhalten, wenn eine Frau vergeben ist.«

»Noch mal zum Mitschreiben, zwischen Allie und mir läuft nichts!« Keine Ahnung, ob ich Mika gerade belüge. Das, was vorhin im Keller passiert ist, hat sich zumindest von meiner Seite nach deutlich mehr angefühlt, als ich Mika nun weismachen möchte. »Behalt einfach deine Pfoten bei dir, ja?«

»Komm wieder runter, Amber. Ich tu ihr nichts.«

»Wem tust du nichts?« Allie ist unbemerkt in die Küche getreten und versetzt mir einen Heidenschreck. Mein Blick schnellt zu ihr, und ich versuche herauszubekommen, was sie von unserer Unterhaltung mitbekommen hat. Ihr Ausdruck ist ganz unbekümmert, und so entspanne ich etwas.

»Ich? Ich tue nicht einmal einer Fliege was.« Mika lacht, und Allie schaut mich fragend an. Ich winke nur ab und hoffe, sie lässt es auf sich beruhen.

»Cool, dass ich mal jemanden aus der Band kennenlerne, Mika.« Sie tapst in einer schwarzen Jogginghose und einem Top, das ihre Rundungen perfekt betont, zu uns und stellt sich dicht hinter meinen Stuhl. Ich muss meinen Hals ganz schön verrenken, um sie anzuschauen. »Ich hatte überlegt, ob wir dich und den Rest der Band am Wochenende hierher einladen.« Was? Wovon redet sie? »Ich würde euch ja zu gerne einmal kennenlernen. Sam schwärmt schon die ganze Zeit von euch.« Verwirrt blicke ich zu ihr hoch. Ich kapiere es einfach nicht. »Oder, Sam? Wäre doch ohnehin gut, wenn ihr euch mal besser kennenlernt, jetzt, wo die Tour bald ansteht.«

In Rekordgeschwindigkeit durchdenke ich ihren Vorschlag und muss zugeben, so übel ist er gar nicht. Vielleicht tut es uns ja tatsächlich gut, wenn wir uns außerhalb des Studios besser kennenlernen. Einfach mal treffen, quatschen, und miteinander anfreunden. Vielleicht ist es an der Zeit, mich zu öffnen und ihnen einen Einblick in mein Leben zu geben. Mein neues Zuhause und Allie kennenzulernen, könnte ein Anfang sein. Ein Signal, dass sie mehr für mich sind als nur eine Handvoll Musiker, denen ich monatlich Geld aufs Konto überweise.

»Wochenende wäre prima. Vielleicht habe ich bis dahin ja mein Zimmer fertig eingerichtet. Und ich wollte mich ohnehin noch bei euch entschuldigen für«, druckse ich rum. »Na ja, für Freitag eben. Wie sieht's aus?« Ich hebe den Blick. Angespannt presse ich meine Lippen aufeinander und warte darauf, dass er etwas sagt. Doch er scheint zu überrumpelt zu sein und starrt Allie weiter mit offenem Mund an.

»Ums Bier musst du dich kümmern, Sam. Die Kästen schlepp ich hier nicht hoch.«

»Klar«, brumme ich und notiere mir in Gedanken, dass ich Lissa – Brians Assistentin – bitten werde, sich um das Catering zu kümmern.

»Super. Freitag oder Samstag – wann soll die Party steigen?«, nagelt mich Allie fest und schaut aufgeregt zwischen Mika und mir hin und her.

»Freitag kommen wir erst aus München zurück. Wir fliegen am Donnerstag für Fernsehaufnahmen dorthin«, gehe ich in Gedanken meinen Terminkalender durch.

»Ist doch super. Dann können wir danach hier einen Absacker zum Wochenende nehmen.« Mika klingt begeistert.

»Freitag habe ich Spätdienst – aber ich schätze, ihr kriegt das auch ohne mich hin.« Allie hat ihre Hände auf meiner Rückenlehne abgelegt, ihre Finger berühren kaum meine Schultern, und doch geht von ihnen so eine Wärme aus, dass ich es kaum noch schaffe, weiter ruhig zu sitzen.

»Hauptsache, du kommst später dazu. « Mika lacht, und alles in mir spannt sich an. Zu sehr sind ihm seine Gedanken ins Gesicht geschrieben.

»Ich könnte Brian und seine Frau noch einladen. Und die Technik-Crew«, überlege ich daher laut. Vier Jungs und Allie – das fühlte sich verdammt seltsam an. Vielleicht wäre es gut, den Rahmen größer zu fassen. »Wäre das okay für dich?«, frage ich an Allie gewandt.

»Warum nicht? Ist ja auch deine Wohnung. Lad ein, wen du willst. Ich bringe vielleicht Marlene mit, wenn euch das nicht stört.«

»Du kannst gerne eine ganze Busladung Freundinnen mitbringen, wenn sie alle so … nett sind, wie du«, schleimt Mika. Mir passt es nicht, dass Mika mit Allie flirtet. Das fühlt sich ganz und gar falsch an. Aber noch bin ich zu sehr damit beschäftigt, meine Gefühle für Allie zu sortieren, als dass ich Mika zurechtweisen könnte.

»Ach, glaub mir, Mika, so nett bin ich gar nicht, da kann Sam ein Lied von singen.« Sie schaut mich herausfordernd an, doch auf dieses Thema werde ich mich ganz sicher nicht einlassen. Zicken kann sie, da hat sie recht. Aber das würde ich niemals vor anderen sagen.

»Ich verweigere die Aussage.« Kurz lache ich auf, doch Allies Blick lässt mich verstummen. »Sag mal, Mika, hast du Lennox'

Adresse? Ich würde gerne mal bei ihm vorbeischauen und mit ihm über die Sache von Freitag reden.«

»Kann jedenfalls nicht schaden.« Er tippt auf seinem Smartphone rum, und keine Sekunde später vibriert es in meiner Hosentasche. »So, ich gehe jetzt. Wir sehen uns Donnerstag am Flughafen?« Ich nicke und stehe auf, um ihn zur Tür zu bringen. Plötzlich ist mir Allie schon wieder zu nah, weil sie zeitgleich einen Schritt auf Mika zugemacht hat, um ihn zu verabschieden. Unsere Körper berühren sich fast und ich widerstehe nur schwer dem Drang, meine Hand auf ihren Rücken zu legen.

Es ist nicht so, dass ich keine Erfahrung im Umgang mit Frauen habe. Ich hatte schon einige – vorrangig in meinem Bett. Ich weiß, wie sie riechen, wie sie sich anfühlen. Und ich bin echt gut darin, sie rumzukriegen. Nach mehr stand mir bislang nie der Sinn. Wie hätte bei meinem bisherigen Leben auch eine Beziehung funktionieren sollen? Ich wollte meine Freiheit. Leben ohne Verpflichtungen. Doch das mit Allie ist anders. Sie ist anders, und ich habe gerade keine Ahnung, was das zwischen uns ist. Und noch weniger, was daraus werden soll.

»Bis Freitag«, verabschiedet sich Allie und lässt sich von Mika die obligatorischen Küsschen auf die Wangen drücken.

»Freue mich schon«, entgegnet er und lässt seine Augenbrauen wackeln. Allie quittiert diese offensichtliche Anmache mit einem Lachen.

»Haben eigentlich alle aus deiner Band so eine große Klappe?«, fragt sie an mich gerichtet. Ich überlege kurz und grinse sie schließlich breit an.

»Nope. Nur Mika.«

»Glaub ihm kein Wort, Allie!« Er zwinkert mir schelmisch zu.

Kurz überlege ich, ob ich Mika zurechtweisen soll, dass nur ich sie so nenne. Aber Allie kommt mir zuvor und legt eine Hand beruhigend auf meinen Unterarm, als würde sie spüren, dass mir das gegen den Strich geht.

»Eigentlich heiße ich Alice. Diese Allie-Sache … na ja, Sam und ich kennen uns schon ewig …« Sie verzieht ihren Mund zu einer hilflosen Schnute, und in diesem Moment spüre ich einen unwiderstehlichen Drang, diese Frau, die sich selbst von einem eins neunzig Model nicht einschüchtern lässt, zu küssen.

»Geht klar, Alice!« Er lässt ihren Namen wie eine französische Köstlichkeit auf seiner Zunge zergehen und zwinkert ihr zu. Keine Frage, diese Neckereien zielen darauf ab, mich eifersüchtig zu machen. Doch Allie hat ihn in die Schranken gewiesen. Das alleine genügt mir, um wieder ruhiger zu werden.

Als ich die Tür hinter mir schließe, atme ich zu allererst einmal tief aus und vergrabe meine Hände in den Haaren.

»Das war … interessant«, stoße ich leise aus, als ich das Gespräch Revue passieren lasse und mir der Ernsthaftigkeit bewusst werde.

Ich schaue sie hilflos an. Eigentlich sollte ich mich freuen, sollte dankbar sein, dass mir Mika gesagt hat, wie mies sie sich fühlen, weil ich sie von mir fernhalte. Dabei hatte ich diesmal alles richtig machen wollen. Ich wollte mich nicht wieder zu tief in diese emotionalen Dinge verstricken, wie ich es bei *Session One* getan habe. Damals war ich noch so jung gewesen. Ich habe viele Fehler gemacht, Fehler, die mir nicht noch einmal passieren sollten. Deshalb dachte ich, es wäre schlau, gleich zu Beginn eine Grenze zu ziehen, abzustecken, dass das mein Revier ist. Mein Spiel, meine Regeln. Doch ich habe die Rechnung ohne die Band gemacht. Scheiße.

»Ich glaube, dass du zu distanziert bist. Dadurch wirkst du arrogant, dabei kannst du doch echt nett sein. Mensch Sam, sei einfach du selbst. Wenn du alle von dir fernhältst, darfst du dich nicht wundern, wenn sie dich ebenfalls abweisen.« Sie legt den Kopf schief.

Mein Kopf sinkt in den Nacken und ich seufze tief.

»Zeig ihnen einfach, wer du wirklich bist. Dann klappt das schon.«

»Und was, wenn ich das selbst nicht mehr weiß?« Ich hebe den Blick und schaue in diese Augen, die mich mit so viel Wohlwollen betrachten, die sehen wollen, was vielleicht schon längst nicht mehr in mir steckt. Allie hat keine Ahnung, was die letzten Jahre aus mir geworden ist. Das Musikbusiness hat mich hart gemacht. Hart und unnahbar. Ich presse die Lippen fest aufeinander.

»Dann werde ich es für dich wissen«, flüstert Allie und hält meinem Blick stand.

Die Intensität und Entschlossenheit, mit der sie mich anschaut, verursachen mir Gänsehaut. Ich breche den Blickkontakt ab, drehe ihr den Rücken zu, weil ich es nicht länger ertrage, dass sie mir direkt in die Seele schaut. Dorthin, wohin sonst niemand vordringt.

Ich sollte dringend meine Gefühle in den Griff bekommen. Meine Mauern sind zu brüchig, und das ganze Chaos tut mir nicht gut. Wenn das mit meinem Comeback etwas werden soll, gibt es ganz andere Dinge, auf die ich mich konzentrieren sollte. Meine Band zum Beispiel.

»Was sollte das vorhin eigentlich? Diese Party-Sache, meine ich«, wechsle ich das Thema.

»Sorry, ich wollte nicht lauschen, aber die Wände sind echt wie Papier. Und als ich dann gehört habe, was du für Probleme mit der Band hast … da musste ich doch was tun. Bist du böse?«

»Weil du mir vermutlich den Arsch gerettet hast? Nein, nicht wirklich.«

Ich muss grinsen. All die Schwere, die mir auf die Seele drückt, ist für einen Augenblick vergessen.

INSTAGRAM: Love letters to life – by Alice

love_letters_to_life Zuhause – für viele nichts weiter als vier Wände und ein Dach. Für mich ist es aber ein Ort, an dem ich ich selbst sein kann. Mit all meinen Macken und Eigenheiten. Ein Ort, an dem ich glücklich bin. An dem ich traurig sein darf. Hier fühle ich die Geborgenheit wie nirgends sonst. Und egal, wie weit mich mein Weg davonträgt, ich kehre immer gerne hierher zurück.

#lovelife #daslebengenießen #zuhause #heimatliebe #live #life #loveletterstolife #wohlfühlen #glücklichsein #mehralsvierwände

Kapitel 11

Ob Sam wohl zu Hause ist?, überlege ich, als ich die Haustür aufschließe und mich mit Einkaufstaschen bepackt die einhundertdrei Treppenstufen hocharbeite. Es ist seltsam, dass ich mir seit Tagen immer wieder dieselbe Frage stelle und nie weiß, wann ich Gesellschaft haben werde und wann ich alleine bin. Seit Mikas Besuch habe ich Sam nicht mehr zu Gesicht bekommen und ich befürchte schon, dass er bereits aufgegeben hat, bevor ich ihm ein normales Leben habe schmackhaft machen können. In einem Hotel zu leben, hat wohl doch zu viele Vorzüge.

Enttäuschung macht sich breit, als ich wieder in eine leere Wohnung trete. Ich lebe gerne alleine, zumindest lieber als mit Fremden zusammen. Die wenigen Stunden, die Sam in meiner Wohnung verbracht hat, haben mir aber doch vor Augen geführt, dass es manchmal ziemlich einsam ist, wenn man niemanden um sich herum hat. Es hat mir gefallen, mit ihm zu reden, ihn zu spüren und mit ihm herumzualbern. Und obwohl ich es mir nicht eingestehen wollte: Ich vermisse ihn.

Resigniert lasse ich die Taschen auf den Küchenboden plumpsen und versuche mir die Laune nicht trüben zu lassen. Stattdessen überlege ich, was ich mit dem angefangenen Abend noch machen könnte.

Danach räume ich die Einkäufe ein. Selbst im Supermarkt spukte mir Sam im Kopf herum. Ich hatte doch tatsächlich überlegt, ob ich noch Milch mitnehmen soll, falls Sam doch einmal zum Frühstück da ist. Und obwohl ich mich gleich für bescheuert erklärt habe, halte ich nun diesen Tetrapack in den Händen und hoffe darauf, dass ich ihn jemals nutzen werde.

Bevor ich weiter darüber nachdenke und mich mit der Frage

verrückt mache, warum Sam nicht hier schläft, öffne ich die Kühlschranktür und packe die Milch samt all der anderen Sachen, die gekühlt gehören, hinein.

Ein Fingertipp auf das Radio und mir schallt ein klebriger Gute-Laune-Song entgegen, der die Stille, die seit Tagen in der Wohnung hängt, erträglicher macht. Ich summe leise mit, wiege mich zum Takt hin und her, während ich die Einkäufe weiter einräume.

Als sich plötzlich ein Paar angenehm kühle Hände auf meine Augen legen, erschrecke ich fast zu Tode.

»Huch«, schreie ich auf und springe wie ein erschrockenes Reh hoch. »Wer … äh … Sam?« Ich hoffe, dass er es ist. Oder doch nicht? Blödsinn, die Alternative wäre ein Einbrecher. Ein Axtmörder, ein …

»Hey«, höre ich Sams tiefe Stimme nah an meinem Ohr. Sie klingt so vertraut und sanft, dass ich unwillkürlich schlucken muss. Sam lässt die Hände sinken, und ich drehe mich zu ihm um. Für einen winzigen Augenblick ist er mir ganz nah. Mir wird heiß. Und kalt. Und heiß. Ich schlucke. Dann tritt er einen Schritt zurück und grinst mich an.

»Du hast mich erschreckt.«

»Das habe ich gemerkt.«

»Ich wusste nicht, dass du kommst«, gestehe ich ehrlich und mustere ihn interessiert. Wieder trägt er diese schwarzen Designerklamotten, in denen seine durchtrainierte Figur wirklich gut zur Geltung kommt. Seine Haare sehen perfekt unperfekt aus, und sein Lächeln ist gewohnt sexy. Was er heute wohl getan hat? Interviews gegeben? Vor der Kamera posiert? Mit wichtigen Menschen gesprochen? Ich weiß nichts von seinem Alltag, der so anders als meiner ist. Wie es wohl ist, ein von allen umschwärmter Superstar zu sein?

»Ich war vorhin schon mal da. Konrad und ich haben gerade eine Matratze besorgt. Na ja, gut. Er hat eine Matratze besorgt, und ich habe im Taxi gewartet.«

»Oh, wir hätten auch zusammen fahren können. Ich liebe Möbelgeschäfte und finde immer was in der Dekoabteilung.«

»Allie, ich kann nicht einfach in einen Laden reinspazieren.«

Ich lege den Kopf schief.

»Warum nicht? Oh, Mister Superstar hat Angst vor einem Auflauf.«

»Na ja, das …«

»Meinst du nicht, du übertreibst etwas, Sam Amber? Ich denke doch kaum, dass dich am helllichten Tag Horden von Mädels anschmachten und einen auf hysterische Furien machen, oder?«

Berlin ist schließlich eine Großstadt und nicht Hinterschnöpflingen. Die Leute sehen tagein tagaus irgendwelche Berühmtheiten. Sam sieht eindeutig Gespenster.

Amüsiert zieht Sam seine Augenbrauen hoch und unterdrückt sein niedliches Grübchenlächeln. Schließlich streckt er seine Hand nach mir aus und nickt zur Tür. »Komm«, sagt er einladend.

»Was hast du vor?« Argwöhnisch schaue ich ihn an, doch Sam hat schon sein Smartphone gezückt, ist zur Wohnungstür gelaufen und hält sie auf. »Na mach schon, Allie. Ich möchte dir nur etwas zeigen.«

Ich hadere noch einen Moment, bin dann aber doch zu neugierig, was Sam geplant hat.

Während wir die Treppen nach unten laufen, telefoniert Sam.

»Hey, Lust auf eine kleine Party?« Sechsunddreißig, siebenunddreißig. Sam legt ein ganz schön hohes Tempo vor und hat es offensichtlich eilig. Was hat er nur vor? Und was meint er mit Party? »Gut, ich brauch dich.«

Ohne abzubremsen stürmt Sam aus der Haustür, biegt nach rechts Richtung Hauptstraße ab und gibt mir kaum Zeit, zu ihm aufzuschließen.

»Wo gehen wir hin?«, frage ich atemlos.

»Eis essen, in einem Laden einkaufen. Was du willst«, sagt er lapidar, verringert sein Tempo jedoch nicht. Einmal dreht er sich kurz um, als vermute er, dass wir verfolgt werden. Da läuft tatsächlich ein breitschultriger Mann hinter uns her, der eine recht angespannte Miene zur Schau trägt und Sam nicht aus den Augen lässt.

»Wer ist das?« Langsam wird mir die ganze Aktion suspekt, und ich halte einfach an. »Sam?«

Als Sam bemerkt, dass ich stehenbleibe, stoppt er seinen Stechschritt. Nach einem Blick auf seine Uhr erscheint ein breites Grinsen auf seinen Lippen. »Ich wette auf zwei Minuten dreißig. Vielleicht auch drei Minuten. Bereit?«

Der fies dreinschauende Mann hat sich neben mich gestellt und grinst Sam an. »Zweizwanzig und keine Sekunde länger. Ab ... jetzt!« Die Uhr des Fremden piepst und Sam läuft wieder los.

Verwirrt folge ich den beiden, schlängle mich durch die Fußgänger, die es eilig haben. Dann durchschneidet ein gellendes Kreischen den Straßenlärm, und ich schaue mich panisch um, ob es irgendwo einen Anschlag gegeben hat und ich mich besser auf Sam werfen sollte, um ihn vor Terroristen zu schützen. Doch von Sam fehlt plötzlich jede Spur. Dafür wird das Gedränge vor mir größer, das Geschrei und Gekreische nimmt zu, und die Hektik ist förmlich zu greifen. Leute halten ihr Smartphone hoch und versuchen ein Bild zu ergattern. Manchen stehen die Tränen in den Augen. Was ist passiert? Wo ist Sam?

Ich spüre, wie mein Herz zu rasen beginnt. Wie mein Mund ganz trocken wird und sich eine böse Vorahnung in mir ausbreitet.

»Sam«, wispere ich leise. »Sam«, werde ich lauter und schließlich kreische ich seinen Namen: »SAM!« Doch alles, was ich höre, wirkt wie ein Echo meiner selbst. Vor, neben und hinter mir kreischen alle Sams Namen. Sam. Sam. Sam! Die drei Buchstaben schwellen zu einem Crescendo an. Ich schiebe und dränge mich durch die Masse, werde geschubst und komme kaum vorwärts.

»Oh mein Gott«, höre ich aufgeregte Frauenstimmen, die sich fast überschlagen. »Ich glaube es nicht! Er ist es tatsächlich.« Und dann begreife ich. »Sam Amber!«

Entsetzt über den Massenauflauf gebe ich mein Vorhaben auf, zu ihm vorzudringen. Bleibe stehen und schaue mir das Schauspiel an, das Sam eigens für mich choreografiert hat. Inmitten des Pulks kann ich ihn sehen, umringt von unzähligen Menschen. Jung wie alt. Mädchen, Frauen, Männer. Alle strecken ihm Stifte für Autogramme entgegen, halten die Smartphones hoch, um den Moment festzuhalten. Sam wirkt entspannt, lacht und unterhält sich mit seinen Fans, die nicht aufhören, an ihm zu zerren. Ich sehe den breitschultrigen Kerl von vorhin und stelle erleichtert fest, dass er ihm den Rücken freihält. Dass er darauf achtet, dass Sam noch Luft bekommt.

Die Hysterie, mit der die Menschen auf ihn zustürmen, überfordert mich. Natürlich weiß ich, dass Sam berühmt ist. Dass ihn Groß und Klein auf der ganzen Welt kennt. Aber niemals hätte ich es für möglich gehalten, dass er auf offener Straße so belagert wird. Nun kann ich verstehen, dass er nicht alleine vor die Tür möchte. Ich schaue mir den Tumult noch eine Weile an. Beobachte Sam dabei, wie er Autogramme gibt, und spüre, wie ich von Minute zu Minute trauriger werde. Was ist das nur für ein Leben, das Sam führt?

Gerade als ich mich abwenden will, hebt Sam den Blick und schaut mich an. Sekunden steht die Welt still. Als würde er all das Chaos und den Wahnsinn um sich herum vergessen, lächelt er mir sanft zu. Er zieht die Augenbrauen hoch, als wolle er sagen: Hey, du wolltest es nicht glauben, hier ist der Beweis.

Unentschlossen zucke ich mit den Schultern. Diese Runde geht ganz eindeutig an Sam. Doch bevor unser stilles Zwiegespräch ausarten kann, schiebt sich einer der Fans zwischen uns und zieht Sam eng an sich, um ein Selfie von sich und dem Star zum Anfassen zu schießen.

Mir reicht es, ich habe eindeutig genug gesehen und wende mich ab. Kurz zücke ich das Handy und tippe eine Nachricht ein.

– Bin daheim und bekenie dann mal den Hausmeister, noch fünfzehn neue Sicherheitsschlösser anzubringen. Schätze, es wäre das Beste, Fort Knox aus unserer Wohnung zu machen, oder? Kommst du heute noch mal nach Hause? –

Ich atme tief ein und klicke auf Senden. Zum Glück habe ich schon eingekauft, und wir können uns zur Not für den Rest der Woche in meiner Wohnung verschanzen. Vorausgesetzt, Sam und der Kerl, der offensichtlich sein Leibwächter ist, werden den Mob wieder los.

Auf dem Heimweg versuche ich, das Ganze zu verarbeiten. Wie kann man so leben, wenn man niemals alleine ist? Wenn man nicht einmal unerkannt einkaufen gehen kann? Kaffee trinken, ins Kino, Schwimmbad, in einen Club oder auch nur Pizza essen. Es muss furchtbar sein, immer auf der Hut zu sein. Angst haben zu müssen, erkannt zu werden. Wie schafft Sam das nur? Und wie kann er bei all dem Wahnsinn, der sich gerade um ihn abgespielt hat, noch ruhig bleiben? Ich würde vor Panik davonrennen und in ständiger Angst leben, an der nächsten Ecke von wild gewordenen Fans gekidnappt zu werden. Plötzlich kommt mir Sams seltsame Reaktion von Montag in den Sinn, als ich ihm im Schlaf das Hemd herunterziehen wollte.

Der Preis für den Ruhm ist eindeutig zu hoch, denn er bezahlt ihn mit seiner Freiheit. Scheiße – was für ein Leben!

Zurück in der Wohnung räume ich wie ferngesteuert die restlichen Dinge, die noch immer in den Taschen auf dem Küchenboden liegen, in die Schränke. Immer wieder tauchen die Bilder dessen, was ich gerade erlebt habe, in meinen Gedanken auf.

Als sich ein Schlüssel in der Wohnungstür dreht, versuche ich, meine Gesichtszüge in den Griff zu bekommen.

»Komm rein«, höre ich Sam zu irgendjemandem sagen. Ich atme tief ein, aber ich fühle mich zu aufgewühlt, um zu lächeln. »Allie, hast du Eis da?«

Was? Wofür braucht Sam Eis? Es ist doch hoffentlich nichts passiert. Panik steigt in mir auf und ich renne in den Flur. Mein Herz pocht viel zu schnell, und die Angst, die mir die Luft zum Atmen abschnürt, macht es nicht besser.

»Oh, Gott sei Dank!«, rufe ich erleichtert aus, als ich neben Sam den grimmigen Typen sehe. Dieser hält sich ein Taschentuch vor die Nase und legt den Kopf in den Nacken. Erst da wird mir klar, dass mein unbedachter Ausspruch völlig daneben ist. Aber offensichtlich erwartet der Kerl keine Entschuldigung.

»Das war ein Spaß.« Der Fremde klingt tatsächlich amüsiert, als hätte ihm die ganze Aktion Freude bereitet. Fassungslos schaue ich zwischen den beiden hin und her.

»Allie? Eis?«, erinnert mich Sam und führt seinen Bodyguard in den Wohnraum. »Setz dich«, weist er ihn an und bugsiert ihn zum Sofa.

Ich stehe noch immer wie angewurzelt da, erinnere mich dann aber an Sams Bitte und eile zum Kühlschrank. Schnell packe ich ein

Cool-Pack in ein Küchentuch und reiche es Sam. »Geile Show, das da draußen«, sage ich aus dem Zwang heraus, dass ich das Ganze kommentieren muss.

»Das war …« Sam hält inne und übergibt das Cool-Pack an den Unbekannten. Einen Moment später schiebt er mich zurück zur Küchenzeile. »Das ist mein Leben, Allie!«, sagt er leise. »Ich wollte nur, dass du weißt, worauf du dich einlässt. Mit mir befreundet zu sein, ist … na ja, es ist nicht normal, verstehst du? Ich kann nicht einfach in ein Möbelhaus gehen und Dekosachen kaufen. Wenn ich vor die Tür gehe, versuche ich mich immer möglichst unsichtbar zu machen. Meistens habe ich Konrad am Arsch kleben, aber dennoch schwingt oft genug die Angst mit, dass mich jemand erkennt.«

»Normal«, überlege ich laut und fühle mich wie hypnotisiert. Sams Blick durchbohrt mich, und ich beginne augenblicklich zu zittern. Seit der Sache mit Paul bin ich unglaublich nah am Wasser gebaut.

»Ja, Allie. Mein Leben ist nicht perfekt, aber … nun ja, ich liebe es.«

»Du liebst es, von wildfremden Menschen umzingelt und begrapscht zu werden?«, frage ich ungläubig.

»Ich liebe es, Musik zu machen. Und das«, Sam wedelt mit der Hand in eine unbestimmte Richtung. »Das gehört dazu. An manchen Tagen ist es ätzend, gebe ich zu. Aber manchmal ist das … na ja, verrückt eben. Ohne die Fans wäre ich nichts, verstehst du?«, erwidert Sam sanft und streift mit einer Hand über meinen Oberarm.

»Was ist das für ein Leben, wenn man nicht mehr ohne Schutz alleine auf die Straße kann?«

»Es ist mein Leben.«

»Du tust mir leid!«

»Allie, tu das nicht. Ich brauche kein Mitleid«, sagt Sam traurig, und ich presse meine Lippen fest aufeinander.

»Wie hältst du das aus?«, flüstere ich traurig. »Du, der alles so viel intensiver spürt.«

»Man lernt, damit umzugehen. Ernsthaft, du musst dir keine Sorgen um mich machen.«

Diese Augen. Sie sind so rein. So grün. So schön. Und der Blick scheint direkt aus seiner Seele zu kommen. Ich schlucke.

»Bist du dir sicher, Sam?«

»Ja, ganz sicher. Es ist alles eine Frage der Balance, und manchmal gelingt sie mir besser, ein anderes Mal schlechter. Aber ich kann doch deshalb nicht alles aufgeben! Die Musik ist alles, was ich habe. Alles, was ich machen möchte. Und ich hätte dich gerne dabei. Als Freundin.«

Ich versuche, Sams Worte zu sortieren, ihnen einen Sinn abzuringen. Doch ich kann nur an die letzten beiden Sätze denken. *Er will mich dabeihaben. Als Freundin.*

Was hat das zu bedeuten?

Viel zu verwirrt, um irgendetwas darauf zu antworten, nicke ich einfach nur. Heute habe ich einen Blick auf Sams Leben erhascht. Das Leben eines Superstars.

Das muss ich erst einmal verdauen. Also drehe ich um und stapfe in mein Zimmer.

Ein Teil von mir hofft, dass Sam gleich in sein Hotel geht und dort die Nacht verbringt. Doch ein noch viel größerer Teil möchte, dass er hierbleibt. Hier bei mir, damit ich ein Auge auf diesen Kerl haben kann, der sich für so viel stärker hält, als er tatsächlich ist.

Kapitel 12

Schon seit Stunden liege ich auf dem Bett und starre Löcher in die Decke. Aber so ganz funktioniert hat das nicht, denn sie ist immer noch makellos und schneeweiß. Immer und immer wieder haben sich die Szene auf der Hauptstraße und die folgende Unterhaltung mit Sam in meinem Kopf abgespielt. Vielleicht hat er recht und es ist nicht fair, über sein Leben zu urteilen. Was weiß ich schon davon, wie es ist, seinen Traum zu leben. Und was man dafür in Kauf nimmt. Ich lebe – damit bin ich schon mehr als zufrieden, denn mein Bruder hatte weniger Glück. Ich sollte mich für Sam freuen, statt Mitleid zu haben. Er scheint glücklich zu sein.

Immerhin hat Sam endlich den Akkubohrer beiseitegelegt und widmet sich nun seinem E-Piano – eines der wenigen Dinge, die er bereits in die Wohnung gebracht hat. Früher habe ich es geliebt, Sam beim Spielen zuzuhören. Daran hat sich nichts geändert!

In Dauerschleife spielt er diese Melodie, die so klebrig süß und gleichzeitig tieftraurig ist, dass augenblicklich mein Kopfkino startet.

Ich verschränke die Hände hinter meinem Kopf, lausche, lausche diesen Tönen, die mich so tief berühren, weil sie direkt aus Sams Seele zu kommen scheinen. Ich traue mich kaum zu atmen, aus Angst, einen dieser wundervollen Töne zu verpassen. Und dennoch zieht es mich zu ihm. Ich möchte ihn so gerne sehen, wenn er in seiner Musik versinkt. Wenn er eins mit ihr wird und alles um sich herum vergisst. Diese Gabe, einfach abzutauchen und nichts mehr wahrzunehmen, außer sich selbst und den Klang, der Herzen berührt, habe ich schon damals an ihm bewundert.

Bevor mich der Mut verlässt, schäle ich mich aus dem Bett und tapse barfuß zu Sams Zimmer. Die Tür ist geschlossen, und ich stehe eine Ewigkeit einfach nur da. Die Klinke in der Hand lausche ich noch einmal dieser Melodie, die ich heute zum ersten Mal gehört habe. Die mir jedoch so vertraut ist, als würde ich sie schon eine Ewigkeit kennen.

Zaghaft drücke ich die Klinke nach unten und öffne die Tür lautlos, in der Hoffnung, dass ich unbemerkt eintreten kann. Allerdings habe ich keine Ahnung, wie Sam sein Zimmer nun eingerichtet hat, und rechne nicht damit, dass sein E-Piano direkt neben der Tür steht.

Er hebt den Blick, und in dem Moment, in dem er mich sieht, erstirbt die Musik. »Allie?«, fragt er erstaunt und scheint einen Augenblick zu brauchen, um aus seinem Paralleluniversum aufzutauchen. »Hab ich dich gestört? Ich hab die Kopfhörer vergessen. Aber ich kann es auch leiser machen oder ausstellen.«

Schon dreht er an einem Regler auf seinem elektrischen Klavier, und Stille erfüllt den Raum.

»Nein, ich …« Ich atme tief ein und stelle fest, dass er Pauls Bett aufgebaut hat. Glücklicherweise steht es an einer anderen Stelle, sonst hätte ich wohl jetzt einen Flashback erlitten. Sams Blick folgt meinem. »Ich hoffe, es ist okay, dass ich es mir geholt habe. Du hattest es angeboten …«

»Alles gut. Ich war nur …« Ich winke ab. »Darf ich dir zuhören? Das, was du gerade gespielt hast, ist wunderschön.«

»Gefällt es dir?«, fragt Sam mit einem Lächeln auf den Lippen. Seine Gesichtszüge sind extrem entspannt und er wirkt um Jahre jünger. Die stylischen Klamotten, die er tagsüber immer trägt, hat er gegen eine Jogginghose und ein T-Shirt eingetauscht, das seine besten Jahre offensichtlich schon hinter sich hat. Er sieht niedlich aus, wie er so verstrubbelt an seinem Klavier sitzt.

»Kannst du es noch mal spielen?«, flüstere ich fast flehend und steuere ohne seine Zustimmung auf das Bett zu, das mit vielen Erinnerungen an meinen Bruder verknüpft ist. Ich lege die Gitarre beiseite, die darauf liegt, und setze mich so, dass ich Sams Gesicht sehen kann. Einem inneren Drang folgend kralle ich mir das Kissen, das neben mir liegt. Sam lächelt und hat offensichtlich nichts dagegen, dass ich es mir hier gemütlich mache.

»Es ist noch nicht fertig«, murmelt Sam, doch seine Finger gleiten schon über die Tasten. Seine Augen hält er geschlossen, als müsse er sich voll und ganz darauf konzentrieren, was er spielt. In seinem Gesicht spiegelt sich die Liebe zur Musik, und ich kann meinen Blick gar nicht abwenden. Dankbar, dass er mir diesen Einblick in seine Seele gewährt, drücke ich meine Nase tief in das Kissen. Erstaunt nehme ich wahr, dass es bereits nach Sam riecht, und augenblicklich kribbelt es in meinem Bauch. Schnell vergrabe ich meine Nase noch tiefer in dem Stoff.

Sekunde um Sekunde tauche ich tiefer in die Musik ein. Die hohen Töne sind so lieblich, so sanft und hoffnungsvoll, doch darunter mischt sich eine tieftraurige Melodie, die mir Gänsehaut bereitet. Genau diese Zerrissenheit, dieser Gegensatz löst in mir ein Gefühl aus, das ich zu gut kenne. Immer wenn ich Sam betrachte, ist einem Teil meines Herzens so leicht zumute. Da möchte ich lachen und singen und tanzen und die Welt umarmen, wenn er mich nur anschaut. Doch da ist auch die Wehmut, die Traurigkeit, dass wir uns nie wirklich so nah waren, wie ich es mir sehnlich gewünscht habe.

Sam öffnet die Augen. Sein Blick nimmt mich gefangen. Ich habe das Gefühl, ich kann spüren, was er spürt. Fühlen, was er fühlt. Denken, was er denkt. Ein sanftes Lächeln gleitet über Sams Lippen, und auch wenn es nur wenige Millimeter sind, die sich seine Lippen heben, so ist es, als würden sie einen ganzen Ozean überwinden. Getragen von der Melodie, getrieben vom Rhythmus. Die Distanz zwischen uns hört in diesem Augenblick auf zu existieren. Ich schaue ihn einfach an, genieße den Augenblick und habe das Gefühl, niemals einem Menschen näher gewesen zu sein.

Mein Herz pocht wild. Unregelmäßig und haltlos als hätte es seinen eigenen Rhythmus vergessen. Wie himmlisch muss es sein, wenn Sam dazu noch singt? Wenn er mit seiner außergewöhnlichen Stimme dem Lied einen Sinn verleiht.

»Wow«, hauche ich Sekunden, nachdem das Lied verklungen ist und nichts zurücklässt außer dieser Stille, in der es mir schwerfällt, zu atmen. Ich bin tief beeindruckt und traue mich nicht zu fragen, ob das tatsächlich von ihm selbst stammt.

»Gibt es …« Ich ringe nach Worten. »Na ja, hast du auch Lyrics dazu, oder ist es ein Instrumentalstück?«

Statt zu antworten beginnt er ein neues Stück zu spielen. Leise, als hätte er die Lautstärke des Pianos runtergedreht. An Intensität hat sein Spiel allerdings nichts verloren.

»Mariage d'Amour«, flüstere ich andächtig, als ich die Melodie erkenne. »Erinnerst du dich an all die Vorspiele, zu denen wir gekommen sind? An diesem Stück hast du so lange geübt.« Sam hatte schon früh mit dem Klavierspielen begonnen und spielte die Klassiker rauf und runter, während sich andere noch mit den einfachsten Liedern auf der Blockflöte abmühten. Was wohl aus Sam geworden wäre, hätte er diese Casting-Show nicht gewonnen? Vielleicht wäre er heute ein weltberühmter Pianist. Oder hätte Karriere in einem angesehenen Orchester gemacht.

Plötzlich hält er inne und lacht. Er beginnt das Lied von vorne, schaut in eine unbestimmte Ferne, als wäre er in Gedanken ganz weit weg. Wieder hakt es an genau derselben Stelle, aber diesmal spielt er einfach weiter und ein leises Lächeln huscht über seine Lippen.

»Es ist Jahre her, dass ich das gespielt habe«, sagt er andächtig, und seine Finger huschen über die Tasten, als hätten sie nie etwas anderes getan, als dieses Stück zu spielen.

»Ich habe es immer geliebt«, gestehe ich verträumt. Mir ist es nicht einmal peinlich, dass mir ein breites Lächeln ins Gesicht steht.

»Ich weiß.« Sam zwinkert mir zu, und ich halte unwillkürlich die Luft an. Dann lässt er das Lied verklingen und legt entschlossen seine Hände auf die Oberschenkel. Enttäuschung macht sich in mir breit, denn ich möchte ihm noch eine Ewigkeit zuhören.

»Spiel weiter«, bitte ich ihn sehnsüchtig.

Sam schüttelt den Kopf. »Ich hab dir ein Stück meines Lebens gezeigt. Jetzt bist du dran.«

»Okay«, sage ich skeptisch. »Auf was hast du Lust?«

»Keine Ahnung, was machst du normalerweise an einem stinknormalen Mittwochabend?«

Ich überlege. Nichts klingt besonders sexy oder weltgewandt. Also zucke ich mit den Schultern und gestehe die Wahrheit. »Filme schauen.«

Sam seufzt, schaltet aber dennoch das Piano aus und dreht sich mir zu. »Welch magere Ausbeute für ein Privatkonzert. Hey, ich hab dir sogar ein ganz und gar unfertiges Stück vorgespielt. Und du speist mich mit einem Film ab?«

»Tja, hättest du dazu noch gesungen, hätte ich vielleicht Popcorn gemacht«, necke ich ihn und grinse breit. Früher kaufte er immer die Maxi-Portion Popcorn im Kino, und ich frage mich noch heute, wie er es jedes Mal geschafft hat, den Eimer bis zum Ende des Films aufzumampfen.

»Popcorn? Ernsthaft? Mensch, das hättest du echt früher sagen können.« Sam steht auf und wartet an seiner Tür auf mich. »Ich muss morgen zu Fernsehaufnahmen, da könntest du mich singen hören. Komm doch mit.« Aus Sams Mund klingt es wie eine Einladung zum Kegeln. Oder vielleicht zu einem Kneipenabend. Ich stutze kurz.

»Wo denn?« Im Geiste gehe ich meinen Dienstplan für morgen durch. Je nach Uhrzeit könnte ich ja zumindest mal kurz vorbeischneien.

»Irgendwo in München.«

»Oh, tut mir leid. Morgen bin ich schon in London zu einer Kinopremiere eingeladen. Ernsthaft. Ich kann nicht mitten unter der Woche mal eben nach München jetten. Ich muss arbeiten.« Entschuldigend zucke ich mit den Schultern. »Wann kommst du denn wieder?«

»Irgendwann am Freitagmittag. Apropos. Ich hab ja die Jungs eingeladen. Macht es dir was aus, wenn ich jemanden hier reinlasse, damit er alles herrichten kann?«, fragt Sam nach, als wäre es an der Tagesordnung, dass man mal eben für zwei Tage ans andere Ende der Republik reist und währenddessen irgendein Assistent das Leben managt.

»Öhm, mach nur. Bleibst du heute über Nacht?« Erst als ich die Worte ausgesprochen habe, wird mir bewusst, was ich da frage. Röte schießt mir in den Kopf. Doch dann erinnere ich mich selbst daran, dass das eine ganz und gar harmlose Frage ist, die ich jedem anderen Mitbewohner auch stellen würde. Nur, dass Sam nicht wie andere ist.

»Ich muss morgen früh raus und brauche noch ein paar Sachen«, weicht er aus. Als er das Licht löscht, nickt er aufmunternd Richtung Couch. »Ich suche den Film raus, und du kümmerst dich ums Popcorn, Deal?«

»Das nenn ich mal eine gerechte Arbeitsverteilung«, maule ich gespielt und folge ihm aus seinem Zimmer.

Als ich an ihm vorbeilaufe, knufft er mich in die Seite. Diese Berührung kommt so unerwartet, dass ich aus vollem Halse kreische und zu kichern anfange. Leicht und unbeschwert. Es ist viel zu lange her, dass ich mich so gefühlt habe.

Kapitel 13

Ich werfe einen letzten Blick auf Allie, die noch immer eingekringelt wie eine Katze auf dem kleinen Sofa liegt. Ich habe es einfach nicht über mich gebracht, sie zu wecken, nachdem sie beim Filmschauen eingeschlafen war.

Leise ziehe ich die Wohnungstür hinter mir zu und schleiche die knarzenden Treppenstufen nach unten. Es ist noch verdammt früh, die Kälte des Morgens vertreibt meine Müdigkeit kaum. Geschlafen habe ich nicht. Immer und immer wieder lief der Abend in Dauerschleife in meinem Kopf ab. Allies Blick, als ich den neuen Song gespielt habe, werde ich wohl niemals vergessen. Es war, als könnte sie direkt in meine Seele schauen.

Und danach, als wir so eng nebeneinandersitzend Filme geschaut haben, war da eine unglaubliche Vertrautheit. Fast war es wie früher, und ich hatte oft genug gedacht, dass Paul gleich um die Ecke biegen und sich zu uns setzen würde.

Ich laufe das kurze Stück zum Hotel und mache mich dort frisch. Eilig werfe ich ein paar Klamotten in meine Reisetasche. Viel brauche ich nicht, schließlich werden wir morgen wieder zurück sein.

Ein Taxi bringt mich zum Flughafen, wo Brian bereits auf mich wartet.

»Sam! Und? Hast du die Hosen voll?«, begrüßt er mich überschwänglich und streckt mir seine Hand entgegen. »Erster Solo-Auftritt. Jetzt wird es ernst.« Er lächelt breit und klopft mir aufmunternd auf die Schulter.

»Ich bin ja nicht alleine«, murmele ich und sage ihm besser nicht, dass der nahende Gig ganz sicher nicht der Grund für meine

Anspannung ist. Auftritte dieser Art hatte ich mit *Session One* zu Hauf. Die machen mich schon lange nicht mehr nervös.

Das, was mich wirklich umtreibt, ist, dass ich gleich zum ersten Mal seit meinem Ausraster im Studio meiner Band gegenüberstehen werde. Ich habe keine Ahnung, wie ich mich ihnen gegenüber verhalten soll. Wie ich ihnen zeigen soll, dass sie mehr sind als austauschbare Ziffern auf der Gehaltsabrechnung.

»Sind die anderen schon da?«, frage ich und blicke mich neugierig um. »Wissen sie, wo sie hinmüssen?« Die gecharterten Maschinen fliegen von einem Teil des Flughafens ab, der von Normalreisenden nicht betreten wird. Entsprechend wenig ist hier auch los.

»Entspann dich, Sam. Wir sind gut in der Zeit. Nimm dir einen Kaffee. Oder Tee. Oder ... ach, guck selbst.« Brian widmet sich seinem Smartphone und scheint seine E-Mails zu checken.

Ich lasse mich auf einen der Sessel nieder und verfluche die Tatsache, dass mir *Jonihoh* keine Kapuzenpullis maßgeschneidert hat. Ich sollte vor der Tour unbedingt Jonathan noch nach ein paar stylischen Wohlfühlklamotten für genau solche Gelegenheiten fragen. Auf Dauer wie eine wandelnde Schaufensterpuppe herumzulaufen, kann nicht mein Ziel sein.

Ich zücke ebenfalls mein Handy – ein bisschen Socialising kann nicht schaden, schließlich warten meine Fans sehnsüchtig auf ein Lebenszeichen und mehr Infos, was mein Soloprojekt angeht.

Schnell schieße ich ein Selfie, lege noch einen Filter drüber und lade es mit ein paar lustigen Hashtags auf Instagram. Ich weiß, dass meine Media-Agentur gerne die Macht über meinen Channel hätte. Mir macht es allerdings viel zu viel Spaß, das hochzuladen, wonach mir gerade ist. Ohne Plan. Ohne Ziel. Einfach nur, um meinen Fans einen klitzekleinen Einblick in mein Leben zu geben.

Mein Handy vibriert und kündigt den Eingang einer neuen Nachricht an. Ich schau noch einen kurzen Moment auf die massenhaft eintrudelnden Likes zu meinem Beitrag und switche dann zu WhatsApp.

– Mein Retter! Ohne dich hätte ich verschlafen. Gute Reise und viel Erfolg! A. –

Darunter hat Allie ein Foto gepackt, auf dem sie völlig verstrubbelt aussieht, aber so niedlich wirkt, dass ich unwillkürlich lächeln muss.

– Ich frag meinen Stylisten mal nach einer schillernden Rüstung! Frohes arbeiten – heute vielleicht mal ohne Kotze und Babyscheiße? S. –

Ich stehe auf und hole mir nun doch einen Kaffee aus dem Automaten. Die Wärme tut gut und ich spüre den Hallo-Wach-Effekt fast augenblicklich. Hoffentlich sehe ich nicht so müde aus, wie ich mich fühle. Ansonsten hat die Visagistin echt was zu tun.

– Dein Pferd solltest du allerdings unten anketten, die Treppe verkraftet das glaube ich nicht. Was steht heute auf deinem Plan? Hübsch in die Kamera lächeln und schlaue Antworten geben, damit deine Fans reihenweise in Ohnmacht kippen? –

– Nette Zusammenfassung meines Tages. Ergänze es noch mit ein Liedchen trällern, und ich erkenne mich glatt wieder. –

Darunter setze ich einen Emoji, der die Zunge herausstreckt. Allie nimmt mich und meinen Job einfach nicht ernst. Aber wenn ich ehrlich bin, mag ich die Tatsache, dass sie mich nicht anhimmelt, weil ich Glück gehabt habe und ganz gut singen kann. Viel mehr will ich, dass sie mich aus anderen Gründen mag. Dass sie *mich* mag – und nicht die Figur Sam Amber.

Von Allie kommt ein Gif, und als es endlich geladen hat, verschlucke ich mich an meinem Kaffee. Dieses Biest! Ich hatte nicht gewusst, dass es von diesem bescheuerten Werbejingle für unsere fünfte Platte ein Gif gibt, das wild durch die sozialen Medien geschickt wird.

– Coole Typen. Aber wer sind die? –

– Das weiß ich auch nicht! –

Unzählige Gifs, in denen ich wahlweise mich selbst angrinse, singe

124

oder tanze, treffen wie Gewehrsalven auf meinem Handy ein. Ich komme gar nicht hinterher, alle anzuschauen. Hin- und hergerissen zwischen Scham und Belustigung schüttle ich den Kopf.

– Gnade! –

Endlich hört das pausenlose Gebimmel auf, und Allie scheint ein Einsehen mit mir zu haben. Ganz traue ich dem Frieden nicht. Und gerade als ich etwas eintippen möchte, zappelt mein Handy schon wieder, und mein Ebenbild grinst mir entgegen. Ich lege den Kopf in den Nacken und stöhne laut. Zeitgleich schleicht sich ein breites Grinsen auf meine Lippen.

Kurz überlege ich, wie ich mich revanchieren kann. Doch da höre ich Stimmen, und ein Blick bestätigt mir, dass meine Band samt Konrad endlich eintreffen.

Ich tippe einen kurzen, unkreativen Abschiedsgruß an Allie ein und stecke das Smartphone in meine Jackentasche. Unentschlossen stehe ich auf.

»Hey«, sage ich nur.

»Sam.« Lennox nickt reserviert und hält sich an seinem Bass fest. Elián hebt zur Begrüßung unentschlossen eine Hand und meidet meinen Blick. Lediglich Mika tritt mit einem breiten Grinsen auf mich zu und hält seine Hand hoch, damit ich einschlagen kann.

»Amber! Lange Nacht gehabt? Siehst Scheiße aus«, neckt er mich und klopf ein paarmal fest auf meine Schulter.

»Halt die Klappe, Mika«, murmele ich mit einem Lächeln auf den Lippen. Bei Mika weiß ich nie so recht, wo die Neckereien aufhören und der Ernst anfängt. Es wird Zeit, ihn und die anderen besser kennenzulernen. Vielleicht können wir ja tatsächlich Freunde werden.

»Sag mal, ist das dein eigener Jet, mit dem wir gleich durchstarten?«, will Lennox wissen und versucht einen Blick durch die riesige Glasfront zu erhaschen, hinter der sich die Rollbahn auftut. »Learjet?«

Ich zucke mit den Schultern, habe keine Ahnung, welche Maschine uns das Management gechartert hat und im Grunde ist mir

das auch egal. Ich wäre auch im Bus nach München gefahren –
Hauptsache, ich habe noch ein paar Stunden meine Ruhe.

»Die Maschine steht jetzt bereit.« Eine junge Frau mit einem
verbindlichen Lächeln weist uns an, ihr zu folgen. Ich schultere meine Reisetasche und laufe gemeinsam mit meinem Team auf den
Ausgang der kleinen Halle zu. Ein Wagen bringt uns zu dem Airlin-
er.

Lennox, Mika und Elián staunen nicht schlecht und verstricken
sich sogleich in technische Diskussionen über Flughöhe, maximale
Geschwindigkeit und Antriebskraft. Ihr Fachgesimple erinnert mich
an so manches Quartett-Battle, das ich mir mit Paul gegeben habe.
Ich schlucke die Traurigkeit darüber, dass das unwiederbringlich
Vergangenheit ist, hinunter. Vielleicht findet sich ja das alte Jet-
Quartett noch in irgendeiner Kiste, die Allie im Keller gestapelt hat.

Als sei es ungeschriebenes Gesetz, lassen mir alle den Vortritt.
Hatte ich bei *Session One* darum gekämpft immer vorne mitzumi-
schen, ist es mir gerade gar nicht recht. Aber wahrscheinlich habe
ich es mir durch mein Verhalten in den letzten Wochen und Monaten selbst zuzuschreiben, dass mich alle als Boss ansehen. Ich habe
mich selbst ins Abseits bugsiert und muss mich nun anstrengen, um
mich zurück in die Reihen zu kämpfen.

So wundert es mich auch nicht, dass sich keiner der Jungs zu
mir an den Vierer-Platz setzt, sondern sich alle auf die Sitzbank im
hinteren Teil der Kabine stürzen. Als würden sie zum ersten Mal in
einem Privatjet fliegen, begeistern sie sich für die Lederausstattung.
Ich blicke mich um und stelle erstaunt fest, wie normal all das für
mich geworden ist. Ich habe bei all dem Luxus das Staunen verlernt.
Habe vergessen mir bewusst zu machen, dass es nicht normal ist, in
so einen Privatliner zu steigen und mich einmal ans andere Ende
Deutschlands fliegen zu lassen.

Brian setzt sich wie selbstverständlich zu mir und breitet seine
Unterlagen vor sich auf dem Tisch aus. Ich lehne mich in dem be-
quemen Ledermonstrum zurück und schließe für einen Moment die
Augen. Versuche, das Gewusel um mich herum auszublenden und
Ruhe zu finden. Aber das Herumgealbere im hinteren Teil hallt im
Jet und erinnert mich daran, nicht dazuzugehören.

»Herr Amber?«, fordert eine männliche Stimme meine Aufmerksamkeit. Ich reiße die Augen auf und betrachte den uniformierten Mann vor mir. »Entschuldigen Sie. Mein Name ist Andreas Escher, ich bin für den heutigen Flug Ihr Pilot. Es ist mir eine Ehre, Sie nach München fliegen zu dürfen.«

Er strafft seine Schultern und streckt mir seine Hand entgegen, die ich schnell ergreife, aus Angst, er könne auch noch vor mir salutieren.

»Die geplante Flugdauer liegt bei neunzig Minuten, wir erwarten keine Turbulenzen. Falls Sie etwas benötigen, wenden Sie sich bitte nach dem Start an Veronika, sie wird sich um alles kümmern.« Ich nicke und erwarte, dass der Kapitän sich verabschiedet und ins Cockpit zu seinem Kopiloten geht. Da er mich aber weiter mit diesem seltsamen Blick anstarrt und sich ansonsten gar nicht rührt, räuspere ich mich. »Ähm, ja. Ich wollte sie noch nach einem …«, druckst er rum. Brian schiebt mir eine Autogrammkarte zu.

»Für Sie?«, frage ich bemüht freundlich. Er kann nicht ahnen, dass mir die Szene vor meiner Band seltsam peinlich ist. Ich zwinge mir ein Lächeln auf die Lippen und löse den Deckel des Stiftes, den mir Brian entgegenstreckt.

»Für meine Tochter. Sophia.« Andreas strahlt übers ganze Gesicht. »Da wird sie heute Abend Augen machen.«

Eilig kritzle ich den Namen auf die Karte und setze mein Servus darunter.

»Tausend Dank, Herr Amber. Ich wünsche Ihnen allen einen angenehmen Flug.« Mit der Karte in der Hand und einem breiten Grinsen im Gesicht tritt er durch die Tür, die ins Cockpit führt.

»Sollen wir noch mal die Fragen durchgehen?«, nutzt Brian die Zeit, in der die Piloten den Runup-Check durchführen, und wühlt in seinen Unterlagen.

Ich nicke müde. Lust habe ich keine, mich den ewig gleichen Fragen zu stellen, aber ich weiß, wie viel davon abhängt, dass ich professionell rüberkomme.

»Vergiss nicht, dass wir allen zeigen wollen, wie reif du in der Zwischenzeit geworden bist. Also verhalte dich wie ein erwachsener Mann und lass das Rumgeflachse.«

Auf die Standardfragen finde ich schnell Antworten. Das Medientraining, das wir zu *Session One*-Zeiten absolvieren mussten, zahlt sich aus. Ich rattere die einstudierten Phrasen runter und bemühe mich, es nicht allzu auswendig gelernt klingen zu lassen.

Brian räuspert sich, und damit habe ich diese nervige Vorbereitung geschafft.

»Würden Sie sich bitte anschnallen und die elektrischen Geräte für den Start ausstellen?«, säuselt eine Stewardess mit kurzem Rock und hochhackigen Schuhen. Ihre Haare sind zu einem strengen Dutt zusammengebunden, aber ihr Blick ist freundlich. Sie erinnert mich an meine Mutter, bei der ich mich dringend wieder einmal melden sollte.

Brian verstaut sein Tablet in der Tasche unter dem Sitz. Der Jet setzt sich in Bewegung und rollt auf die Startbahn.

»Ich brauch neue Autogrammkarten«, sage ich, lasse mich tiefer in den Sitz sinken und verschränke die Arme vor meiner Brust. Die Jungs im hinteren Teil scheinen ihren Spaß zu haben. Ich wäre jetzt lieber bei ihnen, als hier mit Brian, mit dem ich meine Karriere ausdiskutiere. »Die Band muss mit drauf«, beschließe ich kurzerhand.

»Was?« Brian schaut mich verständnislos an. »Aber …«

»Kein Aber«, ersticke ich seine Widerworte im Keim und blicke sehnsüchtig in den hinteren Teil des Jets.

»Sam Amber …«, überlegt Brian laut und tippt sich mit dem Zeigefinger aufs Kinn. »Hilf mir mal auf die Sprünge. Ist das nicht dieser Castingshow-Fuzzi, dieser … na … der hat doch bei so einer Boygroup die Hüften geschwungen.«

Ich stöhne genervt auf.

»Sam Amber erfindet sich gerade neu. Und tja … wie es aussieht, ist Sam Amber jetzt eben ein Sänger mit einer Band. Der besten Band. Sie gehören dazu. Und basta.«

Brian verdreht die Augen und wedelt wieder königlich mit der Hand. »Geh spielen, Kleiner. Und lass mich meinen Job machen.«

Einen Moment hadere ich. Dann schnalle ich mich ab und laufe nach hinten.

»Wollt ihr was trinken?« Ich lehne mich an eine der Rückenlehnen und dränge den Gedanken beiseite, dass es der Job der Stewardess wäre, uns das zu fragen. Als hätte sie meine Gedanken gehört, steht sie neben mir und lächelt abwartend in die Runde.

»Kaffee wäre geil«, murmelt Elián und gähnt zur Bestätigung. Er sieht so müde aus, wie ich mich fühle.

»Da schließe ich mich an.« Mika zwinkert der brünetten Flugbegleiterin zu und ignoriert dabei die Tatsache, dass sie seine Mutter sein könnte. Oder zumindest eine um einige Jahre ältere Schwester. »Schwarz. Wie meine Seele.«

»Oh komm schon, Mika, du hast doch mehr drauf als diese abgedroschenen Phrasen«, weise ich ihn zurecht und lasse mich auf den Sitz neben ihn plumpsen. »Geht auch Milchkaffee?«

»Oh Milchkaffee ...«, äfft mich sogleich Mika nach und versetzt mir einen Schwinger in den Magen. Gerade noch rechtzeitig spanne ich die Bauchmuskeln an und vereitle sein Vorhaben. »Bist du unter die Milchbubis gegangen, Amber?« Mikas Lachen vibriert in der fliegenden Blechbüchse, und ich bin kurz versucht, mich auf seine Provokation einzulassen.

»Konrad, Lennox, was ist mit euch?«, frage ich stattdessen die beiden Letzten im Bunde und lächle sie freundlich an.

»Bei Milchkaffee bin ich dabei.« Lennox wirkt abwartend. Er traut mir nicht.

»Für mich eine Cola.«

Nachdem auch Konrad seine Bestellung aufgegeben hat, breitet sich Schweigen aus. Die Turbinen hallen im Innern des Jets und untermalen die drückende Stimmung. Gerade noch hatten sie ihren Spaß und jetzt, wo ich da bin, herrscht diese ohrenbetäubende Stille. Ein dicker Kloß liegt schwer wie ein Backstein in meinem Magen.

»Was macht ihr gerade?«, springe ich über meinen Schatten und ignoriere die Stimme in meinem Kopf, dass diese Frage absolut dämlich ist.

Wieder ist es Mika, der mir antwortet.

»Lennox und ich wollten Skat spielen. Aber uns fehlt der dritte Mann. Wie sieht's aus, Amber?«

Unsicher schaue ich zwischen Mika und Lennox hin und her. Ausgerechnet Karten! Ich habe dafür nie viel übriggehabt.

»Ihre Getränke«, flötet die Stewardess und balanciert ein Tablett in der einen Hand. Nach und nach verteilt sie die Getränke an uns und stellt einen Teller mit süßen Teilchen und Laugengebäck auf den kleinen Tisch, der inmitten unserer Runde steht.

»Danke«, murmle ich. »Skat? Ernsthaft?«

»Ernsthaft?«, äfft mich Mika schon wieder nach, rollt mit den Augen und teilt schon aus.

»Können wir nicht wenigstens Poker spielen?« Skat kommt mir so angestaubt vor.

»Poker ist was für Pussys, für Typen, die sich lieber auf ihr Glück verlassen und bluffen statt strategisch zu spielen. Skat hält deine Gehirnwindungen auf Trapp. Schadet dir nicht, Mister Superstar.« Wieder lacht Mika und boxt gegen meinen Oberarm.

Die anderen beginnen ihre Getränke zu schlürfen und bedienen sich am Essen. Kurz überlege ich, beschließe dann aber einfach mitzumachen. Mika eröffnet mir eine Chance, dabei zu sein, einer von ihnen zu werden. Ob ich gerade Bock darauf habe, Kartenspielen zu lernen, ist dabei nebensächlich.

Kapitel 14

Missmutig schlürfe ich meinen Kaffee in der WG-Küche von Marlene und lasse ihre Schwärmerei für irgendeinen Youtube-Star namens *Geronymo One* über mich ergehen. Nichts könnte mich weniger interessieren als das Gerede über ein Möchtegern-Starlet. Ja, ich bin schlecht drauf. Und daran kann die Erinnerung an den gestrigen Abend auch nichts ändern. Im Gegenteil. Je mehr Zeit Sam mit mir verbringt, desto schwerer fällt mir das Alleinsein. Dabei kam ich doch so gut klar in letzter Zeit. Verdammt.

»Erde an Misses Trübsal!« Marlene schnippt vor meinem Gesicht herum. Entschuldigend zucke ich mit den Schultern.

»Sorry!«, murmle ich und halte mich weiter an der Tasse fest, doch die Wärme dringt nicht zu mir durch.

Marlene seufzt. Ich spüre einen Arm auf meiner Schulter.

»Schlechter Tag? Hat er sich noch nicht wieder gemeldet?«

»Muss er ja auch nicht! Schließlich sind wir nicht zusammen. Und außerdem … na ja, er kann nicht vierundzwanzig Stunden an mich denken.«

Marlenes wissendes Lächeln nervt mich. Demonstrativ schaue ich auf die hässliche Plastik-Kuckucksuhr, die sie aus dem letzten Urlaub im Schwarzwald mitgebracht hat. Ich komme mir vor wie eine zickige Jugendliche, die von ihrem Schwarm nicht beachtet wird. Und das macht mich noch wütender. Ich will das nicht sein, möchte mich und meine Stimmung nicht von einem Kerl abhängig machen. Schließlich bin ich keine siebzehn mehr.

»Aber du wärst gerne mit ihm zusammen. Sei ehrlich«, neckt sie mich und knufft mich gegen den Oberarm.

»Au!« Ich unterdrücke ein Grinsen und verstecke es schnell hinter der Tasse. Marlene hat recht, und genau das ist Teil des Problems. Sam gefällt mir. Ich mag es, wenn er bei mir ist und ich mich so lebendig fühle, wie seit Langem nicht mehr. Und alleine bei der Vorstellung, ihn zu küssen, wird mir schwindelig und heiß, und ich bekomme kaum noch Luft. Dieser Überschwall an Gefühlen macht mir Angst. Ich stöhne schließlich. »Das hat doch alles keinen Zweck! Er ist … Er ist Sam Amber. Ein verdammter Superstar! Wie soll das funktionieren?«

Entschlossen schüttle ich den Kopf. Nein! Das zwischen Sam und mir ist ein längst geplatzter Kleinmädchentraum. Er und ich … das hat damals nicht geklappt. Warum sollte es jetzt anders sein? Tausend Gedanken rattern durch meinen Kopf. Ihn ein weiteres Mal zu verlieren, könnte ich nicht ertragen.

»Ach Süße!« Marlene legt den Kopf schief, und in ihrem Blick liegt mehr Mitgefühl, als ich ertragen kann. Ich schlucke. Doch ich spüre die Tränen schon, wie sie gegen meine Lider drücken. Schnell blinzle ich sie weg.

»Ganz bald wird er wieder verschwinden. So wie damals. Und ich … ich stehe dann wieder alleine da. Wie immer.«

»Du bist nicht alleine, Alice. Deine Eltern, ich … hör auf so etwas zu sagen.« Sie zieht mich näher an sich ran. Ich lasse es zu und lege meinen Kopf auf ihrer Schulter ab.

»Immer gehen alle, die mir etwas bedeuten. Erst Sam, dann Paul. Ich mag nicht mehr diejenige sein, die zurückbleibt, verstehst du? Menschen verschwinden zu sehen, tut weh. Es tut so verdammt weh!«

Es ist mucksmäuschenstill. Marlene ist einfach nur da und hält den Schmerz, der hinter meiner Brust brennt, gemeinsam mit mir aus. Immer wieder streichen ihre Hände über meine Oberarme. Rhythmisch, sanft. Und tröstlich.

Marlene kennt meine krasse Verlustangst. Ihr habe ich anvertraut, dass ich niemals wieder einen Abschied auf Raten ertragen möchte. Niemals wieder möchte ich verlassen werden. Zurückgelassen werden. Lieber bleibe ich alleine. Ohne Liebe. Ohne Schmerz.

Ich kralle mich an Marlene fest, gebe mich meinen Emotionen hin. Dann, als sich meine Anspannung etwas löst und ich mir die Tränen von den Wangen wische, boxt sie mir freundschaftlich gegen den Oberarm. Ihr Lächeln ist warm und mitfühlend. Wenn mich jemand versteht, dann ist es Marlene.

»Mensch Allie! Wir alle wissen, dass du es echt schwer hattest. Aber hör auf, immer in der Vergangenheit zu leben. Ja, Sam hat dich schon mal verlassen. Ob er es wieder tun wird? Keine Ahnung! Ich kann schließlich nicht hellsehen. Aber manchmal muss man eben mit dem Herz voran in etwas Neues springen. Schalt mal deinen Kopf aus. Wag etwas, sei einmal jung und mutig.«

Sie steht auf und streckt mir ihre Hand entgegen.

»Los, komm!«

»Was hast du vor?« Argwöhnisch betrachte ich ihre Hand.

»Wir beide werden uns jetzt so richtig aufhübschen. Und dann gehen wir feiern. Und wenn du es wagst, auch nur einen trüben Gedanken an irgendwelche Folgen zu verschwenden, dann … dann … «

»Ja?«, hake ich nach und spüre, wie ein leises Lächeln an meinen Mundwinkeln zupft.

»Dann … das ist völlig egal, weil ich es einfach nicht zulassen werde, dass du weiter Trübsal bläst. Heute Abend werden wir beide Spaß haben. So wie alle anderen in unserem Alter.«

Sie schüttelt ihren Körper durch, was wahrscheinlich ihre Interpretation eines enorm angesagten Club-Moves ist. Ich lache unwillkürlich auf und lasse mich von ihr hochziehen. Lachen, feiern, sich frei fühlen – wann habe ich das das letzte Mal gemacht? Ich kann mich nicht erinnern.

Kapitel 15

»Whohooo!« Das breite Grinsen will einfach nicht aus meinem Gesicht verschwinden. Ich fühle mich berauscht. Vollgepumpt mit Dopamin und Serotonin verspüre ich so viel mehr Emotionen, als beim besten Drogenrausch. Nichts kommt an dieses Gefühl ran. Nicht einmal Sex.

»Es. War. Der. Hammer!«, schreie ich euphorisch und umarme einfach jeden, der mir entgegenkommt. Ich höre Lennox lachen, Elián plappert munter, und selbst Mika hat keinen dummen Spruch auf den Lippen, sondern klopft mir nur anerkennend auf die Schulter.

»Gut gemacht, Kleiner.« Sogar diese Floskel von Brian nervt mich gerade nicht. Ich habe allen gezeigt, was ich draufhabe.

»Lasst uns feiern gehen«, schlage ich vor und bin zu allen Schandtaten bereit. Die Garderobe, in die ich schwungvoll eintrete, kommt mir plötzlich winzig vor, fast schon erdrückend. Ich muss raus, muss an die frische Luft und einatmen. Die Luft, das Leben. Das Glück, das mich umgibt. Bevor ich platze. »Arrrgh!«, schreie ich und schüttle Elián, der mir am nächsten steht.

Lachen erfüllt den Raum. Irgendjemand drückt mir ein Bier in die Hand und jetzt, wo alles überstanden ist, greife ich beherzt zu und lasse das kühle Nass meine Kehle befeuchten. Ich muss nur noch kurz zum Finale auf die Bühne, aber das ist ein Klacks.

»Lasst uns ins P1 gehen – mit Sam haben wir eine reelle Chance reinzukommen«, schlägt Mika vor und stopft sich schon etwas vom bereitstehenden Buffet in den Mund. Mein Magen knurrt augenblicklich.

Normalerweise esse ich vor einem Auftritt immer etwas. Nicht zu knapp davor, da ich mit vollem Magen nicht singen kann. Doch heute bin ich viel zu angespannt gewesen und habe es schlichtweg vergessen.

Wahllos stopfe ich mir etwas von den Köstlichkeiten in den Mund, spüle es mit dem Bier runter und muss schon wieder zum Finale der Show auf die Bühne. Ein bisschen lächeln, winken und gut aussehen. Mehr habe nicht zu tun. Mehr könnte ich in meinem glückseligen Rausch auch gar nicht leisten.

Nachdem ich geduscht habe und das Buffet bis auf den letzten Bissen geräubert ist, machen wir uns auf den Weg zu Münchens Nobel-Club. Es ist lange her, dass ich mich in die Öffentlichkeit getraut habe. Mit gemischten Gefühlen trete ich in den Club und vergewissere mich mehrmals, dass Konrad an meiner Seite ist.

Ich kann nicht abschätzen, was mein Auftauchen in einer Lokalität, in der Promis ein- und ausgehen, auslöst. Vielleicht werde ich hier in Ruhe gelassen. Vielleicht stürmen aber auch gleich massenhaft Mädels auf mich zu.

Ich lenke meine Gedanken auf den Gig und das Gefühl, das mich durchströmt, versuche, das Schöne zu sehen, und verlasse mich einfach darauf, dass mich Konrad abschirmen wird, falls es hart auf hart kommt.

»Was wollt ihr trinken? Geht heute alles auf mich«, mache ich schnell klar. Sie haben heute extrem gute Arbeit geleistet, und ich möchte mich bedanken. Auf der Bühne habe ich zum ersten Mal gespürt, dass uns mehr verbindet als nur ein Name. Es ist die Musik, der Traum, dass aus diesem Projekt etwas ganz Großes entstehen könnte.

Mika und Lennox besorgen uns einen Tisch, und ich bin froh, dass er im Halbdunkeln liegt und ich mich somit etwas verstecken kann. Noch ist die Bude nahezu leer. Wir sind früh dran, was mir ganz recht ist, denn so habe ich Zeit, durchzuatmen. Langsam spüre ich, wie der Hormoncocktail in meinem Blut dünner wird, wie mich all die Reize anzustrengen drohen. Die laute Musik, das zuckende Licht, die Anspannung, die ich den ganzen Tag verspürt habe, fordern langsam ihren Tribut. Aber noch bin ich nicht bereit, mich zurückzuziehen und loszulassen. Ich will den ersten Solo-Gig noch auskosten, will in dieser Euphorie ertrinken, von der ich einfach nicht genug bekommen kann.

Ich bestelle mir einen Gin Tonic – ein Getränk, das ich nur selten trinke, weil ich das Gefühl nicht mag, wenn ich betrunken bin und nach und nach die Kontrolle verliere. Heute ist aber ein besonderer Tag, und ich möchte feiern. Die anderen trinken Whiskey, der mir aber definitiv zu schnell ins Blut schießt.

»Amber, willst du ein Ticket?«, fragt mich Mika vertraulich und strahlt mich mit seinen meerblauen Augen an. Das Wasser zieht sich in meinem Mund zusammen, wie immer, wenn ich einen Gedanken an Drogen verschwende. Ich habe Erfahrung, weiß, wie die verschiedenen Substanzen auf mich wirken. Es gab durchaus schöne Momente, wenn ich auf einem Tripp war. Manche Hits sind bei einem Rausch durch Dizzos entstanden. Aber heute werde ich ganz sicher auf keine Reise gehen. Viel zu kostbar ist dieses Glücksgefühl, das mich durchströmt. Zu echt, um es durch Halluzinationen zu zerstören.

Ich schüttle den Kopf und nippe an meinem Getränk. »Heute nicht«, sage ich entschlossen. Der scharfe Geschmack des Wacholders brennt in meiner Kehle, sodass ich den Mund verziehe.

»Du?«, wendet sich Mika schulterzuckend an Elián, der eine der bunten Pillen annimmt, als wäre es ein Stück Schokolade oder Gummibärchen. Ich bin froh, dass ich keinen dummen Spruch von Mika kassiert habe, weil ich schon wieder aus der Reihe tanze. Aber auf Dope könnte ich wohl gleich zurück ins Hotel fahren. Zumal ich mit Uppern ohnehin nicht klarkomme, da mich die Wirkung maßlos überfordert und tagelang beschäftigt. Da halte ich mich lieber an meinem Gin Tonic fest und genieße die Tatsache, dass ich bislang in Ruhe gelassen wurde.

Die Musik ist ganz passabel, ich hoffe nur, ich muss mich später nicht mit einer der Club-Versionen unserer *Session One*-Hits herumschlagen. Noch immer ertrage ich es nicht, mich selbst singen zu hören.

Elián und Lennox tanzen, während Mika an der Bar Mädels angräbt. Konrad ist in meiner Nähe geblieben und wippt im Takt. Er scheint zu spüren, dass ich nach dem Gig etwas Zeit für mich brauche und verschont mich mit Small Talk.

Mika kommt mit zwei Mädels im Schlepptau auf unsere Sitzgruppe zu, und ich muss kein Hellseher sein, um zu wissen, worauf das hinausläuft. Alles in mir spannt sich an, mein Blick schnellt zu Konrad, um mich zu vergewissern, dass er noch immer da ist. Nervosität durchströmt mich.

Ich weiß, dass alle denken, es wäre ein Klacks für jemanden wie mich, neue Menschen kennenzulernen, Frauen aufzureißen. Für Sam Amber müsste das doch ein Selbstläufer sein, schließlich kennen ihn alle. Aber genau das ist das Problem. Alle haben ein Bild von mir, denken, alles von mir zu wissen. Wer ich wirklich bin, interessiert nur wenige. Dennoch bin ich es leid, die Rolle des immer gut gelaunten Boygroup-Stars zu spielen. Gerade jetzt bereue ich es, dass ich Mikas Angebot abgelehnt habe und nun die Pillen in seiner Hosentatsche stecken, statt mich auf eine Reise zu schicken, in der all das scheißegal ist.

»Hey, Amber. Rutsch mal.« In seinen Händen balanciert er Cocktailgläser und stellt eines vor mir ab. »Mascha, Lina, das sind Sam und Konrad«, stellt uns Mika untereinander vor und setzt sich auf einen der freien Sessel. Mist, ich hätte mir auch besser einen Einsitzer gekrallt.

Ich grinse gezwungen und nicke den beiden Mädels zu. Eine macht es sich neben mir bequem und schaut mich mit diesem musternden Blick an, den ich zu gut kenne.

»Ich kann es nicht glauben, dass ich Sam Amber ...« Das Mädchen legt sich atemlos die Hände an ihre Brust. Ihre blauen Augen strahlen, und ihre perfekt geschminkten Lippen verziehen sich zu einem breiten Lächeln.

»Was macht ihr hier in München? Ich hab gar nichts von einem Konzert mitbekommen«, schreit die andere gegen die Musik an und lässt sich auf der Armlehne neben mir nieder. Eingekeilt zwischen zwei fremden Frauen, die wirklich hübsch sind, sollte es mir wohl gutgehen. Aber ich bin aus der Übung. Meine Sam-Amber-Maske scheint noch im Winterschlaf. Ich fühle mich schutzlos, weil ich den

Schalter nicht umlegen und selbstbewusst und locker mit den Beiden umgehen kann.

»Feiern«, gibt Mika wenig geistreich Auskunft, reißt die Arme in die Höhe und bewegt sich zum Takt.

»Wir waren bei Aufnahmen für eine Show«, versuche ich ein halbwegs normales Gespräch anzukurbeln und nicht weiter wie ein Stockfisch dazusitzen.

»Oh cool! Hast du etwas von deiner neuen Platte performt?«, will die Blonde wissen, die niedliche Sommersprossen auf der Nase trägt und offensichtlich selbstbewusst genug ist, sie nicht unter einer Schicht Make-up zu verstecken.

»Nur einen Song«, wiegele ich ab und nippe wieder an meinem Gin – den Cocktail werde ich an eines der Mädels vererben. »Die erste Single.«

»Ich freue mich riesig auf deine Platte. Obwohl ich es cooler gefunden hätte, wenn ihr zusammen weitergemacht hättet.« Entschuldigend zuckt sie mit den Schultern. Wahrscheinlich werde ich das noch öfter hören, auch wenn es schmerzt, dass die Fans nur an dem Altbekannten hängen. Ich hoffe, Brian verzockt sich nicht und kann das Potenzial meiner Solokarriere gut genug einschätzen.

»Die Platte wird der Hammer, wartet es ab«, grätscht Mika wieder dazwischen. »Wir holen uns Gold, oder, Sam? Ach was, Doppel-Platin«, träumt er weiter, und ich lache mit den Mädels synchron los, weil Mika so selbstsicher klingt und ich mir in diesem Moment nichts sehnlicher wünsche, als dass er recht behält.

»Modelst du noch?«, fragt Blondie unvermittelt und lässt ihren Blick unverhohlen über meinen Oberkörper wandern. Ihrem Blick nach hat sie Bilder im Kopf. Bilder ehemaliger Werbekampagnen, auf denen ich eher dürftig bekleidet war, denn die Unterwäsche konnte gerade genug bedecken, um nicht pornös zu sein.

»Mit dem Aus von *Session One* sind auch die Werbedeals geplatzt«, gebe ich dennoch bereitwillig Auskunft und zerstöre ihre Tagträumereien. »Aber ich bin bei einem neuen Modelabel unter Vertrag.«

»Ja?«, fragt sie neugierig und leckt sich über die Lippen. »Ich habe seit Kurzem auch eine Setcard.«

»Ja?«, echoe ich und betrachte sie eingängiger. Sie ist hübsch, keine Frage, aber ich glaube kaum, dass sie den Durchbruch schaffen wird. Ihr fehlt das Besondere, das Unverwechselbare. Nicht, dass ich das hätte. Ich stehe wohl nur vor der Kamera, weil mich durch die Singerei ein paar Leute kennen und sich die Modelabels dadurch Aufmerksamkeit erhoffen.

»Vielleicht magst du sie dir ja mal anschauen?«, schlägt sie zaghaft vor und klimpert mit den Augen. »Ich wäre echt auf deine Meinung gespannt.«

»Wer braucht eine Setcard, wenn er das Original betrachten kann?«, versuche ich mich aus der eindeutigen Einladung, Zeit in gemütlicher Zweisamkeit mit ihr zu verbringen, herauszuwinden.

Das Mädchen lässt sich zum Glück darauf ein und so plaudern wir noch eine Weile übers Modeln, ihre Agentur und die Jobs, die sie sich schon geangelt hat. Es macht mir deutlich mehr Spaß, über sie zu reden, als zum hunderttausendsten Mal die immergleichen Fragen zu meinen Songs zu beantworten.

Mein Blick wandert über diesen perfekt geformten Körper. Ihre Statur ist feingliedrig und zart, Fett suche ich vergeblich an den durchtrainierten schlanken Armen. Ihr Gesicht ist schön, wenn auch für meinen Geschmack der Ausdruck fehlt. Aber vielleicht kitzelt das die Kamera dann heraus.

»Ich gehe tanzen, kommst du mit?«, fragt das Mädchen, dessen Namen ich nicht behalten habe. Sie wartet keine Antwort ab und hat sich schon meine Hand gegriffen, um mich auf die Tanzfläche zu ziehen. Ihre Haut ist angenehm kühl. Ich werfe Konrad einen kurzen Blick zu, versuche auszuloten, ob er ein Problem damit hat und irgendwelche Gefahren sieht, wenn ich mich in die Menge wage. Doch er scheint die Ruhe selbst zu sein, und da ich an einem Punkt bin, wo ich entweder die Segel streichen oder noch mal Gas geben muss, entscheide ich mich, auf das Angebot einzugehen.

Blondie lotst mich inmitten der inzwischen gut besuchten Tanzfläche und beginnt sogleich, sich zum Rhythmus zu bewegen. Das Licht des Stroboskops zuckt, der Bass dröhnt. Ich zwinge mir ein Lächeln auf die Lippen, verhake meinen Blick mit dem des Mädchens, das meine Aufmerksamkeit so dringend sucht. Ich bewege mich zum Takt, tauche ein in die Musik, die mir durch die Adern schießt. Es tut gut, loszulassen und an nichts mehr zu denken. Einfach tun.

Mein Blick schweift über die Masse, in der ich untertauche. In der ich einer von ihnen werde. Normal. Ich atme tief aus. Dabei verdränge ich das matte Gefühl der Müdigkeit, das über mir liegt und mich einzulullen versucht. Ich bin mir seltsam bewusst, dass ich gerade über meine Grenze gehe, dass ich mich mit all den Eindrücken hier überfordere. Und es ist mir scheißegal. Zu groß ist der Wunsch, wie alle anderen zu sein.

Ich lächle das Mädchen an, das vor mir tanzt und mir ihre ganze Aufmerksamkeit schenkt in der Hoffnung, ich nehme sie wahr. Fast ist es, als würde sie sich nur für mich zur Melodie bewegen, die aus den Lautsprechern dröhnt. Sexy, lasziv und mit diesem intensiven Blick aus den dunkel geschminkten Augen, die jede meiner Bewegungen verfolgen.

Zum Takt kommt sie näher, Zentimeter für Zentimeter bewegt sie sich auf mich zu, als sei ich ein Magnet und würde sie anziehen. Mein Herz pocht schneller, und kurz bin ich versucht, zurückzuweichen. Ich weiß, was gleich kommen wird. Das Mädchen ist wirklich hübsch, sie gefällt mir. Aber …

»Hey«, säuselt sie nahe an meinem Ohr, als sie die Arme um meinen Nacken schlingt und weiter tanzt. Ihre Hüften reiben über meine Mitte. Ich finde ihren Rhythmus, spüre ihren schlanken Körper an meinem, rieche den Duft ihrer Haare, die in meiner Nase kitzeln. Behutsam lege ich meine Hand auf ihren Rücken, der nur durch ein knappes Top bedeckt ist. Ich kenne das Spiel. Ich habe es schon tausend Mal zuvor gespielt.

Eine gefühlte Ewigkeit tanzen wir eng umschlungen und ignorieren die Tatsache, dass die Musik zu schnell für diese intime Art des Tanzes ist. Dass die Umgebung zu öffentlich ist, um unsere Körper so eng aneinandergepresst zu spüren. Ich blende einfach alles aus, schalte meine Gedanken ab, die immer und immer wieder in meinem Kopf schreien, ich soll endlich aufhören. Das hier ist nicht das, was ich tun möchte, und dennoch lasse ich es zu.

Mein Blick wandert zu dem Mädchen runter, das sich wenige

Zentimeter von mir löst und zu mir hochschaut. Mit diesem erwartungsvollen Glitzern in den Augen und dem verführerischen Lächeln auf den schön geschwungenen Lippen. Als wäre es eine einstudierte Geste, schließen wir die Augen und überbrücken die wenigen Zentimeter, die uns noch trennen.

Doch dann werde ich plötzlich klar. Als hätte ich mich verbrannt, lasse ich das Mädchen los und schaue sie entsetzt an.

»Was?«

Ich schüttle den Kopf und trete einen Schritt zurück.

Dieses Mädchen hat augenscheinlich alles, was ein kleines Abenteuer mitbringen muss. Unzählige Male habe ich eine Frau wie diese gehabt. Für eine Nacht. Habe sie mit in mein Hotelzimmer genommen und noch vor dem Morgengrauen rausgeschmissen. Bislang war ich nicht auf der Suche nach etwas Festem gewesen. Ein, zwei Mal habe ich es mit einer Beziehung versucht, aber es wurde mir schnell zu langweilig. Kurze Affären, Sex ohne Verpflichtungen, damit bin ich ganz gut gefahren. Ich hatte meinen Spaß, und mir fehlte nichts. Doch jetzt – jetzt fühlt sich das alles viel zu vergänglich an. Zu flüchtig, als dass ich mehr davon wollte.

Entschuldigend zucke ich mit den Schultern. Das Mädchen schaut mich noch immer verwirrt an, kann nicht glauben, dass ich tatsächlich einen Rückzieher mache. Aber ich kann nicht. Nichts an ihr berührt mich, nichts animiert mich dazu, sie zu küssen.

»Sorry, es liegt nicht an dir, aber ich werde jetzt gehen.«

Der enttäuschte Ausdruck in ihrem süßen Gesicht bricht mir fast das Herz. Aber was soll ich tun? Ich habe schon viel zu viele Frauen gehabt, die mir nichts bedeutet haben. Und von dieser hier kenne ich noch nicht einmal den Namen.

Diese Unverbindlichkeit, Beliebigkeit, diese Austauschbarkeit kotzt mich an. Es fühlt sich nicht nach dem echten Leben an. Da sind kein Kribbeln und Herzklopfen, keine Sehnsucht oder Begierde, die mich antreibt, weiterzumachen. Nicht einmal die Aussicht auf Sex kann mich ermuntern, zu bleiben. Das, was ich will, geht tiefer. Es sind echte Gefühle. Gefühle, die mir dieses Mädchen nicht geben kann.

»Wenn du etwas brauchst, wende dich an Mika. Er zahlt heute Nacht deine Getränke. Amüsier dich noch gut.«

Ich drehe mich einfach um und laufe zielstrebig auf die Sitzgruppe zu, wo Konrad auf mich wartet. Ich schnappe meine Jacke, die auf dem Zweisitzer liegt, auf dem es sich inzwischen Mika mit der anderen gemütlich gemacht hat. Sie knutschen wild miteinander rum. Ich lege Mika eine Hand auf die Schulter und zwinge ihn so zu einer Pause.

»Ich hau ab, kannst du dem Mädchen die Getränke zahlen? Kriegst es morgen zurück.«

»Jetzt schon?«, entgegnet Mika verständnislos und wirft einen Blick auf die Uhr. Keine Ahnung, ob Mitternacht bereits vorüber ist. Durch die Show habe ich jedes Zeitgefühl verloren, und um ehrlich zu sein, ist mir die Uhrzeit auch ziemlich egal.

Konrad hievt sich aus dem Sessel hoch, als er checkt, dass ich gehen möchte. Er sieht enttäuscht aus, und kurz überlege ich, ob ich es wagen soll, alleine ins Hotel zu fahren. Brian würde mich – und auch Konrad – einen Kopf kleiner machen, wenn er davon wüsste.

»Sorry Mann, ich bin durch. Aber du kannst ja gleich wiederkommen, wenn du mich im Hotel abgeliefert hast.« Gott, es fühlt sich Scheiße an, immer einen Babysitter an meiner Seite zu haben. Aber das ist nun mal Teil meines Lebens als Sam Amber.

Ich werfe mir den schwarzen Parka über und eile zum Ausgang. Bevor ich vor die Tür trete, ziehe ich die Kapuze über und vergrabe meine Hände tief in den Taschen des Mantels. Ich brauche mich nicht umzudrehen, um zu wissen, dass mir Konrad folgt.

Die kühle Septemberluft strömt in meine Lungen und erst hier draußen merke ich, wie wenig Sauerstoff sich in dem Club befunden hat. Ich hebe den Blick, versuche auszuloten, was für einen Plan Konrad hat. Er nickt in Richtung Hauptstraße und ohne miteinander zu sprechen, laufen wir los. An der nächsten Ecke haben wir Glück.

Ich lasse mich auf die Rückbank nieder und merke erst da, wie erledigt ich tatsächlich bin. In meinem Kopf dröhnt noch immer der Bass, das Blut rauscht in Höchstgeschwindigkeit durch meinen Körper. Ich fröstle, dabei ist mir gar nicht kalt. Einatmen. Ausatmen.

Das Rauschen des Motors beruhigt mich etwas. Mein Herz pocht viel zu schnell, meine Hände schwitzen. Da habe ich mir heute wohl definitiv zu viel zugemutet. Ein kleiner Vorgeschmack auf das, was mich auf der Tour erwartet. Damals mit *Session One* war es zur Normalität geworden, dass ich mich fühlte, als hätte mich ein LKW überrollt. Ich hatte gelernt, damit zu leben, ständig überstimuliert zu sein. Es ist nicht immer einfach gewesen, mir Strategien zurechtzulegen, um mit all dem Trubel klarzukommen. Und oft genug habe ich mich in Drogen und eine Scheinwelt geflüchtet.

Diesmal habe ich mir vorgenommen, andere Wege zu finden. Und ich bin gerade verdammt stolz auf mich, dass ich die Notbremse gezogen habe, bevor alles aus dem Ruder laufen konnte.

»Alles okay, Sam? Brauchst du etwas?«

»Ruhe. Ich brauche einfach nur Ruhe«, murmle ich und ziehe mein Handy aus der Tasche, um nicht einzuschlafen. Auf der Startseite begrüßt mich eine Nachricht von Allie.

Ich klicke sie an und fahre mir noch einmal über die Augen, um die Buchstaben klar sehen zu können. Ich bin so verdammt müde.

– Hey, Superstar. Lebst du noch, oder bist du doch unter all den Liebesbekundungen deiner Fans den Rockstartod gestorben? –

Ein Lächeln stiehlt sich auf meine Lippen. Allie. Sie ist so anders als das Mädchen, das sich mir gerade so bereitwillig an den Hals geworfen hat. Ein seltsames Gefühl schleicht sich in meine Brust, etwas, das ich lange nicht gefühlt habe und wie eine schwache Erinnerung in mir nachhallt. Ist es Sehnsucht?

– Hey, wie war dein Tag? Wir waren gerade den Gig feiern. Wieder auf der Bühne zu stehen war unbeschreiblich. –

Ich will Allie unbedingt daran teilhaben lassen, was in meinem Kopf herumspukt. Wie gerne hätte ich sie dabeigehabt. Vielleicht sollte ich sie einfach zum Release-Konzert nach London einladen. Brian kann bestimmt noch Tickets rausrücken, obwohl die komplette Tour bereits kurz nach dem Verkaufsstart restlos ausverkauft war.

Mit einer Antwort rechne ich gar nicht, sicher schläft Allie schon. Ob sie mich ebenfalls vermisst? Meine Gedanken machen sich selbstständig. Ich höre ihr Lachen, sehe ihren Blick, in dem sich immer eine tiefe Traurigkeit spiegelt, selbst wenn sie scheinbar glücklich ist. Pauls Tod hat sie verändert. Nicht nur optisch sieht man ihr an, dass sie eine harte Zeit hinter sich hat – obwohl sie noch immer wunderschön ist. Es ist ihre Aura, sie ist reifer als andere junge Frauen in ihrem Alter. Vielleicht ist es diese Abgeklärtheit, die sie für mich so anziehend macht. Allie hat es nicht mehr nötig, sich zu verstellen. Sie weiß, wie wertvoll das Leben ist, und vergeudet es nicht mit nebensächlichen Dingen wie Nagellackfarben oder den ultimativen Schminktipps.

Mein Handy vibriert, und irritiert reiße ich meinen Blick von der vorbeirauschenden Skyline Münchens, die ich nur verschwommen wahrgenommen habe.

– Feiern war ich auch. Und jetzt ist mir schlecht. –

Dahinter hat Allie ein grünes kotzendes Emoji gesetzt, das mir ein leises Lachen entlockt. Latent übel ist mir auch, aber das hat ganz andere Gründe.

– Was gab's zu feiern? Und warum ist dir übel? Zu viel getrunken? –

Das Taxi hält vor dem Eingang des Hotels. Nachdem ich bezahlt und ein ordentliches Trinkgeld draufgelegt habe, laufe ich mit einem breiten Grinsen im Gesicht und meinem Bodyguard im Schlepptau in die Lobby.

Ich habe sogar ein freundliches Hallo und ein kurzes Winken für den Nachtportier übrig. Meine Müdigkeit ist seit Allies Nachricht wie fortgewischt.

– Das Leben, die Liebe. Es gibt doch immer etwas zu feiern, oder? –

Das angehängte Emoji schlägt sich die Hände vor die Augen. Während der Aufzug uns in den siebten Stock zu meinem Zimmer bringt, lese ich die Zeilen immer und immer wieder. Irgendwie passt das nicht zu Allie.

– Wusste gar nicht, dass du so ein Party-Girl bist. Musst du morgen nicht arbeiten? –

Als der Fahrstuhl in der obersten Etage die Türen öffnet, laufe ich zu meiner Suite. Der dicke Teppichboden schluckt das Trommeln meiner eiligen Schritte.

»Danke, Konrad. Und viel Spaß beim Feiern«, murmle ich und starre auf das Display. Warum antwortet sie nicht?

»Bis morgen. In alter Frische!«

Ich krame meine Magnetkarte aus dem Portemonnaie und trete in das Zimmer, das mir so vertraut vorkommt, obwohl ich kaum Zeit hier verbracht habe. Ein Vorteil der Hotelketten ist, dass alles irgendwie gleich aussieht. So fühle ich mich nach all den Jahren, die ich im Hotel verbracht habe, fast überall auf der Welt zu Hause.

Ich streife meine Jacke ab und werfe sie über den Schreibtischstuhl, leere meine Hosentaschen und öffne das Fenster. Als ich für einigermaßen ansprechende Beleuchtung gesorgt habe, trete ich mir die Schuhe von den Füßen und lasse mich auf das Bett sinken. Ein leiser Seufzer entfährt mir, als mein Körper dankbar wahrnimmt, dass er endlich vollständig entspannen kann. Ich schließe kurz die Augen und lausche der Stille, die nur durch das Rauschen der Klimaanlage durchschnitten wird. Was für ein Tag!

– Schätze du weißt so manches nicht über mich. –

Ihre Worte könnten traurig klingen, wäre da nicht das Emoji, das mir keck die Zunge raustreckt. Ich starre auf ihre Worte. Wie recht sie hat. Dabei möchte ich so gerne mehr über sie erfahren. Ich möchte alles über sie wissen. Vielleicht sollte ich das unausgesprochene Angebot annehmen.

– Das lässt sich ändern! Überrasch mich. –

Ich schalte den Fernseher an, zappe durch die Kanäle und bleibe schließlich bei einem Musiksender hängen, in dem Elektropop gespielt wird. Die Lautstärke drossle ich auf ein Minimum, damit die Musik nicht weiter an meinen Nerven zerrt. Ich weiß, dass es sinnvoller wäre, die Glotze gleich ganz auszumachen, aber ich ertrage die Stille um mich herum gerade kaum.

Wieder trudelt eine Nachricht auf meinem Handy ein, doch statt Text enthält sie eine Armada an Emojis. Ich versuche, mir einen Reim auf die Ansammlung an Bildern zu machen. Ein Emoji hat den Mund zugetackert, ein anderes trägt einen Heiligenschein. Feuer, Gras und ein Blatt, das verdächtig nach Hasch aussieht. Plötzlich macht es Klick.

Ich mache mir nicht die Mühe, Allie zu antworten und tippe gleich ihre Nummer an. Bereits nach dem ersten Klingeln nimmt sie ab.

»Hey.« Sie klingt so leise, dass ich sie kaum verstehe.

»Hast du gekifft?«, frage ich ohne Umschweife. Statt einer Antwort kichert Allie nur. »Was hast du geraucht?«, will ich wissen und versuche mich zu beruhigen. Warum schockiert es mich, dass ausgerechnet Allie Drogen nimmt? Ist es die Tatsache, dass ich in ihr immer noch das sechzehnjährige Mädchen sehe, das mein Herz gestohlen hat? Sie ist doch so rein, so zart und passt gar nicht zu den Leuten, die ich mit Drogen in Verbindung bringe.

»Weiß nicht«, nuschelt Allie. »Bin ich jetzt ein Junkie?«

Sie kichert leise. Ich hebe die Augenbrauen, unsicher, ob sie die Frage tatsächlich ernst meint.

»Warum, Allie? Warum hast du das gemacht?« Meine Frage soll kein Vorwurf sein, vielmehr interessiert es mich wirklich, was eine Frau wie Allie veranlasst, sich in eine Scheinwelt zu flüchten.

»Ich …« Sie atmet geräuschvoll aus. »Keine Ahnung. Schätze ich wollte einfach einen Abend lang mal normal sein, verstehst du?«

»Ach, Süße«, seufze ich aus einem Impuls heraus. »Du bist doch auch sonst ganz normal. An dir ist so gar nichts verkehrt. Du musst doch niemandem etwas beweisen.«

Mir Allie stoned vorzustellen gelingt mir nicht. Es ist nicht so, dass ich Drogen Scheiße finde. Es gibt tausend Gründe, sich etwas einzuwerfen, aber niemals sollte man etwas nehmen, weil es andere von einem erwarten.

»Weißt du, Sam, ich vermisse dich.«

Allies Geständnis kommt so unvermittelt, dass ich schwer schlucke. Mir ist klar, dass einem unter Drogen oftmals Dinge über die Lippen kommen, die man normalerweise niemals aussprechen würde. Es wäre ein Leichtes, aus Allie herauszuquetschen, wie sie zu mir steht. Dinge zu klären, die zwischen uns sind, oder sein könnten. Aber es wäre nicht fair, auszunutzen, dass ihr Schutzschild brüchig ist. Dass sie mir heute bereitwillig alles sagen würde, was sie normalerweise vor mir geheim halten würde. Ich sollte Geduld mit ihr haben.

»Morgen bin ich wieder da«, sage ich daher leise. Mit einem Lächeln auf den Lippen, denn natürlich gefällt es mir, dass es da einen Menschen auf der Welt gibt, der an mich denkt. Dass es ausgerechnet die Frau ist, die ganz offensichtlich mein Herz berührt, kann kein Zufall sein. »Ich vermisse dich auch.«

Mein Herz pocht wild, als ich es ausspreche. Diese Worte habe ich noch nie gesagt. Ich beruhige mich mit der Tatsache, dass Allie stoned ist und sich morgen wahrscheinlich nicht mehr im Detail an diese Unterhaltung erinnern kann.

»Warte, ich muss …«, dröhnt es aus dem Smartphone und ich höre Allie am anderen Ende würgen. Warum reagiert sie so frech auf mein Geständnis? Krampfhaft überlege mir einen blöden Spruch, um das eben Gesagte zu relativieren. Doch dann wird mir klar, dass Allie tatsächlich kotzt und die Sache mit der Übelkeit nicht gespielt ist.

Ich lache lauthals los, bin mir der Absurdität meiner Gedanken bewusst.

»Du lachst mich aus?« Allie klingt trotzig, als sie wieder das Telefon in der Hand hält und unser Gespräch fortsetzt.

»Nein. Nein!« Ich versuche mich zu beruhigen und ziehe die Luft ein. »Aber es ist zu niedlich, wie dich ein bisschen Gras umhaut.«

»Klingt, als würdest du dich mit härterem Zeug bestens auskennen.« Sie legt eine bedeutungsschwere Pause ein. »Drogen sind böse«, sagt sie schließlich mit einer Märchenerzählstimme, als würde sie von Hexen, Räubern und fiesen Mächten berichten.

»Sagt die Frau, die gerade ziemlich bekifft ist.« Ich schmunzle. »Ich glaube, du solltest langsam schlafen. Sonst wird es dir morgen echt dreckig gehen.« Dass das für mich im gleichen Maße gilt, verdränge ich, denn ich hoffe sehr, dass Allie protestieren wird. Und das tut sie.

»Auf keinen Fall!«, sagt sie bestimmt und zaubert mir ein Lächeln aufs Gesicht. »Leg noch nicht auf! Kannst du einfach noch ein bisschen reden, und ich höre dir zu?«

Also erzähle ich ihr von meinem Tag, beschreibe ihr jedes noch so kleine Detail von der Show und dem folgenden Live-Auftritt, vor dem ich so nervös gewesen bin wie schon ewig nicht mehr.

Es fühlt sich aufregend und seltsam zugleich an, Allie von meinen Erlebnissen zu berichten. Mein Leben hatte ich zuletzt so ausführlich mit meiner Mom geteilt. Damals, als mein Alltag als Musiker neu und aufregend gewesen ist und ich mindestens einmal am Tag mit meiner Mutter telefoniert hatte, um mir alles von der Seele zu reden. Andernfalls wäre ich vermutlich geplatzt. Wann hatte ich aufgehört, diese Telefonate zu schätzen?

»Allie«, sage ich nach einer halben Ewigkeit, da es verdächtig still am anderen Ende der Leitung ist. Meine Stimme hört sich belegt an.

»Mhm«, raschelt es kaum verständlich in der Leitung. Ich vermute, sie ist kurz vor dem Einschlafen und hat sich die Decke bis zur Nasenspitze gezogen, wie sie es schon früher immer getan hat.

Ich räuspere mich. Und beim Gedanken an Allie, die in ihrem Bett liegt, platzt es förmlich aus mir heraus: »Ich würde dich jetzt gerne küssen.«

Stille hängt in der Leitung. Sie dröhnt so laut, dass ich nach Luft schnappe. Was ist nur in mich gefahren? Bleibt zu hoffen, dass Allie so breit ist, dass sie und sich morgen nicht mehr an unser Gespräch erinnern kann.

»Ich glaube, das wäre keine gute Idee. Nach dem letzten Mal hatte ich eine regelrechte Kussphobie.«

»Autsch!« Ich fahre mir durch die Haare. »Weißt du, für mich zählt unser Kuss mit zu dem Besten, was ich bisher erlebt habe. Ich hatte gehofft, dass es dir genauso geht.«

Es wurmt mich gewaltig, dass Allie diesen Abend im Landschulheim in schlechter Erinnerung hat. Dabei bin ich fest davon überzeugt gewesen, dass es ihr genauso gefallen hätte wie mir. Ich erinnere mich an ihre strahlenden Augen. An die süßen Versprechen, die wir uns an diesem Abend gegeben hatten. Sollte das alles eine Lüge gewesen sein?

»Na ja, der Kuss war schon okay. Nur das Danach …«, gesteht sie zögernd. »Das ist so lange her, Sam. Ich sollte dir da echt nicht mehr böse sein, aber …«

»Allie, das, was ich damals gesagt habe … na ja, dass küssen mit dir keinen Spaß macht. Du weißt schon, dass das gelogen war, oder?«

Wir haben nie darüber gesprochen. Und jetzt ist der denkbar schlechteste Zeitpunkt dafür. Allie steht völlig neben sich. »Es tut mir so leid, Allie. Es tut mir so unendlich leid.«

Alle verbleibende Luft strömt aus mir. Und mit ihr auch das dumpfe Gefühl, das irgendwie immer da war, wenn ich an damals gedacht habe. Es ist richtig, es auszusprechen, mich zu entschuldigen für einen Fehler, den ich noch immer bereue. Vielleicht waren wir zu jung für die Intensität unserer Gefühle gewesen. Vielleicht war es gut, dass damals nichts aus uns geworden ist und wir nun eine zweite Chance haben, es besser zu machen. Aber sie verletzt zu haben, würde ich gerne ungeschehen machen.

»Allie?«, frage ich schließlich, da es verdächtig still ist in der Leitung. Ich habe keine Jubelrufe erwartet, aber doch eine Reaktion. Irgendeine.

»Ich … ich weiß nicht, was ich sagen soll.« Sie klingt verwirrt. Ein leises Lächeln schleicht sich auf meine Lippen. Verwirrung ist besser als Wut. Oder?

»Ich wollte dich nicht so überrumpeln, aber da wir gerade beim Thema Küssen waren …« Wie gerne würde ich jetzt ihre zarten Lippen berühren und all ihre Bedenken einfach wegküssen. Vielleicht ist es zu viel verlangt, dass sie mir verzeiht, doch nichts wünsche ich mir in diesem Moment mehr. »Du solltest jetzt ohnehin schlafen.

Musst du morgen arbeiten?« Ich werfe einen Blick auf die Uhr und sehe bestürzt, dass es bereits zwei Uhr nachts ist.

»Oh Gott! Ich werde sterben!«

»Am Abend bin ich zurück und rette dich. Versprochen.« Ich bringe es nicht über mich, aufzulegen, und hoffe noch eine Abschiedsfloskel von Allie zu ergattern. Ein *Es war schön, mit dir zu quatschen.* Oder auch *Danke, dass du für mich da bist.* Am liebsten wäre mir natürlich, wenn sie mir versichern würde, dass sie mich auch gerne küssen würde, aber darauf kann ich nicht hoffen. Nicht heute Abend.

»Sam?«

»Ja?«, frage ich hoffnungsvoll.

»Ich habe kein Foto von dir.«

Kurz lache ich auf, da ich damit nicht gerechnet habe.

»Das Netz ist voller Pics von mir. Du hast mir sogar Gifs geschickt.«

»Nein, nicht solche Bilder. Eines von dir, so, wie ich dich kenne. Eines, auf dem ich dich wiedererkenne. Schickst du mir eins?«

Kurz überlege ich, was Allie meint, doch schnell wird mir klar, dass sie mich schon lange durchschaut hat. Sie weiß, dass ich in der Öffentlichkeit nur eine Rolle spiele.

»Schlaf schön, Süße«, verabschiede ich mich und lächle bei den Worten sanft.

»Bis morgen«, haucht Allie kraftlos ins Handy und gähnt offensichtlich am Ende ihrer Kräfte. »Denk an das Foto.« Dann ist die Verbindung unterbrochen.

Minutenlang starre ich die weiße Wand vor mir an. Grinse breit, weil ich es einfach nicht schaffe, meine Lippen zurück in ihre normale Position zu ziehen.

Schließlich zucke ich mit den Schultern, schalte die Selfie-Cam meines Smartphones ein und knipse mich im schummrigen Hotellicht. Ich betrachte das Bild, auf dem ich mir selbst mit müden Augen entgegenschaue. Meine Haare sind unordentlich zerstrubbelt. Das leise Lächeln, das auf meinen Lippen liegt, ist so anders als das einstudierte Sam Amber Lachen, das ich für meine Fans übrighabe. Kurz überlege ich, ob ich verletzt sein sollte, weil sie so verhalten reagiert hat, als ich mich ihr geöffnet habe. Ob sie mir jemals verzeihen wird und wir eine echte Chance bekommen?

Entschlossen schicke ich das Foto los.

Kapitel 16

»Und du bist dir ganz sicher, dass du absagen willst? Es ist immerhin eine Party mit Sam Ambers Band?«, frage ich Marlene zum wiederholten Mal, als wir unsere Räder aufschließen. Ich schaffe es kaum, den Schlüssel ins Schloss zu stecken und habe keinen blassen Schimmer, wie ich mich gleich die kurze Strecke zu mir nach Hause auf dem Rad halten soll, ohne einfach umzufallen. Ich bin müde, ausgelaugt und habe fiese Kopfschmerzen. Zudem ist mir schon den ganzen Tag schwindelig und flau im Magen. Nachwehen vom Alkohol, meint Marlene. Das habe mit meinem ersten Kiffen ever nichts zu tun.

So ganz glauben möchte ich ihr nicht und habe mir geschworen, zukünftig die Finger davon zu lassen.

»Sorry. Ich bin total zerbröselt. Ich habe ehrlich Schiss, dass ich dir die Bude vollkotze. Du weißt, ich würde mir das niemals entgehen lassen. Aber so kann ich unmöglich deinen Superstarfreunden gegenübertreten. Der Abend gestern hat mich fertiggemacht.«

»Na toll …«, maule ich und verziehe meinen Mund. »Schönen Dank auch für deine Unterstützung.« Keine Ahnung, wie ich den Abend überstehen soll, aber die Aussicht, dass ich das ganze Wochenende danach im Bett verbringen kann, lässt mich durchhalten.

»Du hast doch Sam«, flötet sie und streckt mir die Zunge raus. Plötzlich beschleunigt sich mein Puls auf ein ungesundes Tempo, und meine Hände fangen an zu schwitzen. Sam. Wie es wohl gleich sein wird, ihm gegenüberzutreten? In mir hallt das gestrige Telefonat wie ein weit entferntes Echo nach. Ich spüre die Sehnsucht, die seine Worte in mir hinterlassen haben. Doch an Details kann ich mich nicht erinnern.

Würde sich der Beweis, dass wir wirklich miteinander gesprochen haben, nicht sicher gespeichert in den Favoriten meiner Fotogalerie befinden, würde ich sogar daran zweifeln. Doch da ist dieses Foto, das so ehrlich in seiner Ausstrahlung ist, dass ich mich daran nicht sattsehen kann. Ohne Filter und alles andere als glattgebügelt. So wunderschön. Obwohl Sam Augenringe hat. Obwohl seine Frisur nicht perfekt sitzt. Und obwohl er nur leise und fast schon schüchtern lächelt. Oder vielleicht gerade deshalb.

»Also Süße, ich hau mich jetzt aufs Ohr. Gutes Durchhalten.« Sie drückt mir die obligatorischen Abschiedsküsschen auf die Wange und radelt los.

Ich atme noch mal tief durch und überlege krampfhaft, ob es nicht doch eine Möglichkeit gibt, mich nach Hause zu beamen.

Wackelig schwinge ich mich auf den Sattel und ignoriere dabei, dass mein Herz viel schneller als gewöhnlich pocht, mein Atem rasselt, und ich bin am Ende meiner Kräfte, als ich endlich vor unserem Altbauhaus ankomme.

Nachdem ich das Rad in den Schuppen geschoben und abgeschlossen habe, gönne ich mir erst einmal eine Auszeit auf der untersten Treppenstufe. Die restlichen einhundertzwei Steigen bauen sich wie ein kaum bezwingbarer Berg hinter mir auf.

Mir ist zum Heulen zumute. Wie soll ich denn gleich Sam den Rücken stärken und eine auf gut gelaunte Gastgeberin machen, wenn ich schon durch ein paar Meter radfahren schier zusammenklappe?

Als sich mein Puls normalisiert hat, wage ich den Aufstieg und ächze und schnaufe nicht erst bei Stufe einhundertdrei. Die nächste Wohnung hat definitiv einen Aufzug. Oder aber liegt im Erdgeschoss.

Den Schlüssel bereits in der Hand, verweile ich noch ein paar Sekunden vor der Tür, atme tief ein und versuche zu mir zu kommen.

Mit zitternden Fingern schließe ich auf und trete in die Wohnung. Statt der erwarteten Musik schallt mir Motorengeräusch entgegen, als würde jemand im Wohnzimmer ein Autorennen fahren. Ich lege meinen Schlüssel in der Schale auf der Kommode ab und hänge meine Jacke an die Garderobe.

Als ich aus dem Flur in den Wohnraum trete, erspähe ich Sam, der einen Controller in der Hand hält und mit einem breiten Grinsen im Gesicht gegen Mika ein Rennen auf einer Spielkonsole fährt.

»Hey, Allie«, begrüßt mich Sam mit einem kurzen Blick und schaut dann gleich wieder auf den Bildschirm. Seine Augen strahlen, er wirkt glücklich. »Verdammt!« Fluchend klickt er auf den Tasten rum, Mika lacht.

»Alice, meine Schöne«, schnurrt er anschließend. »Könntest du Amber noch ein bisschen ablenken, damit ich ihn abzocken kann?«

Ich stehe indes wie angewurzelt da. Die Zeit steht still. Oder läuft besser gesagt rückwärts. Plötzlich fühle ich mich in der Vergangenheit aufschlagen. Für einen Bruchteil einer Sekunde bin ich wieder fünfzehn und sehe Sam mit Zahnspange in unserem Wohnzimmer sitzen und mit Paul Mario Kart spielen. Paul. Mit einem Schlag ist die Trauer um meinen Bruder zurück, sie überrollte mich mit voller Wucht und ist stärker denn je. Ich kann mich nicht dagegen wehren, dass Tränen in mir aufsteigen, dass sich mein Brustkorb zuschnürt und ich kaum Luft bekomme. Der Schmerz ist überall und er ist so heftig, dass ich schreien möchte.

Ich spüre, wie ich zittere. Nehme nichts mehr wahr außer die Gefühle, die so unsagbar stark in mir toben. Meine Füße tragen mich wie ferngesteuert ins Badezimmer und der einzig klare Gedanken, den ich fassen kann, ist, nicht aufgeben. *Nur nicht aufgeben.*

Über die Kloschüssel gebeugt, erleichtere ich mich. Ich hoffe nicht nur die Übelkeit damit überwinden zu können, sondern vor allem auch all die Gefühle auszukotzen, die ich nicht in mir haben möchte. Ich weiß, dass sie zu mir gehören. Sie begleiten mich seit über einem Jahr auf Schritt und Tritt. Aber gerade in der letzten Zeit hatte ich sie im Griff. Konnte sie kontrollieren und habe einen Weg gefunden, damit zu leben.

Ich wimmere, weil es so sehr wehtut, an Paul zu denken. Ich war schon so oft an diesem Punkt, dass ich dachte, es geht nicht mehr weiter. Und ich weiß, wie viel Kraft es kostet, aus diesem Loch herauszukriechen.

»Darf ich reinkommen?«, höre ich Sam sanft hinter der Tür. Ich schüttle den Kopf, nicke, bin verwirrt. Ohne auf eine Antwort zu

154

warten, schiebt er seinen Kopf herein und tritt schließlich näher. »Hey.«

Leise und mit so viel Mitgefühl, wie ich es nur schwer ertragen kann, sagt er dieses eine Wort, das ja eigentlich eher eine Floskel ist. Und doch geht mir seine Stimme tief. Sie holt mich zurück aus dem Loch, das bodenlos erscheint, das so groß, so unfassbar groß ist, dass es mich zu verschlingen droht.

Antworten kann ich nicht. Ich stehe einfach nur da, weine und schluchze, vergieße die Tränen, die sich wie ein Stausee in mir angesammelt haben. Sam wartet keine Sekunde. Seine Umarmung ist zaghaft und sanft, und sie ist vor allem eines: verdammt tröstlich.

Ich lasse mich sinken in diese starken Arme, die mich auffangen. Die mir im freien Fall Halt geben und die Hoffnung, nicht alleine zu sein.

»Ich bin da«, ist alles, was er sagt. Mehr braucht es auch gar nicht, denn ich spüre schon, wie die Wellen der Schmerzen kleiner werden. Wie sie erträglicher werden und mich nicht mehr zu verschlucken drohen. Zurück bleibt die Angst, dass mich die Trauer gleich wieder so unvorbereitet umspülen wird.

Was ist gerade geschehen? Warum konnte ich es nicht steuern? Warum habe ich es nicht kommen sehen? Ich bin so machtlos gegen diesen Flashback gewesen. Dabei habe ich mich sogar gefreut, Sam so glücklich zu sehen.

»Geht's wieder?«, fragt Sam. Seine Hände liegen zaghaft auf meinem Rücken und malen sanfte Kreise auf meinen Pulli. Ich ziehe die Nase hoch und versuche mir mit dem Handrücken das Gesicht zu trocknen. Meine Tränen haben einen Fleck auf Sams T-Shirt hinterlassen.

Ich nicke zögerlich auf seine Frage und traue mich dennoch nicht, mich von ihm zu lösen. Viel zu sehr fürchte ich eine erneute Attacke.

»Was ist denn los?«, startet Sam einen Vorstoß. Ich presse meinen Kopf wieder an seine Brust, bedeute ihm, dass ich noch nicht genug von seinem Trost habe.

»Paul«, murmle ich nur und hoffe, das genügt ihm als Erklärung.

Als hätte er das Ausmaß verstanden, zieht er mich enger in seine Umarmung.

»Es tut mir so leid. Deine Party ... wo sind eigentlich die anderen?«

»Die Party habe ich auf morgen verschoben. Mika und ich testen nur ein paar Spiele für die Tour. Nichts, was wir nicht auch wann anders machen können. Ich schmeiß ihn schnell raus, okay?«

Ich will ihn gar nicht loslassen. Zu groß ist die Furcht, gleich wieder in dieses Loch zu fallen. Fast schon übermächtig ist der Wunsch, Sam dann an meiner Seite zu wissen.

Als er den Raum verlassen hat, wasche ich mir eilig mein Gesicht und vermeide den Blick in den Spiegel.

Ich höre, wie Sam mit Mika spricht, obwohl ich keinen großen Wert darauf lege, die einzelnen Worte zu verstehen. Es genügt, dass ich kurze Zeit später die Wohnungstür ins Schloss fallen höre.

Zitternd trockne ich mein Gesicht und die Hände ab. Versuche, ruhig zu atmen. Mein Nervenkostüm ist zum Zerreißen gespannt und der Schmerz ist ganz nah. Er sitzt in seiner übermächtigen Größe direkt unter der Oberfläche, lauert wie ein Monster darauf in genau dem Moment hervorzukriechen, in dem ich glücklich bin und es am wenigsten erwarte.

»Brauchst du etwas?«, fragt Sam durch die Tür. Ich öffne sie und schaue ihn an.

»Ich sollte schlafen«, überlege ich, obwohl ich fürchte, dass mich die Angst am Genick packt, wenn ich alleine bin und loslasse.

Sam nickt, als hielte er das ebenfalls für eine gute Idee. »Trink noch was«, schlägt er vor. »Der Abend gestern ... sicher hängt dir das auch noch nach.«

»Das ist es nicht.« Ich schüttle den Kopf und spüre schon wieder die Kopfschmerzen, die mich schon den ganzen Tag über begleiten. Vielleicht hat der Hangover von gestern meine Schutzschilde dünn werden lassen. Aber ich bin mir sicher, der Auslöser für meinen Flashback war der Anblick von Sam in meinem Wohnzimmer. Das kann ich ihm aber unmöglich sagen. »Na gut, vielleicht hast du recht«, lenke ich daher ein und zwinge mir ein Lächeln auf die Lippen.

»Kleine Partymaus.« Sam streicht mir wie zufällig über die Wange. »Komm, leg dich hin, ich bring dir noch ein Glas Wasser. Brauchst du sonst noch etwas? Willst du was essen?«

Entschlossen verneine ich. Alleine beim Gedanken an Essen wird mir wieder schlecht. Sam hat ein Einsehen und stichelt nicht weiter. Ich stakse in mein Zimmer und lasse mich kraftlos auf mein Bett sinken. Mich umzuziehen schaffe ich nicht mehr, dabei sollte ich die Klamotten, die ich in der Kita anhatte, unbedingt auszuziehen.

»Hier«, sagt Sam und setzt sich, ohne zu fragen, neben mich aufs Bett. Es ist seltsam, Sam in meinem Zimmer zu sehen. War er hier überhaupt schon einmal drin? Ich versuche, es durch seine Augen zu sehen. Betrachte das aufgeräumte Bücherregal, in denen die wundervollsten Liebesromane in Reih und Glied stehen. Die gerahmten Bilder, die aus Pauls Feder stammen. Den Schreibtisch, der mehr zur Deko dasteht, da ich viel lieber in der Küche für meine Fortbildungen lerne. Viel Zeit verbringe ich in diesem Raum nicht, dennoch liebe ich die Geborgenheit, die er mir schenkt.

Ich nehme Sam das Glas ab und trinke es gierig in einem Zug leer. Sam lächelt zufrieden.

»Schlaf schön. Wenn was ist, ich bin im Wohnzimmer. Ich versuche auch, leise zu sein, ja?« Er ist schon aufgestanden, und aus Angst er könnte rauslaufen, greife ich panisch nach seiner Hand. Ich kann doch jetzt nicht alleine sein!

Die Berührung scheint für ihn überraschend zu kommen. Er starrt erst Sekunden auf die Hand und dann in mein Gesicht. Ich schlucke und presse die Worte raus, die so stark in mir brennen: »Geh nicht.«

In Sams Miene kann ich unmöglich lesen, was er denkt. Keine Regung ist in seinem wunderschönen Gesicht zu sehen. Offensichtlich überlegt er, hadert vielleicht. »Kannst du ... kannst du vielleicht heute Nacht bei mir bleiben?«

Ich weiß, was ich da von Sam verlange, und hoffe, er versteht es nicht falsch. Ich brauche ihn. Brauche jemanden, der mir Halt gibt. Ich muss schlucken, spüre, wie meine Augen schon wieder feucht werden, da nicht sofort eine Antwort von Sam kommt.

»Wenn du das willst?« Seine Stimme ist rau und lange nicht so fest, wie ich es von ihm gewohnt bin. Ich nicke eilig und meide seinen Blick, als ich unter die Bettdecke krieche.

Mein Herz pocht viel zu laut, und ich fürchte schon, Sam hört es hämmern. Unsicher legt sich Sam neben mich. Es ist ihm anzumerken, dass er die Situation ziemlich seltsam findet. Das ist sie ja auch. Aber in diesem Moment ist es mir egal.

Ich nestele herum, suche eine bequeme Position und entscheide mich schließlich dafür, Sams Arm zu nehmen und ihn als Kopfkissen zu benutzen. Ich kuschle mich an ihn, achte allerdings darauf, dass ich mich nicht zu nahe an ihn dränge, obwohl ich genau das gerne machen würde.

Sam zieht die Decke mit seinem freien Arm über mich und bedeckt mich mit diesem wohligen Gefühl, vor all dem Schmerz da draußen geschützt zu sein. Sam wird auf mich aufpassen. Er wird mich beschützen. Mit ihm fühlt sich Leben leichter an. Mit ihm ist das Durchhalten machbar.

Zufrieden schließe ich die Augen. Konzentriere mich auf seinen Herzschlag. Er erzählt vom Leben. Von Freundschaft und Abenteuer. Von Tagen und Nächten. Und vor allem erzählt er von Sam.

Kapitel 17

Ich hielt es nie für eine Gabe, dass ich die Gefühle anderer Menschen wahrnehmen kann wie meine eigenen. Es ist anstrengend, Wut, Schmerz und Hass zu spüren. Enttäuschung, Verletzung und Trauer. Allzu oft überfordert es mich, macht mich fertig. Heute ist wohl das erste Mal, dass ich mich bewusst dazu entscheide, den Schmerz eines anderen zu teilen. Ich lasse Allies Trauer um Paul ungefiltert in mich strömen. Es raubt mir den Atem, weil es sich viel zu intensiv für so einen zarten Körper anfühlt. Ich will ihr helfen, will ihr etwas von der Last abnehmen und hoffe, wir können diese Gefühle einfach unter uns aufteilen. Halbieren. Wenn ich mit ihr fühle, wenn ich mit ihr traure, vielleicht wird es dann für sie etwas erträglicher.

Ich bin einfach nur da, versuche, ein Teil von ihr zu werden. Versuche, sie zu beruhigen, für sie da zu sein.

Ihre Muskeln sind zum Zerreißen gespannt, ihre Angst ist greifbar. Ich habe eine Ahnung, was sie so aus der Fassung gebracht hat. Das Gehirn spielt einem manchmal seltsame Streiche. Vielleicht hat sie sich an die zahlreichen Nachmittage in ihrem Elternhaus erinnert, an denen Paul und ich Playstation gezockt haben. Manchmal hat sie selbst mitgespielt und uns Jungs dabei gnadenlos abgezogen.

Egal was es war, ich will für sie da sein.

Endlich wird ihre Atmung ruhiger, und die Anspannung lässt nach. Ihre Hand hat sie zu einer kleinen Faust geballt und auf meiner Brust abgelegt, fast so als wüsste sie nicht, wo sie sonst damit hinsollte.

Ihr Kopf liegt auf meinem linken Oberarm und drückt schwer auf meine Muskeln. Ich winkele ihn wie in Zeitlupe an und versuche, sie ein Stückchen näher an mich zu ziehen. Besser. Der Duft ihrer Haare kitzelt mich in der Nase. Sie riechen nach demselben Shampoo wie damals.

Langsam ebbt der Schmerz in mir ab. Übrig bleibt das Echo der Trauer, das mich ausfüllt und traurig sein lässt. Auch ich vermisse Paul. Obwohl es jetzt schon neun Jahre her ist, dass wir uns das letzte Mal gesehen haben, war er immer ein Teil von mir. Und wird es auch immer sein.

Ich gebe mich den Erinnerungen hin, erlebe noch einmal die schönsten Momente, die sich so tief in mein Gedächtnis eingebrannt haben, dass ich sie hoffentlich niemals vergessen werde. Ob ich jemals daran zurückdenken kann, ohne diesen Schmerz zu spüren, der mich auch jetzt durchzuckt?

Als sei Allie mein Anker, ziehe ich sie fester in meine Umarmung. Als ich mich ihr gestern geöffnet habe, ihr gestanden habe, dass ich sie gerne küssen würde, habe ich eine leise Ahnung davon bekommen, wie sehr sie mein Verhalten damals verletzt haben muss. Kussphobie. Pfff! Ich kann verstehen, dass sie mir misstraut, und doch habe ich mich geändert, bin reifer geworden und würde sie nie wieder im Stich lassen. Dabei ist es noch nicht einmal lange her, dass wir uns wiedergefunden haben, doch ich fühle mich ihr so verbunden, so nah. Neben ihr zu liegen, ihren Körper zu spüren ist mir seltsam vertraut. Ich fühle mich vollständig. Allie und ich – wie konnte ich das in den letzten Jahren aus den Augen verlieren?

Ich atme tief ein und seufze. Eine Sehnsucht steigt in mir auf, ein Verlangen, das in mir pulsiert und in dieser Situation furchtbar unangebracht ist. Mein schlechtes Gewissen meldet sich.

Vielleicht sollte ich schlafen, bevor ich mir der körperlichen Nähe noch bewusster werde. Bevor mir klar wird, dass all das, was ich so sehr begehre, keine Nasenlänge von mir entfernt liegt. Ich würde sie jetzt gerne küssen, sie berühren. Aber das werde ich nicht tun. Noch habe ich keine Ahnung, was ich für sie bin. Vielleicht sieht sie mich auch nur als Freund.

Ich brauche einen Moment, bis ich die Geräusche zuordnen kann, die mich aus einem tiefen Schlaf wecken. Verwirrt schaue ich mich um. Kein Hotelzimmer. Auch nicht mein Zimmer in Allies Wohnung. Allie … Klar, das ist Allies Zimmer. Mit einem Schlag bin ich wach und sitze aufrecht. Habe ich tatsächlich in ihrem Bett geschlafen?

Eigentlich hatte ich ja aufstehen wollen, da das Verlangen in Allies Anwesenheit irgendwann unerträglich wurde. Sie hatte sich im Schlaf umgedreht, meinen Arm ganz fest umschlungen und mir ihr wohlgeformtes Hinterteil zugestreckt. Ich hatte stundenlang tief ein- und ausgeatmet, um mich wieder zu beruhigen. Offensichtlich war ich darüber eingeschlafen.

Der Schlaf muss seltsam tief gewesen sein. Normalerweise bin ich darauf trainiert, jede noch so kleine Bewegung wahrzunehmen. Seit mir ein paar Fans im Hotelzimmer aufgelauert haben und ich mich unfreiwillig mit drei fremden Mädchen im Bett wiedergefunden hatte, schlafe ich schlecht. Vielleicht ist mein unstetiger Lebenswandel auch nicht ganz unschuldig daran.

Seufzend lasse ich mich noch einmal in die Kissen fallen, die so herrlich nach Allie duften. Ein Lächeln schleicht sich auf meine Lippen. Wann habe ich das letzte Mal die Nacht mit einer Frau im Bett verbracht, ohne dass etwas gelaufen ist? Noch nie!

Zugegeben, wäre es nach mir gegangen … prompt ist das schlechte Gewissen wieder da, und mein Lächeln ist wie weggewischt. Allie trauert um ihren toten Bruder, und ich denke an Sex. Wie erbärmlich. *Aber Allies Nähe macht es mir nun mal nicht leicht,* denke ich zu meiner Verteidigung.

Bevor ich weiter drüber nachdenke stehe ich lieber auf und mache mich auf den Weg in die Küche.

»Morgen«, murmle ich verschlafen und bleibe im Türrahmen stehen. Der Tisch ist reichlich gedeckt und Allie werkelt geschäftig am Herd rum.

»Guten Morgen«, wirft sie mir über die Schulter zu und lächelt schüchtern. »Setz dich, Kaffee ist gleich fertig.« Mit diesen Worten schäumt sie Milch auf und gießt sie in eine Tasse.

»Ich wusste nicht, was du frühstückst.« Allie deutet auf die Papiertüten, die auf dem Tisch liegen, und klingt seltsam nervös. »Ich hoffe, da ist was dabei.«

Ich werfe einen Blick in die Tüten und spüre, wie mir das Wasser im Mund zusammenläuft.

Für gewöhnlich frühstücke ich nicht. In den Frühstücksräumen der Hotels habe ich immer zu viele Menschen vermutet, die mich erkennen könnten. Und den Zimmerservice bemühte ich schon allzu oft abends und nachts, wenn mir die Decke auf den Kopf zu fallen drohte.

»Hier.« Allie reicht mir eine Tasse mit Milchkaffee, den ich auf den Tisch stelle. Ich trete hinter Allie, will schauen, ob ich ihr noch etwas helfen kann, aber offensichtlich stehe ich ihr im Weg. Befangen zwängt sie sich immer wieder an mir vorbei, murmelt die ein oder andere Entschuldigung und kichert nervös.

Schließlich setze ich mich einfach an den Tisch und nippe an meinem Kaffee.

»Das wird jetzt aber nicht seltsam zwischen uns, weil wir in einem Bett geschlafen haben, oder?«

Allie dreht sich um und blickt mich verständnislos an.

»Wieso sollte es komisch zwischen uns werden? Wir haben doch auch früher schon in einem Bett geschlafen.«

Ich lache auf.

»Na ja, da waren wir fünf oder sechs.«

»Und bei dem Ferienlager am Bodensee? Da müssen wir schon zwölf oder so gewesen sein.«

»Das zählt nicht. Erstens waren das keine Betten, sondern Isomatten. Und zweitens hat es draußen so gestürmt und geschüttet, dass es Körperverletzung gewesen wäre, dich nicht in unserem Zelt schlafen zu lassen.«

»Mich gruselt es immer noch, wenn ich an das Unwetter denke.« Sie erschaudert gespielt und grinst mich vielsagend an. Ich mag es, dass Allie und mich so viel verbindet.

Endlich setzt sich auch Allie an den Tisch. Die Hände hat sie fest um eine Tasse Kaffee geschlungen. Kaffee mit geschäumter Sojamilch.

Ihre Augen wirken munter, fast schon fröhlich und doch tragen sie ein Stück Traurigkeit in sich. Dieses Gefühl ist wohl für immer in

Allie verankert. Gestern konnte ich erahnen, wie groß das Ausmaß ihrer Trauer sein muss.

»Wie war München?«, fragt Allie und legt den Kopf schief.

»München«, erinnere ich mich, springe auf und renne in mein Zimmer, um in meiner Tasche nach etwas zu suchen. »Hier«, sage ich aufgeregt und strecke ihr das Mitbringsel entgegen, das ich am Flughafen in einem kleinen Kiosk gesehen hatte und bei dem ich sofort an Allie denken musste.

Allies Mund klappt auf, als ich den winzigen, furchtbar altbackenen Plastik-Klickfernseher mit vergilbten Fotos von München in ihre Hand lege.

»Du …« Sie räuspert sich und ringt offensichtlich um Fassung. Entzückt betrachtet sie die Plastikbox und hält ihn sich vors Auge. Mit jedem Klick taucht vor ihrem Auge ein neues Fotos von Münchens Sehenswürdigkeiten auf. »Ich habe die Dinger geliebt«, flüstert Allie andächtig und kann offensichtlich nicht genug davon bekommen, sich durch die Münchner Ansichten zu klicken.

»Ich weiß«, antworte ich zufrieden und schnappe mir ein Brötchen, um es aufzuschneiden und mit Margarine und Konfitüre zu bestreichen. Genüsslich beiße ich hinein und freue mich, dass ich Allie offensichtlich eine Freude bereitet habe.

»Danke«, murmelt sie und muss sich offensichtlich davon losreißen, um nicht den ganzen Morgen durch dieses gelbe Plastikding zu schauen. Aus jedem Urlaub brachte Allie eines davon mit und stellte es feierlich in ihr Regal. Sie behandelte die Andenken wie ein Heiligtum, und ich musste immer betteln, um selbst einmal durchschauen zu können. Damals haben meine Mutter und ich nie Urlaub gemacht. Wie hätte sie das auch finanzieren sollen? Meine Ferien verbrachte ich bei meinen Großeltern im Allgäu und außer den Brunner-Zwillingen fehlte mir in dieser Zeit nichts.

Ich schaue zu Allie, überlege, ob ich sie auf unser Telefonat ansprechen soll. So viele unausgesprochene Dinge hängen zwischen uns, und irgendwie fühlt es sich seltsam an, einfach weiterzumachen, als hätten wir nie über unseren Kuss damals gesprochen.

»Also«, startet Allie und nippt noch einmal an ihrem Kaffee. Fast schon bin ich dankbar, dass sie mein Vorhaben vereitelt. Feigling!

»Deine Party … du hast sie verschoben?«

»Jupp, gestern war nicht so der optimale Tag dafür.« Ich räuspere mich und will sie nicht an ihre Alkohol-Drogen-Eskapade erinnern. Den Jungs habe ich natürlich nichts davon erzählt. Mir spielte die Tatsache in die Hände, dass sie selbst von der Feier im P1 ziemlich zerbröselt waren.

»Das war sehr …« Allie macht eine bedeutungsschwere Pause, »rücksichtsvoll von dir. Danke.«

»Die Jungs kommen dafür heute Abend. Hoffe, du hast nichts dagegen?« Obwohl Allie alles dafür tut, damit ich mich hier zu Hause fühle, ist es seltsam, mich frei zu bewegen. So ganz angekommen ist es bei mir noch nicht, dass ich jetzt hier wohne. Ich fühle mich noch immer als Gast.

»Klar. Willst du, dass ich dabei bin, oder soll ich lieber …«

»Was ist das denn für eine Frage? Natürlich will ich das! Du hast mir schließlich die Suppe eingebrockt.«

»Gut«, murmelt sie und nickt.

»Wir bestellen einfach Pizza und die Jungs bringen die Getränke mit. Ganz easy, ohne großen Aufwand«, weihe ich sie in unseren Plan ein, den wir im Flieger ausgeheckt haben. Keiner von uns hat Bock auf ein ausgeklügeltes Fingerfood-Buffet, das wir bei Gigs und den Aftershow-Partys allzu häufig haben. Nett zusammensitzen, das eine oder andere Bier trinken, zocken und quatschen. Mehr haben wir nicht vor.

»Wir könnten auch Pizza selbst machen«, schlägt Allie vor. »Geht ganz schnell. Ich kann mich da auch drum kümmern.«

»Musst du nicht«, wiegele ich ab. Ich will ihr keine Arbeit machen. Reicht schon, dass ich meine Leute in ihre Wohnung einlade und ihre Zeit beanspruche.

»Ach komm.« Sie hebt den Blick und wirkt zerknirscht. »Weißt du, dann könnte ich für mich etwas mitmachen.«

Oh nein! Ich Trottel habe vergessen, dass sie ja die Pizza vom Lieferservice nicht mitessen kann. Schätze, dass die keine vegane Variante haben.

»Nur, wenn ich helfen darf.«

»Du musst!« Sie zwinkert mir zu und lächelt breit. »Deal!«

Sie wirkt tatsächlich erfreut. »Ich muss aber noch ein paar Sachen einkaufen. Du kannst ja in der Zwischenzeit die Bude staubsaugen. Putzplan und so, du weißt schon.«

Kurz überlege ich, schüttle dann aber entschlossen den Kopf. »Mitgehangen, mitgefangen. Ich komme mit zum Einkaufen!«

Unmöglich kann ich Allie den ganzen Kram für meine Leute schleppen lassen. Außerdem traue ich dem Frieden nicht. Allie wirkt zwar im Moment ziemlich stabil. Aber was, wenn sie wieder die Trauer überkommt? Wenn sie erneut zusammenbricht wie gestern?

Ich atme tief ein. Ich könnte Konrad mitnehmen für den Fall der Fälle. Oder mich einfach bedeckt halten. Es ist Herbst und niemand würde Verdacht schöpfen, wenn ich mich tief in Mütze und Schal vergrabe. Einen Versuch ist es allemal wert.

»Okay«, Allie wirkt erstaunt und betrachtet mich prüfend. »Haben wir dann deinen Bodyguard im Schlepptau? Irgendwie finde ich den gruselig.«

Ich lache auf.

»Vor Konrad musst du keine Angst haben. Der ist schon in Ordnung. Aber wenn es dir lieber ist, können wir auch alleine losziehen.« Schließlich war ich auch schon öfter ohne Leibwächter draußen. Nachts. Oder bei Regen. Die Angst, die sich meine Wirbelsäule hocharbeitet, ist völlig unbegründet. Oder?

Allie springt schon auf und klatscht begeistert in die Hände. Sie wirkt plötzlich um Jahre jünger und erinnert mich sehr an das lebensfrohe Mädchen, in das ich mich damals verliebt hatte. Kaum zu glauben, dass sie gestern so ein derbes Tief hatte.

Sie streckt mir ihre Hand entgegen.

»Komm mit«, sagt sie vielsagend und legt den Kopf schief.

Wehmütig flackert mein Blick zu dem köstlichen Frühstück.

»Aber der Kaffee.«

Allie verdreht die Augen. »Nimm ihn mit.« Sie dreht sich um und läuft in ihr Zimmer. Verdammt, ich Trottel habe die Chance ziehen lassen, ihre Hand zu nehmen. Aber vielleicht ist das auch besser so. Sie bringt mich auch so ziemlich durcheinander, da brauche ich nicht auch noch Hautkontakt.

In ihrem Zimmer wühlt sie bereits in ihrem Kleiderschrank. Wieder schweift mein Blick zu ihrem Bücherregal, und ich streiche andächtig über die Buchrücken. Früher habe ich mir ihre Bücher gerne ausgeliehen. Sie war nie die typische Pferdebücher-Internatsgeschichten-Leserin. Auch von den Liebesgeschichten, die Mädchen für gewöhnlich in dem Alter so lesen, hatte sie vergleichsweise wenige. Ihr Herz gehörte Fantasygeschichten und ich erinnere mich an so manche Diskussion über *Harry Potter* und Tolkiens *Der Herr der Ringe*. Jetzt finden sich allerdings unzählige Bücher in ihrem Regal, die von der einzig wahren Liebe erzählen.

Breit grinsend hält sie einen dicken Schal und eine Cap mit Hawaii-Muster hoch.

»Zieh mal auf.«

Ich bin wenig begeistert, an einer Verkleidungsshow teilzunehmen, stelle aber meinen Kaffee auf ihrem Schreibtisch ab und gebe mich meinem Schicksal hin. Die Mütze ziehe ich etwas schief ins Gesicht und verkrieche mich in dem grauen Wollschal.

Allie kichert.

»Augen zu.«

Es fällt mir schwer, Allie so weit zu vertrauen, dass ich ihr die Kontrolle überlasse, atme aber schließlich tief ein und senke den Blick.

»Sam!«, weist sie mich streng zurecht. »Du schummelst!«

»Tu ich nicht«, maule ich, fühle mich jedoch ertappt und schließe die Augen. Meine verbleibenden Sinne sind in Alarmbereitschaft. Ich mag es nicht, überrascht zu werden. *Allie wird schon nichts Schlimmes vorhaben.*

Dann nehme ich durch die geschlossenen Lider Bewegungen vor meinem Gesicht wahr, rieche Allie ganz nah und spüre ihre Hand schon, bevor sie meine Wange berührt.

Ich zucke zurück. Ihre Berührung brennt auf meiner Haut, und doch hätte ich nichts dagegen, wenn sie weitermacht.

»Tschuldigung«, murmelt sie und schiebt mir vorsichtig eine Brille ins Gesicht. Die Bügel kratzen an meinen Ohren, etwas kitzelt an meiner Nase. Erschrocken reiße ich die Augen auf. Allie lacht lauthals und hält sich den Bauch. Sie sieht so glücklich aus.

Meine Hand schnellt an mein Gesicht, und ich reiße mir das Ungetüm von der Nase. In den Händen halte ich eine Brillen-Nasen-Schnurrbart-Kombi, wie sie an Fasching verkauft wird. Wo hat Allie nur das Ding her? Hat sie einen Verkleidungs-Fetisch?

»Zieh noch mal auf. Ich muss ein Foto machen!«, bittet sie mich. Ich beschließe, den Spaß mitzumachen und setze mir das Ding erneut auf. Einen besonders lustigen Gesichtsausdruck muss ich gar nicht machen, ich sehe mit der Maskerade wahrscheinlich ohnehin dämlich aus. Aber Allie so ausgelassen zu sehen ist es wert, mich zum Deppen zu machen.

Kichernd hält sie mir das Ergebnis vor die Nase. Ich pruste los, da diese Verkleidung wirklich abscheulich aussieht, muss aber zugeben, dass es mir sogar selbst schwerfällt, mich darunter zu erkennen. Dennoch kann das nicht die Lösung sein.

»Schätze, Konrad muss doch ran«, sage ich und zücke schon mein Smartphone.

»Nein, warte.« Allie überlegt. »Krieg ich noch eine Chance?«

Sie zieht ihre Unterlippe zwischen die Zähne und kaut darauf herum. Wissen Frauen denn nicht, dass uns Männer das verrückt macht?

»Klar.« Mein Blick huscht zu dem Bett, in dem wir die Nacht verbracht haben. Die Erinnerungen an ihren Hintern, den sie an meine Hüfte gepresst hat, bringt mich auf dumme Gedanken.

»Prima.« Mit einem breiten Grinsen widmet sich Allie wieder dem Inhalt ihres Schrankes. Ich bin froh, dass sie mir somit etwas Zeit verschafft, um mein Verlangen in den Griff zu bekommen. Immer wieder gleitet mein Blick an ihrer schmalen Figur entlang. Ihre Beine stecken in einer engen schwarzen Jeans. Darüber trägt sie ein Bandshirt, das mindestens drei Nummern zu groß ist. Vorne hat sie es in den Hosenbund gesteckt, damit es nicht zu sehr herumschlackert. Aber wie der Stoff neckisch über ihre Schulter rutscht, und ihre Rundungen umschmeichelt, ist einfach absolut wow.

»Probier das mal.« Sie dreht sich um, und ich fühle mich ertappt, weil ich sie so unverhohlen gemustert habe. Schnell räuspere ich mich und nehme ihr die schwarze Wollmütze ab.

Mit einem schiefen Grinsen setze ich mir das Beanie auf und ziehe es mir in die Stirn. Allie schlingt mir einen Schal um den Hals und tritt einen Schritt zurück.

Nachdenklich mustert sie mich. Ich stemme die Hände in die Hüften und warte auf ihr Urteil.

»Ne«, urteilt sie, reißt mir die Kopfbedeckung runter und pfeffert sie auf das Bett. Eine Sekunde später drückt sie mir eine grünweiß gestreifte Skimütze mit einem weißen Bommel in die Hand.

»Gott!«, murmelt sie nur, und ich ahne schon, dass auch dieses Outfit durchgefallen ist. Genervt streckt Allie die Hand danach aus und wechselt die Mütze gegen ein offensichtlich selbstgehäkeltes Exemplar, das sicher aus dieser Boshi-Hype-Zeit stammt. Vielleicht hat sie es ja sogar selbstgemacht.

Ich ziehe sie wieder über meine Locken, die heute noch keinen Kamm gesehen haben und daher ohnehin völlig zerdrückt aussehen. Mit hochgezogenen Augenbrauen stelle ich mich Allies Urteil. Wieder schüttelt sie den Kopf, kommt zu mir und zerrt an der Mütze, bis sie mir tief in die Stirn ragt.

»Mann Sam! Wie machst du das nur?«

»Wie mach ich was?«, frage ich argwöhnisch.

»Egal was für einen Wischmopp ich dir auch gebe, du ziehst dir das so auf, als seist du auf dem Laufsteg.«

Ich grinse sie schelmisch an. »Ich nehme das mal als Kompliment.«

»Nein, Sam! Das ist kein Kompliment. Wir spielen gerade nicht *Mach mir den Rockstar*. Sondern *Tauch in der verdammten Masse unter*.«

Unwillkürlich lache ich auf. Allie findet das allerdings nicht lustig. »Das ist unfair!«

»Was ist unfair?«.

Sie tritt einen Schritt näher an mich und stupst mich mit dem Finger an die Brust.

»Na, dass dir der Mist, den ich seit Jahren nicht mehr anziehe, auch noch steht.«

»Das sagst ausgerechnet du? Verrat mir mal, wer außer dir in einem viel zu großen Bandshirt so sexy aussehen kann.«

Ihre Hand verweilt einen Augenblick an genau der Stelle, an der mein Herz viel zu schnell schlägt. Zaghaft suchen die Finger ihrer anderen Hand nach meinen. Ihre Nähe brennt auf meiner Haut, und doch zucke ich nicht zurück als ich ihre schmale Hand in meiner fühle.

Ich stehe ganz still, finde ihren Blick, der so rein ist, der intensiv ist und mir für einen kurzen Moment einen Einblick in ihre Seele gewährt. Ich könnte sie jetzt küssen, will es sogar, aber da ist diese Angst, die ich deutlich in ihr spüre.

Verwirrt schlage ich den Blick nieder, beende den intensiven Moment und räuspere mich. Wovor hat Allie Angst? Fürchtet sie sich so sehr, dass ich ihr erneut wehtun könnte? Sanft entziehe ich ihr meine Hand und zupfe an der Mütze herum.

»Wem gehört das Shirt eigentlich? Deinem Ex?«

Als ich Tränen in ihren Augen schimmern sehe, wird es mir plötzlich klar.

»Paul«, murmle ich. Verdammt! Bei einem Ramones T-Shirt hätte ich auch von selbst drauf kommen können.

Allie nickt und wischt sich über die dunkel geschminkten Augen. Die schwarz getuschten Wimpern betonen das helle Braun ihrer Iris deutlich.

»Bescheuert, oder? Ich dachte, ich könnte ihm damit nahe sein …« Sie schüttelt den Kopf und wirkt verloren.

»Es … ich«, druckse ich rum und schlinge ungelenk die Arme um Allie, um sie in eine Umarmung zu ziehen. »Niemand kann diese Shirts besser tragen als du. Hörst du? Und Paul würde sich sicher riesig freuen, dass du den Ramones treu bleibst. Ich find's cool.«

»Ernsthaft?«, schnieft sie und schaut zu mir hoch. Mein Blick fällt auf ihre Lippen und wieder ist der Wunsch, sie zu küssen, schier unbändig. *Wie absolut unpassend, Sam Amber!*

»Ernsthaft. Komm, lass uns mal wieder zum Frühstück gehen. Dein Kaffee ist bestimmt schon kalt.«

»Egal. Dann mache ich mir einen neuen.« Allie steuert den Weg zurück in die Küche an. Ich folge ihr. Mit dem Häkelmonstrum auf dem Kopf und einem ziemlichen Chaos im Innern. Warum fühlt es sich nur immer so gut an, Allie nahe zu sein?

INSTAGRAM: *Love letters to life – by Alice*

love_letters_to_life Erinnerungen. Blitzlichter der Vergangenheit. Sie sind so verdammt schmerzhaft. Dann denkt man mit Tränen in den Augen zurück an vergangene Zeiten. Zeiten, in denen die Welt noch in Ordnung war.
Erinnerungen. Lichtblicke der Gegenwart. Sie sind verdammt kostbar. Denn niemand kann sie einem nehmen. Und in Erinnerungen werden die Menschen wieder lebendig, die einem verdammt wichtig waren. Die es noch immer sind und für ewig bleiben werden.

#lovelife #erinnerungenleben #flashback #dufehlst #nachvorneschauen #live #life #loveletterstolife #durchhalten #glücklichsein #gegenwart #zukunft #vergangenheit

Kapitel 18

Wo ist das Wochenende hin? Ich stelle den Wecker aus, kann mich aber noch nicht aufraffen, aus dem Bett zu kriechen. Viel zu viel schwirrt mir im Kopf herum.

Blendet man den Freitag und den Flashback aus, war es ein wunderschönes Wochenende. Ich mag es, dass Sam so viel Zeit an meiner Seite verbringt. Das Vorbereiten für die Party hat mit ihm extrem viel Spaß gemacht. Man merkt, dass er die letzten Jahre nicht viel in der Küche gemacht hat, doch er ist sich nicht zu fein, sich die Hände schmutzig zu machen. Und er trägt immer einen Scherz auf den Lippen und bringt mich zum Lachen.

Es tut gut, dass mit Sam wieder Leben in die Wohnung gekommen ist. Ist er da, ist kaum Raum für die Traurigkeit, die mich zu überschwappen droht. Und kämpft sie sich doch mal an die Oberfläche, ist Sam zur Stelle und rettet mich vor dem Ertrinken.

Manchmal erwische ich ihn dabei, wie er selbst gedankenversunken auf eines von Pauls Bildern starrt. Doch sobald er mich hört oder sieht, tut er als sei nichts gewesen. Es ist, als wollte er für mich stark sein.

Die Party würde ich als vollen Erfolg verbuchen. Sam schien sich in der Gegenwart seiner Bandmitglieder wohl zu fühlen. In der Bude hallten nur so die Gespräche, das Lachen, die gegenseitigen Neckereien. Ich weiß nicht, was in München passiert ist, aber ich habe den Eindruck, dass sie endlich als Team zusammenwachsen und Sam seinen Platz gefunden hat. Sam unterhielt sich stundenlang mit Lennox, und die beiden wirkten sehr vertraut. Sie lachten und schienen sich bestens zu verstehen. Sam so gelöst zu sehen, erfüllt mich mit Freude. Es tut ihm sichtlich gut, in seinen Bandkollegen neue Vertraute gefunden zu haben.

Auch Marlene hat spontan Zeit gehabt und ließ es sich nicht nehmen, vorbeizuschauen. Wie ich befürchtet hatte, fährt sie voll auf Mika ab. Was sie nur immer an diesen Machos findet? Zumindest hielt ihn das davon ab, mich mit schmierigen Komplimenten zu bedecken und so konnte ich mir Konrad vorknöpfen und mir ein paar Nahkampftricks zeigen lassen. Man weiß schließlich nie, wann man sie braucht.

Als mein Wecker erneut drängelt, krieche ich schweren Herzens aus dem Bett und schlurfe müde ins Bad. Ich renne gegen die abgeschlossene Tür und reibe mir leise fluchend die Schulter. Daran, dass hier noch jemand wohnt, habe ich mich ganz offensichtlich noch nicht gewöhnt.

»Du kannst sofort rein«, höre ich Sam aus dem Badezimmer rufen, und eine Sekunde später öffnet er die Tür.

»Guten Morgen«, Sam grinst mich an und hält mir die Tür auf. »Es gehört ganz dir.«

Sein Aftershave dringt in meine Nase, und ich spüre, wie es schon wieder in mir kribbelt. Er sieht wieder wie aus dem Ei gepellt aus, und mir ist es etwas unangenehm, dass ich mit einem Vogelnest auf dem Kopf und Snoopy auf dem Schlafshirt vor ihm stehe.

»Okay«, flöte ich, schiebe mich an ihm vorbei, schließe die Tür und springe unter die Dusche. Danach schlüpfe ich in ein Shirt, das die letzten Jahre in der hintersten Ecke meines Schrankes vergraben war. Meine Mutter hat es mir irgendwann geschenkt. Wahrscheinlich, weil sie so unendlich stolz auf Sam war – und mir eine Freude machen wollte. So ganz gelungen ist ihr das damals nicht.

Aber heute muss ich grinsen, als ich das Shirt lässig in die Jeans stecke. Es ist das erste Mal, dass ich es anziehe, und irgendwie fühlt es sich seltsam an. Dabei trage ich oft Band-Shirts und nicht immer würde ich mich als den größten Fan aller Zeiten bezeichnen.

»Hey«, murmle ich, als ich in die Küche trete, und kann mein Grinsen kaum unterdrücken. Zu sehr bin ich auf Sams Reaktion gespannt. Er steht an der Arbeitsplatte und müht sich offensichtlich damit ab, Sojamilch aufzuschäumen. Kann ich gut nachfühlen, denn an meinen ersten Versuchen bin ich auch gescheitert. »Soll ich dir helfen?«

»Gerne. Ich hab glaub schon die halbe Milchtüte weggeschüttet.«

»Macht nichts. Ist auch schwierig mit der Temperatur. Willst du auch Sojamilch oder normale Milch?«

»Warum hast du Milch da?«

»Na ja, ich dachte ...«, druckse ich rum. Ist es blöd, dass ich mir Gedanken um Sams Ess- und Trinkgewohnheiten mache?

»Voll lieb von dir. Aber ...« Plötzlich hält Sam inne und schaut wie paralysiert auf mein Shirt. Was gäbe ich jetzt darum, in seinen Kopf schauen zu können.

»Alles okay?«, frage ich scheinheilig und tue so, als wüsste ich nicht, was ihn so irritiert.

»Äh ja. Was ich sagen wollte ... du musst nicht extra für mich einkaufen. Mir täte es eh gut, mich gesünder zu ernähren. Schadet ja nicht.«

Er zieht die Augenbrauen zusammen, als würde es in seinem Kopf ziemlich schnell rattern.

»Gut, dann also Sojamilch?«

Er nickt wie ferngesteuert und kann seinen Blick noch immer nicht von meinem *Session One*-Shirt losreißen. Schade, dass sich meine Mutter damals für das Band-Logo und nicht für eines mit Sams Konterfei entschieden hat.

Ich drücke Sam den Kaffee in die Hand und setze mich selbst an den Küchentisch, den er gedeckt hat. Ich staune nicht schlecht, dass er inzwischen meine Essgewohnheiten durchschaut hat. An meinem Platz stehen tatsächlich nur eine Schale und eine Auswahl an Obst, die mir das Wasser im Mund zusammenlaufen lässt. Ich zücke schon das Obstmesser und nehme einen Apfel in die Hand, als sich Sam räuspert. Er steht noch immer an die Arbeitsplatte gelehnt und betrachtet mich mit einem eigentümlichen Blick. Ich halte inne und schaue ihn fragend an.

»Ähm, das ...« Er wedelt seltsam in der Luft herum. »Das ist jetzt nicht dein Ernst, oder?«

Ich lege den Kopf schief, gebe vor, dass ich keine Ahnung habe, wovon er spricht.

»Ich meine ...« Er atmet geräuschvoll aus. »Dass du auf Band-

Shirts stehst, find ich ja echt süß. Aber *ein Session One*-Shirt? Ernsthaft?«

Ich ziehe unschuldig die Schultern hoch, muss mich aber sehr beherrschen, nicht laut loszuprusten. Sein Kopf sinkt in den Nacken und ein Lächeln erhellt sein wunderschönes Gesicht. »Ich weiß nicht, ob ich dich dafür hassen oder lieben soll, dass du mich einfach nicht ernst nimmst!«

Meine Augenbrauen hüpfen. Diese Plänkelei macht wirklich Spaß!

»Wenn es dir nicht gefällt … ich kann es auch ausziehen.«

»Aber doch nicht hier, My Lady!«, empört er sich gespielt, verschluckt sich aber fast an seinem Kaffee, als ich tatsächlich Anstalten mache, mir das Shirt über den Kopf zu ziehen.

Schneller als ich reagieren kann steht er neben mir und umfasst meine Handgelenke. Ich spüre seinen Atem auf meinem Gesicht. Mein Puls schnellt in die Höhe, alles in mir kribbelt wie elektrisiert und es dauert einen kurzen Augenblick, bis ich mich traue, zu ihm hochzuschauen. Sein Blick ist glühend, den Ausdruck darin kann ich erst nicht greifen und doch erinnert er mich an etwas. Er erinnert mich an damals. Ich halte die Luft an, will, dass der Moment noch ewig dauert. Sam nahe zu sein, fühlt sich gut an. Verdammt gut sogar. Damals wie heute ertrinke ich in der Geborgenheit, die nur er mir in dieser Intensität schenken kann. Doch Sam lässt mich schon los, und ich lande ziemlich unsanft im Hier und Jetzt.

»Alice Brunner! Du spielst ein unfaires Spiel«, murmelt er. »So übel ist die Vorstellung gar nicht, dass du den ganzen Tag an mich denkst.«

Mit diesen Worten setzt er sich endlich an den Tisch, schüttet sich eine Portion Cornflakes, die er am Samstag mit einem kindlich glücklichen Lächeln in den Einkaufswagen geschmuggelt hat, in eine Müslischale und übergießt sie mit Milch. Immer wieder wandert mein Blick zu Sam, der sich auf sein Müsli konzentriert. Mein Herz klopft wie wild, und unwillkürlich muss ich lächeln. Mir gefallen diese Neckereien mit Sam. Die Leichtigkeit. Das Wohlbehagen. Daran könnte ich mich gewöhnen. Daran will ich mich gewöhnen –

auch wenn mich die Angst, dass alles ganz plötzlich wieder vorbei sein könnte, zu überschwemmen droht.

»Und, was steht heute bei dir auf dem Plan?«, bricht Sam schließlich das Schweigen.

»Oh, ich werde Bügelperlenkunstwerke fixieren, Webrahmen bespannen und ein paar Jungkünstler von Farbklecksen befreien. Und du?« Es fällt mir schwer, mich wieder auf eine ganz normale Unterhaltung zu konzentrieren.

»Ich hab nachher einen Termin beim Hörgeräteakustiker.«

»Beim Hörgeräteakustiker? Oh, jetzt wird mir so einiges klar. Dann hast du meine Bitte neulich, das Bad zu putzen, also nicht einfach nur ignoriert? Du hast sie schlichtweg nicht gehört, du Armer.« Mitleidig lege ich den Kopf zur Seite und verziehe meinen Mund zu einem stillen *Oh.* »Prima, dass du dir endlich helfen lässt. Dann klappt das heute sicher noch mit dem Badputzen.«

»Ich brauch ein neues In-Ear-Monitoring«, ignoriert Sam meine neckische Erinnerung. »Es gibt welche, durch die ich das Publikum besser hören und die Stimmung in der Location wahrnehmen kann. Das will ich mal ausprobieren.« Während er spricht, klickt er auf seinem Handy herum. »Das mit dem Putzen ist quasi erledigt«

»Was hast du getan? Bitte nicht das, was ich vermute! Komm, gib mir mal dein Handy.« Ungeduldig strecke ich meine Hand danach aus, doch er gibt es mir natürlich nicht freiwillig. Also schnappe ich es mir, während er auf eine Antwort wartet.

Brian Underwood – das muss Sams Manager sein – hat gerade, als ich das Smartphone in die Hände bekomme, eine Message geschickt.

– Geht klar. Gibst du mir noch die Adresse durch, dann schicke ich heute Mittag eine Reinigungskraft vorbei –

Ich werfe Sam einen angesäuerten Blick zu. Das kann er glatt vergessen! In meine Wohnung kommen ganz sicher keine fremden Menschen zum Putzen.

– Storno – hat sich erledigt. Ich schaffe das selbst, schließlich habe ich

zwei gesunde Hände und bin mir nicht zu schade, meinen eigenen Dreck wegzumachen. Sag dem Hörgerätedingens Bescheid, dass ich eine halbe Stunde später komme. Habe ein Date mit Meister Proper und Dr. Beckmann. –

Mit einem breiten Grinsen gebe ich Sam das Smartphone zurück.

»Soll ich dir noch zeigen, wo das Putzzeug steht?«

Sams Augen weiten sich, als er meine Nachricht an Brian liest.

»Du bist ein Biest.«

»Bin ich. Aber wenn du ehrlich bist, stehst du drauf, oder?« Dann stecke ich den letzten Bissen meines Frühstücks in den Mund und stürme in mein Zimmer. Mein Herz klopft wild, und ich schließe schnell die Tür hinter mir. Habe ich gerade ernsthaft mit Sam Amber geflirtet? Was ist nur in mich gefahren?

»Allie?« Sam poltert gegen meine Tür. Habe ich zu dick aufgetragen? Ich hätte mir denken können, dass das Sam nicht auf sich sitzen lässt. Ich öffne die Tür einen Spaltbreit und schaue zerknirscht zu ihm hoch. Nach einer Entschuldigung ringend ziehe ich die Augenbrauen zusammen. »Was machst du am Freitag?«

Freitag. Sofort ist die drückende Schwere zurück, die ich nur allzu gut kenne. Und die ich so sehr satthabe.

»Arbeiten«, murmle ich und will die Tür schon zuschieben, doch Sam hat einen Fuß in den Rahmen gestellt und vereitelt mein Vorhaben.

»Lass uns zusammen feiern. Es ist dein Geburtstag!« Sein Lächeln ist sanft und warmherzig, und doch spüre ich nichts als diese eisige Kälte in mir. Seit Wochen schon graut es mir vor diesem Datum. Andere Menschen fiebern ihrem Ehrentag entgegen. Ich würde ihn gerne vergessen, denn unweigerlich sind damit all die Erinnerungen an Paul verbunden. Erinnerungen, die so sehr schmerzen, dass es manchmal kaum auszuhalten ist.

»Nein!«

Sam nimmt meine Hände und schaut mir so tief in die Augen, dass ich mich festhalten kann und nicht abdrifte in das Wirrwarr aus Trauer und Wut, aus Verzweiflung und Hoffnungslosigkeit.

»Komm schon, Allie. Wenn du schon nicht deinen Geburtstag feiern willst, dann lass uns gemeinsam Pauls Geburtstag feiern.«

»Paul ist nicht mehr da«, flüstere ich, als würde die Lautstärke etwas von der Gewissheit nehmen, die ich tief in mir spüre.

»Genau deshalb. Lass uns feiern. Du weißt, dass es Paul so gewollt hätte. Sei mutig!«

Mein Blick verschwimmt hinter den Tränen. Sam kann nicht wissen, was diese Worte für mich bedeuten. Niemand weiß es, nicht einmal meine Eltern haben dieses letzte Gespräch zwischen Paul und mir mitbekommen. Es ist für immer eingebrannt in mein Herz. Für niemanden bestimmt außer für mich.

Ich nicke zaghaft. Erinnere mich an das Versprechen, das ich Paul damals gegeben habe. Ich werde nicht aufgeben. So schwer es mir auch fällt, ich werde weitermachen. Werde mein Leben leben.

Sam zieht mich in eine Umarmung und haucht mir einen Kuss auf die Haare. Ich atme tief ein. Seine Hand liegt in meinem Nacken und massiert sanft die angespannte Muskulatur. Er lässt mir Zeit und ist einfach nur da. Für mich. Und mein verkorkstes Leben.

»Du musst langsam los«, erinnert er mich schließlich und löst sich ein bisschen. »Hey, auch wenn du es vielleicht nicht glaubst: mich kriegst du schnell nicht mehr los. Und heute hast du mich sogar den ganzen Tag bei der Arbeit dabei.«

Verwirrt schaue ich ihn an, unfähig, einen klaren Gedanken zu fassen. Sam zieht neckisch an meinem Shirt, ich verstehe und muss lachen.

»Am Freitag werde ich dir den Himmel auf die Erde holen! Wir werden einen ganz wundervollen Tag zusammen verbringen. Und Paul wird auch nicht zu kurz kommen. Wir drei – wie früher.«

Ich würde ihm so gerne glauben.

Kapitel 19

Ratlos schaue ich mich um. Im Dunkeln sieht alles so anders aus, und ich habe keine Ahnung, wo sich Pauls Grab befindet. Die Kälte des Herbstmorgens kriecht durch die dünne Jacke, und ich erschaudere. Im Versuch mich gegen den Wind zu schützen, stelle ich den Kragen hoch, viel bringt es aber nicht. Hoffentlich wird heute kein grauer, trister Herbsttag. Das würde Allies ohnehin sentimentaler Stimmung einen gehörigen Dämpfer verpassen. Sie braucht heute Sonne.

Ich irre über den Friedhof, vorbei an Engeln, Kreuzen und anderen Grabsteinen, die an die Toten erinnern sollen. Der Kies knirscht unter meinen Schuhen und ich hoffe, dass niemand auf mich aufmerksam wird. Eigentlich ist er noch geschlossen, und ich bin nicht ganz legal über die Mauern geklettert. Ich möchte mit meinem Freund alleine sein.

Endlich erspähe ich die große Kastanie, unter der ich mich beim letzten Besuch von Pauls Grab übergeben habe. Ich steuere mit gesenktem Kopf und wild klopfendem Herzen auf den Weg zu, der zu Paul führt. Es fühlt sich seltsam an, hier zu sein, unwirklich. Nebel wabert über das Feld und der Mond taucht die Wiese, die sich hinter der Grabreihe auftut, in ein mystisches Licht. Es ist schaurig und schön zugleich und ich versuche, mich von der Magie des Ortes einfangen zu lassen.

Der Tod gehört zum Leben dazu, heißt es. Ich war nie bereit, ihn als Teil meines Lebens anzunehmen, dabei habe ich durch den Tod meines Vaters schon früh gelernt, dass alles endlich ist.

Ich atme tief ein und stelle mich vor das mit grauen Steinplatten begrenzte Stück Erde. Der Grabstein schimmert im fahlen Mondlicht, Einzelheiten der Inschrift sind kaum auszumachen, doch ich kenne die Worte ohnehin auswendig. Sie haben sich in mein Innerstes eingebrannt und sind für immer ein Teil von mir.

»Hey, Paul«, starte ich leise und räuspere mich. Wie bescheuert, mit einem Stück Erde zu reden, aber ich will mich nicht von meinem Vorhaben abbringen lassen. »Happy Birthday, mein Freund! Blumen habe ich keine dabei. Ich dachte … Na ja, was willst du mit Blumen?« Das Sprechen fällt mir schwer, solche Monologe liegen mir nicht. »Egal, ich wollte … na ja. Ich habe unseren Song fertig geschrieben. Dachte, du wolltest ihn vielleicht hören? Und ich wusste nicht, wo … Ach Scheiße, ich sing ihn dir jetzt einfach vor und hoffe, dass du, egal, wo du jetzt bist, irgendwas davon mitbekommst. Wir vermissen dich hier unten.«

Nervös trete ich von einem Bein auf das andere. Ich würde ihm so gerne von Allie erzählen. Davon, wie stark sie ist und dass sie sich wirklich mutig ins Leben zurückkämpft. Und auch wie gerne ich sie habe. Ob er noch immer etwas dagegen hätte, wenn ich sie küsse? Schnell wische ich den Gedanken beiseite, denn Pauls Einverständnis bringt mir nichts, solange ich noch nicht einmal weiß, wie Allie zu mir steht.

Ich befeuchte meine Lippen, senke den Blick und konzentriere mich auf die Zeilen, die mir so viel bedeuten.

Your future seems colourful and bright
you think you can win every fight
The possibilty to fail
is so far away

Believing the clock of life skips a quarter
perhaps – you think – you can walk on water
Not knowing anything about the upcoming fight
Your hardest enemy is already inside

Ich lache auf, weil es mir so albern vorkommt, hier im Dunkeln zu stehen und meinem toten Freund ein Ständchen zu singen. Was soll es schon bringen?

Doch dann denke ich daran, wie wir über den Tod meines Vaters gesprochen haben. Wie wir an den Lyrics feilten. Nächtelang haben wir gereimt und gesungen, Zeilen gestrichen und neue getextet. Ob er damals schon gewusst hatte, dass er bald gehen musste? Dass seine Jahre gezählt waren und er der Nächste sein würde?

Auf mich hatte er immer abgeklärt gewirkt. So reif. Seine Einstellung zum Tod beeindruckte mich. Und half mir in meinem schweren Kampf mit meinem Vater. Ich war bis dahin wütend auf meinen Dad, weil er so früh verschwunden war und mich alleine gelassen hatte. Natürlich war mir klar, dass er sich das nicht ausgesucht hatte. Aber in meinem jugendlichen Zorn spielte das keine Rolle. Ich war traurig, weil wir nie zusammen Fußball gespielt hatten, kein Regal zusammengeschraubt und auch kein Auto repariert hatten. Ich hätte ihn so gerne dabeigehabt, als ich mein erstes Fußballturnier gewonnen hatte. Hätte mit ihm gerne über Allie geredet, meine erste Liebe, und was ich machen sollte, um sie für mich zu gewinnen.

Er fehlt mir auch noch heute. Warum gehen all die Menschen, die mir wichtig sind? Warum lassen sie mich zurück und erwarten von mir, dass ich alleine klarkomme?

Ich atme tief durch und versuche mich auf die Lyrics zu konzentrieren.

When you look up to the sky
there will be light, so bright, so high
no matter how many years pass by
You will always be too young to die

Meine Stimme klingt hell und klar und dennoch bricht sie am Ende weg und ich kann nicht weitersingen. Ich kann einfach nicht. Mein Hals ist wie zugeschnürt. Tränen brennen in meinen Augen und obwohl ich den Song in- und auswendig kenne, ist es ein Ding der Unmöglichkeit, die Zeilen herauszubringen. Zu tief geht ihre Bedeutung. Zu wahr ist der Inhalt.

»Sorry, Mann! Ich krieg es nicht hin«, gebe ich schließlich zu und ziehe die Schultern hoch, weil ich unkontrolliert zittere. »Ach Scheiße, Paul! Es ist nicht fair, dass du so früh gegangen bist.« Wieder lache ich hysterisch auf. Als ob sich Paul das selbst ausgesucht hat. »Ich glaube, ich gehe jetzt und kümmere mich um Allie. Für sie ist das alles echt nicht leicht, weißt du? Aber wer, wenn nicht sie hat es verdient, glücklich zu sein?«

Der Gedanke an Allie gibt mir Kraft, nicht schon wieder an Pauls Grab zusammenzuklappen. Ich presse die Lippen zusammen und nicke wie ferngesteuert. »Also, Mann. Bis bald mal. Ich komme wieder, ja? Feier schön, wo auch immer du gerade bist!«

Ich werfe einen letzten Blick auf die Verästelungen des Baumes, der Pauls Stein ziert, und drehe mich schließlich um. Mein Atem geht viel zu flach und pumpt zu wenig Sauerstoff in meine Lungen. Ich zwinge mich dazu, ruhig weiterzuatmen, wische die Tränen von meinen Wangen und spüre etwas, das sich wie Stolz anfühlt. Ich habe mich vor diesem Besuch nicht gedrückt, obwohl ich es so sehr wollte. Und ganz so übel ist es auch nicht gelaufen, oder?

Nun steht dem Tag mit Allie nichts mehr im Wege. Ich hoffe, ich schaffe es, ihre Stimmung oben zu halten, sie genügend abzulenken, dass sie nicht zu sehr an Paul denkt, obwohl das natürlich an einem Tag wie diesem ein Ding der Unmöglichkeit ist.

Ich hieve mich über die Friedhofsmauern und laufe auf der Suche nach einem Taxi die Straße entlang. Es dauert nicht lange, bis ich eines heranwinken kann und einsteige.

»Zu *Vieilles Beautés* in der Niederbarnimstraße«, weise ich den Fahrer an und lasse mich gegen die Rückenlehne sinken. Die Stadt erwacht langsam zum Leben, und ich hoffe, ich schaffe es noch rechtzeitig, um nicht allzu großes Aufsehen zu erregen. Ein bisschen erinnert mich mein Lebensstil an den eines Vampirs: immer auf der Hut vor Sonnenlicht.

Ich zücke mein Smartphone und scrolle mich durch Instagram. Dem einen oder anderen Bild schenke ich wahllos ein Like. Bei Fotos meiner ehemaligen Bandkollegen schaue ich genauer hin. Ben scheint in Berlin zu sein, stelle ich erstaunt fest. Und Adam und Kay vergnügen sich wahlweise am Strand oder im Großstadtdschungel. Alec scheint unterdessen abgetaucht zu sein. Ich setze ein paar Worte unter ihre Beiträge und klicke mich schließlich bis zu Allies Kanal durch.

Automatisch grinse ich breit. Ich kann einfach nicht genug von dieser Frau kriegen. Verrückt! Ihre Nähe schenkt mir diese Ruhe und Geborgenheit, von der ich gar nicht wusste, wie dringend nötig ich sie habe. Aber da ist auch diese ständige Angst in ihr, die ich fast ungefiltert wahrnehme. Die mich oft unvorbereitet trifft und mich an manchen Tagen droht, umzuhauen. Ich habe mir vorgenommen, ihr der Freund zu sein, den sie braucht. Wenn es nach mir geht, wäre ich gerne noch mehr und hoffe, dass die Furcht im Laufe der Zeit abebbt. Heute jedoch konzentriere ich mich darauf, ihr einen wundervollen Geburtstag zu bereiten. Einen, der ihr ein Strahlen aufs Gesicht zaubert und zumindest für den Moment die Sorgen vergessen lässt.

Leise schließe ich die Wohnungstür auf und nehme erleichtert wahr, dass im Innern Stille herrscht, die nur eines bedeuten kann: Allie schläft noch.

Mit einem breiten Grinsen trete ich ein, stelle die Schachtel mit dem Kuchen auf dem Küchentisch ab und mache mich daran, Kaffee für uns beide zu kochen.

Ich hole den Kuchen, den ich extra für sie bestellt habe, aus der Verpackung und balanciere ihn zusammen mit Allies Lieblingsbecher zu ihrem Zimmer. Umständlich drücke ich mit dem Ellbogen die Klinke und schiebe die Tür auf. Die Vorhänge sind zugezogen, und ich gönne mir einen Moment und schaue Allie an, wie sie friedlich im Bett liegt. Ihre braunen Haare umschmeicheln ihr Gesicht. Wenn die Last des Lebens nicht auf ihre Schultern drückt, wirkt sie so zart und zerbrechlich. So jung und unschuldig. Ich mag Allies Reife, das ist es nicht, aber in diesem Zustand erinnert sie mich an damals, und das bringt mein Herz zum Stolpern.

Leise fange ich an, *Happy Birthday* zu singen. Meine Stimme vibriert in diesem kleinen Raum, und automatisch nehme ich mich zurück, flüstere fast, damit ich Allie sanft zu mir in die Gegenwart locke. Bei der dritten Wiederholung des Chorus' zuckt sie und versucht, die Augen zu öffnen. Aber bevor ihr das gelingt, erstrahlt schon ein Lächeln auf ihren Lippen. Wie wunderschön sie ist.

»Argh, Sam!« Sie schlägt sich die Hände vors Gesicht und lacht glücklich. »Was machst du hier? Ich sehe schrecklich aus.«

»Tust du nicht«, sage ich sanft und setze mich auf die Bettkante. »Du bist wunderschön. Happy Birthday, Allie Konfetti!« Ich betone ihren Spitznamen genau so, wie ich es auch als Kind getan habe, und ernte ein glückliches Kichern.

»Danke schön.« Endlich nimmt sie die Hände vom Gesicht und öffnet die Augen. Sie strahlen in den hellsten Brauntönen und schenken mir eine wohlige Wärme in meinem Bauch.

»Die Kerze zum Auspusten steht draußen. Aber ich dachte, du wolltest vielleicht deinen Kaffee im Bett trinken.« Ich strecke ihr die Tasse entgegen und kann nicht leugnen, dass ich ein kleines bisschen stolz bin, endlich den Dreh mit der Sojamilch rauszuhaben.

»Sam!« Sie strahlt.

Ich überreiche ihr den Kuchen. »Ist nur selbstgekauft, aber dafür vegan.«

»Wow«, entfährt es Allie. Ihr Mund steht offen, als sie die filigrane Arbeit der Tortenkünstlerin sieht. »Das ist ...«

»Sag bitte nicht, dass er zu schade zum Essen ist. Was anderes haben wir nicht da. Und ohne Frühstück kommst du mir nicht aus dem Haus«, sage ich gespielt streng und zwinkere Allie zu. »Willst du im Bett oder in der Küche frühstücken?«

»Was für eine Frage!« Statt einer Antwort rutscht Allie zu Seite und klopft auf die Matratze neben sich.

»Warte, ich hole noch Teller und ein Messer.« Schon verschwinde ich in der Küche und komme mit einem beladenen Tablett zurück. Die brennende Kerze stelle ich auf Allies Nachttisch ab und setze mich auf ihr Bett. Kurz kommen die Erinnerungen an die Nacht in mir hoch, die ich hier verbracht habe. Ganz freundschaftlich und doch mit einer Lust in meinem Körper, dass an Schlaf kaum zu denken war.

»Mach du das!«, übergebe ich an Allie und drücke ihr das Messer in die Hand. Sie ziert sich eine Weile, bis sie schließlich doch den Kuchen anschneidet.

Beladen mit Teller und Tasse frühstücken wir. Unterbrochen

wird unser Schweigen nur durch das eine oder andere entzückte *Mhm.*

»Ich hab noch nie so einen leckeren Kuchen gegessen«, gesteht Allie, als sie sich den letzten Krümel von ihrem Teller in den Mund geschoben hat und ihre Lippen ableckt.

»Ich werde eine Dankeskarte an das Café schicken.«

»Oder mich dorthin entführen, damit ich noch viele weitere Köstlichkeiten probieren kann.«

»Okay. Deal!« Ich schaue sie herausfordernd an, denn mir ist nicht entgangen, dass sie an normalen Tagen nichts anrührt, das Zucker enthalten könnte. Hatte ich zu Beginn unseres Wiedersehens gemutmaßt, Allie könnte unter einer Essstörung leiden, weiß ich nun, dass sie einfach nur besonders darauf achtet, keinen Zucker und tierische Eiweiße zu essen. Ich finde es gut, dass sie auf sich und ihren Körper achtet und das Risiko, selbst zu erkranken, minimiert, wo es ihr sinnvoll erscheint. Nur kommt für meinen Geschmack manchmal der Genuss zu kurz.

»Zeit für Geschenke«, sage ich dann, stehe auf und nehme ihr das benutzte Geschirr ab, um es in der Küche abzustellen und mit einem kleinen, goldenen Päckchen zurückzukommen. Inzwischen hat sich Allie die Haare zu einem Pferdeschwanz zusammengebunden und sitzt gespannt in ihrem Bett.

»Et voilà.« Ich strecke ihr mit einer angedeuteten Verbeugung die Überraschung entgegen, doch sie zieht nur zerknirscht die Augenbrauen zusammen und macht keine Anstalten, es mir abzunehmen.

»Du musst mir nichts schenken, Sam. Ehrlich nicht. Es reicht schon, dass du dir heute extra freigenommen hast.«

Ich überlege kurz, zucke schließlich mit den Schultern und werfe mich aufs Bett. Das Geschenk lege ich neben mich – auf die Seite, an die Allie nicht drankommt.

»Und? Was möchtest du machen? Wir haben noch etwas Zeit, bis wir losmüssen.«

Allie zögert, ihr Blick wandert immer wieder zu ihrem Geschenk. Lange währt ihre Selbstbeherrschung nicht, und schließlich seufzt sie und streckt die Hand danach aus.

»Na, gib es schon her!«

Ich verkneife mir das Lachen. Habe ich es doch gewusst, dass ich Allie so am ehesten dazu bewegen kann, das Geschenk anzunehmen.

Mit einem erwartungsvollen Gesichtsausdruck löst sie die Schleife.

»Ist es zerbrechlich?«, will Allie wissen und schüttelt es vorsichtig. Doch nichts bewegt sich im Innern. Ich verschließe meinen Mund mit einem unsichtbaren Schlüssel und bedeute ihr, dass sie es einfach aufmachen soll.

Ich habe lange überlegt, was ich ihr schenken könnte. Alles war so bedeutungslos, flüchtig und austauschbar gewesen, bis mich diese eine Idee überkam.

»Pack es aus«, sage ich schließlich ungeduldig und will ihr dabei helfen, einfach das Papier abzureißen, aber sie klopft mir entrüstet auf die Finger. Allie ist schon immer so gewesen und hat den Klebestreifen pingelig genau abgeknibbelt, um ja nichts vom Papier zu beschädigen, während Paul die Geschenke wild aufgerissen und sich nicht um Kollateralschäden geschert hat.

Endlich ist sie bei der kleinen schwarzen Schachtel angekommen, auf der in goldenen geschwungenen Lettern der Name der kleinen Manufaktur prangt, die dieses Schmuckstück angefertigt hat.

Allies Blick flackert kurz zu mir, und ich kann ihr ansehen, dass sie hadert, ob ich zu viel dafür ausgegeben habe. Zugegeben, es ist kein Schnäppchen gewesen, aber um Geld muss ich mir schon lange keine Gedanken mehr machen.

Die Schachtel gibt ein leises Klacken von sich, als sich der Magnetverschluss löst und den Blick auf eine kleine schwarze Uhr freigibt. Das Ziffernblatt ist in exakt den Bernsteintönen ihrer Augen gehalten und hat mich sofort an sie erinnert. Die glatte Oberfläche hat dabei dieselben unzähligen Nuancen wie Allies Iris.

»Wow«, haucht Allie und streicht andächtig über die Uhr. Sie nimmt sie aus der Verpackung und ich kann nicht an mir halten, ihr die Gravur zu zeigen.

»Ich weiß, dass ich lange Zeit nicht für dich da war. Aber vielleicht wirst du in Zukunft auf die Uhr schauen und an mich denken. Vielleicht wirst du dich auch an das ein oder andere, was wir zusammen erlebt haben, erinnern«, flüstere ich. »Dreh sie mal um.« Ich nehme ihr die Uhr ab und lege sie so in ihre Handfläche, dass sie die Inschrift lesen kann.

Am Ende sind es nicht die Jahre, die zählen, sondern die Momente, die in Erinnerung bleiben.

»Lebe, Allie! Nutze die Zeit, die dir gegeben ist, und verpasse nichts, weil dich die Angst zu sehr lähmt. Ich kann mir nur ansatzweise vorstellen, wie es ist, mit so einer Angst zu leben. Aber du lebst. Und so lange du das tust, solltest du jeden einzelnen Augenblick davon auskosten.«

Es ist still neben mir und ich traue mich kaum, Allie anzuschauen, aus Furcht, dass ich übers Ziel hinausgeschossen bin und sie nun wieder weint. Doch ich zwinge mich dazu, für sie da zu sein, und schaue schließlich langsam zu ihr hoch.

Die Uhr fest im Blick nickt sie andächtig. Ihre Augen schimmern zwar feucht, aber ein leises Lächeln umspielt ihre Lippen.

»Danke, Sam!« Ihre Stimme zittert. »Das bedeutet mir wirklich viel.« Schon schlingt sie die Arme um meinen Hals und bedankt sich überschwänglich. »Sie ist wunderschön.«

Andächtig betrachtet sie das Geschenk und meine Sorgen und die Anspannung lassen etwas nach. Ich nehme ihr die Uhr ab und lege sie um ihr schmales Handgelenk. Sie hat die perfekte Größe und sieht auf ihrer leicht gebräunten Haut einfach zauberhaft aus.

»Steht dir«, bemerke ich und lächle sie an, froh darüber, dass die Stimmung trotz meiner Worte nicht gekippt ist. »So, und jetzt raus aus den Federn. Du willst deinen Geburtstag ganz sicher nicht im Bett verbringen.«

Sie wackelt mit dem Kopf, als würde sie ernsthaft überlegen. Ich schnappe mir ein Kissen und ziehe es über ihren Kopf. Abwehrend hält sie die Hände nach oben.

»Okay, okay! Ich springe schnell unter die Dusche«, quietscht sie und steht schon auf. Die Decke rutscht an ihr runter und entblößt ihre nackten Beine. Kurz wandert mein Blick über ihre makellose Haut. Ich müsste nur meine Hand ausstrecken … *Stopp!* Ich wende den Blick ab und hoffe, sie verschwindet schnell ins Bad. *Eine Dusche könnte ich auch gut gebrauchen*, schießt es mir durch den Kopf. Ich lache auf und mache mich daran, das Geschirr wegzuräumen, damit wir gleich starten können, sobald Allie fertig ist.

Kapitel 20

Immer wieder huscht mein Blick zu der schwarzen Uhr, die an meinem Handgelenk wirkt, als wäre sie eigens dafür gemacht. Mir gefallen die Farben des Ziffernblattes, und ich ahne, warum sich Sam für dieses Modell entschieden hat. Er war schon als kleiner Junge von meiner außergewöhnlichen Augenfarbe fasziniert. Aber das Besondere, das verbirgt sich in der Inschrift, die Sam für mich hat anfertigen lassen. Mir war zum Weinen zumute, als ich sie das erste Mal gelesen habe, und doch habe ich gelächelt. Weil ich weiß, dass es stimmt. Weil genau das meine Schwäche ist und ich täglich daran erinnert werden muss, die Sonne zu sehen und nicht den Schatten. Das Lachen zu hören und nicht die Stille. Die Süße des Lebens zu schmecken und nicht die Bitterkeit des Todes.

Sam gibt sich große Mühe, gute Laune zu verbreiten, dabei muss er das gar nicht. Als ich heute Morgen aufwachte, wusste ich, dass das ein guter Tag wird. Ich fühle mich stark. Nicht wie Herkules, der Bäume hätte ausreißen können. Sondern auf einer emotionalen Ebene. Keine Ahnung, warum mir heute Pauls Tod weniger nahe geht als an anderen Tagen. Eigentlich müsste es doch anders sein. Und eigentlich müsste ich ein schlechtes Gewissen haben, dass ich mich gerade so gut fühle. Oder etwa nicht? Aber alles, was ich denken kann, ist, dass ich einen ganzen Tag mit Sam an meiner Seite verbringen darf. Und wenn schon der Morgen so perfekt war, wie soll dann erst der Rest des Tages werden?

»Das muss Konrad sein!«, höre ich Sam aus dem Flur, als es klingelt. Ich stöhne und strecke meinen Kopf aus dem Wohnzimmer.

»Echt jetzt? Muss das sein?«

»Sorry, Brian hat die Daumenschrauben angezogen.« Sam zuckt

mit den Schultern und verzieht missmutig seine Lippen. Ich verfluche seinen Bekanntheitsgrad, der ein normales Leben schier unmöglich macht. Na toll, das habe ich mir irgendwie anders vorgestellt. In meinen Wunschträumen waren Sam und ich alleine. Und das haben wir bis zur letzten Minute ausgekostet.

»Hilf mir mal, was brauche ich denn?« Sam hat mir immer noch nicht verraten, was er vorhat, und so bin ich ratlos, was ich in meine Tasche packen soll. Ihm ist so ziemlich alles zuzutrauen und so stehe ich völlig aufgelöst vor meinem Schuhchaos und kann mich nicht entscheiden.

»Du brauchst nur dich, gute Laune und starken Nerven.« Sam grinst geheimnisvoll und angelt sich für diese kryptische Antwort einen Klaps gegen den Oberarm von mir. Mein Blick wandert über den Kerl, für den ich keine passende Bezeichnung finde. Mitbewohner, bester Freund, Schwarm – all das ist er für mich, und doch trifft es nicht ansatzweise den Kern dessen, was ich für ihn fühle. Er ist so viel mehr als das.

Auch heute trägt er wieder schwarz. Und auch heute sehen die schmale Hose, der schlichte Pulli und die dünne Jacke absolut nach Laufsteg aus und nicht nach einem gemütlichen Beisammensein mit Freunden.

Aber es sind nicht seine stylischen Klamotten, die alle in seinem Umfeld erblassen lassen. Es ist die Aura, die ihn umschmeichelt und ihn zu etwas ganz Besonderem macht. Ich kann gut verstehen, warum ihn so viele Groupies anhimmeln. Inzwischen bin ich diesem Kerl wohl ebenfalls verfallen und starre viel zu oft auf seine Lippen. Die Lippen, die so wundervoll küssen können – wie ich aus Erfahrung weiß.

An der Wohnungstür klopft es. Konrad. Unwillkürlich verdrehe ich die Augen, obwohl ich mich bei der Party letzten Freitag ganz nett mit ihm unterhalten habe.

»Hereinspaziert«, begrüßt Sam seinen Bodyguard. Konrad schlägt in die erhobene Hand ein.

»Hey!« Er streift sich die Füße ab und steht im Flur. »Happy Birthday, Alice!« Konrad hält mir ein Sträußchen Blumen entgegen und lächelt schüchtern.

»Oh, wie lieb. Danke!« Ich nehme ihm die kleine Aufmerksamkeit ab, um sie in eine Vase zu stellen. Schließlich nehme ich einen Parka von der Garderobe und recke das Kinn. »Fertig.« Wenn Sam nur schwammige Antworten gibt, muss er sich nicht wundern, wenn ich dann falsch angezogen bin.

Sam schaut auf die Uhr.

»Taxi kommt gleich.«

Wir könnten auch mit meinem kleinen Fiat fahren, doch davon wollte Sam vorhin nichts wissen, und ich konnte ihm unmöglich die Überraschung verderben. Ich schnappe mir meine Tasche mit dem Geldbeutel, Handy und einem Pashmina darin.

Sam hält mir die Tür auf, und ich trete ins Treppenhaus. Eigentlich hatte ich unbedingt noch bei Paul vorbeifahren wollen, mit Konrad im Schlepptau verspüre ich aber wenig Lust dazu, auf den Friedhof zu gehen. Gedanklich verschiebe ich das Vorhaben auf später. Vielleicht kann ich Sam vor dem Essen bei meinen Eltern dazu überreden. Oder Paul einfach morgen besuchen – was spielt Zeit im Jenseits für eine Rolle? Die Besuche sind ohnehin mehr für mich und bringen meinem toten Bruder nichts.

»Warte«, sagt Sam, unten angekommen, und hält mich an der Schulter fest. Er zaubert ein buntes Tuch hervor, und ich ahne, was er vorhat.

»Oh, nein!« Dennoch grinse ich erwartungsvoll, denn ich liebe Überraschungen. Und dass er sich so viel Mühe gibt, bedeutet mir viel.

»Halt still«, befiehlt mir Sam sanft und dreht mich so, dass ich mit dem Rücken vor ihm stehe. Mein Herz klopft wild, als ich die Augen schließe, und ich zucke schließlich doch kurz zurück, als ich das dünne Stück Stoff über meinen Lidern spüre. Sams Finger streichen wie eine Feder über meine Wange, und ich wünsche mir sehr, dass es Absicht ist. Dass er mich bewusst berührt und mir diese Zärtlichkeiten schenkt, weil sie ihm ebenfalls etwas bedeuten. »Fertig.«

Ich strecke meine Hände aus, höre, dass sich die Tür öffnet, aber niemand macht Anstalten, mich nach draußen zu führen.

»Äh und jetzt?«, frage ich unsicher.

Sam lacht, dann spüre ich ihn ganz nah. Seinen Arm schlingt er um meine Taille, und ich lehne mich an seine Brust, nutze die Chance, mich an ihn zu kuscheln, ohne dass es seltsam wirkt. Ich weiß, dass ich mich gerade in eine Illusion verrenne. Ein Superstar und ich? Das kann niemals funktionieren! Aber zumindest an meinem Geburtstag möchte ich einfach genießen. Möchte dem Menschen nahe sein, der mir so viel bedeutet.

Der Lärm der Straße dringt an meine Ohren, die Kühle der Luft legt sich auf mein Gesicht. Ich atme tief ein, verlasse mich darauf, dass Sam auf mich achtet. Vorsichtig setze ich einen Schritt vor den anderen, lasse mich führen und bewege mich in die Richtung, in die mich Sam dirigiert.

»Achtung, Stufe.« Sams Stimme ist ganz nah und beschert mir eine Gänsehaut. Dann höre ich eine Autotür klacken, und Sam löst sich von mir. »Einsteigen, Mylady.«

Schweren Herzens gebe ich den Kontakt auf, den ich sehr genossen habe, obwohl er nur wenige Momente währte. Hoffentlich werde ich heute noch viele kleine Gelegenheiten haben, um die Zeit mit Sam an meiner Seite in vollen Zügen zu genießen.

»Wohin fahren wir?«, versuche ich mein Glück, mehr aus Sam herauszubekommen. Das Auto hat sich zwischenzeitlich in Bewegung gesetzt.

»Glaubst du ernsthaft, ich verbinde dir die Augen und antworte dir dann auf diese Frage? Du warst auch schon mal kreativer.«

Ich hole mit meiner Hand aus und fuchtle in Sams Richtung, in der Hoffnung, dass ich ihn treffe. Aber Sam ist schneller und schnappt sich meine Finger, bevor ich ihn berühre. Seine Haut ist angenehm warm und für einen Mann auch ausgesprochen weich. Er hat lange, gepflegte, wunderschöne Finger. Was er wohl damit alles anstellen kann? *Verdammt, ich fange schon wieder an zu schwärmen.* Aber was bleibt mir sonst übrig, wenn er meine Hand einfach weiter hält und mich so in ein massives Gefühlschaos stürzt? Ob er weiß, was er mir mit diesen winzigen, unbedachten Berührungen antut?

Die ganze Fahrt bin ich damit beschäftigt, nicht durchzudrehen. Sam scheint ganz entspannt zu sein und quatscht mit Konrad, der offensichtlich auf dem Beifahrersitz sitzt.

Ich höre Sams Stimme. Sie berührt mich, aber ich kann die Bedeutung der Worte einfach nicht fassen. Das Einzige, das Raum in mir hat, ist die Tatsache, dass Sam noch immer meine Hand hält. Und ich genieße es. In vollen Zügen.

Das Taxi verlangsamt seine Fahrt und kommt schließlich zum Stehen. Sam löst seine Hand, und schon vernehme ich das Klicken der Gurte. Ich schnalle mich ebenfalls ab und rutsche auf der Rückbank Richtung Sam, der bereits ausgestiegen ist und meinen Arm greift, um mir zu helfen.

Wind weht mir um die Nase, und es fühlt sich frischer an, als gerade noch vor unserer Haustür. Durch das dünne Tuch über meinen Augen nehme ich Licht wahr. Vielleicht die Sonne, die sich durch die Wolkendecke kämpft.

Die Autotür schließt sich hinter mir, und das Taxi rauscht ab.

»Komm«, sagt Sam und dirigiert mich sanft über den kiesigen Weg. Unsere Schritte knirschen, Wind raschelt in Sträuchern oder Bäumen.

»Was hast du nur vor?«, überlege ich laut. »Kriege ich einen Tipp?«

Mit einem Rutsch zieht mir Sam das Tuch von den Augen, und ich blinzle benommen, da ich mich erst an die Helligkeit gewöhnen muss. Verwirrt schaue ich mich um und begreife im ersten Moment nicht, wo wir sind. Ich sehe ein großes Feld, Weite, ein weißes Gebäude. Erst beim genauen Hinschauen fällt mir der Schriftzug *Flugplatz Strausberg* ins Auge. Flugplatz?

Sam tritt neben mich, nimmt meine Hand in seine und dreht sie etwas unbeholfen zwischen seinen Fingern. Es ist keine zärtliche Geste, keine liebevolle. Es ist eher so, als wolle er den Kontakt herstellen, und ganz offensichtlich weiß er nicht, wie er starten soll.

»Allie, es ist … na ja, ich wollte … Mit dir über den Wolken zu sein, das stelle ich mir wunderschön vor. Gut, ich bin schon oft geflogen.« Sam druckst rum, dann sackt sein Kopf in den Nacken, und er stöhnt. Als er mich wieder anschaut, zeichnen sich diese niedlichen Grübchen in seinen Wangen ab, nach denen seine Fans ganz wild sind. Zugegeben, ich bin es auch. »Als ich neulich nach München geflogen bin, da habe ich mir überlegt, wo Paul jetzt wohl ist.

Und ich fand die Vorstellung schön, dass er von dort oben auf die Erde schaut.« Sam zeigt in den Himmel, in dem nur noch vereinzelt Wolken den Blick auf das klare Herbstblau durchschneiden. »Weißt du, ich bin mir sicher, dass er ein Auge auf dich hat und dich auf Schritt und Tritt begleitet. Ja, es ist Scheiße, dass er den Tag heute nicht mit dir gemeinsam feiern kann. Aber vielleicht kannst du ihm so ein bisschen näher sein. Was sagst du? Hast du Lust?«

Ich starre Sam an, mein Mund klappt unwillkürlich auf und Tränen sammeln sich in meinen Augen. Ich bin überwältigt von dieser liebevollen Geste und würde ihn am liebsten küssen. Weil er offensichtlich in meine Seele blicken kann und es versteht, mich zu berühren. Aber da ist diese Angst, denn das macht mich verletzlich.

»Natürlich«, hauche ich mit brüchiger Stimme und drücke seine Hand. »Du kommst aber mit, oder?«

»Wenn du das willst. Klar!« Sams Grübchen zeichnen sich auf seinen glattrasierten Wangen ab und zeigen, wie glücklich und zufrieden er mit meiner Reaktion ist.

Plötzlich durchzuckt mich die Erinnerung an seine Worte. Ich bräuchte starke Nerven, hatte Sam gesagt. Und schon steigt Panik in mir auf. Hilfe suchend schaue ich ihn an.

»Äh, Sam?«

»Was ist los?«

Zögernd vergewissere ich mich, dass Konrad außer Hörweite ist.

»Du …« Ich räuspere mich. »Du willst mich jetzt aber nicht zum Fallschirmspringen zwingen und aus so einem Flugzeug stoßen, oder? Ich meine … Grenzen verschieben, Leben leben und so …«, zische ich. Meine rechte Hand schnellt unwillkürlich an die Armbanduhr, die mich ganz offensichtlich ermutigen soll, Erinnerungen zu sammeln. Das will ich auch tun. Aber doch nicht solche!

»Oh Shit!« Sam vergräbt seine Hände in seinen dunklen und bis zu diesem Zeitpunkt perfekt frisierten Locken. »Das wäre *die* Idee gewesen!« Er presst die Lippen aufeinander und zieht entschuldigend seine Schultern hoch. »Sorry! Vielleicht kann ich …« Sam läuft schon los, ich stolpere benommen hinter ihm her und ziehe an seinem Ärmel.

»Nein! Bitte nicht. Ich würde mir vor Angst in die Hosen machen«, gestehe ich leise, lache auf und schaue schließlich beschämt lächelnd zu Boden. Ich hasse es, zuzugeben, dass ich ein Angsthase bin. Viel lieber wäre ich eine starke Allie, eine, die ich selbst bewundern würde. Eine, die Sam bewundern kann.

»Puh, da hab ich ja noch mal Glück gehabt. Ganz so ein Adrenalinjunkie bin ich nämlich auch nicht. Na gut. Zumindest nicht immer! Fliegen ist aber okay, oder?«

Ich nicke entschlossen. »Flugangst kenne ich nicht. Ich liebe den Himmel, weißt du?« Ich bin fast schon süchtig nach der Schwerelosigkeit und der Leichtigkeit, die die Weite in mir auslöst.

»Na, dann los.« Sam gibt Konrad ein Zeichen und schon ist er bei uns, wirft einen prüfenden Blick ins Innere des kleinen Flughafengebäudes und bedeutet Sam, dass er eintreten kann.

»Wo fliegen wir denn hin? Rundflug über Berlin? Glaubst du, wir werden unser Haus erkennen?«

»Jetzt lass dich doch mal überraschen, du kleine Nervensäge.« Sam zwinkert mir zu und übernimmt die Anmeldung in dem winzigen Fliegerhorst. Ich bin froh, dass wir nicht in Schöneberg oder Tegel einchecken, sondern in Strausberg. Hier ist nämlich vergleichsweise wenig los.

»Kommst du, Allie?«, holt mich Sam aus meinen Überlegungen zurück und nickt zum Hinterausgang, wohin Konrad bereits vorgegangen ist. Mit einer Art Golfwagen fahren wir zu einer kleinen Propellermaschine, die vor einem Hangar steht. Davor wartet der Pilot, der sich uns als Jens vorstellt und mir die Tasche abnimmt und in der Maschine verstaut.

»Wer von euch ist für heute mein Co-Pilot?« Jens Blick wandert zwischen Sam, Konrad und mir hin und her, und Sam deutet augenblicklich auf mich.

»Sie ist die Hauptperson! Wir sind nur die Begleitung«, stellt er klar und genießt es sichtlich, einmal nicht im Mittelpunkt zu stehen.

Entsetzt blicke ich zwischen Sam und Jens hin und her. Dann schüttle ich entschlossen den Kopf.

»Ich schätze, als Hauptperson darf ich mir aussuchen, wo ich sitzen möchte. Konrad, du darfst gerne vorne einsteigen.«

Ich vernehme ein leises Seufzen, doch aus den Augenwinkeln

sehe ich, dass Sam lächelt. Konrad freut sich wie ein kleines Kind und wirft schon einen Blick ins Cockpit.

»Super. Seid ihr schon mal in einer Einmotorigen mitgeflogen?«, wendet sich der Pilot an Sam und mich. Mit verspiegelter Sonnenbrille und der sonnengeküssten Haut erinnert er mich ein bisschen an Tom Cruise in Top Gun. Ich schüttle den Kopf und betrachte das Ding, das mir viel zu klein vorkommt, als dass es uns sicher in den Himmel katapultieren und – was noch viel wichtiger ist – auch wieder sicher auf die Erde zurückbringen könnte.

»Diese Süße hier ist eine Cirrus CR22 – der Mercedes unter den einmotorigen Propellermaschinen. Ihr werdet sie lieben. Kommt, wir steigen ein.« Er lächelt aufmunternd und wendet sich dann an Konrad. »Ich erklär dir gleich die Instrumente, wenn du willst.«

Sam hilft mir, auf die Tragflächen des Flugzeugs zu klettern und zwängt sich hinter mir auf einen der Rücksitze. Hier ist es ganz schön eng, aber das ist mir nur recht. Diesmal bin ich es, die Sams Hand in meine nimmt. Ganz ohne herumalbern und aus einem einzigen Grund: weil ich es möchte. Wieder erscheint dieses verräterische Lächeln auf meinem Gesicht und mein Herz pocht ein bisschen zu schnell.

»Bist du aufgeregt?« Sam beugt sich zu mir, sodass nur ich ihn hören kann. Ich kann mich kaum genug konzentrieren, um auf diese simple Frage angemessen zu reagieren. Heraus kommt ein Zwischending aus Kopfschütteln und Nicken, was Sam ein leises Glucksen entlockt.

»Danke«, murmle ich leise und drücke kurz seine Hand.

»Oh, das ist erst der Anfang. Ich habe dir versprochen, dass ich dir den Himmel zu Füßen lege.« Er stupst mir die Nase und streicht anschließend kurz über meine Wange. Ich spüre, wie ich rot anlaufe. Als unabsichtliche Berührung kann man das nicht mehr abtun. Und so sehr mich diese neuen Zärtlichkeiten auch freuen, so sehr machen sie mir auch Angst. Sam und ich. Wie soll das funktionieren? Er ist ein verdammter Weltstar!

»Anschnallen, ihr zwei da hinten«, holt mich Jens zurück. Schnell entziehe ich Sam meine Hand und mühe mich mit den Gurten ab. Sam drückt mir anschließend Kopfhörer in die Hand.

Vorne erklärt Jens Konrad alles Mögliche. Welcher Hebel das Höhenruder und welcher das Seitenruder ist, für was die tausend Knöpfe vor ihnen sind und führt einen kurzen Check der Technik durch.

Bevor Jens den Flieger in Bewegung setzt, spüre ich wieder Sams Hand in meiner. Sanft verschränkt er unsere Finger.

Als wir auf die Startbahn fahren, rast mein Herz, und in meinem Innern wabert ein Cocktail aus Vorfreude, aber auch latenter Angst, dass es doch schiefgehen könnte.

Meine Nervosität legt sich erst, als wir den Start hinter uns gebracht haben und das Flugzeug danach sanft über die Wolken gleitet. Ich kann nicht genug von dem Blick aus dem verglasten Cockpit kriegen. Immer wieder tauchen wir in dicke weiße Wolken ein, die wie Watte um uns herumwabern. Ich atme dann besonders tief ein, weil ich schon immer wissen wollte, wie Wolken schmecken. Aber eine Antwort auf diese Frage erhalte ich an diesem Tag nicht. Dafür bekomme ich einen Einblick, eine kleine Idee, wie Paul vielleicht die Welt sieht. Wie winzig ihm alles vorkommen muss, wenn er mich auf Schritt und Tritt begleitet. Erst denke ich, dass er dann ja gar nicht sehen kann, was ich so treibe. Doch genau das beruhigt mich auch ein bisschen, denn es gibt schließlich Dinge, die will man nicht direkt vor den Augen seines Bruders tun. Einen Kerl küssen zum Beispiel.

Unwillkürlich huscht mein Blick zu Sam, und ich schaue ihn belustigt von meinen eigenen Gedanken an. Zum Glück weiß er nicht, welcher Film gerade in meinem Kopf abläuft. Sein sanftes Lächeln beschert mir Gänsehaut, und ich bin ein bisschen froh, dass es durch die Kopfhörer schier unmöglich ist, mich mit Sam zu unterhalten, ohne, dass es die anderen mitbekommen – schließlich sind die Geräte miteinander gekoppelt. Ich wäre wahrscheinlich zu keinem sinnvollen Satz in der Lage.

Jens erklärt uns über das Mikrofon alles Mögliche über das Fliegen, zeigt uns die Sehenswürdigkeiten, die wir überfliegen und tut alles, damit wir uns sicher und gut aufgehoben fühlen. Sam und Konrad lassen sich in eine Diskussion über technische Details verstricken, und spätestens als es um Hydraulik geht, steige ich gedanklich aus und genieße einfach nur den atemberaubenden Blick.

Dann sehe ich es: das Meer. Ich werde ganz kribbelig, als Jens die Flughöhe drosselt und wir uns schon im Landeanflug auf eine Ostseeinsel befinden, die sich nicht weit vom Festland entfernt vor uns auftut. Ich war nie besonders gut in Geografie, aber wenn mich nicht alles täuscht, muss das Usedom sein. Ich kann es kaum erwarten, meine Zehen in den Sand zu stecken und Meeresluft zu schnuppern.

Auch die Landung kriegt Jens perfekt hin, und es ruckelt kaum, als wir auf der Landebahn aufsetzen und zu dem kleinen Gebäude, das den Flughafen markiert, hinüberrollen.

»Wir sehen uns dann gegen vier?«, fragt er in die Runde, als wir ausgestiegen sind und uns umsehen. »Pünktlich hier in Heringsdorf, okay?«

Ich blicke zu Sam, denn er hat den Tag organisiert und weiß als Einziger, was wir vorhaben. Jens nickt und geleitet uns zum Ausgang des Flughafens und schüttelt zum Abschied noch mal unsere Hände.

Als wir auf der Straße stehen, kann ich meine Gefühle nicht länger zügeln. In einem Anflug überschwänglicher Freude tanze ich auf der Straße herum und finde mich schließlich in Sams Armen wieder. Alles in mir kribbelt, ich fühle mich so leicht, so glücklich und lache ihn freudig an.

»Wow, Sam! Das ist der absolute Oberhammer. Und? Was haben wir jetzt hier vor?«

Ich spüre Sams Hände in meinem Rücken, seine Lippen sind zu einem niedlichen Grinsen verzogen. Ich versuche, mich wieder zu beruhigen, aber Sams Nähe macht mich ganz kirre.

»Jetzt? Mhm, lass mich mal überlegen.« Ich nehme es Sam trotz der nachdenklichen Geste nicht ab, dass er keinen Plan hat. Und tatsächlich rückt er endlich damit raus. »Wie wäre es mit alltäglichen Dingen, die normale Menschen so tun? Shoppen, Burger essen und Strand?« Sams grüne Augen leuchten im Herbstlicht. Ich starre sie an und bringe nicht mehr als ein Nicken zustande. Normale Menschen. Er und ich.

»Hört sich perfekt an.« Alles ist perfekt mit Sam an meiner Seite. Nur, wie werde ich Konrad los? *Gar nicht*, muss ich leider einsehen und folge den beiden zur Straße, wo schon ein Taxi wartet.

Wir fahren nach Zinnowitz, ein kleines Ostseebad, das laut Sam den schönsten Strand hat. Ich persönlich glaube ja, dass dieses ultra schicke Restaurant, in dem es neben normalen Burgern und außergewöhnlichen Gerichten auch vergane Alternativen gibt, der Grund für die Ortswahl war. Dass er sich so viele Gedanken macht, berührt mich. Das Essen ist einfach köstlich und das Dörfchen malerisch. Die Läden auf der herausgeputzten Promenade laden zum Bummeln ein, und in manchen Momenten vergesse ich sogar, dass uns Konrad auf Schritt und Tritt folgt.

Sam ist heute extrem entspannt, und diese Ausgeglichenheit schwappt auch auf mich über. Zeit mit Sam ist wertvoll, und heute so viel davon zu haben, erfüllt mich mit einer riesigen Dankbarkeit. Es ist schön, mit ihm über die fast menschenleeren Straßen zu schlendern, Souvenirs in kleinen Tourishops einzukaufen und herumzualbern. In Berlin wäre es ein Ding der Unmöglichkeit, dass er so lange unerkannt bleibt. Und auch Konrad lässt sich immer weiter zurückfallen und gibt Sam einen Freiraum, den er in seinem Alltag allzu selten zu spüren bekommt.

»Lass uns zum Meer gehen«, bettle ich und schnappe mir Sams Hand, als ein kleiner Weg zum breiten Sandstrand hinunterführt. Der Wind zerrt an meinen Haaren, und sicher sehen sie schon ganz verfilzt aus. Aber auch das kann mein Lächeln nicht schmälern und schon gar nicht das Glück mindern, das sich wie flüssiges Gold in meiner Brust breitgemacht hat.

Dünne weiße Wolken schieben sich immer wieder vor die Sonne, die mit aller Kraft gegen den Herbst ankämpft.

»Nicht so schnell!« Sam lacht und stolpert hinter mir auf dem Holzsteg her, bis wir auf den Sand gelangen. Abrupt halte ich an, um mir die Schuhe von den Füßen zu streifen.

»Ich liebe das Gefühl von Sand zwischen den Zehen.« Seufzend stecke ich meine Füße in den kühlen, feuchten Sand und ignoriere die Tatsache, dass es schon viel zu kalt ist, um barfuß zu laufen. Ich schnappe mir meine Schuhe und tapse los, stürme auf die Wellen zu, die in ihrer wilden Schönheit auf den Strand knallen und sich wieder zurückziehen. Erst jetzt erkenne ich, wie sehr ich das Meer vermisst habe.

»Komm schon, Sam!«, rufe ich ihm zu und winke ihn eilig zu mir. Der Blick zurück zu ihm lässt mein Herz stolpern. An seinen Haaren zupft der Meereswind und lässt seine Locken wild hüpfen. Der schwarze Halbmantel flattert um seine schmale Gestalt, die sich von der malerischen Silhouette des Stranddörfchens abhebt. Er wirkt wie ein Filmstar. Oder zumindest so, als würde er gerade durch eines seiner Musikvideos stolzieren.

Mit einem Grinsen kommt er auf mich zu. Die letzten Meter rennt er, und ich brauche keine Sekunde, um zu erfassen, was er vorhat. Quietschend schlage ich einen Haken und laufe vor ihm davon, versuche, mich vor ihm in Sicherheit zu bringen. Erst als ich völlig außer Atem bin, lasse ich mich in den Sand plumpsen und japse nach Luft.

»Ich gebe auf!«, presse ich lachend heraus und halte meine Hände kapitulierend in die Höhe. Sam setzt sich neben mich in den feuchten Sand. Dabei lässt er kaum Platz zwischen uns, was mir nur mehr als recht ist.

Das An- und Abschwellen der Wellen klingt wie das Fauchen eines wilden Tieres, es vermischt sich mit dem Zischen des Windes und ich bekomme kaum genug von dieser wild-romantischen Schönheit. Sam verliert sich ebenfalls im Anblick des Meeres – oder seinen Gedanken. Wer weiß das schon genau.

»Danke für diesen Tag!«, breche ich schließlich das Schweigen zwischen uns, das niemals unangenehm wird. Aber ich möchte die Zeit nutzen, die wir ohne Konrad verbringen.

»Wie geht es dir? Du wirkst sehr entspannt.«

»Das habe ich dir zu verdanken.« Natürlich weiß ich, worauf Sam hinauswill, und so fasse ich mir ein Herz. »Das mit dem Fliegen war eine süße Idee von dir. Vor Pauls Krankheit war ich nie besonders gläubig oder spirituell. Aber daran zu glauben, dass es weitergeht nach dem Tod – irgendwo, irgendwie –, hilft mir, damit klarzukommen. Es nimmt etwas von der Endgültigkeit.« Ich kralle meine Finger in den kalten Sand und lasse ihn zwischen meinen Fingern durchrieseln. Immer und immer wieder rinnt er aus meinen Händen zurück auf den Boden. Die fast schon meditative Bewegung hilft mir, ganz bei mir zu bleiben.

»Weißt du, ich konnte damals, als mein Dad gestorben ist, gar nichts damit anfangen. Ich wusste nur, er kommt nicht wieder, und alle haben immer nur gesagt, dass er jetzt im Himmel ist. Aber da gab es doch gar keine Häuser, und bei Regen oder Schnee habe ich mir immer furchtbar Sorgen um ihn gemacht, dass ihm kalt ist und dass er jetzt nass wird.« Sam lächelt und wirft einen Stein ins Wasser. In der Ferne höre ich die Möwen kreischen. »Dieses Bild vom Himmel ist irgendwie geblieben. Und egal, wo jetzt Paul auch ist, ich hoffe, er hat eine geile Party.«

»Davon kannst du ausgehen. Paul hat es an unserem Geburtstag immer krachen lassen«, sage ich mit einem wehmütigen Lächeln und erinnere mich an all die Feiern, die wir gemeinsam verbracht haben. Erstaunt stelle ich fest, dass ich gar nicht in Tränen aufgelöst bin, und greife eilig nach Sams Hand. »Hey, es ist …«, sage ich aufgeregt. »Na ja, eigentlich muss ich immer, wenn ich mich an Situationen mit Paul erinnere, sofort anfangen zu weinen. Und jetzt … ich meine, es macht mich schon traurig, aber gleichzeitig auch wieder glücklich, an ihn zu denken. Gott, ich bin so verwirrt, ich …«

Überfordert von meinen eigenen Gefühlen springe ich auf und lache. Es ist, als würde in diesem Moment ein Eimer Glück über mich schwappen. Ich breite meine Arme aus, fühle mit all meinen Sinnen, wie es in mich dringt. Warm, weich. In einem schier unbändigen Drang möchte ich dieses Gefühl auskosten. Möchte weiter spüren, dass ich lebe und laufe auf die herannahende Welle zu.

»Allie!«, ruft Sam warnend, aber ich ignoriere es, und im nächsten Moment umspült das eiskalte Wasser meine nackten Beine. Gischt spritzt an mir hoch und nässt meine Jeans. Aber das ist mir egal. Ich lebe. Und das zu spüren, fühlt sich verdammt gut an. Ein glückliches Lachen dringt aus meiner Kehle. Der Wind trägt die Laute davon, und ich wünsche mir von Herzen, dass Paul hört, wie gut es mir geht. Dass es mir endlich besser geht und ich einen Schritt nach dem anderen mache. Immer vorwärts, hinein in ein glückliches Leben.

»Allie, komm da raus.« Sam lacht und winkt mich zu sich.

»Nein, komm du rein!«, versuche ich mein Glück und strecke meine Hand nach ihm aus. Und tatsächlich läuft er nach einem kurzen Augenblick zu mir.

»Scheiße ist das kalt«, ruft Sam, als die erste Welle seine Füße umspielt. Ich lache und widerstehe dem Drang, mit meinem Fuß Wasser in seine Richtung zu kicken.

Und ehe ich überhaupt reagieren kann, hat er zu mir aufgeschlossen, legt mich über seine Schulter und trägt mich aus den Fluten. Ich quietsche und zapple, aber Sam ist einfach zu stark für mich. Als wir wieder an Land sind, lässt Sam mich auf den feuchten Sand gleiten. Meine Arme hält er noch immer fest, weil er offensichtlich befürchtet, dass ich gleich wieder ins Meer springe.

Mit bebender Brust stehe ich Sam gegenüber, schau ihn an, mit diesem breiten Grinsen auf den Lippen, das ich einfach nicht unterdrücken kann. Der kühle Wind streift über meine nassen Beine und lässt mich zittern. Aber das ist mir egal. Ich will mich nicht bewegen, will nicht weg von hier. Niemals! Dass Sam bei mir ist und ich endlich wieder atmen kann, ist alles, was zählt. Dass ich lachen kann und fröhlich bin und dass mich dieses Gefühl durchströmt, das Glück sein muss. Nur ein leises Glück, aber es ist da und so deutlich zu spüren, dass ich es mir nicht einbilden kann.

»Oh, schau«, sagt Sam leise, lässt mich los und bückt sich. Auf seiner flachen Handfläche liegt ein hellbrauner Stein. »Ich hatte gehofft, dass wir einen Bernstein finden.«

Er nimmt meine Hand und legt den Stein hinein.

»Viele glauben, mein Künstlername wäre nur eine Abkürzung von Amberger.« Er schaut auf den kleinen Stein in meiner Hand und schließt schließlich meine Finger um dieses Fundstück. »Für mich hat er noch eine andere Bedeutung.«

Endlich macht es bei mir Klick: »Amber heißt Bernstein«, flüstere ich andächtig.

Sam räuspert sich. »Deine Augen ... sie haben dieselbe Farbe.«

Mein Mund klappt auf. Und wieder zu. Ich öffne meine Faust und starre auf den Stein. Bernstein. Und tatsächlich erkenne ich darin meine Augenfarbe. »Sam.« Ich suche nach Worten. Es gibt Tausende davon, Millionen, aber keines ist auch nur ansatzweise ausreichend, um das auszudrücken, was gerade in mir vorgeht.

Ich räuspere mich. »All die Jahre … das ist … das ist …«

Sam tritt näher an mich heran. Zärtlich streicht er ein paar Haare, die wild im Wind tanzen aus meinem Gesicht. Seine Finger verweilen auf meiner Wange. Ich schmiege mich in seine Berührung, schließe für einen Moment die Augen und lasse mich fallen in die Vertrautheit, die nie intensiver zwischen uns war als in diesem Moment.

»Ich habe es dir nie gesagt, aber damals hast du mir verdammt viel bedeutet.« Seine Stimme klingt rau. Ich hebe den Blick, versuche in seinen Augen zu lesen.

»Und heute?« Ich zittere, es fällt mir nicht leicht, diese Frage zu stellen und doch ist es genau das, was ich unbedingt wissen möchte. Ich brauche Gewissheit, um meine Angst beiseiteschieben zu können.

Sam lächelt sanft, mit jedem Atemzug kommt er näher. »Heute?« Sein Flüstern verliert sich im Wind. »Heute wie damals.« Ich schließe die Augen, als Sam mich fast berührt. Und dann spüre ich ihn. Auf meinen Lippen. Und in meiner Seele.

Er küsst mich mit einer Ruhe, die ich selbst in diesem Moment kaum aufbringen kann. Zaghaft, als müsse er sich erst sicher sein, dass ich das auch will.

Sams Lippen sind sanft und weich, und sie schmecken unglaublich gut. Ich lasse los, spüre die Vertrautheit zwischen uns, denn natürlich erinnere ich mich. Mein Körper erinnert sich an jenen Abend, an dem wir uns schon einmal nahe waren. Dabei hat dieser Kuss nichts Kindliches, nichts Unschuldiges. Sam ist inzwischen ein Mann. Ein Mann, der es verdammt gut versteht, Frauen zu küssen.

Und endlich mache ich das, was ich mir vorgenommen habe. Ich genieße den Augenblick. Ich will mehr, und so dränge ich mich enger an Sam, vergrabe meine Hände in seinem vom Wind zerzausten Haar. Ich versinke in dem Kuss, alles um uns herum verschwindet. Er ist ich und ich bin er. Zusammen. Endlich sind wir wieder vereint.

Leidenschaftlich ertrinken wir in diesem Augenblick, strudeln immer tiefer in die intensiven Gefühle, die über uns hereinbrechen. Alles in mir brennt lichterloh, und ich bin nicht bereit, aufzuhören.

Es ist Sam, der sich schließlich von mir löst.

»Wow«, haucht er rau. »Das war noch besser als in meiner Erinnerung.«

Meine Wangen glühen.

»Wehe du sagst mir morgen wieder, dass küssen mit mir Scheiße ist«, warne ich ihn und wiederhole die Worte, mit denen er damals mit mir Schluss gemacht hatte.

Sam küsst meine Stirn. Immer und immer wieder haucht er kleine Küsse darauf, die sich wie winzige Versprechungen in mir einbrennen.

»Gott, ich war echt ein beschissenes Arschloch«, seufzt Sam und schlingt seine Arme noch fester um mich. »Verzeihst du mir?«

Seine direkte Frage zerrt an meiner Mauer. Doch heute fühle ich mich stark, und so nicke ich.

»Wir waren Kinder, Sam. Und ich glaube, dass nichts ohne Grund geschieht. Vielleicht waren wir damals zu jung für das alles.«

»Es fühlte sich so groß an. Zu groß für mich. Ich habe echt Panik bekommen. Tut mir leid, dass ich so gemein war.«

Ich glaube Sam. Glaube jedes Wort.

»Jetzt kannst du es besser machen.« Wieder spüre ich dieses Brennen in meiner Brust. Doch es ist kein stechendes Gefühl, kein Schmerz. Dieses hier ist wärmend und dann wird mir bewusst, dass ich endlich Frieden schließen kann. Mit der Vergangenheit. Mit Sam, der mich so liebevoll betrachtet, dass mir ganz schwindelig wird.

»Ich werde alles versuchen, um dich glücklich zu machen, Allie.«

Wieder strecke ich mich zu Sam und küsse ihn. Meine Finger vergrabe ich in seinen Locken, und ich lasse nicht zu, dass er sich von mir löst. Immer und immer wieder berühren sich unsere Lippen, necken sich unsere Zungen. Fast ist es, als wollten wir beide in diesen Momenten all die Jahre aufholen, die wir voneinander getrennt gewesen sind.

»Sam!« Eine sich nahende Stimme durchdringt unsere Zweisam-

keit, die so zerbrechlich ist. Die sich wackelig und fragil anfühlt.
»Sam, Alice.«

Noch weigere ich mich, mich von Sam zu lösen, aber der innige Augenblick ist unwiederbringlich dahin.

»Ich werde ihn irgendwann umbringen müssen«, knurrt Sam. Seine Hände legt er auf meinen Rücken, als wolle er verhindern, dass ich mich zurückziehe. »Was?«

»Wir müssen los! Kommt ihr?« Konrad hält einen angemessenen Abstand, als wolle er uns nicht stören. Es ist ihm anzumerken, dass es ihm unangenehm ist, uns unterbrechen zu müssen.

»Gib uns fünf Minuten«, Sams Tonfall lässt keine Widerworte zu.

»Ich organisier schon mal ein Taxi.« Konrad seufzt, gibt sich aber letztlich geschlagen und läuft Richtung Straße.

Sam schaut mich an. Er hält mich fest und lächelt mich mit seinem unwiderstehlichen schiefen Lächeln an.

»Das war ... wow. Das war perfekt. Du bist perfekt.« Ich spüre, wie mir die Hitze in die Wangen steigt und doch gefällt es mir, dass er mich so sieht.

»Joah, war schon okay. Aber wir brauchen noch etwas Übung. Nein ... viel Übung«, murmele ich und presse meine Lippen auf Sams. Der folgende Kuss ist fordernder, leidenschaftlicher. Ich spüre Sams Hände, die sich unter mein Shirt geschoben haben und nun kleine Kreise auf die nackte Haut meiner Taille ziehen. Spüre seine Lippen, die mir ein leises Seufzen entlocken. Sam zu küssen ist so viel besser, als ich es in Erinnerung habe. Sam zu küssen ist unglaublich.

»Sollen wir los?«, fragt Sam mit rauer Stimme, als er sich wenige Millimeter von mir löst. Unsere Nasenspitzen berühren sich, und es ist, als könnte ich direkt in seine Seele schauen, so nah ist er mir in diesem Augenblick.

»Ich will nicht«, gebe ich ehrlich zu und verziehe meinen Mund zu einem schiefen Grinsen. »Können wir nicht einfach untertauchen? Hierbleiben, uns am Strand eine Hütte bauen?«

»Könnten wir. Aber das fänden deine Eltern sicher ziemlich

doof.« Sam braucht keine weiteren Argumente, auch so hat er es geschafft, mir ein schlechtes Gewissen zu machen.

»Sie wissen nicht, dass du mitkommst. Und ich könnte auch einfach morgen –« Ich ertrage den Gedanken nicht, unsere neu gewonnene Zweisamkeit schon wieder aufzugeben. Jetzt, da ich ihn berühren und küssen kann, will ich mehr. Wer weiß, wann es sich Sam anders überlegt. Ein kurzer Stich ist in meiner Brust spürbar. Aber ich schiebe die aufkeimende Angst schnell beiseite.

»Hey, sie freuen sich auf dich! Und ich komme doch mit. Und danach haben wir das ganze Wochenende für uns.« Er stupst meine Nase und lächelt mich an.

Die Aussicht darauf, noch so viele Stunden mit Sam zu verbringen, lässt mich aufatmen. Ein breites Grinsen steht mir ins Gesicht, als wir eng umschlungen dem Meer den Rücken kehren und uns von diesem Ort verabschieden. Der Ort, an dem ich Sam zum zweiten Mal einen Kuss geschenkt habe.

Kapitel 21

Oh! Mein! Gott! Ich sitze in einer kleinen Privatmaschine, fliege vom Strand zurück nach Berlin. Und habe Sam Amber geküsst! Wieder. Und wieder. Und wieder. Tausend Dinge könnten mir Angst machen. Doch jetzt fühle ich mich gerade einfach nur glücklich. Eng umschlungen tauschen wir auf den Rücksitzen der einmotorigen Maschine heiße Blicke. Und auch den einen oder anderen Kuss. Noch fühlt es sich ungewohnt an, Sam zu küssen. Und doch ist da diese Vertrautheit, die schöner nicht sein könnte.

Konrad verabschiedet sich vor dem Haus meiner Eltern von uns und rauscht mit dem Taxi ab. Alleine. Ich atme tief ein und grinse Sam verträumt an.

Ich schlinge die Arme um seinen Nacken und strecke mich zu ihm hoch. Sein Blick ist wach, sein Lächeln sanft, sodass mein Herz viel zu schnell pocht, als dass es noch gesund sein könnte.

»Hey«, flüstere ich mit belegter Stimme. Sams Arme liegen locker um meine Mitte, und ich schaue zu ihm hoch. Unsere Nasenspitzen berühren sich fast. Er legt den Kopf schief. Seine Grübchen bohren sich in seine Wangen, als würde er sich amüsieren. Wie kann er nur so selbstbewusst und rein gar nicht nervös sein? Gemeinheit.

»Hey«, neckt er mich schließlich und lässt die Augenbrauen hüpfen. Sein Gesicht kommt noch näher, bis sich unsere Lippen beinahe treffen. Ich kann ihn spüren, ganz nah. Sein Atem verfängt sich in meinem Mund, und die Nähe lässt alles in mir kribbeln.

Zaghaft überbrücke ich den kaum vorhandenen Abstand, hauche ihm einen Kuss auf den Mund, streife mit den Lippen über seine, als sei es ein Versehen. Aber das ist es nicht. Sam zu berühren, ist in diesem Moment das Einzige, an das ich denken kann. Es ist ein zaghafter Kuss. Ein ganz und gar unschuldiger. Nur die Gedanken, die mir in diesem Moment durch den Kopf gehen, sind alles andere als jugendfrei.

Viel zu schnell löst sich Sam, legt den Kopf schief und lächelt sanft.

»Sollen wir reingehen? Deine Eltern warten sicher.«

»Gleich«, murmle ich, ziehe ihn an mich und drücke meine Lippen auf seinen Mund. Sie sind weich und sanft und so leidenschaftlich, dass meine Knie zu zittern beginnen. Seine Hände hat Sam in meinen Haaren vergraben, seine Zunge umkreist meine mit einer Geschicklichkeit, dass ich in heißer Aufregung nur noch einen Wunsch in mir brennen spüre: Ich will Sam. Mit allen Wenns und Abers. Mit Haut und Haaren. Mit seinen lauten und leisen Tönen. Und einem Paukenschlag, der mein Herz zum Vibrieren bringt.

Halt suchend lehne ich mich gegen die Hauswand, damit ich nicht einknicke, und ziehe Sam mit mir. Küsse den Kerl, der mir mein Leben lang so viel bedeutet hat. Minutenlang geben wir uns der Leidenschaft hin. Ich spüre Sams Hände in meinen Haaren, dann unter meinem Shirt, wie sie ungeduldig über meine nackte Taille streichen. Ein leises Stöhnen dringt aus seinem Mund. Ich spüre seine Erregung, und in dem Moment, als ich beschließe, einfach ein Taxi zu rufen und zu uns nach Hause zu fahren, wird die Tür aufgerissen.

Wie Teenager, die bei ihrem ersten Kuss erwischt wurden, springen wir auseinander. Sams Haare sind ziemlich verwuschelt, und mit einer schnellen Geste versucht er das Schlimmste zu glätten. Ich kichere und spüre, wie meine Lippen brennen. Der Kuss und die Leidenschaft hallen noch ohrenbetäubend laut in mir nach.

Meine Eltern stehen wie angewurzelt in der Tür. Die Augen weit aufgerissen, schaut meine Mutter von Sam zu mir und wieder zurück. Mein Vater muss sich währenddessen das Lachen verkneifen.

»Äh, Mama, Papa, an Sam erinnert ihr euch sicher noch.«

Meine Mutter starrt uns noch immer an. Unter ihrem Blick rückt Sam wieder näher an mich und beugt sich zu mir.

»Schätze, die Entscheidung, wann wir es ihnen sagen, ist damit getroffen, oder?« Zaghaft schiebt er seine Hand in meine und verwebt unsere Finger miteinander.

»Happy Birthday, Alice«, scherze ich und halte unsere Hände hoch in der Hoffnung, meine Eltern würden endlich aus ihrer Schockstarre erwachen.

Schließlich drängt mein Vater sich an meiner Mutter vorbei und schlingt die Arme um mich.

»Alles Liebe zum Geburtstag, meine Kleine. Und ... äh ...« Sein Blick wandert zu Sam. »Glückwunsch, oder was sagt man da?«

»Sam«, haucht meine Mutter sichtlich bewegt. »Ich wusste nicht ...«

Schon schließt sie ihn in ihre Arme und lässt ihn nicht mehr los. Ich rücke etwas von den beiden ab und tausche mit meinem Vater vielsagende Blicke aus.

»Äh, Mama!«

Sam wirkt völlig überrumpelt und wirft mir einen Hilfe suchenden Blick zu. Ich zupfe an ihrem Ärmel und versuche damit, ihren Gefühlsausbruch zu unterbrechen.

»Ich freue mich auch, dich wiederzusehen, Eva.« Sam lacht und tritt einen Schritt beiseite. »Frank.« Er nickt meinem Vater zu, der ihm ein Lächeln zuwirft, eine Hand auf seine Schulter legt und ihn durch die Tür schiebt.

»Komm rein, Junge. Wir haben dich vermisst. Schön, dass du da bist.«

Meine Mutter steht noch immer mit diesem ungläubigen Lächeln auf den Lippen vor der Tür.

»Oh mein Gott, oh mein Gott!«, quietscht sie, als mein Dad und Sam außer Hörweite sind. »Sam Amber ist in meinem Haus.«

»Jetzt beruhig dich, Mama. Du kennst Sam seit er ein Baby war, hast ihm unzählige Male die Windeln gewechselt und seine aufgeschürften Knie verarztet. Du kennst ihn! Kein Grund, so eine Show abzuziehen. Reiß dich zusammen!«

»Wenn ich das meinen Freundinnen erzähle«, schwärmt sie weiter. Hat sie mir nicht zugehört?

»Nein! Das wirst du nicht tun. Also nicht das von Sam und mir, hörst du? Also das ... das ... na ja«, stammle ich.

Meine Mutter legt den Kopf schief und betraut mich mit einem seltsamen Blick. Unverständnis spiegelt sich darin.

»Du und Sam, seid ihr zusammen?«

»Ach Mama, du weißt doch wie das läuft. Man trifft sich, küsst sich, trifft sich vielleicht noch mal … Frag mich das einfach irgendwann anders. Noch ist es zu früh, verstehst du? Ich habe keine Ahnung, was daraus wird. Ob überhaupt etwas daraus wird.« Und heute habe ich auch ganz sicher keine Lust, mir darüber Gedanken zu machen. Dennoch lächle ich sie an.

Sie zwinkert mir zu, ein breites Lächeln erscheint auf ihrem hageren Gesicht.

»Du und Sam … Ich wusste schon immer, dass ihr zusammengehört.« Sie streckt die Hände nach mir aus, die ich auch sofort ergreife. »Er müsste wirklich bescheuert sein, dich jemals wieder gehen zu lassen. Meine wunderschöne, intelligente und starke Tochter. Komm her und lass dir gratulieren.« Und schon zieht sie mich in eine Umarmung. Niemand anderes kann mir mit dieser winzigen Geste so viel Schmerz nehmen. Mir Zuversicht schenken und die Hoffnung, dass alles gut werden wird.

»Hattest du einen schönen Geburtstag?«, will sie wissen und schiebt mich durch die Tür ins Innere des Hauses.

Ich nicke und spüre, wie dieses eingemeißelte Grinsen in meinem Gesicht noch eine Spur breiter wird.

»Ja. Ja, er war perfekt!« Ich werde die Momente auf Usedom wohl niemals wieder vergessen. Unwillkürlich stecke ich meine Hand in die Jeanstasche und umschließe den Bernstein. Amber. Sam ist echt ein verrückter Kerl!

»Das ist schön.«

Ich folge meiner Mutter ins Wohnzimmer. Sam sitzt auf dem Sofa und unterhält sich bereits angeregt mit meinem Vater, als wir eintreten. Der Blick, den er mir zuwirft, brennt sich lichterloh in meine Seele.

Ich steuere auf ihn zu und als ich mich neben ihn aufs Sofa setze, finden sich unsere Hände. Als hätten wir das schon tausende Male zuvor getan, verschränken wir unsere Finger. Sam und ich – eine Einheit.

»Wer will einen Sekt?«, unterbricht mein Vater die Unterhaltung.

Ich schüttle kaum merklich den Kopf.

»Gerne. Wir müssen doch auf Allies Geburtstag anstoßen«, wirft Sam ein und schenkt mir einen liebevollen Blick.

»Geburtstag! Geschenke. Ich habe die Geschenke vergessen«, erinnert sich meine Mutter und stürmt aus dem Wohnzimmer. Mein Vater folgt ihr und murmelt etwas von Sekt und Gläsern.

Ich nutze die Chance und rücke etwas näher an Sam. Es ist wirklich seltsam, welche Wirkung dieser Kerl auf mich hat. An seiner Seite fühle ich mich sicher. Geborgen. Da ist es, als könnte ich freier atmen, lachen und einfach ich selbst sein.

»Meinst du … könntest du …« Ich drückse herum wie eine siebenjährige Grundschülerin und würde mich am liebsten selbst ohrfeigen. Warum nehme ich mir nicht einfach, wonach ich mich sehne? Nämlich seine Lippen wieder auf meinen zu spüren.

»Ja?« Sams Grübchen zeichnen sich auf seinen Wangen ab. Erst jetzt fallen mir die winzigen Bartstoppeln auf, die einen leichten Bartschatten auf sein Gesicht zaubern und ihn etwas verwegen erscheinen lassen. Ich räuspere mich, kann mich aber nicht dazu ermuntern, mich ausreichend auf das Gespräch zu konzentrieren.

Ich starre auf dieses Gesicht, das so viele Menschen bewundern. Auf die Lippen, die unglaublich gut küssen können, und die mich dazu bringen, alles um mich herum zu vergessen.

»Allie?«, fragt Sam zärtlich. Seine Finger streichen sanft wie ein Flügelschlag über meine Wange. Ich höre in der Küche den Sektkorken knallen und weiß, dass mir nicht mehr viel Zeit bleibt.

»Küss mich«, sage ich also eilig und drücke meine Lippen auf Sams.

»Ich dachte, du fragst nie!«, neckt mich Sam atemlos zwischen zwei Küssen. Seine Hand vergräbt sich in meinem Nacken. Wie sehr ich dieses Gefühl liebe. Die Wärme in meinem Körper, das Kribbeln und die Leichtigkeit, nach der ich glatt süchtig werden könnte.

Mein Vater räuspert sich, als er das Wohnzimmer mit Gläsern und einer Flasche Sekt beladen betritt. Nachsichtig lächelt er uns an.

»Hier«, er reicht mir ein Glas, doch ich winke ab. Mir ist jetzt schon ganz schwindelig im Kopf, wie soll das werden, wenn ich noch Alkohol trinke? Doch Sam nimmt beide Gläser an sich und drückt mir eines sanft in die Hand.

»Zum Anstoßen«, murmelt er und setzt sich etwas aufrechter. Meine Mutter kommt mit zwei in Geschenkpapier gewickelten Paketen zurück.

»Happy Birthday, meine kleine Prinzessin!«

Ich lege den Kopf schief und grinse erwartungsvoll.

»Aber erst stoßen wir an«, beharrt mein Vater und drückt auch meiner Mutter ein Sektglas in die Hand. »Auf unsere wunderschöne Tochter!« Er grinst mich liebevoll an und hebt sein Glas in die Höhe.

»Und auf Paul«, murmelt meine Mutter mit einem sanften Lächeln auf den Lippen und zuckt entschuldigend mit den Schultern.

»Auf Paul«, stimme ich ein, weil ich finde, dass er hier an unserem Geburtstag auch seinen Raum haben sollte. Ihn auszuschließen, aus Furcht, wir könnten bei der Erinnerung an ihn traurig sein, wäre nicht fair. Er gehört dazu.

Sam drückt meine Hand. Eine Geste, die mir in diesem Moment alles bedeutet. Und die mir Kraft gibt, nicht abzustürzen und in Trauer zu versinken. Ich schaue zu ihm auf, ertrinke in seinem liebevollen Blick, der mich auffängt und in eine Welt entführt, in der alles möglich ist – selbst ein Leben ohne diesen lähmenden Schmerz.

Sam haucht mir einen sanften Kuss auf die Lippen. Der erste Kuss, den ich von ihm ganz bewusst im Beisein meiner Eltern bekomme. Es ist ein ganz und gar keuscher Kuss, doch er treibt mir die Röte in den Kopf, und ich kann kaum atmen, so schnell pocht mein Herz.

»Was ist jetzt mit den Geschenken?« Würden mich meine Eltern nicht kennen, wären sie sicher pikiert. Aber es ist das alte Spiel, das Paul und ich an Festtagen gespielt haben.

»Äh, ja. Hier.« Meine Mutter streckt mir ein Päckchen entgegen und lässt sich auf den Sessel gegenüber dem Sofa sinken.

Gespannt nehme ich es an mich, schüttle es und friemel schließlich den Klebestreifen von dem Papier mit glitzernden Herzchen auf. Ein Schuhkarton blitzt mir entgegen.

»Cool, neue Laufschuhe«, freue ich mich und hebe neugierig den Deckel. Darunter blitzen mir ein paar nigelnagelneue Laufschuhe in einem quietschigen Pink und Orange entgegen. »Danke!«

»Wusste gar nicht, dass du läufst. Dann können wir ja zusammen joggen gehen«, sagt Sam. »Mein Fitnesscoach würde sich überschlagen.«

»Fitnesscoach? Oh, der Herr hat einen Fitnesscoach«, necke ich ihn und ernte einen spielerischen Klaps auf den Oberarm.

»Hattest du etwa auf gute Gene gehofft? Hey, ich muss auch was für meine Fitness tun.«

»Pah, dachte, bei dir reicht es, wenn du einmal in der Woche Sportschau guckst.«

»Kinder«, mischt sich mein Vater mit einem amüsierten Unterton ein. Sein Gesicht strahlt förmlich, und ich kann mir gut vorstellen, dass er gerade an früher denkt. »Wir haben noch ein Geschenk für dich, Alice.«

»Ach ja?« Aufgeregt rutsche ich auf dem Sofa herum und kann es kaum erwarten, meine nächste Überraschung an mich zu nehmen. »Was ist es?«

»Geduld, mein Engel, Geduld«, bittet mein Vater und reicht mir ein winzig kleines Geschenk.

Ich hebe neugierig den Blick und versuche, in seinem Gesicht zu lesen, was es sein könnte.

»Ein paar neue Ohrringe? Eine Kette?« Hoffentlich ist es keine Uhr, denn die, die ich gerade trage, werde ich niemals wieder ausziehen.

»Mach es auf«, sagt meine Mutter sanft. Noch immer liegt dieses warme Lächeln auf ihren Lippen. Aber ein trauriger Zug ist plötzlich um ihre Augen zu erkennen. Sie tritt neben meinen Vater, der ihre Hand greift. Sie so ergriffen zu sehen, erinnert mich an vergangene Zeiten. Zeiten des Schmerzes, und augenblicklich schnürt sich mein Hals zu.

Diese Stimmung kenne ich zu gut. Und plötzlich weiß ich, was ich in Händen halte: Es ist ein Geschenk von Paul.

Hilfe suchend schaue ich zu Sam und versichere mich, dass er bei mir ist. Dass er mich auffängt, wenn ich falle.

Ich weiß nicht, wie viele kostbare Momente Paul damit zugebracht hat, Geschenke für mich zu kaufen. Ich habe auch keine Idee, für wie lange er vorgesorgt hat und ich mich auf eine Aufmerksamkeit von ihm freuen kann. Im letzten Jahr – das war der erste Geburtstag nach seinem Tod – hat er mir ein selbst gezeichnetes Bild geschenkt, das nun in meinem Zimmer hängt. Es zeigt den Sonnenaufgang, den wir als Kinder auf Korsika so gerne gemeinsam von der Terrasse unseres Sommerhauses bewundert haben.

Es bedeutet mir viel, dass Paul an die Zukunft gedacht hat. Eine Zukunft, die er nicht mehr erleben sollte.

Ich atme tief ein und öffne das Päckchen. Eine dünne silberne Kette rutscht auf meine flache Hand, an der ein Anhänger in Form eines Baumes baumelt. Auf den ersten Blick erinnert er mich an die Gravur auf Pauls Grabstein. Doch statt der Worte glitzert ein winziger funkelnder Stein inmitten des Anhängers.

»Das ist wunderschön«, flüstere ich andächtig und kann den Blick nicht von dem Schmuckstück lösen. Entzückt streiche ich mit dem Finger über das matte Silber.

»Das ist der Baum des Lebens«, startet meine Mutter aufgeregt, kniet sich vor mir auf den Boden und nimmt meine Hand in ihre. »Er soll dir Kraft schenken. Und dich für immer an deinen Bruder erinnern.«

Die Stimme meiner Mutter klingt klar, und ich bewundere sie wirklich sehr für ihre Stärke. Ich weiß, dass Pauls Tod sie beinahe gebrochen hat. Aber sie hat ihren Weg aus der Dunkelheit gefunden, hat Frieden geschlossen mit dem Schicksal, das ihr ihren Sohn genommen hat.

»Paul«, mein Vater räuspert sich und atmet tief ein. »Paul war es wichtig, dass du etwas von ihm hast. Etwas, das die Ewigkeit überdauert.«

Meine Eltern tauschen einen Blick. Ich kann ihren Schmerz darin sehen. Doch auch die Kraft, die sie sich gegenseitig geben.

»Der Diamant … Er ist ein Teil von ihm. Und ein Teil von dir. Ihr beide seid darin vereint, wie ihr es vor der Geburt in Evas Bauch wart. Für immer.« Seine Augen schimmern feucht, und doch zwingt er sich ein Lächeln auf die Lippen.

»Was?«, flüstere ich, umklammere das Geschenk mit meinen Fingern. Mein Vater steht schließlich auf, läuft zur Schrankwand und kommt mit einem Umschlag zurück.

»Hier. Paul kann dir das besser erklären.«

Mein Herz rast, meine Hände zittern, als ich meinem Vater den Umschlag abnehme.

»Lies, Alice.« Er nickt auf das Papier, das ich wie einen kostbaren Schatz in der Hand halte. Mein Blick schnellt zu Sam, der mich mit so viel Liebe betrachtet, dass es mir gleich besser geht. Er weiß einfach, dass ich jetzt Halt brauche. Dass ich Liebe und Geborgenheit brauche. Dass ich ihn brauche.

Ich drücke Sam die Kette in die Hand und drehe ihm den Rücken zu, meine Haare streife ich über die Schulter. Eine stumme Bitte, dass mir Sam diese Kostbarkeit um den Hals legt.

Sams Atem streift über meine nackte Haut und lässt mich erschaudern. Oder ist es die Gewissheit, dass dieses Schmuckstück in diesem Moment ein Teil von mir wird?

»Danke«, hauche ich. Ich spüre eine tiefe Verbundenheit, als ich in Sams reine Augen schaue. Er nickt. Sein Blick wandert zu dem Brief, den ich noch immer umklammere.

»Ja, äh … ich gehe mal nach der Lasagne schauen«, sagt meine Mutter eilig. »Kannst du den Tisch decken, Frank?«

Mit einem Ächzen erhebt sich mein Vater. Bevor er aus dem Wohnzimmer tritt, legt er mir seine Hand auf die Schulter. Nur kurz, aber diese Geste bedeutet mir viel, denn mein Vater weiß, wie viel Kraft es mich kosten wird, Pauls Zeilen zu lesen. Zeilen, die er nur für mich geschrieben hat. Zeilen, die er in dem Wissen verfasst hat, dass er nicht mehr leben würde, wenn ich sie lese.

»Soll ich … willst du lieber alleine sein?«, fragt mich Sam sanft und küsst zaghaft meine Wange. Panisch schüttle ich den Kopf. Ich brauche ihn doch. Brauche ihn, um nicht auseinanderzubrechen, während ich Pauls Botschaft lese. »Okay.«

Er legt seinen Arm um meine Schultern, streicht sanft über meinen Oberarm und schmiegt seinen Kopf an meinen. Wir sind uns ganz nah, und diese Nähe gibt mir die Kraft, den blütenweißen Umschlag zu öffnen. Paul hatte schon immer Stil und hätte für diesen Anlass niemals einen billigen Büroumschlag verwendet.

Auch das Papier, das ich daraus hervorziehe, ist dem Anlass angemessen nobel. Einem inneren Drang folgend, falte ich es auseinander und halte es mir unter die Nase. Wenn ich ganz tief einatme, bilde ich mir ein, Paul zu riechen. Ich weiß, das ist Quatsch, aber ich mag die Vorstellung, dass dieses Blatt die Haut meines Bruders berührt hat. Alleine deshalb ist es unendlich kostbar für mich.

Ich sammle all meinen Mut und richte meinen Blick auf die filigrane Handschrift, die ich immer bewundert habe, weil sie so viel Charakter ausstrahlt. Kurz schaue ich zu Sam, der die Augen geschlossen hat und auf dessen Lippen ein leises Lächeln liegt. Vielleicht sollte ich ihm sagen, dass es nicht nötig ist, sich die Augen zuzuhalten. Stattdessen stehle ich mir einen schnellen Kuss und wende mich dann wieder dem Brief zu, der tonnenschwer auf meinen Beinen – und meiner Seele – liegt.

Meine liebste Allie,

Du ahnst vielleicht, wie gerne ich diesen Tag an deiner Seite verbracht hätte. Unser Geburtstag – ich habe ihn immer geliebt, denn es war nicht nur mein Tag, sondern auch deiner. Erinnerst du dich, wie wir uns einmal darum gestritten haben, wer die Kerzen auf dem Kuchen zuerst ausblasen darf? Mom hat im nächsten Jahr einfach zwei Kuchen gebacken, und wir waren beide so entsetzt, dass wir alle Kerzen gemeinsam ausgeblasen haben. Gemeinsam. Es war wohl das größte Geschenk meines Lebens, dass ich niemals alleine war. Dass ich in dir mein zweites Ich gefunden hatte. Schon vor dem ersten Atemzug waren wir unzertrennlich, verbunden durch etwas, das niemand sehen, aber jeder spüren konnte.

Diese besondere Verbindung sollte bis in alle Ewigkeit dauern – leider kommt es nun anders. Damit du dich für den Rest deines hoffentlich schillernden, zauberhaften und absolut wertvollen Lebens an mich erinnerst, habe ich mich – mit ein bisschen Unterstützung von Mam und Paps – dazu entschlossen, die innige Beziehung zwischen uns in Stein zu wandeln. Und zwar in den wertvollsten aller Edelsteine: dem Diamanten. Er besteht zur Hälfte aus dir, zur anderen aus mir, hergestellt aus unseren Haaren. Frag nicht nach dem genauen chemischen Prozess, der ist wenig romantisch.

Da ich aber romantisch veranlagt bin, habe ich davon abgesehen, den Stein in einen Ring fassen zu lassen. Ich wünsche mir vielmehr, dass du an deinem Finger den Liebesbeweis eines anderen Mannes trägst. Eines Mannes, der deine Liebe verdient und der dich auf Händen tragen wird. Aber such bitte ein Exemplar aus, den ich gerne als Schwager gehabt hätte, einen Freund, mit dem ich auch um die Häuser gezogen wäre. Vielleicht erzählst du ihm von mir. Das wäre schön, denn ich hätte den Menschen verdammt gerne kennengelernt, mit dem ich dein Herz irgendwann einmal teilen werde. So, und nun wisch dir die Tränen weg, kleine Schwester. Es ist alles okay, denn ich bin immer bei dir. In deinem Herzen. Und nun auch um deinen Hals (ich hoffe, du magst den Anhänger überhaupt und trägst ihn).

Ich liebe dich so sehr, Allie! Bis in alle Ewigkeit.

Wir sehen uns im Drüben!
Dein dich liebender Paul

Tränen rinnen ungehindert über meine Wange. Es sind keine schmerzvollen, gequälten Schluchzer, sondern Tränen der Liebe, die tief geht und sich doch ganz anders anfühlt als das Gefühl, das ich Sam gegenüber empfinde.

Ungefragt fängt Sam meine Tränen mit seinen Daumen auf, beruhigend haucht er Küsse auf meine Stirn. Er ist da, ist einfach nur da und teilt die Gefühle, die so stark in mir brodeln, dass ich platzen könnte. Es ist keine Trauer. Und auch keine Wut. Es ist Wehmut, weil ich Paul gerne noch ein einziges Mal sehen würde. Weil ich ihn gerne umarmen und ganz fest halten würde. Für einen in die Ewigkeit dauernden Augenblick.

Ich weiß, ich muss ihn loslassen, und die Gewissheit, dass er nie ganz fort sein wird, dass ich einen Teil von ihm für immer bei mir tragen kann, wird mir die Kraft dazu geben.

Ich atme tief ein, schmiege mich in Sams Umarmung und reiche ihm schließlich den Brief. Mit ihm Pauls Worte zu teilen erscheint mir in diesem Moment das einzig Richtige. Und wer weiß – vielleicht kann Sam ja dieser Mensch sein, der sich von nun an den Platz in meinem Herzen mit Paul teilt.

Unsicher schaut mich Sam an. Er räuspert sich.

Schließlich lächle ich. Es ist ein leises Lächeln, ein Lächeln, das nur Sam kennt und das ihm zeigen soll, wie wichtig es für mich ist, dass er diesen Brief liest. Als hätte er verstanden, löst er seinen Blick und richtet ihn auf das weiße Papier.

Vielleicht hat Paul geahnt, dass ich während des Lesens wie ein Schlosshund heulen würde, denn er hat die Nachricht nicht mit Tinte geschrieben. Der Kugelschreiber scheint wasserfest zu sein und nur das leicht aufgequollene Papier ist Zeuge meiner emotionalen Flut.

Geduldig warte ich auf ein Zeichen, dass Sam den Brief gelesen hat, und lege derweil meine Hand auf seinen Oberschenkel. Ich brauche die Gewissheit, dass er mir ganz nah ist, in diesem Moment mehr als die Luft zum Atmen.

Schließlich faltet Sam den Brief zusammen und reicht ihn mir. Seine Umarmung ist fest. Ich kann seinen Herzschlag hören, der kräftig gegen seine Rippen trommelt. Es braucht keine Worte, ich weiß auch so, dass Sam für mich da ist. Dass er mich auffängt und weiß, wie viel mir Pauls Worte bedeuten.

Minutenlang sitzen wir eng umschlungen da. Lauschen unseren Herzen, die im selben Takt schlagen, ignorieren das Gemurmel und das Geschirrgeklapper, das schwach aus der Küche zu uns dringt.

Und dann, als ich mir sicher bin, nicht mehr auseinanderzubrechen, räuspert sich auch Sam und löst sich von mir. Sein Blick huscht zu meinem Anhänger, der an meinem Hals baumelt. Die Kette hat die perfekte Länge, sodass sie kurz unter dem Punkt endet, an dem das Brustbein beginnt.

Vorsichtig tastet Sam danach und streicht zärtlich über meinen nun wertvollsten Schatz.

»Es ist wunderschön. Schau nur, wie stark ihr leuchtet«, murmelt Sam. Dennoch wirkt er traurig. »Allie, der Brief ...«, startet er schließlich und wuschelt sich durch die Haare. »Wenn ich stark wäre, müsste ich jetzt umdrehen und gehen. Paul wollte nicht, dass wir ...«

»Blödsinn!«, unterbreche ich ihn energisch. »Du hast doch selbst gesagt, dass wir noch Kinder waren. Paul wollte mich ganz sicher nur beschützen. Vielleicht wusste er, dass es viel zu früh für uns beide war. Dass wir später zueinanderfinden sollten, wenn es uns vorherbestimmt ist.«

Er blickt noch immer zu Boden, und ich würde den traurigen Ausdruck in seinem Gesicht am liebsten auf der Stelle wegküssen.

»Ich weiß nicht.« Gerade noch hat er mir mit seiner Nähe so einen großen Halt gegeben. Und jetzt scheint er selbst fast an den wenigen Zeilen meines Bruders zu zerbrechen.

»Aber ich weiß es. Sam! Paul hat dich geliebt. Und er hat doch selbst geschrieben, dass er sich jemanden für mich wünscht, der auch sein Freund sein könnte. Bingo! Du warst sein bester Freund – also entspann dich!«

Sam hadert, als würden meine Worte nur langsam in sein Inneres dringen. Ich habe keine Ahnung, was damals zwischen Sam und Paul vorgefallen ist. Aber ich weiß, dass er nichts gegen Sam als Person gehabt hat. Vielleicht hatte er Angst, plötzlich das fünfte Rad am Wagen zu sein. Oder er wollte, dass sich Sam erst die Hörner abstößt.

»Ernsthaft, Sam. Du und ich ... Könnte Paul heute hier sein, würde ihn das wirklich freuen.«

Sam zuckt unsicher mit den Schultern. »Es ist so schwer, das alles abzuschütteln.«

»Ach, Sam, es ist wirklich süß, dass du dir solche Gedanken machst. Aber –« Ich halte meine Armbanduhr vor seine Nase. »Leben, Sam! Paul hat nichts mehr davon, wenn wir uns voneinander fernhalten. Er wollte, dass ich glücklich bin. Und mit dir bin ich glücklich.« Ich hauche ihm einen Kuss auf seine Lippen. »Okay?«

Sam zögert noch einen Moment, dann nickt er schwach und ringt sich ein leises Lächeln ab.

»Komm, wir gehen in die Küche. Meine Eltern warten bestimmt.«

Behutsam stecke ich den Brief in den Umschlag und lege ihn beiseite. Hand in Hand schlendern wir durch den Flur, und kurz bevor wir die Tür zur Küche erreichen, bleibe ich stehen.

»Was?« Sam legt fragend den Kopf schief.

Doch statt einer Antwort strecke ich mich zu ihm und presse meine Lippen auf seinen Mund. Für einen Moment scheint er überrumpelt zu sein, aber dann küsst er mich mit einer Intensität, die die Wehmut für ein paar wenige Sekunden beiseiteschiebt. Ich lasse mich fallen. In einen Kuss, der heilender nicht sein könnte. Für Sam. Für mich. Und für das Uns, das zwischen uns gerade wächst.

Breit grinsend ziehe ich Sam in die Küche.

Als Erstes falle ich meiner Mutter um den Hals, ohne Sams Hand loszulassen.

»Danke, Mama«, flüstere ich bewegt und hauche ihr einen Kuss auf die Wange.

»Danke, Paps.« Auch ihm schenke ich ein Küsschen und eine innige Umarmung. »Und jetzt nach der ganzen Aufregung und den literweisen Tränen habe ich einen Bärenhunger.«

Ich bin begeistert, dass meine Mutter eine wahrhaft köstliche vegane Spinatlasagne gezaubert hat. Während des Essens entspanne ich zusehends. Die meiste Zeit über quetscht meine Mutter Sam über sein Leben aus. Obwohl ich lieber mit Sam alleine gewesen wäre, lausche ich ganz gespannt, denn die letzten Jahre fehlen auch mir in meiner Sam-Chronik.

Die Zeit rauscht an mir vorbei. Es sind an diesem Abend die kleinen Dinge, die meine Sehnsucht anfachen. Unbedachte Berührungen, die auf meiner Haut brennen. Blicke, die direkt in mein Inneres eindringen, und dieses Lächeln von Sam, das so echt ist und das mein Herz ganz leicht werden lässt.

»Melde dich bald wieder, Liebes«, flüstert meine Mutter zwischen den obligatorischen Abschiedsküsschen, als wir aufbrechen. Die Umarmung für Sam fällt etwas intensiver aus, als hätte sie Angst, ihn wieder zig Jahre nicht zu sehen. »Und du ...« Sie hält ihn eine Armlänge von sich und betrachtet ihn mit einem mütterlichen Ausdruck im Gesicht. »… komm uns besuchen, ja?«

Sam nickt, stellt sich eng neben mich und verschränkt seine Finger mit meinen.

»Richte deiner Mutter meine Grüße aus.«

»Das mach ich, Eva. Und danke für den schönen Abend. Frank.« Er nickt meinem Vater zu.

»Pass gut auf meine Tochter auf.« Mein Vater zwinkert uns zu, stellt sich neben meine Mutter und winkt noch einmal, als wir über den kurzen Kiesweg auf die Straße treten.

Während der Taxifahrt die Finger von Sam zu lassen, gelingt mir nicht. Wir küssen uns. Wir berühren uns. Und es fühlt sich verdammt gut und – was noch viel wichtiger ist – auch verdammt richtig an.

Ich kann es kaum erwarten, als das Taxi anhält, Sam den Fahrer bezahlt und wir Hand in Hand auf die Haustür zu laufen. Ich kichere. Weil ich mich so frei fühle und so unsagbar glücklich.

Weit schaffen wir es nicht. Direkt als die Haustür ins Schloss fällt, hänge ich schon wieder an Sams Lippen und lasse mich von ihm bereitwillig an die Flurwand drängen.

Wie sollen wir nur die einhundertdrei Stufen schaffen, bis wir in der Wohnung und endlich alleine sind? Alleine … und dann? Plötzlich überkommt mich Panik. Den ganzen Abend habe ich mir nichts sehnlicher gewünscht, als endlich mit Sam alleine zu sein. Und nun kriege ich kaum Luft bei dem Gedanken daran, was die Nacht noch alles bereithalten könnte.

Doch Sams Kuss lässt meine Gedanken verstummen. Vergessen sind die leisen Zweifel, die ich gerade gespürt habe. Weg ist die Angst, die sich tief in mir zusammengebraut hat. Übrig bleibt eine unbändige Sehnsucht.

Seine Lippen sind fordernd und brennen auf meinem Mund, der es nicht gewohnt ist, liebkost zu werden. Doch das hält mich nicht davon ab, ihn weiter zu küssen. Ineinander verschlungen stolpern wir die Stufen aufwärts. Es dauert eine halbe Ewigkeit, bis wir endlich im fünften Stock ankommen und ich den Schlüssel ins Schloss stecke.

»Zu dir oder zu mir«, raunt Sam, als die Tür hinter uns ins Schloss fällt und ich endlich die Tasche und den Schuhkarton loswerde, der mich die ganze Zeit daran gehindert hatte, meine Hände in Sams Haaren zu vergraben.

Ich kichere und ziehe ihn weiter in unsere Wohnung. Im Flur ist es ziemlich dunkel, ich kann sein Gesicht nicht sehen. Seinen Küssen und Berührungen nach zu urteilen, müsste er aber bereits in Flammen stehen. Ich jedenfalls tue es. Mit jeder Faser meines Körpers. Und meines Herzens.

»Zu mir«, entscheide ich kurzerhand und stolpere mit ihm weiter ins Wohnzimmer, in das dünnes Mondlicht dringt und es geringfügig erhellt.

Sam folgt mir atemlos, seine Hände wandern unter mein Shirt, fahren über meine Taille und bescheren mir Gänsehaut.

Von Sam berührt zu werden fühlt sich fantastisch an. Ich strecke mich zu ihm, küsse ihn und kann an nichts anderes denken, als dass ich mehr will. Als dass ich ihn will. Jetzt!

»Shit«, seufze ich frustriert.

»Was?«

»Ich ... ich habe keine Gummis.«

Sam küsst mich wieder, als hätte er meinen Einwand gar nicht gehört. Er öffnet die Tür zu meinem Zimmer, und schon finden wir uns auf meinem Bett wieder. Meine Mitte pocht erwartungsvoll und Sams Hände, die zu meinen Brüsten gleiten, fachen die Sehnsucht nur noch an.

»Nimmst du nicht die Pille?«, fragt er atemlos zwischen zwei Küssen.

Eilig schüttle ich den Kopf, habe aber gerade keine Lust mit ihm über meine Beweggründe zu diskutieren. Mein Herz trommelt wild gegen meine Rippen und ich setze mich auf. Warum? Warum habe ich nicht vorgesorgt? Als verantwortungsbewusste Frau sollte ich doch immer irgendwo ein Kondom haben. In Rekordgeschwindigkeit gehe ich die Möglichkeiten durch, wo ich noch einen Gummi finden könnte.

»Weißt du, Allie, ich finde ohnehin, wir sollten noch warten. Ich meine – wow – hast du eine Ahnung, was es in mir auslöst, dich zu küssen?« Sam streichelt sanft über meinen Rücken, seinen Kopf hat er auf der anderen Hand abgelegt und lächelt mich an. Sanft und so liebevoll, dass ich ihm glaube.

Ich seufze und lasse mich wieder auf die Matratze sinken, kuschle mich in Sams Arme und atme tief ein.

»Argh, Sam!« Ein Lächeln stiehlt sich auf meine Lippen. »Das mit dir … es fühlt sich richtig an. Wie konnte ich nur jemals etwas anderes denken? Ich wünschte, du wärst nicht nur der Erste gewesen, den ich geküsst, sondern auch der Erste, mit dem ich geschlafen habe. Es ist, als hätte ich all die Jahre auf diesen Moment gewartet.« Meinen Kopf presse ich an seine Brust und lausche seinem regelmäßigen Herzschlag.

Sam küsst mich auf die Haare, streicht sanft über meine Wangen. »Ich für meinen Teil habe noch ein ganz wichtiges erstes Mal vor mir. Und das würde ich gerne mit dir teilen.«

Verwirrt hebe ich den Blick, denn es kann doch wohl nicht ernsthaft sein, dass Sam sich aufgespart hat. Für mich.

Das silbrige Licht des Mondes, das durch die Dachfenster dringt, spiegelt sich ins Sams Augen. Sie wirken so rein und scheinen mir einen direkten Blick in seine Seele freizugeben.

»Ich habe noch nie mit einer Frau geschlafen, die ich wirklich und aus vollem Herzen liebe.«

Ich starre Sam an, starre auf diese Lippen, über die die schönsten Worte gekommen sind, die ich jemals gehört habe. Starre in die Augen, die auch jetzt ernst bleiben und nichts als Liebe in sich tragen.

Er wartet auf eine Reaktion von mir. Es wäre jetzt an mir, etwas zu sagen. Etwas Geistreiches, etwas, das auch nur annähernd das ausdrückt, was ich in diesem Moment fühle. Aber ich kann nicht. Stattdessen schaue ich ihn an und spüre, wie winzige Risse in meinem Herzen zusammenwachsen. Wie die immer präsente Furcht sich nebelgleich auflöst und nichts in meinem Herzen übrig bleibt als diese luftig-leichte Liebe, die ich nur an Sams Seite verspüre.

»Sam«, hauche ich, lege alles, was ich nicht sagen kann, in den folgenden Kuss. Er fühlt sich wie ein Versprechen an. Ein Versprechen für das, was noch vor uns liegt.

Tränen rinnen mir ungehindert über die Wangen, und es ist mir egal, denn diese Flut ist nicht aus Trauer geboren. Sie kommen von so viel tiefer, einem Ort, in dem ich diese innige Geborgenheit spüre. Einem Ort, an dem das Glück zu Hause ist.

INSTAGRAM: *Love letters to life – by Alice*

love_letters_to_life An manchen Tagen scheint die Sonne heller. Da verblassen die dunklen Schatten, und übrig bleibt ein gleißendes Licht, das so viel Wärme spendet. Und Zuversicht.

#sofühltsichglückan #zweisam #loveletterstolife #leben #lieben #lachen #zuversicht #bestefreunde #undeshatzoomgemacht

Kapitel 22

»Hey!« Allie tapst verschlafen aus ihrem Zimmer und schlingt die Arme um meinen Nacken. »Was machst du gerade?« Sie haucht mir einen Kuss auf die Wange und setzt sich auf meinen Schoß. Mein Blick huscht über Allies Körper, und ein breites Grinsen schleicht sich auf mein Gesicht, als ich eines meiner Shirts wiedererkenne, das ihre Brüste umschmeichelt. Ihre Haare sind total verstrubbelt, und alles in allem macht sie einen ziemlich durchgevögelten Eindruck.

Zugegeben, wir haben in den vergangenen Tagen – und besonders in den Nächten – jeden Zentimeter unserer Körper erforscht und uns auf eine ganz neue Art kennengelernt. Doch miteinander geschlafen haben wir nicht. Ich habe Allie in dem Glauben gelassen, es seien keine Kondome im Haus, obwohl ich welche in meiner Tasche hatte. Die Versuchung, sie doch noch herauszuholen, war groß, aber ich hatte das Gefühl, das würde sie zu sehr unter Druck setzen. Wir haben schließlich Zeit. Stattdessen haben wir viel geredet, gelacht und sogar zusammen Musik gemacht. Es war fast wie früher, als ich ihr ein paar Songs auf meiner alten Gitarre beigebracht habe. Nur dieses drängende Gefühl der Lust – das war neu.

»Sam?« Allie legt den Kopf schief.

Ertappt räuspere ich mich und grinse entschuldigend. »Was?«

»Ich wollte wissen, was du gerade machst?« Sie haucht mir einen Kuss auf die Lippen und legt die Arme um meinen Nacken.

Herrgott, wie soll ich mich auf ein Gespräch konzentrieren, wenn sie mir so nahe ist? Wenn ich die Hitze ihres Körpers auf meinen Fingern spüre, wenn ich sie rieche und kein Gedanke Platz in meinem Kopf hat, außer, dass ich sie endlich wieder im Bett haben will. Neben mir. Auf mir.

»Kaffee?«

Sie nickt, steht schon auf und gibt mir den Blick auf ihren wohlgeformten Hintern frei, den das Shirt nur knapp verhüllen kann. Ich schlucke und wende schnell den Blick ab.

Etwas wehmütig stehe ich auf, um Milch aufzuschäumen. »Wir sind demnächst in London bei BBC. Vielleicht kennst du die Live Lounge?«

Allie schüttelt den Kopf.

»Das ist so eine britische Radiosendung. In dem Format covern Künstler die Songs anderer Interpreten. Wir sind zum Single-Release dort eingeladen und ich suche gerade noch passende Songs«, berichte ich an die Arbeitsplatte gelehnt und sauge weiter den Anblick dieser Frau auf, die mich um den Verstand bringt.

»Oh, ich hab eine Idee«, sagt sie mit leuchtenden Augen, räuspert sich und kann ein schelmisches Grinsen nur schwer unterdrücken. »Wie wäre es mit Limp Bizkit? *Noone knows what it's like, to be the sad man, to be the bad man, behind green eyes*«, singt sie und wandelt den Text geringfügig ab.

Ich muss grinsen. Kurz überlege ich. Den Song mag ich sehr, aber ich glaube kaum, dass ich damit die Zielgruppe erreiche, die Brian vorschwebt.

»Ich dachte eher an *Perfect* von Ed Sheeran. *I found a love for me, Darling just dive right in, And follow my lead, Well I found a girl beautiful and sweet I never knew you were the someone waiting for me, Cause we were just kids when we fell in love.*« Ich laufe auf Allie zu, während ich singe, und ignoriere die Tatsache, dass mein Stimmvolumen für die kleine Küche viel zu groß ist und die Töne an den Wänden hallen. Erst jetzt fällt mir auf, wie treffend dieser Song die Beziehung zwischen Allie und mir beschreibt, und fast bedaure ich, dass die Lyrics nicht von mir stammen.

»Nicht schlecht«, wiegelt Allie gespielt gelangweilt ab, als ich ihr einen Kuss auf die Lippen hauche und damit meine kleine Performance beende.

»Die Milch.«

»Oh Shit!«

»Ist das auch ein Song? *Oh Shit, oh Shit, das krieg ich gar nicht mit*«, mimt sie im besten Rapperstyle. »Kenne ich gar nicht.« Allie gluckst und kichert niedlich. Diese Frau macht mich verrückt: Sie albert herum, und das Einzige, woran ich denken kann, ist, sie zurück in ihr Bett zu locken.

Stattdessen schäume ich die Sojamilch und schenke ihr einen Kaffee ein. »Wann musst du los?«, frage ich mit rauer Stimme und versuche, mir meine Gedanken nicht anmerken zu lassen.

Ihr Blick schnellt zu ihrer Armbanduhr, und ein sanftes Lächeln huscht über ihre Lippen. »Bald. Was hast du heute vor?«

»Ich habe später ein Medientraining, und danach wollen wir die Songs üben, die ich eigentlich noch raussuchen sollte.«

»Mädchentraining?«, fragt Allie verständnislos. »Du brauchst kein Mädchentraining, da bist du sehr gut drin.«

Ich setze mich und verdrehe die Augen, kann mir ein Grinsen aber nicht verkneifen.

»So, bin ich das?« Ich kann einfach nicht genug davon bekommen, dass diese Frau mich begehrt. »Wann hast du Feierabend?«

»Um fünf.«

»Was hältst du davon, wenn du mich abholst?«

»Ernsthaft? Aber die Band«, wirft Allie ein und wirkt plötzlich aufgeregt, dabei kennt sie die Jungs doch schon »Ist es nicht komisch, wenn ich … wenn wir …«

»Die haben doch eh nie geglaubt, dass zwischen uns nichts läuft«, unterbreche ich ihre Bedenken und strecke meine Hand nach ihr aus. Ohne zu zögern ergreift Allie sie. »Ich habe keine Ahnung, wie ich den Tag ohne dich überstehen soll.«

»Sind nur ein paar Stunden«, flüstert Allie, springt aber schon auf und sitzt im nächsten Moment wieder auf meinem Schoß. »Und Stunden bestehen aus Minuten. Und die wiederum aus Sekunden, es ist also –«

»Stooop. Ich hab's verstanden. Aber funktioniert diese Selbstverarsche wirklich?«

Allie schaut mich prüfend an. Ihr Blick wandert über mein Gesicht, verharrt einen Augenblick zu lange auf meinem Mund.

»Nö«, prustet sie schließlich los und presst im nächsten Moment ihre Lippen fordernd auf meine. Das wird ein verdammt langer Sekunden-Minuten-Stunden-Tag.

Den ganzen Tag über kann ich mir mein Grinsen nicht aus dem Gesicht wischen. Immer wieder schaue ich auf die Uhr und rechne mir aus, wann ich Allie endlich wiedersehe. Bei jeder Gelegenheit schreibe ich ihr Nachrichten.

Selbst für Musik bin ich heute zu aufgedreht, dabei macht es mir Spaß, mit meiner Band die verschiedensten Songs durchzuprobieren und zu entscheiden, was wir in der Live Lounge performen möchten. Nach Stücken von Eminem und Pink Floyd versuchen wir uns an einem Song von den Kings of Leon, den ich zwar technisch gut bewältigen kann, für den mir aber die nötigen Flaschen Whiskey fehlen, um meinem Timbre diese rauchige, erwachsene Tiefe zu geben. Ich bemühe mich wirklich, merke aber bald, dass *Sex on fire* nicht für mich geschrieben wurde.

Also wechsle ich in die Kopfstimme und singe die Lyrics in alter Chorknabenmanier. Damit entlocke ich wenigstens den Jungs ein Lachen, und wir beschließen, eine kurze Pause einzulegen. Mika kommt das ganz gelegen. Er und verdrückt sich gleich vor die Tür, um zu qualmen.

»Hey, wir finden schon noch die passenden Songs«, bestärkt mich Lennox in meiner optimistischen Ruhe und nimmt einen großen Schluck aus seiner Wasserflasche. Elián scheint sich aufs Klo abgeseilt zu haben. Und Konrad habe ich seit Ewigkeiten nicht mehr gesehen.

»Zur Not performen wir die abgenudelten Evergreens«, schlage ich vor. Wieder huscht mein Blick zur Uhr. Bald müsste Allie hier aufschlagen.

»Kann es sein, dass du heute etwas unkonzentriert bist?«

»Möglich.« Mein Grinsen wird breiter, und ich meide Lennox' Blick.

»Okay!« Lennox zieht das Wort bedeutungsschwer in die Länge und lacht. Anerkennend klopft er mir auf die Schulter. »Egal, was es ist, mach weiter damit. In der Laune bist du wesentlich erträglicher.«

»Hey, ich habe Besserung gelobt.« Ich lache und freue mich, dass die Stimmung in den letzten Tagen tatsächlich deutlich besser geworden ist. So sind die Proben zwar immer noch körperlich anstrengend, doch lange nicht mehr emotional so herausfordernd wie damals.

Damals – so lange ist es doch gar nicht her, dass ich Allie wiedergesehen habe und sich damit so ziemlich alles in meinem Leben geändert hat. Aber schon jetzt kann und will ich mir ein Leben ohne sie nicht mehr vorstellen. Und wenn ich nicht ganz falschliege, geht es ihr ganz genauso.

»Ich habe Allie geküsst«, bricht es aus mir heraus, obwohl Lennox nicht nachgefragt hat, was Auslöser meiner sonderbaren Laune ist. Irre, bis ich Allie wiedergetroffen habe, wusste ich nicht einmal, was mit fehlte. An Beziehungen hatte ich nie ein sonderlich großes Interesse. Beziehungen sind kompliziert und waren mit meinem bisherigen komplett durchgetakteten Leben in einer Boy-Group schlichtweg nicht realisierbar. Doch jetzt habe ich die Fäden selbst in der Hand und werde Möglichkeiten finden, genügend Zeit für Allie zu haben.

»Glückwunsch«, sagt er nur und wirft mir einen amüsierten Blick zu. »Aber erzähl was Neues. Uns allen war klar, dass da was läuft.«

Ich seufze. Und grinse. Und boxe ihm gegen den Oberarm.

»Ihr habt aber nicht gewettet, oder?«

Lennox stöhnt und schüttelt den Kopf.

»Hat sich niemand gefunden, der so bescheuert gewesen wäre, dagegen zu wetten.«

Ich höre die Tür auffliegen, und Mika kommt mit Elián unter großem Getöse zurück. Vorbei ist die Ruhe. Lennox schaut mich an und verdrehte die Augen. Offensichtlich denkt er dasselbe, und zeitgleich brechen wir in Gelächter aus.

Ich strecke ihm meine Hand zum High Five entgegen und gehe mit ihm gemeinsam zurück zu den anderen auf die provisorische Bühne.

»Bei mir ist die Luft für heute raus. Lasst uns noch ein paar Songs von unserem Album jammen, und dann ist gut, oder was meint ihr?«, gebe ich in die Runde und fahre mir übers Gesicht. Es ist nicht die Müdigkeit alleine, die ich davonwischen will. Es ist dieses verräterische Grinsen, das ich einfach nicht loswerde und das umso breiter wird, je öfter ich an Allie denke.

Ich ernte allgemeine Zustimmung, und schon klemmen sich die Jungs hinter ihre Instrumente und stimmen ohne weiter darüber zu sprechen *Gravity* an. Der Song, der uns den Durchbruch bringen wird – wenn denn alles so läuft, wie Brian es geplant hat.

Erleichtert lasse ich mich in den Song fallen, der mir durch all die Proben in Fleisch und Blut übergegangen ist. So anspruchsvoll er auch ist, gibt er mir eine tiefe Zufriedenheit. Ich kenne jeden Ton, jede Bridge, kenne die Besonderheiten und weiß, worauf ich achten muss, um dem Song das zu geben, was ihm diese Tiefe verschafft, die ihn so besonders macht. Mich in ihm zu verlieren, bringt mir Ruhe und Kraft. Und das ist wohl das Beste, was wir beim Start meiner Solo-Karriere passieren kann.

Ohne uns abgesprochen zu haben, bauen wir einzelne kleine Abweichungen ein. Besonderheiten, die in der Originalfassung fehlen. Mal ein Riff hier, dann eine kleine Rappeinlage da. Wir grinsen breit, machen Quatsch auf der Bühne, und spätestens als Elián ein meisterreifes Gitarrensolo aufs Parkett legt und sich auf den Teppich wirft, ist die Ernsthaftigkeit aller dahin.

Ich habe mich immer noch nicht ganz erholt, als Allie schüchtern ihren Kopf zur Tür hereinsteckt und ihr Blick mich sogleich gefangen nimmt. Augenblicklich lasse ich das Mikro sinken und trete an den Rand der Bühne. Auch die anderen verstummen und schauen zur Tür.

»Hey!« Ich winke Allie zu mir und springe von der hüfthohen, provisorischen Bühne. Unsicher hebt sie ihre Hand, um die andere zu begrüßen. Ihre Wangen sind leicht gerötet, und es ist ihr deutlich anzusehen, wie unangenehm ihr der Auftritt ist.

Wie soll ich sie begrüßen? Alles an mir schreit, dass ich sie küssen will.

»Hey«, raunt sie. »Ihr müsst nicht meinetwegen aufhören.«

»Komm her«, bitte ich sie, während ich auf sie zulaufe, und strecke ihr meine Hand entgegen. Als sie endlich in meine Reichweite kommt, ziehe ich sie zu mir. »Ich hab dich vermisst«, flüstere ich und presse im nächsten Moment meine Lippen auf ihre.

»Whohoo, hab ich es doch gewusst«, grölt Mika und klatscht in die Hände. Ohne von Allie abzulassen, zeige ich ihm den Mittelfinger.

»Schluss für heute«, beschließe ich, als ich mich von Allie löse. »Schön, dass du da bist«, flüstere ich und schenke Allie ein Lächeln.

»Ich hoffe, ich rieche nicht schon wieder nach Kotze.« Sie verzieht das Gesicht. »Mein Speikind wollte mal wieder nichts bei sich behalten. Arme Maus.«

Ich lasse es mir nicht zwei Mal sagen und schnuppere an der nackten Haut ihres Halses, der köstlich nach ihr riecht. Dann gebe ich mich der Verführung hin und küsse ihren Hals, arbeite mich nach oben bis zu ihrem Ohrläppchen vor und nehme sie dann in den Arm.

»Nehmt euch ein Zimmer«, mault Mika.

Ich verdrehe die Augen und lasse von Allie ab. »Du bist nur eifersüchtig«, werfe ich ihm an den Kopf und grinse herausfordernd.

»Das bin ich.« Mikas Augenbrauen hüpfen. »Bei so einer Frau sollte dir das klar sein. Aber Alice wird bald die Schnauze von dir voll haben. Und dann weiß sie hoffentlich, wo sie mich findet.«

Allie lacht nur und winkt ab.

»Kann ich dich zu 'nem Burger verführen? Ich habe tierischen Kohldampf«, frage ich.

»Burger?«

»Burger! Wenn du dich drauf einlässt, dann verspreche ich dir eine Geschmacksexplosion.«

Auf das euphorische *Ja* werde ich wohl ewig warten. Genuss ist etwas, das Allie im kulinarischen Bereich erst wieder lernen muss. Viel zu sehr kreisen ihre Gedanken darum, welche Lebensmittel sie krank machen könnten. Deshalb flüstere ich leise: »Vertrau mir, okay?«

Allie bringt ein schwaches Nicken zustande. Sie macht sich echt zu viele Gedanken. Ich werde es mir zur Aufgabe machen, ihr all die schönen Seiten des Lebens zu zeigen.

Deshalb suche ich die Nummer von *Dean's* raus und bestelle zwei vegane Linsen-Burger mit Salat als Beilage und ernte von Allie ein Schmunzeln.

»Ich dachte schon, du wolltest mir ein halbes Rind ins Haus schleppen.«

»In den fünften Stock? Niemals.« Ich streiche ihr über die Wange. »Lass uns verschwinden, ja?« Augenblicklich schießt ihr das Blut in die Wangen, und ich ziehe sie enger an mich und küsse sie leidenschaftlich. Ich kann es kaum erwarten, wieder mit Allie alleine zu sein. Ob sie heute bereit für den nächsten Schritt ist? Bei dem Gedanken spüre ich meine Hose enger werden und stehe schnell auf, bevor sich die Beule weiter ausweiten kann.

Mit einem knappen Tschüss verabschiede ich mich von meiner Band, und Arm in Arm stürmen wir aus der Lagerhalle. Obwohl die Sonne hinter dicken Wolken versteckt ist, schiebe ich mir die dunkle Sonnenbrille auf die Nase. Konrad erspähe ich an eine Backsteinwand gelehnt, das Handy in der Hand. Als er uns hört, läuft er schnell zu uns rüber.

»Mach doch Feierabend, Konrad«, sage ich freundlich, ohne anzuhalten. »Ich fahr mit Allie nach Hause, das schaffen wir im Taxi auch ohne dich.«

Als hätte ich spanisch gesprochen, zieht Konrad die Stirn kraus. »Sicher?« Er bleibt stehen und wirkt verunsichert.

»Klar. Gönn dir 'nen freien Abend. Und Brian erzählen wir einfach nichts davon.« Ich zwinkere ihm zu und nicke bestimmt. Ihn möchte ich nun wirklich nicht dabeihaben. Allie ist in seiner Gegenwart immer so angespannt. Und tatsächlich wirft er uns eine Abschiedsfloskel hinterher.

»Danke«, murmelt sie, als wüsste sie, dass ich ihn ihretwegen weggeschickt habe.

»Ich hoffe, du kannst Karate. Oder Kung-Fu. Oder …«

»Ich könnte mit Wattebällchen werfen, wenn dich jemand belästigt. Oder meine Kuscheltiersammlung als Armee akquirieren.«

»Oder dich einfach in eine eifersüchtige Furie verwandeln, wenn mir jemand zu nahe kommt.«

Allie bleibt stehen und verzieht den Mund. »Glaub mir. Das willst du nicht!« Zeitgleich lachen wir und stolpern eng umschlungen auf die Straße. Ich winke uns ein Taxi ran und gebe dem Fahrer die Adresse des Burgerladens durch.

Nachdem Allie unsere Bestellung im Lokal abgeholt hat, fahren wir auf direktem Weg zu unserer Wohnung.

Es kostet mich eine unsägliche Beherrschung, Allie im Taxi nicht zu küssen. Aber ich weiß zu gut, dass ich dann meine Finger nicht mehr von ihr lassen kann.

Als wir endlich die Wohnungstür hinter uns schließen, ist es allerdings vorbei mit meiner Selbstbeherrschung. Ich ziehe Allie in eine enge Umarmung und küsse sie stürmisch. Die Tüte mit den Burgern raschelt anklagend, als sie zu Boden fällt und ich mit Allie Richtung Wohnzimmer stolpere.

Eilig kicke ich die Schuhe von meinen Füßen, streife Allies Jacke über die Schultern und kann es kaum erwarten, ihre weiche Haut endlich wieder unter meinen Fingern zu spüren.

»Ich war einkaufen«, flüstert sie zwischen zwei Küssen und ich muss nicht nachfragen, um zu wissen, was sie meint. Meine Lippen verziehen sich voller Vorfreude zu einem Grinsen.

»Hättest du nicht gebraucht. Ich habe welche hier«, gebe ich zu und dirigiere sie ohne weiter nachzufragen in ihr Zimmer. Ich ziehe sie mit mir auf ihr Bett. Sie seufzt, während ich mich von ihren Lippen bis zur Halsbeuge entlangküsse. Allie streckt sich mir entgegen und stöhnt leise, als ich bei ihrem Ohrläppchen angelangt bin und daran knabbere.

»Ernsthaft? Und warum sagst du nichts? Das ganze Wochenende ...«, jammert Allie und lässt den Rest des Satzes in der Luft hängen.

»Ich wollte dich nicht unter Druck setzen, wir haben doch Zeit. Außerdem hatte ich das Gefühl, dass es dir gefallen hat.« Meine Finger wandern unter ihr Shirt. Sanft streife ich an den Bügeln ihres BHs entlang und entlocke ihr ein genüssliches Seufzen. Endlich habe ich den Verschluss geöffnet, und Allie zieht sich das Shirt über den Kopf und gibt den Blick auf ihre wunderschönen Brüste frei.

»Ja, war ganz nett. Aber ich bin gespannt, was du sonst noch so draufhast.«

»Das setzt mich jetzt mächtig unter Druck.«

Allie grinst neckisch. »Erzähl du mir nichts von Druck. Ich werde gleich mit einem weltberühmten Superstar schlafen und bin extrem nervös.«

Das bin ich allerdings auch. Nicht nur durch Allies unbedachten Spruch. Die Aussicht darauf, gleich Sex mit Allie zu haben, überfordert und beglückt mich gleichermaßen.

Ich schlucke und umschließe ihre perfekten Rundungen, die sich in meine Handflächen schmiegen, als hätten sie auf mich gewartet. Genüsslich schließe ich die Augen. Es fühlt sich so unglaublich an, diese Frau zu berühren. Ihr Duft hüllt mich ein, und obwohl mich all die Eindrücke, die ich in diesem Moment so intensiv fühle, komplett überschwemmen, bin ich entspannt und glücklich.

Ich spüre, wie Allie die Knöpfe meiner Hose öffnet und dabei fast wie zufällig meine Härte berührt. Uns Zeit zu lassen übersteigt beinahe meine Selbstbeherrschung. Ich möchte endlich mit Allie schlafen, sie berühren, spüren, ganz tief. Aber zeitgleich möchte ich auch, dass dieser Moment, dieses erste Mal etwas Besonderes wird und niemals zu Ende geht. Also zügle ich meine Lust und genieße jede ihrer Berührungen, so schwer es mir fällt, geduldig zu sein.

Als Allie beginnt mir die Hose über die Beine zu schieben, ist es allerdings vorbei mit meiner Ruhe. Ich strample den Stoff von den Beinen und während ich sie küsse, drücke ich sie sanft auf die Matratze, um sie von der schmalen Jeggins zu befreien.

Allie stöhnt genüsslich, als ich ihre Oberschenkel entlangfahre, die so glatt und fest und wohlgeformt sind, dass ich es mir nicht nehmen lassen kann, sie zu küssen. Als sie nur noch mit einem schwarzen Slip bekleidet unter mir liegt, betrachte ich diese wunderschöne Frau. Ich kann einfach nicht genug von ihr kriegen, und so schiebe ich schon meine Finger unter das letzte Stückchen Stoff.

Langsam streiche ich über ihren flachen Bauch, beuge mich zu ihr, um ihren Nabel zu küssen. Das Blut rauscht in meinen Ohren und vermischt sich mit dem Trommeln meines Herzens. Zentimeter für Zentimeter schiebe ich den Slip nach unten, streiche über ihre Oberschenkel und spüre nach, welche Berührungen Allie mag. Zaghaft streift meine Hand über ihre Mitte. Ich entlocke Allie ein sehnsuchtsvolles Stöhnen, als ich meine Finger zwischen ihre Beine schiebe und spüre, dass sie meine Berührung bereits erwartet. Meine

Augen schließen sich, als ich die Wärme spüre, die meine Finger umschließt. Ihre Finger krallen sich in meine Schultern. Langsam bewege ich mich in ihr.

»Sam«, raunt sie genüsslich und presst sich mir entgegen. Ihre festen, kleinen Brüste recken sich mir hart entgegen, und ich küsse sie, sauge und knabbere daran.

Viel zu kurz genießt Allie die Liebkosungen, dann zieht sie ungeduldig an meinem T-Shirt. Ich lasse es mir über den Kopf ziehen und schaue Allie an. Ihre Wangen sind gerötet. Sie sieht wunderschön aus, wie sie so erwartungsvoll unter mir liegt, bereit, mich in sich aufzunehmen.

»Ich liebe dich«, sage ich aus einem schier übermächtigen Drang heraus. Kein anderes Gefühl hat in diesem Moment Platz in mir. Es ist nicht das erste Mal, dass ich diese Worte einer Frau sage. Aber diesmal fühlt es sich ganz und gar anders an. Ehrlich.

»Zeig es mir«, bittet sie mich mit rauer Stimme und lässt ihre Hände zu dem Bund meiner Shorts wandern. Zärtlich streift sie den weichen Stoff nach unten, fährt über meine Erregung und übt sanften Druck aus.

Ich helfe ihr und ziehe mir die Shorts über die Beine. Kurz strecke ich mich nach meiner Hose, greife in die Hosentasche und ziehe ein Kondom heraus.

Allies Lippen necken mich, locken mich zu ihr und fordern meine volle Aufmerksamkeit. Unsere Zungen tanzen miteinander, und die Berührung erregt nicht nur mich. Allies Herzschlag klopft im selben schnellen Rhythmus wie meiner.

Ich löse mich von ihr, öffne die Verpackung mit einem Ratsch und will mir gerade das Gummi überstreifen, als sich Allies Hand auf meine legt.

»Darf ich?«, fragt sie zaghaft. Ich nicke und lege mich hin.

Allies Finger sind geschickt. Sie streifen selbstverständlich über meine Härte, und ich genieße ihre Berührungen. Anstatt sich neben mich zu legen, beugt sie sich über mich, setzt sich auf mich und küsst mich so leidenschaftlich, dass mir fast die Luft wegbleibt. Ihr Gewicht spüre ich dabei kaum. Meine Hände streicheln über ihren Rücken, ihre perfekten Rundungen des Pos. Mit sanftem Druck schiebe ich sie ein Stück hoch und reibe mein Glied an ihr. Sie so nah zu wissen ist kaum auszuhalten.

Und als würde Allie spüren, dass ich nicht mehr lange warten kann, setzt sie sich auf mich und nimmt mich wie in Zeitlupe in sich auf. Ich schließe die Augen, spüre ihre Enge. Ihre Wärme. Und all die Liebe, die sie in sich trägt. Ich sauge scharf die Luft ein, als sie mich umschließt und beginnt, sich langsam auf mir zu bewegen. Mit jedem Stoß schütteln wir einen Teil unserer Vergangenheit ab und landen mehr und mehr im Hier und Jetzt.

Meine Hände liegen locker auf Allies schmaler Taille, streicheln sanft darüber, ohne ihre Bewegungen zu stören. Es fühlt sich unglaublich an, ihr die Kontrolle zu überlassen. Sie holt sich, was sie braucht, und gibt mir, was ich will. Mit geschlossenen Augen und durchgedrücktem Rücken bewegt sie sich rhythmisch auf mir. Und sieht dabei so verdammt schön aus, dass ich die Augen einfach nicht von ihr nehmen kann. Sie beugt sich zu mir, ihre Lippen glänzen feucht und einladend. Wir küssen uns, vereinen uns und treiben gemeinsam einer mächtigen Welle entgegen, die uns schon im nächsten Moment verschlingt.

Eng umschlungen spüren wir dem Pulsieren nach, ringen nach Luft und versuchen wieder zu uns zu kommen. Verdammt! Es ist viel zu schnell vorüber gewesen. Und doch wäre ich nicht dazu imstande gewesen, noch länger auszuhalten, ohne zu explodieren.

Mit Allie zu schlafen ist das absolut Überwältigendste, was ich jemals erlebt habe. Dem Overload nahe, überschwemmen mich die Gefühle so intensiv, wie ich sie nie zuvor gespürt habe. Ich schlucke schwer, versuche klarer zu werden. Alle Antennen sind auf Empfang, all meine Filter ausgeschaltet, und alles strömt unkontrolliert auf mich ein. Gefühle, Gerüche, Geräusche. Ohne Schutz prasseln sie auf mich ein. Ohne Gegenwehr. Meine Seele liegt offen.

»Hey«, höre ich Allie sanft. Ihre schmalen Finger streifen über mein Gesicht und ein glückliches Lächeln blitzt mir entgegen. »Alles okay?«

Ich nicke stumm und küsse sie. Langsam ziehe ich mich aus ihr zurück und lege mich neben sie, als ich das Kondom zugeknotet und beiseitegelegt habe.

»Komm her«, bitte ich Allie und ziehe sie in eine enge Umarmung. Sie gibt mir Zeit, all das zu verarbeiten, was in mir nachhallt. Und nicht nur dafür liebe ich sie so sehr.

Kapitel 23

»Ich fasse es nicht, dass du damals tatsächlich ein Foto von mir auf dem Handy hattest!« Die Vorstellung, Sam hätte zumindest zu Anfangszeiten von *Session One* immer mal wieder an mich gedacht, ist zu schön, um wahr zu sein.

»Du ahnst nicht, wie verknallt ich damals in dich war!« Sam lacht und küsst mich auf den Kopf. »Damals wie heute.«

Ich kuschle meinen Kopf enger an seine Brust, unsere nackten Beine sind ineinander verschlungen, genauso wie unsere Finger, die auf Sams warmem Oberkörper liegen. Schwaches Mondlicht sickert durch das Gaubenfenster und spendet kaum genügend Helligkeit, um Sams Umrisse erkennen zu können. Aber das ist auch gar nicht nötig, denn ich spüre ihn ganz nah.

»Freust du dich, dass es bald losgeht?«, frage ich leise. Sams Atem geht regelmäßig, seine Finger ziehen kleine Kreise auf meiner nackten Schulter.

»Ja. Und nein.« Sam seufzt. »Ich meine, Musik zu machen, auf der Bühne zu stehen, zu performen ... das ist genau das, was ich machen will. Es macht mich glücklich, verstehst du? Aber ...« Sam streicht sanft über meine Wange und dreht meinen Kopf so, dass ich ihn anschaue. »Du machst mich auch glücklich. Und die Aussicht darauf, von dir getrennt zu sein, passt mir nicht.« Sam sieht traurig aus, und ich spüre förmlich seine Zerrissenheit.

»Mir auch nicht«, gebe ich zu und ziehe eine Schnute. Noch schiebe ich den Gedanken weit weg, dass ich Sam bald eine Ewigkeit nicht mehr sehen werde. Ich habe keine Ahnung, wie das funktionieren soll. Ob es überhaupt funktionieren kann. Es bricht mir das Herz, daran zu denken, ihn nicht ständig sehen zu können. Was, wenn Sam mich auf Tour vergisst? Wie damals. Ihn als Halt zu verlieren, könnte mich meilenweit zurückwerfen. Noch einmal alleine zurückzubleiben, könnte ich nicht verkraften. Doch das kann ich ihm unmöglich sagen. »Ich habe Angst, dass dir das alles zu viel wird. Der ganze Stress, der Trubel«, lenke ich stattdessen auf ein weiteres Thema, das mir Sorge bereitet.

Sams Finger wandern an meiner nackten Taille entlang und ziehen kleine Kreise unterhalb meiner Brust. Offensichtlich hat er keine Lust zu reden.

»Du könntest auf Tour mitkommen und auf mich aufpassen.« Er küsst meine Haare und dreht sich zu mir. Ich schnappe nach Luft, als sein Mund auf meinem landet und er mich leidenschaftlich küsst. »Und immer dann, wenn es mir zu viel wird, schlafen wir miteinander.«

»Prima Idee. Dann, wenn du eh schon überstimuliert bist, noch einen mächtigen Reiz obendrauf zu setzen«, foppe ich ihn, kann mich aber gegen seine Liebkosungen nicht wehren und stöhne leise auf, als seine Finger meine Brust umschließen und zärtlich darüberstreichen.

»Worum geht es hier eigentlich? Worüber willst du reden?« Sams Stimme ist warm und einladend. Nach Reden ist mir jetzt eigentlich auch nicht mehr, aber die Gedanken wirbeln nun mal durch meinen Kopf, und so gebe ich mir einen Ruck, obwohl ich mich kaum konzentrieren kann. Vielleicht sollte ich seine Hand von mir schieben, aber es fühlt sich zu gut an, wie er mich berührt.

»Drogen, Sam«, sage ich rau. »Ich habe ehrlich Schiss, dass du wieder abstürzt.«

Sam stöhnt und lässt sich zurück auf den Rücken fallen. Seine Arme verschränkt er hinter dem Kopf. Die Stimmung kühlt sich gerade um gefühlte hundert Grad ab. »Allie, das ist Quatsch, ich hab alles im Griff. Ich weiß nicht einmal, wann ich das letzte Mal etwas genommen habe. Also, entspann dich.«

»Ich mache mir nur Sorgen«, wispere ich und kuschele mich wieder eng an ihn. »Weißt du, noch einmal verkrafte ich das nicht, einen geliebten Menschen ständig in der Klinik zu besuchen.« *Oder auf andere Art zu verlieren*, denke ich.

Sam hüllt sich in Schweigen. Ich lausche seinem Herzschlag, der kraftvoll und lebensfroh gegen seine Brust pocht. Gedankenversunken wandern seine Finger meinen Oberarm rauf und runter. Schließlich atmet er tief durch.

»Ich verspreche dir, die Finger von dem Zeug zu lassen, wenn es das ist, was du willst.« Ich nicke dankbar und spüre, wie sich der Knoten in meinem Bauch mit einem Schlag löst. »Aber ich habe auch eine Bedingung.«

Überrascht setze ich mich auf. Sam nimmt meine Hand und haucht winzige Küsse darauf, kaum spürbar, als würde ein Windhauch darüber streifen.

»Ich.« Kuss. »Wünsche.« Kuss. »Mir.« Kuss. Er hebt den Blick und schaut mir direkt in die Augen. »Ich wünsche mir, dass du endlich das Leben genießt.«

»Ich bemühe mich ja. Aber ich kann nicht von einem Tag auf den anderen den Schalter umlegen und mein altes Leben leben. Die Sache mit Paul hat mich verändert.«

»Ich weiß. Aber ich möchte nicht, dass du mit angezogener Handbremse durchs Leben läufst und zuschaust, während andere Spaß haben. Irgendwann wirst du es sonst bereuen, deine Träume und Wünsche nicht realisiert zu haben. Lebe, Allie. Nicht mehr und nicht weniger verlange ich als Gegenleistung dafür, dass ich clean bleibe.«

»Okay, dann lass uns Pläne machen«, schlage ich vor, da ich annehme, er erwartet irgendeinen Beweis von mir, dass ich nicht nur in den Tag hineinschliddere.

»Pläne. Ich hab ewig keine Pläne mehr gemacht. Nicht privat. Alles drehte sich immer nur um die Musik«, gibt Sam zu und scheint ehrlich begeistert zu sein.

»Na dann, fangen wir doch gleich mit deinem Geburtstag nächste Woche an. Was hast du vor? Ich könnte den Tag freinehmen, und wir machen was Schönes zusammen?«

Die Erinnerungen an den traumhaften Tag am Meer hallen noch immer in mir nach.

Sam presst die Lippen zusammen und zieht entschuldigend die Augenbrauen hoch, als erwarte er gleich ein Donnerwetter.

»Sorry, ich fliege am Montag nach London und bin dann die

ganze Woche am Arbeiten. Mittwoch wird *Gravity* released, und wir sind den ganzen Tag bei BBC Radio One und spielen in der Live Lounge Cover-Songs, geben Interviews …« Sams Umarmung wird fester, als hätte er Angst, mich loszulassen. Zeitgleich deuten seine Lippen ein niedliches Grinsen an. »Aber komm doch mit.«

»Ich krieg nicht so lange Urlaub. Und außerdem … eine Woche London kann ich mir unmöglich leisten.« Ich bin traurig, dass ich Sam nichts zurückgeben kann. Gerade der erste gemeinsame Geburtstag nach so langer Zeit wäre etwas Besonderes gewesen.

»Dann fliegst du am Dienstagabend nach der Arbeit nach London und am Mittwochabend wieder zurück, wenn du nicht länger freimachen kannst. Du könntest mit ins Studio kommen und danach gehen wir essen oder in die Stadt, oder wir seilen uns ins Hotel ab. Bitte, sag Ja«.« Sam scheint Gefallen an der Idee zu finden, und mein Herz hüpft, als ich erkenne, wie wichtig es auch Sam ist, seinen Geburtstag mit mir zu verbringen.

»Das ist doch verrückt, für einen Tag nach London zu fliegen.«

»Leben, Allie! Manchmal muss man auch spontan sein und verrückte Dinge tun.«

Mein Lächeln wird breiter und breiter, und schließlich nicke ich. »Ja. Ja. Ja! Ich werde kommen. Zufrieden?«

Sams Augen leuchten, und er strahlt übers ganze Gesicht: »Sehr.«

Und das Glück, das ich in ihm sehe, füllt auch mich aus und lässt in diesem Augenblick keinen Platz für die Ängste, die ich verspüre, wenn ich an die Zukunft denke. Leben im Hier und Jetzt. Mit Sam an meiner Seite könnte mir das tatsächlich gelingen.

Kapitel 24

SAM

Geburtstage bedeuten mir nichts. Dachte ich zumindest, bis sich die Nervosität durch meine Magenwände gefressen hat. Vielleicht liegt es auch nur daran, dass ich Allie gleich wiedersehen werde. Seit sie an meiner Seite ist, fühlt sich alles anders an. Selbst die Tage hier in London konnte ich vor lauter Sehnsucht nicht so richtig genießen. Dabei liebe ich diese Stadt. Ich hätte es nie für möglich gehalten, dass eine Frau mein Leben komplett auf den Kopf stellt.

»Wo kommt sie an?«, will Konrad wissen, als wir mit dem Taxi auf das Flughafengelände abbiegen.

»Terminal fünf«, brumme ich. Mir passt es nicht, dass ich im Taxi warten soll, weil Konrad keine Massenhysterie am Flughafen Heathrow riskieren möchte.

»Verdammt. Allie wird es hassen, dass du sie abholst.«

»Na danke, so Scheiße bin ich jetzt auch wieder nicht.«

»Du weißt, wie ich das meine.«

»Sorry, geht halt nicht anders. Das hätte sie sich eben vorher überlegen müssen. Schätze, sie wusste, auf wen sie sich einlässt.« Konrad zuckt mit den Schultern.

Ich seufze genervt und verkneife mir eine bissige Antwort.

»Bitte, Sam! Ich bin echt müde, und Brian würde mir ohnehin den Kopf abreißen, wenn er wüsste, dass ich dich mitgenommen habe.«

Ich überlege. Ich kann Konrad verstehen. Einen Tag, bevor ich meine Solo-Karriere starte, sollte ich kein weiteres Risiko eingehen. Aber gerade ist es, als würde ich in einem Käfig sitzen und zuschauen, wie das Leben an mir vorbeirauscht.

»Bring sie mir einfach, ja?«, knurre ich und ignoriere die Tatsache, dass ich ihn gerade wieder wie früher anherrsche. Allie fehlt mir so sehr, und dass ich mich nicht frei bewegen kann, nicht einfach zu ihr gehen und sie in die Arme schließen kann, passt mir nicht. »Sorry, ich wollte nicht …«

»Schon gut.« Konrad klopft mir auf die Schulter und schnallt sich ab, als das Taxi zum Stehen kommt. »Warten Sie bitte hier«, sagt er zum Fahrer und knallt im nächsten Moment die Tür zu.

Ich atme tief ein und schließe die Augen. Mit Daumen und Zeigefinger drücke ich auf die Nasenwurzel und versuche, mich zu entspannen. Die letzten beiden Tage sind verdammt anstrengend gewesen. Ein Termin nach dem anderen, Interviews, letzte Proben für morgen. Pausen, um aufzutanken, hat es kaum gegeben, obwohl Brian immer wieder versucht hat, mir Freiräume zu verschaffen. Ich sollte es gewohnt sein, immer zu lächeln und locker zu bleiben. Zu *Session One*-Zeiten machte mir der Trubel jedenfalls nichts aus. Jetzt, einen Tag bevor ich wieder zurück ins Lampenlicht trete, pocht die Unsicherheit jedoch hinter meinen Schläfen. Ist es richtig, mich erneut diesem Druck auszusetzen? Wäre es nicht sinnvoller gewesen, endlich ein normales Leben zu leben?

Immer wieder huschten heute meine Gedanken zu den kleinen Helferlein, die mich damals durch solche Tage gebracht haben. Entspannen, cool sein. Einfach diesen Druck ausblenden – wie einfach wäre es, mir etwas einzuwerfen und der Realität zu entfliehen. Aber da ist Allie. Und das Versprechen, das ich ihr gegeben habe. Ich will es unbedingt schaffen. Will ihr beweisen, dass ich diesen Mist nicht nötig habe. Denn ich schaffe es auch ohne Drogen. Für Allie. Für mich.

Der Fahrer dreht das Radio an und summt leise mit. Ich öffne die Augen und sehe, wie er mich im Rückspiegel verstohlen mustert. Schnell schaue ich weg, weiß auch so, dass er mich erkannt hat.

Ich zucke zusammen, als die Tür aufgerissen wird.

»Der Flieger hat Verspätung«, gibt Konrad Auskunft. »Du fährst zurück ins Hotel, und ich warte hier auf Alice.«

»Spinnst du? Ich kann doch nicht …«

Konrad schüttelt den Kopf und sieht ziemlich müde aus.

»Fängst du schon wieder an? Hast du auch nur annähernd eine Ahnung, was Brian mit mir macht, wenn rauskommt, dass du die halbe Nacht hier rumgehangen hast und deshalb nicht fit bist? Bitte. Fahr ins Hotel und ruh dich aus.«

»Okay«, gebe ich wehmütig nach. Es zerreißt mir das Herz, dass ich Allie nicht selbst in Empfang nehmen kann. Aber Konrad hat recht: Es reicht für heute. Für Konrad. Und auch für mich. »Pass gut auf sie auf.«

Er nickt und schlägt die Tür energisch zu. Dem Fahrer gebe ich die Adresse unseres Hotels. Die Schönheit der Stadt rauscht an mir vorbei, aber ich bin zu müde, um sie heute aufzunehmen. Mann, ich hatte mich so darauf gefreut, Allie vom Flughafen abzuholen, sie endlich wieder in meine Arme zu schließen und zu küssen. Nun ohne sie ins Hotel zu fahren, fühlt sich mies an.

Im Hotelzimmer angekommen streife ich mir die Schuhe von den Füßen und werfe mich aufs Bett. Der Fernseher schrillt in meinen Ohren, und ich zappe ungeduldig durch das Nachtprogramm, doch nichts kann meine Aufmerksamkeit fesseln.

Resigniert schalte ich den Fernseher aus und lasse die Ruhe in mich strömen, die augenblicklich im Zimmer hängt. Einatmen. Ausatmen. Mein Blick schnellt zu meiner Armbanduhr. Es ist schon spät, und wenn Allie nicht bald auftaucht, wird mein Geburtstag ohne sie anbrechen. Kein Drama. Aber ich habe mir das Ganze doch anders vorgestellt.

Mit einem Stöhnen hieve ich mich vom Bett hoch und trete auf die monströs große Dachterrasse. Ich habe noch nie verstanden, warum Hotelsuiten im obersten Stockwerk liegen. Aber in diesem hat es durchaus seine Vorzüge. Unter mir breitet sich der Großstadtdschungel Londons aus. Lichter blitzen und blinken, die Kulisse ist malerisch, und so ziehe ich mir einen Stuhl ans Glasgeländer und setze mich. Wie es für Oktober auf der Insel nicht anders zu erwarten ist, sind die Temperaturen schon ziemlich kühl, verstärkt wird das noch mal durch die Höhe.

Ich lasse meinen Blick über die Skyline schweifen. Hier zu sitzen und London unter mir zu betrachten – ich fühle mich wie ein Tier im Käfig. Ich sehe die Welt da draußen, kann beobachten, wie die Stadt vor Leben pulsiert. Aber ich kann daran nicht teilhaben, nicht mitmischen, nicht dabei sein. Denn ich bin keiner von ihnen.

Der Wind mischt sich mit dem Straßenlärm. Autos hupen. Das Pochen nehme ich nur gedämpft wahr und ich brauche einen Moment, um zu realisieren, dass es vom Innern des Zimmers kommt. Sofort springe ich auf und renne zur Tür. Meine Vorfreude kann ich kaum zügeln und sie wird nur überlagert durch die Sehnsucht, die lichterloh in meiner Brust brennt. Ich bin intensive Gefühle gewohnt, doch seit Allie wieder Teil meines Lebens geworden ist, erleide ich fast täglich ein Schleudertrauma.

Ich nehme mir nicht die Zeit, Allie eine Begrüßungsfloskel zuzuwerfen, als ich die Tür aufreiße, sondern ziehe sie energisch in meine Arme und küsse sie. Ihre Lippen fühlen sich kühl an, und doch prickelt und kribbelt alles in mir. Wie sehr ich diese Frau vermisst habe.

»Das nenne ich mal eine Begrüßung«, raunt Allie heiser, als ich mich kurz von ihr löse und sie ins Hotelzimmer ziehe.

»Danke, Konrad«, rufe ich, bevor die Tür ins Schloss fällt und meine Lippen wieder auf Allies liegen. Diesmal lasse ich mir mehr Zeit, sauge ihre sanften Berührungen mit allen Sinnen auf. Sie riecht so gut. Und ihre Haut fühlt sich unter meinen Fingern samtig weich und einladend an.

»Ich hab dich auch vermisst!«, sagt sie mit einem verschmitzten Lächeln auf den Lippen, das ich ihr zu gerne wegküssen würde. »Wie geht es dir?«

»Frag nicht«, brumme ich und stehle ihr den nächsten Kuss.

Verstohlen schaut sie auf die Uhr. »Du hast gleich Geburtstag.« Ungeduldig zerrt sie am Reißverschluss eines kleinen Trolleys. Wie ist der denn hier reingekommen?

»Ist doch egal.« Ich starte den nächsten Versuch, sie zu küssen, und lege meine Arme um sie. Meine Lippen vergrabe ich in ihre Halsbeuge und hauche unzählige Küsse darauf. Alles ist unwichtig. Das Einzige, was zählt, ist, dass Allie endlich wieder bei mir ist.

»Nichts da.« Sie schüttelt mich ab und zieht einen Karton aus ihrem Koffer. Ungeduldig hebt sie den Deckel, und ein kleiner Kuchen kommt zum Vorschein.

»Du hast gebacken?« Mit Allies Zuckerangst muss sie das ganz schön Überwindung gekostet haben.

»Ich hoffe, er schmeckt. Schnell, die Kerze. Hast du Feuer?«

Auf der Suche nach Streichhölzern eile ich zum Schreibtisch und werde fündig. Triumphierend halte ich ein Briefchen hoch und strecke es ihr entgegen. Bevor sie es sich schnappen kann, ziehe ich es zurück.

»Das kostet.« Ich tippe mir mit dem Finger auf die Lippen und zwinkere ihr zu. Allie verdreht lachend die Augen, haucht mir einen viel zu schnellen Kuss auf die Lippen und schnappt sich in einem unachtsamen Moment die Streichhölzer. Mit einem Ratsch entzündet sie das Feuer und steckt die Kerze an.

»Happy Birthday, Sam!« Ihr Lächeln könnte ganze Stadien erhellen. Wie gebannt starre ich darauf. Dann wandert mein Blick zu dem Kuchen, der Kerze und wieder zurück zu meiner Freundin. Plötzlich habe ich einen dicken Kloß im Hals. Es kommt mir unwirklich vor, dass wir hier zusammen sind. Zusammen!

»Kein Ständchen?«, scherze ich, um mich selbst von diesem seltsamen, diesem überwältigenden Gefühl abzulenken. Allie legt den Kopf schief und betraut mich mit einem amüsierten Blick.

»Glaubst du ernsthaft, ich würde vor dir singen? Vor dir?« Sie lacht und schüttelt den Kopf. »Niemals.«

»Und wenn es das Einzige ist, das ich mir von dir wünsche?«

»Geschenke. Ich habe Geschenke dabei.« Sie wühlt schon in ihrem Koffer und zieht ein kleines, in buntes Papier eingewickeltes Päckchen hervor. »Sieht etwas zerknittert aus. Sorry«, sagt sie mit einem Schulterzucken und streckt es mir entgegen.

»Ich möchte keine Geschenke.« Nicht jetzt. Nicht von ihr. Dass sie hier ist, ist mehr als genug. Mehr, als ich zu wünschen gewagt habe. Und es fühlt sich wirklich groß an.

»Du wirst aber nicht gefragt. Also, mach es auf.«

Sie steuert das riesige Bett an, das mit unzähligen Dekokissen übersät ist, und macht es sich gemütlich. Ich laufe zu ihr und setze mich neben sie. Meine Hand wandert zu ihrem Gesicht. Gedankenversunken streiche ich eine Strähne hinter ihr Ohr, damit ich ihre Augen besser sehen kann. Die bernsteinfarbenen Augen, an denen ich mich nicht sattsehen kann.

Allie überreicht mir das Geschenk und verfolgt jede meiner Bewegungen.

In aller Seelenruhe wickle ich das Papier ab und halte ein Ding hoch, das wie ein grau-schwarzes Wollknäuel aussieht. Fragend ziehe ich die Augenbrauen nach oben und suche Rat bei Allie.

Sie nimmt es mir ab und entwirrt die Fäden.

»Selina hat das heute Morgen gemacht, als sie gehört hat, dass ich am Abend zu meinem Freund nach London fliege. Ich konnte sie gerade noch überzeugen, die schwarze Wolle zu nehmen und die pinke für ihre Freundinnen aufzusparen. Gib mir mal deine Hand.«

»Selina?«, frage ich und starre ungläubig auf das Ding.

»Eines meiner Kinder in der Kita. Sie ist vier und will mal Ballerina werden. Oder Astronautin.« Allie lacht und sieht dabei entzückt aus. Keine Frage, sie liebt Kinder aus ganzem Herzen.

»Wow, sag ihr danke. Das ist …« Ich räuspere mich. »Keine Ahnung, was ich sagen soll. Es ist echt süß.«

Als ich meinen Arm ausstrecke, bindet Allie das Etwas um mein Handgelenk. Die Berührung ihrer Finger brennt auf meiner Haut, und ich kann es kaum erwarten, dieses Gefühl auf meinem gesamten Körper zu spüren.

»Et voilà«, präsentiert Allie das Freundschaftsbändchen, das sich nicht einmal schlecht neben den dunklen Tattoos auf meinem Unterarm macht. »Steht dir.«

Ich nicke und lächle Allie an. Niedlich, dass ihr Kindergartenkind etwas für mich gebastelt hat. Warum nur hat Allie sich dazu entschlossen, selbst keine Kinder zu haben? Sie wäre eine wundervolle Mutter. *Und ich ein ziemlich cooler Vater.* Eilig schiebe ich den Gedanken beiseite und widme mich dem nächsten Geschenk, das mir Allie mit einem ernsten Gesicht entgegenstreckt.

Es muss etwas von Bedeutung sein, sonst würde sie weiter herumalbern. Also gebe ich mir Mühe, das Geschenk in angemessener Geschwindigkeit auszupacken.

»Ein Kompass?«, frage ich irritiert und drehe und wende das kleine Metallgehäuse, das an einer grobgliedrigen Kette hängt. Es sieht alt und wertvoll aus, und auf der Rückseite zeichnen sich einige

Buchstaben ab. Eine Inschrift? Ich knipse das Nachttischlicht an, um besser sehen zu können.

»Faith, love and hope will show you the right way«, lese ich nachdenklich und versuche, den Sinn zu erfassen, die Worte zu verinnerlichen. Allie räuspert sich und fährt zärtlich über meine Finger, die auf dem Kompass liegen.

»Glaube, Liebe und Hoffnung werden dir den Weg weisen. Ich dachte, damit du immer wieder zurück zu mir findest.«

Ich schaue auf das Schmuckstück, fahre andächtig mit dem Daumen über das Glas und lächle.

»Wow, das ist wunderschön! Aber weißt du was? Ich will gar nicht weg von dir.« Bevor sie reagieren kann, beuge ich mich über sie und küsse sie. »Danke, Allie. Das bedeutet mir viel.«

»Ich habe noch ein Geschenk.« Mit einem abwartenden Ausdruck im Gesicht streckt sie mir ein Foto entgegen.

»Ich habe das neulich beim Aufräumen von Pauls Sachen gefunden und dachte … na ja, vielleicht willst du es haben.«

Es ist etwas vergilbt und auch leicht verknittert. Doch das ist egal, denn das, was darauf zu sehen ist, katapultiert mich um Jahre zurück. Plötzlich bin ich wieder fünfzehn, stehe mit Paul in seinem Zimmer und schreibe miese Songs. Von dem Bild strahlen mir eine frühere Ausgabe meiner selbst und Paul entgegen. Er mit seinem Bass und ich mit einer festen Zahnspange, die im Blitzlicht blinkt. Das Bild ist grauenvoll, aber die längst in Vergessenheit geratene Erinnerung, die es hervorruft, ist so wertvoll, dass ich den Blick nicht davon losreißen kann.

»Ich habe noch mehr alte Bilder gefunden«, sagt Allie leise und setzt sich neben mich auf das Bett. Mit hochgezogenen Augen und einem Lächeln, das niedlicher nicht sein könnte, reicht sie mir das nächste Bild.

Es zeigt Allie und mich. Ich schaue zu Allie.

»Das war damals … im Landschulheim?« Das Foto muss kurz vor unserem ersten Kuss entstanden sein.

Allie nickt. »Damals war die Welt noch in Ordnung. Ich erinnere mich genau, wie glücklich ich war.«

»Das war ich auch«, flüstere ich und hauche ihr einen Kuss auf die Haare. »Und das bin ich heute.«

Allie seufzt und lächelt.

»Die anderen können wir später anschauen. Aber jetzt: Erzähl, wie fühlst du dich? Bist du aufgeregt?«

Das Stöhnen, das mir über die Lippen kommt, ist gequält.

»Lass uns … Ich muss hier raus, lass uns spazieren gehen«, sage ich entschlossen, springe auf und ziehe sie hoch. »Es ist, als ob mich jemand eingesperrt hätte.«

Allie bleibt wie angewurzelt stehen und schaut mich mit schief gelegtem Kopf an.

»Hältst du das für eine gute Idee? Konrad hat mir erzählt, dass sie die Sicherheitsmaßnahmen vor dem Release hochgeschraubt haben.«

Ich verdrehe die Augen. »Bitte, Alice. Das wäre ein wunderbares Geburtstagsgeschenk.« Mein Wunsch, endlich aus diesem Gefängnis auszubrechen, ist größer als die Angst. Was soll schon passieren? Jetzt, wo Allie an meiner Seite ist, fühle ich mich wieder stark. Unverletzlich. Und kraftvoll.

»Okay, Mister Superstar. Wenn du es dir so sehr wünschst.« Sie lächelt.

Ich ziehe mir meine Jacke über und krame in meinem Koffer nach einer Mütze und einem Schal.

Allie zieht mir die Beanie tief ins Gesicht, lächelt und öffnet einladend die Tür. Eine Tür, die heute Nacht Freiheit bedeutet. Die mich morgen aber schon wieder in eine Welt entlässt, in der ich ein Gefangener von Sam Amber bin.

Wir sind schon eine ganze Weile unterwegs, schlendern durch die Straßen und Gassen dieser Metropole, ohne, dass uns irgendjemand begegnet. Es fällt dieser typische feine Nieselregen, der durch die Kleidung kriecht. Ich bin froh um die Mütze und den dicken Schal.

Ich genieße die Nähe, die Allie mir schenkt, die Ruhe, die ich nur in ihrer Gegenwart intensiv wahrnehme. Diese Normalität, die so fern von meinem Alltag ist, macht mich süchtig. Und ich trauere schon jetzt der Zeit in unserer kleinen Wohnung hinterher, denn mir ist schmerzlich bewusst, dass ich in Kürze zurück in mein Tour-leben muss. Die Tage in London sind nur ein Vorgeschmack. Die Generalprobe für das, was vor mir liegt. Mir ist klar, dass Brian das als Test angesetzt hat, schließlich weiß er noch nicht, ob und wie ich funktioniere.

Der Gedanke daran, bald drei Monate auf Tour und somit ohne Allie zu sein, schnürt mir die Luft ab. Irre, wenn man bedenkt, dass ich die vergangenen Jahre fast durchgängig unterwegs gewesen bin und auf die Frage, wo mein Zuhause ist, keine Antwort gefunden habe. Hat sich all das in diesen wenigen Wochen geändert?

»Was ist los, Sam? Du wirkst müde«, bricht Allie irgendwann das Schweigen und schmiegt sich eng in meine Arme. Ihre Hand liegt locker in der Gesäßtasche meiner Hose. Ich mag diese vertraute Geste, die zeigt, dass wir zusammengehören.

»Ich weiß nicht«, erwidere ich wahrheitsgemäß und räuspere mich, um den Kloß in meinem Hals loszuwerden, der sich gerade gebildet hat. »Die letzten Tage waren anstrengend. Es ist seltsam, so ganz alleine im Fokus zu stehen. Jedes Interview, jede Probe, jedes Meet & Greet … es geht immer nur um mich, verstehst du? Ich muss immer präsent sein, zu hundert Prozent! Kann mich nicht hinter Ben verstecken und zwischendurch einmal durchatmen.« Es fällt mir schwer, mir selbst einzugestehen, dass ich jetzt so kurz vor dem Ziel doch Schiss bekomme.

»Du wirst das alles prima meistern. Ich glaube an dich.« Ich weiß, dass sie recht hat. Bisher habe ich alles geschafft, was ich mir vorgenommen habe. Und das wird auch diesmal der Fall sein. »Vermisst du die anderen? Ich meine Ben, Adam, Kay und Alec?«

»Ja.« Ich atme tief ein und nicke, als mir klar wird, dass genau das der Fall ist. »Ja, ich denke, schon. Wir haben bisher alles gemeinsam durchgestanden. Jeden Auftritt, jedes Interview, jede Tour. All die guten, aber auch die schlechten Sachen. Verrückt. Brian hat mir genau das vorhergesagt. Er meinte, dass mich die Zeit bei *Session One* einholen wird. Ich habe ihm nicht geglaubt.« Offensichtlich kennt mich mein Manager besser als ich mich selbst.

»Es ist doch normal, dass sie dir fehlen. Du hast sieben Jahre lang alles mit ihnen geteilt. Alles hast du mit ihnen gemeinsam erlebt. Vielleicht solltest du die anderen anrufen. Du könntest sie zum Releasekonzert einladen?«

»Nein.« Die Jungs warten doch nur darauf, dass ich scheitere. Zumindest Adam und Kay sind immer noch sauer, dass ich damals einen Schlussstrich gezogen habe. Mit Ben habe ich alles geklärt. Ich weiß, er ist stolz auf mich. Dennoch … »Ich bin gerade nur sentimental. Ich schaff das schon.«

Allie bleibt stehen und schaut mich nachdenklich an.

»Daran zweifelt niemand, Sam! Aber du schließt Menschen, die dir einmal viel bedeutet haben aus deinem Leben aus. Sie sind ein Teil von dir. Mach nicht denselben Fehler wie bei Paul. Ruf sie an, bevor es zu spät ist. Schließ Frieden mit ihnen. Sie werden sich für dich freuen. Und dann kannst du auch nach vorne schauen und dich voll und ganz auf deine Zukunft konzentrieren.« Ihr Lächeln schenkt mir so viel Wärme und Zuversicht, dass ich mich in dem Moment ernsthaft frage, wie ich es all die Jahre ohne sie ausgehalten habe.

Niemand kennt mich besser als diese Frau. Niemand weiß besser, was für mich wichtig ist.

Kapitel 25

Sams leises Atmen erfüllt das Hotelzimmer. Oder sollte ich besser Suite sagen? Palast? Ob ich überhaupt jeden Winkel davon gesehen habe? Jedenfalls ist es riesig, und nach unserem nächtlichen Spaziergang hatte ich keine Gelegenheit mehr, mich umzuschauen – uns hat es direkt ins Bett gezogen. Die Nacht war kurz, ich konnte kaum zur Ruhe kommen, so nervös bin ich. Keine Ahnung, wie es Sam geschafft hat, einzuschlafen. Er war schätzungsweise komplett erledigt. Oder hat es einfach drauf, sich auf Knopfdruck zu entspannen.

Was mich heute wohl erwarten wird? Sam hat angedeutet, dass sein Terminplan ziemlich eng getaktet ist und wir die meiste Zeit bei BBC verbringen werden. Ich hoffe aber, dass wir dennoch etwas Zeit füreinander finden, schließlich ist es Sams Geburtstag.

Mit einem Blick versichere ich mich, dass Sam noch tief schläft, und stehle mich aus dem Bett. Die Dusche besticht mit allem Luxus, den man sich wünschen kann, und nachdem ich alle Modi ausprobiert habe, stehe ich noch eine kleine Ewigkeit unter der Regenbrause und lasse meinen Körper mit warmem Wasser berieseln. Warmer Nebel hängt im Badezimmer, und ich muss lächeln, als ich aus der Glaskabine steige und mich mit dem flauschigen Badetuch abrubbele. Das alles ist so unwirklich. Kurz bin ich versucht, mich in den flauschigen Bademantel zu hüllen und Sam zu überraschen, aber ich will ihn nicht wecken – er hat einen anstrengenden Tag vor sich. Also vertreibe ich mir die Zeit damit, mich ausgiebig mit der bereitliegenden Bodylotion einzucremen, und gebe mir besonders große Mühe mit dem Make-up. Alleine der Gedanke daran, den ganzen Tag an der Seite von Sam Amber zu verbringen, macht es mir unmöglich, auf Natürlichkeit zu setzen.

»Hey«, hauche ich schließlich, als ich sanft über Sams Wange streiche und ihn beim Aufwachen beobachte. »Guten Morgen, Geburtstagskind. Zeit fürs Frühstück.«

Sam öffnet mit Mühe seine wunderschönen grünen Augen. Noch sehen sie müde und verschlafen aus. Mein Blick huscht zu dem kleinen Kompass, den er selbst im Schlaf um den Hals getragen hat und der jetzt auf seiner nackten Brust liegt. Zärtlich streife ich darüber und lächle Sam an.

»Dein großer Tag bricht an. Du solltest aufstehen.«

»Nein, das hat Zeit. Komm zu mir. Nur kurz.«

Ich schmiege mich an ihn, genieße die Vertrautheit und wünsche mir, dass wir einfach liegen bleiben können. Dass Sam noch ewig über meine Arme streicht. Rhythmisch, gedankenverloren und ganz und gar unschuldig. Aber da sind die Interviews, die Studioaufnahmen, der Single-Release … Meine Gedanken werden durch das laute Knurren meines Magens unterbrochen.

»Huch!« Ich lache und lege meine flache Hand auf den Bauch, in der Hoffnung, dass er Ruhe gibt.

»Das ist wohl mein Stichwort«, sagt Sam seufzend und hüpft schon aus dem Bett. Wehmütig schaue ich ihm hinterher. Immerhin entschädigt der Anblick von Sams nacktem Hintern für die plötzlich fehlende Nähe.

Er schlüpft in seine Shorts und ein T-Shirt. »Gefällt dir, was du siehst?«, fragt Sam und schaut belustigt zu mir.

»Mhm, ich überlege gerade … das T-Shirt stört etwas.«

Ein amüsierter Blick streift mich, und ich spüre, wie mir die Hitze in die Wangen schießt. Aber Sams definierte Muskeln, die sich unter seinen Tattoos abzeichnen, in Aktion zu sehen, hätte wirklich was.

Sam steht auf und kommt auf mich zu. Ein schneller Kuss landet auf meinen Lippen, und augenblicklich beschleunigt sich mein Puls. Meine Mitte kribbelt, und ich schlinge meine Arme fest um seinen Nacken, aber Sam ist stärker. Er löst sich mit einem neckischen Lächeln auf den Lippen und läuft zum Badezimmer.

»Ich gehe duschen.«

Na toll, danke für das Kopfkino, dass er mir mit diesen drei Worten beschert. Ob ich ihm wohl einfach unter die Dusche folgen sollte? Doch schon höre ich das Wasser rauschen, und ich denke an mein mühsam aufgetragenes Make-up. Seufzend suche ich die Sachen zusammen, die ich den Tag über brauchen könnte. Eine Strickjacke, Handy, Powerbank.

»Hey«, meldet sich Sam zurück und haucht mir einen Kuss auf den Nacken. Der verführerische Duft seines Duschgels und Aftershaves kitzelt in meiner Nase. Ich drehe mich zu ihm. Um seine Mitte hat er ein Badetuch geschlungen, und er sucht gerade aus seinem Koffer seine Klamotten raus. »Wir müssen noch etwas besprechen.«

»Schieß los.« Ich setze mich aufs Bett und verknote meine Beine im Schneidersitz.

Sam hält inne und sieht mich an. Sein Blick ist wach, seine Lippen tragen dieses Lächeln, von dem ich nicht genug bekommen kann.

Er setzt sich zu mir, nimmt meine Hände in seine und atmet tief ein.

»Was ist?«

»Na ja, du weißt, wie sehr ich dich mag, oder?«

»Vielleicht«, sage ich vage. »Aber das wolltest du mit mir wohl gerade nicht bereden. Rück schon raus, Sam.«

Er seufzt. »Na ja, es ist so …«

»Sam! Klartext bitte.«

»Okay. Ich möchte dich um einen Gefallen bitten.« Er lächelt. Und schweigt.

»Und um welchen?«

»Na ja. Heute ist ein verdammt wichtiger Tag für mich. Und ich bin unglaublich dankbar und froh, dass du ihn mit mir verbringst. Aber …« Sam schaut mich hilflos an.

»Ja?« Ich habe keine Ahnung, worauf Sam hinauswill, aber irgendwie fühlt sich das alles hier seltsam an.

»Okay.« Sam atmet tief aus. »Mir ist es zu früh, um dich der Öffentlichkeit als meine Freundin zu präsentieren. Heute …« Sam senkt seinen Blick, schaut auf meine Finger, die er zwischen seinen hält und unentwegt streichelt, als hätte er Angst, ich könnte sie ihm entziehen. »Ich habe hart dafür gearbeitet, als Künstler ernstgenommen zu werden. Heute sollte es einzig und alleine um den Song gehen. Um *Gravity*. So war die ganze Zeit der Plan. Ich brauche keine Klatschreporter, die eine Story wittern, verstehst du?« Sein Gesichtsausdruck ist flehend.

»Klar. Was ... wie? Ich meine, wenn du mir sagst, wann wir uns wieder treffen, kann ich den Tag auch alleine in London rumkriegen. Mir fällt schon etwas ein.« Ich lächle ihn an. Keine Ahnung, was ich sonst tun soll. Ich hatte mich darauf gefreut, Sams Geburtstag an seiner Seite zu verbringen. Aber um ehrlich zu sein, war ich zu sehr in meiner rosaroten Blubberblase gefangen, um mir über die Konsequenzen klarzuwerden. Doch Sam hat recht: Sobald die Presse Wind davon bekäme, dass er eine Freundin hat, wäre seine Musik nebensächlich. Etwas, das ich unter keinen Umständen zulassen möchte.

»Eigentlich dachte ich ja, du kommst einfach mit zur BBC. Brian hat dich als seine Nichte auf die Gästeliste gesetzt. Niemand wird Verdacht schöpfen. Mir würde es viel bedeuten, das alles mit dir teilen zu können.«

»Ach, Sam, natürlich komme ich mit, wenn du dir das wünschst. Und ich halte mich auch von dir fern. Es ist dein Tag, also genieße –« Weiter komme ich nicht, denn Sam schneidet mir das Wort mit einem Kuss ab, der leidenschaftlicher nicht sein könnte.

»Glaub mir, Allie! Ich kann es kaum erwarten, der ganzen Welt zu zeigen, wie sehr ich dich liebe. Aber jetzt ist gerade nicht der richtige Moment!«

Mein Herz rast, mein Kopf schwirrt. Ich habe keine Ahnung, was heute auf mich zukommen wird. Aber mit der Gewissheit, dass mich Sam liebt, nehme ich alles in Kauf. Auch wenn ich dennoch einen leisen, kaum wahrnehmbaren Stich in meiner Brust vernehme.

»Lass uns zum Frühstück gehen. Wenn ich nicht bald etwas zu essen kriege, sterbe ich«, warne ich Sam. Das ist nur ein Teil der Wahrheit. Die Gedanken, die Sams Worte in meinem Kopf zum Wirbeln gebracht haben, machen mich ganz schwindlig. Und bevor ich das Ausmaß tatsächlich erfasse, bevor mich die Angst im Genick packt und ich den ganzen Tag mit diesem erdrückenden Gefühl herumrenne, wird es Zeit, mich abzulenken.

Es fühlt sich seltsam an, Abstand zu Sam zu halten und zum Aufzug zu laufen, als seien wir Fremde. Sam sieht in seinen schwarzen Designerklamotten und der absichtlich verwuschelten Frisur zum Anbeißen aus. Seine Tattoos schauen nur wenig unter den langen Ärmeln seines Hemdes hervor, aber seine dicken silbernen Ringe an den Fingern unterstreichen sein Rockstar-Image zur Genüge. Hatte er gestern fahrig und unruhig gewirkt, strahlt er heute solch eine anziehende Stärke aus, dass ich kaum meine Augen von ihm wenden kann. Es scheint, als hätte Sam über Nacht alles an Kraft getankt, die er für den heutigen Tag benötigt.

»Geht es dir gut?«

Sam brummt zustimmend und wirkt, als wäre er in einer anderen Sphäre gefangen. Vielleicht konzentriert er sich bereits auf die bevorstehenden Aufgaben. Oder ihm geht gerade alles Mögliche im Kopf herum, schließlich ist heute ein großer Tag für ihn.

Die Anzeige springt auf unser Stockwerk, und die Aufzugtüren gleiten sanft zur Seite.

Das Innere ist vollverspiegelt, und mich überwältigt der Anblick unzähliger Exemplare von uns. Unwillkürlich halte ich den Atem an und kann meinen Blick von den vielen Sams nicht reißen.

Sam atmet tief ein, und als sich die Türen schließen und sich der Aufzug in Gang setzt, zieht er mich eng an sich und küsst mich leidenschaftlich. Ich kralle mich an ihn, spüre seine Lippen, seine Zunge. Seine Hände wandern unter mein eng anliegendes Shirt und schieben es einige Zentimeter nach oben. Seufzend fordere ich mehr. Aber da öffnen sich die Fahrstuhltüren bereits mit einem leisen Pling.

Sams Blick ist glühend, meine Lippen brennen. Ich kann mir ein breites Grinsen nicht verkneifen und versuche vergeblich, meine Gesichtszüge in den Griff zu bekommen. Vielleicht hilft es ja, wenn ich an etwas ganz Furchtbares denke.

»Ich wusste nicht, dass Verstecken so viel Spaß machen kann«, murmelt Sam sichtlich amüsiert und zupft an seinem Hemd.

Ich seufze. Das kann ja heute etwas geben.

Nebeneinander steuern wir auf den Frühstücksraum zu.

»Da vorne sind schon die anderen.« Er deutet auf einen Tisch, an dem der Rest der Band und ein Mann sitzen, der schon etwas gesetzter ist. Das muss Brian sein. Augenblicklich bin ich nervös. Meine Hand schnellt Halt suchend zu Sams und erst in allerletzter Sekunde erinnere ich mich daran, dass ich ihn ja gar nicht berühren darf.

»Hey, Geburtstagskind!« Brian steht auf. »Lass dir gratulieren.« Er schlingt seine Arme um Sam und klopft ihm freundschaftlich auf den Rücken. Die anderen tun es ihm gleich, und es gibt ein großes Hallo. Auch mich begrüßen die Jungs mit den obligatorischen Umarmungen und Küsschen.

»Brian, das ist Alice. Ich hab dir von ihr erzählt«, stellt mich Sam vor, als sich alle wieder beruhigt haben und sich ihrem Frühstück widmen.

»Ah, Alice! Schon viel von dir gehört. Schön, dass du da bist.« Er mustert mich unverhohlen, und als sein Blick von mir zu Sam und wieder zurückwandert, lächelt er wissend.

»Ich gehe uns mal Kaffee organisieren«, sagt Sam gut gelaunt und lässt mich mit seinen Leuten alleine. Etwas nervös mustere ich Brian. Als Sams Manager ist er so etwas wie der Chef des Ganzen und irgendwie weiß ich nicht so recht, wie ich mich ihm gegenüber verhalten soll.

Er beißt gerade in sein Marmeladenbrötchen. »Mhm, diese Zitronenmarmelade solltest du unbedingt probieren.« Entzückt verzieht Brian sein Gesicht. »Warst du schon mal in England?«

Ich schüttle den Kopf und komme mir wie ein kleines Mädchen vor. Schnell räuspere ich mich und straffe die Schultern.

»Mich hat es bisher eher in den Süden gezogen.«

»Verstehe. Sommer, Sonne, Strand und Meer.« Aus Brians Mund klingt das, als würde er mich in diese typische Ibiza-Party-am-Strand-Schublade stecken.

»Berge mag ich auch. Diese Ruhe auf den Gipfeln ist mit nichts zu vergleichen.«

Brian nickt und kaut weiter auf seinem Brötchen herum. Ich blicke mich im Frühstücksraum um. Wo ist Sam? Schließlich erspähe ich ihn am Kaffeeautomaten, wo er mit einer Angestellten spricht. Ihre Wangen glühen, ihre Augen sprühen, und dennoch bemüht sie sich, kein Theater zu machen. Ich kann den Blick nicht von den beiden reißen, und mir wird klar, dass ich Sam zum ersten Mal, seit wir zusammen sind, mit einer anderen Frau sehe.

Es versetzt mir einen Stich, dass er lacht. Dass sich seine Grübchen in die Wangen bohren, die Grübchen, die ich so gerne mit meinen Fingern nachzeichne, wenn wir alleine sind. Offensichtlich unterhalten sich die beiden prächtig. *Sei nicht eifersüchtig*, weise ich mich selbst zurecht und schaue mit klopfendem Herzen wieder zurück zu Brian.

»Einmal Kaffee mit Sojamilch.« Sam stellt eine dampfende Tasse vor mir ab und schenkt mir ein sanftes Lächeln. »Und, Jungs? Seid ihr bereit?«, fragt er in die Runde und setzt sich neben mich. Die drei mampfen und nicken synchron. Es bricht ein freudiges Geplänkel aus, in das sich Sam mühelos einklinkt.

»Ähm, Alice«, wendet sich Brian leise an mich und bedeutet mir etwas näher zu rutschen. »Sam hat dir schon gesagt, dass nichts von euch an die Öffentlichkeit dringen soll?«

Mein Herzschlag beschleunigt sich bei den Worten. Ein bisschen seltsam fühlt sich dieses Versteckspiel ja schon an. Aber ich nicke – Sam hatte mir schließlich seine Gründe genannt, die ich durchaus verstehen kann.

»Offiziell bist du also meine Nichte und willst mal einen Blick in das Show-Business werfen. So hast du überall Zugang, musst aber keine fachlichen Fragen befürchten. Ist das okay für dich?«

»Klar, Sam hat mir schon alles erklärt. Ich halte mich im Hintergrund.«

»Gut.« Er faltet seine Serviette und räuspert sich. »Okay, Jungs. Ihr wisst, was heute ansteht! Dann wollen wir der Welt mal unser Schmuckstück präsentieren. Und heute Abend wird gefeiert! Da der Release mit Sams Geburtstag zusammenfällt, hat sich das Label nicht lumpen lassen und eine Cab im London Eye inklusive Dreigänge-Menü gebucht.« Ein Raunen geht durch die Gruppe. »Alice, du bist selbstverständlich auch eingeladen.«

»Oh, das ist nett, aber mein Flug geht um acht.«

Entschuldigend verziehe ich meinen Mund. Mein Blick huscht zu Sam.

»Und ich bringe Allie natürlich zum Flughafen. Können wir das Essen nicht verschieben?«, fragt Sam.

»Soll ich vielleicht gleich den Release verschieben?«, entgegnet Brian. »Wie stellst du dir das vor, Sam? Zaubern kann ich auch nicht. Aber ich mache euch einen Vorschlag. Alice bleibt einfach noch eine Nacht, und wir buchen den Flug um.«

Ich spüre Sams Hand auf meinem Oberschenkel. Vielleicht will er mich beruhigen, mir zeigen, dass er zu mir steht. Automatisch wandern meine Finger unter den Tisch und verschränken sich mit Sams.

»Allie muss morgen früh arbeiten«, sagt Sam, als könne ich nicht selbst für mich sprechen. Habe ich etwa damit, dass ich unsichtbar werde, auch meine Stimme verloren?

»Okay, dann chartern wir eben eine Maschine. Darauf kommt es jetzt auch nicht mehr an. Gib mir nachher einfach die Daten durch, wann sie in Berlin sein muss, und dann organisieren wir alles.« Brian lächelt ihn triumphierend an.

Entgeistert schaue ich zu Sam, der zuckt jedoch nur mit den Schultern und hebt herausfordernd die Augenbrauen. Ich schätze, die Entscheidung ist gefällt, Widerstand zwecklos.

»Und jetzt, wo das geklärt ist, stürmt mal das Buffet. Sam, dich brauche ich in einer Dreiviertelstunde im Konferenzraum. Telefoninterviews mit ein paar Radiosendern.«

Sam nickt ergeben.

»Was willst du in der Zeit machen? Interviews sind so sterbenslangweilig. Vielleicht mit der Band –«

»Ich werde ein paar Fotos für meinen Instagram-Kanal machen«, unterbreche ich Sam. »Ein paar London-Pics würden sich da gut machen.« Es käme mir seltsam vor, mit den Jungs alleine zu warten, bis mein Freund wieder Zeit für mich hat. Schließlich bin ich kein unselbstständiges kleines Mädchen.

»Hältst du das für eine gute Idee?« Sam betraut mich mit einem seltsamen Blick, und ich begreife nicht, was er meint.

»Ja, London soll toll sein. Wenn ich schon mal hier bin, möchte ich auch was sehen.« Und besser als im Hotel herumzusitzen und zu warten ist es allemal.

Sam scheint zu merken, dass es keinen Sinn hat, mich umstimmen zu wollen.

»Okay, aber nimm Konrad mit.« Als sei das sein letztes Wort, steht er auf, und steuert das Buffet an. Ich sitze einen Moment verdattert da, erhole mich jedoch schnell von dem Schock.

»Ähm, Sam?«, raune ich, als ich zu ihm aufgeschlossen und mir ebenfalls einen Teller geschnappt habe, an dem ich mich festklammere. »Das werde ich nicht tun. In Berlin bin ich doch auch immer alleine unterwegs. Ich brauche keinen Bodyguard, niemand wird mich beachten. Wozu also das Theater?« Ich bemühe mich, leise zu reden, damit niemand mitbekommt, wie ich Sam widerspreche. Ich will ihn nicht bloßstellen. Aber ich will auch nicht bevormundet werden.

Sam hält in seiner Bewegung inne. In einer Hand hat er eine Gabel, auf die er eine Scheibe Käse gespießt hat.

Er schaut mich an und nickt dann kaum merklich.

»Du hast recht, das war Scheiße. Entschuldige. Aber London ist nicht Berlin und ...« Er seufzt. »Ich könnte mich einfach besser auf meinen Job konzentrieren, wenn ich wüsste, dass bei dir alles in Ordnung ist.« Sam lächelt, was seine Grübchen zum Vorschein bringt und offensichtlich zum Ziel hat, dass ich ihm nicht böse sein kann. Es verfehlt seine Wirkung nicht.

»Ach Mensch, ich bin doch selber groß.«

»Groß...artig. Und damit ich das noch eine Ewigkeit genießen kann, möchte ich kein Risiko eingehen. Ernsthaft, Allie, ich würde mich besser fühlen, wenn du Konrad mitnimmst. Und Konrad selbst tut eine Auszeit von dem ganzen Wahnsinn hier auch ganz gut. Ich bin den ganzen Morgen in diesem Konferenzraum gefangen, und er würde sich zu Tode langweilen, wenn er nur blöd rumsitzen müsste. Bitte, Allie.« Mir fallen keine Argumente ein, wie ich gegen dieses Grübchenlächeln ankomme, also gebe ich klein bei.

Ein komisches Gefühl bleibt aber doch. Wird das jetzt immer so sein, dass ich mich nicht mehr frei bewegen kann, wenn ich mit Sam unterwegs bin? Das ist definitiv etwas, an das ich mich nicht gewöhnen möchte.

Der Vormittag mit Konrad ist wider Erwarten ganz angenehm. Offensichtlich genießt er die Tatsache, mal auf keinen Promi aufpassen zu müssen. Uns beiden ist klar, dass es alleine Sams gutem Gefühl geschuldet ist, dass wir uns auf diesen Deal eingelassen haben und nirgends echte Gefahr droht.

Wir schlendern durch die Straßen, und ich nötige Konrad dazu, ein paar Aufnahmen von mir vor den nahegelegenen Sehenswürdigkeiten zu machen. Dabei entpuppt er sich als talentierter Fotograf, und so finden sich nun unzählige Bilder von mir auf der Tower Bridge, vor dem Tower of London und am Ufer der Themse auf meinem Smartphone. Ich freue mich schon darauf, bald etwas davon zu posten, und muss mir nur noch eine passende Story dafür zurechtlegen, damit niemand ahnt, mit wem ich die Tage in London verbracht habe.

Als wir gegen Mittag zurück ins Hotel kommen, sind die Interviews beendet, und die Crew ist abmarschbereit. Nicht einmal eine kurze Stippvisite ins Hotelzimmer kann ich noch unternehmen, um mich frisch zu machen.

Sam ist schweigsam, als wir in den Konferenzsaal eintreten, und haucht mir nur einen schnellen Kuss auf den Mund.

»Alles okay?«, ist das Einzige, das er wissen möchte, und es genügt ihm offensichtlich, dass ich mit einem Lächeln auf den Lippen nicke.

Brian räuspert sich und fordert die Aufmerksamkeit aller Anwesenden ein.

»Ich habe gerade Meldung bekommen, dass vor dem Hotel und besonders vor BBC Ausnahmezustand herrscht.« Er schaut in seine Unterlagen, als würde er die Tagesthemen vorlesen. Von dem Trubel am Hoteleingang konnten Konrad und ich uns bereits ein eigenes Bild machen. Es sind schon zahlreiche Fans auf der Straße, die offensichtlich darauf warten, dass ein Promi das Nobelhotel verlässt.

»Wir haben den Personenschutz verstärkt. Konrad, wir stellen dir Dimitri und Alex an die Seite, ihr weicht Sam nicht von der Seite. Thorsten und Ahmed betreuen den Rest. Der Bus holt uns in zehn Minuten in der Tiefgarage ab und bringt uns direkt zu BBC. Sam, ich hab der Security Bescheid gegeben, dass sie vor dem Eingang absperren. Du kannst dort noch ein paar Autogramme gebe, Selfies machen und hübsch in die Menge grinsen. Weitere Security ist vor Ort.«

»Bringt Allie möglichst schnell in Sicherheit«, murmelt Sam. Seine Augen glühen in Vorfreude. Er ist heiß auf den heutigen Tag, und das ist auch gut so. Ich hoffe so sehr, dass der Release ein voller Erfolg wird. Aber auf einmal ist da auch ein Knoten in meinem Bauch: Obwohl ich Sam absolut und von ganzem Herzen wünsche, dass er solo durchstartet und ganz oben in den Charts landet, habe ich auch Angst davor. Wie wird das unsere Beziehung verändern, wenn der Teil des Superstars plötzlich so viel Raum einnimmt und für den sensiblen Menschen Sam kaum noch Platz bleibt? Wo werde ich dann hingehören? Werde ich überhaupt zu ihm gehören? Oder wird es so sein wie damals? Dass er einfach verschwindet und ich zurückbleibe. Dass mir nichts als seine Musik und die Meldungen in den Medien bleibt. Das würde ich kein weiteres Mal durchstehen. Nicht, nachdem ich gerade erst meinem Bruder Lebewohl sagen musste. Noch mehr Abschiede verkraftet mein Herz nicht.

Ich presse meine Lippen fest aufeinander, entschlossen, heute nicht weiter darüber nachzudenken, wie es zwischen Sam und mir weitergeht. Ich bin hier, um mit Sam zu feiern. Und nicht, um schwarzzumalen.

»Okay, los geht's.« Brian eilt im Stechschritt voraus. Sam folgt ihm, flankiert von seinen drei Bodyguards. Ich gruppiere mich bei der Band ein.

»Willkommen im Wunderland, Alice.« Mika grinst und legt mir einen Arm locker auf meine Schultern. »Na, bist du bereit für das absolut verrückteste, was du jemals erlebt hast?«

Ich verdrehe die Augen. Dieses Alice-im-Wunderland-Ding habe ich zuletzt in der Grundschule gehört.

Offensichtlich erwartet Mika keine Antwort. Er plappert einfach weiter, während wir durch die Flure des Hotels wie ein Pilger-Tross hinter Brian herlaufen und schließlich in der Tiefgarage landen, wo ein dunkler Van mit getönten Scheiben auf uns wartet.

Sam hat mir einen Platz neben sich freigehalten und wartet offensichtlich darauf, dass ich mich zu ihm setze. Hier im geschützten Raum nimmt er auch gleich meine Hand in seine.

»Hast du was dagegen, wenn wir ein bisschen was hören? Ich mach das … na ja, normalerweise tauche ich vor solchen Terminen gerne noch etwas ab, um mich zu entspannen.«

Sam hält mir schon einen seiner Bluetooth-Kopfhörer entgegen.

»Klar, was hörst du?«

Statt einer Antwort legt er einen Zeigefinger auf seinen Mund und bedeutet mir, leise zu sein. Ein verschwörerisches Lächeln huscht über seine Lippen.

Dann lässt er sich tief in den Sitz sinken, klickt auf sein Smartphone und schließt die Augen.

Ich friemle mir ebenfalls den Stecker ins Ohr. Es dauert keine Sekunde, bis ich erkenne, was Sam auf den Ohren hat. Mein Blick schnellt zu ihm, und ich erinnere mich zu gut an all die Stunden, in denen Paul und er die Drei-Fragezeichen-Hörspiele in Dauerschleife gehört haben. Dass ihm das vor seinen Auftritten die nötige Entspannung bringt, überrascht und beglückt mich gleichermaßen.

Ich rutsche ein Stückchen tiefer und kuschle mich an Sam. Momente, in denen ich den Wahnsinn ausblenden kann, der heute noch auf uns wartet.

London rauscht an uns vorüber, doch das ist mir seltsam unwichtig. Ich sitze hier mit Sam, meiner großen Liebe. Seine Single *Gravity* läuft bereits in den ersten Radiosendern, und gleich wird er ein kleines Konzert geben, bei dem ich live dabei sein werde. Alles scheint so unwirklich, und doch ist es wahr.

Nach einer guten halben Stunde Fahrt ändert sich die Stimmung im Van, Aufregung macht sich breit, und ich schaue schnell aus dem Fenster. Der Fahrer drosselt die Geschwindigkeit und kämpft sich im Schritttempo durch eine Menschenmasse. Leute klopfen an den Wagen, hämmern gegen die Scheiben und schreien und kreischen etwas. Sicherheitsleute haben alle Hände voll damit zu tun, die Meute zurückzudrängen und dem Auto die Durchfahrt zu ermöglichen. Schließlich kommen wir in einen Bereich, in dem die Fans hinter Absperrgitter gedrängt stehen. Ins Innere des Wagens dringt ein Höllenlärm und ich schaue Sam panisch an. Er will doch da nicht rausgehen, oder?

»Da könnte die Queen glatt neidisch werden, bei dem Massenauflauf!«, scherzt Mika und klopft Sam anerkennend auf die Schulter. »Sind die irre?«

Sam ist gelassen. Routiniert schnallt er sich ab, steckt sich die InEars in die Hosentasche, als der Wagen zum Stehen kommt, und quetscht sich an mir vorbei. Eilig haucht er mir einen Kuss auf die Lippen.

»Bis gleich.« Er wendet sich an Brian. »Pass auf Allie auf, ja?«

Brian nickt. Dann geht alles ganz schnell. Jemand öffnet die Schiebetür. Konrad und die beiden anderen Leibwächter stürmen aus dem Wagen und flankieren Sam, der unter ohrenbetäubendem Lärm auf seine Fans zutritt. Sams Name wird geschrien, gekreischt, gesungen. Er hallt in unzähligen Variationen in meinem Kopf. Ich erhasche einen Blick darauf, wie an Sams Armen gezogen wird, wie er sich fotografieren lässt und Autogramme gibt. Er strahlt und lacht und ist rundum in seinem Element.

»Kommst du, Alice?«, sagt Brian freundlich und streckt mir eine Hand entgegen. Gefangen von dem Schauspiel, das sich wenige Meter von mir entfernt abspielt, habe ich gar nicht mitbekommen, wie die anderen ausgestiegen sind. Ich reiße mich los, greife nach Brians Hand und lasse mich ins Innere des Gebäudes führen, wo der Rest der Band wartet.

Die Jungs scherzen über das Spektakel, das da draußen vor sich geht, und können es offensichtlich selbst nicht ganz begreifen, dass sie nun Teil des Ganzen sind.

Nach einer gefühlten Ewigkeit bringt die Security Sam zu uns. Seine Wangen glühen und seine Augen schimmern vor Glück.

»Die sind wirklich absolut irre! Einige sind sogar extra aus Deutschland angereist! Und das, obwohl ich noch nicht einmal ein öffentliches Konzert gebe! Verdammt, das hat mir echt gefehlt.«

Er grinst breit. Sein Blick streift mich, und ich fühle mich plötzlich ganz klein. Diese Sache mit der Solo-Karriere ist einfach ein verdammt großes Ding. Es ist genau das, was Sam will. Was Sam glücklich macht. Es ist seine Welt – aber gibt es darin auch einen Platz für mich?

Oben angekommen wird Sam gleich abgefangen und in eine Garderobe geführt.

Der Mittag rauscht an mir vorüber. Es ist eine schöne Zeit, eine extrem interessante, doch Sam fehlt mir. Überall ist er präsent. In den Gesprächen, Vorbereitungen, alles dreht sich um Sam Amber. Ihn selbst bekomme ich aber erst wieder zu Gesicht, als er wutschnaubend neben Brian tritt. Einen Zettel in der Hand presst er die Lippen fest zusammen.

»Wusstest du davon?«

Brian unterbricht sein Gespräch und wendet sich seinem Schützling zu.

»Wusste ich wovon?«, fragt er freundlich und zieht die Augenbrauen hoch.

»Sie haben einen *Session-One*-Titel auf die Set-List gepackt!«

»Und? Sollte doch ein Klacks sein. Oder hast du den Text inzwischen vergessen?«, foppt ihn Brian.

»Komm schon, Brian! Du bist derjenige, der dieses Image von mir abkratzen wollte. Und jetzt soll ich bei meinem ersten Solo-Gig einen meiner eigenen Songs covern? Wie irrsinnig ist das denn?«

Brian stöhnt und legt eine Hand auf Sams Oberarm.

»Sam. Sam! Die BBC-Hörer haben online abgestimmt und sich eben diesen Song gewünscht. Was soll ich da machen? Lass uns einfach deine Fans damit abholen und sie davon überzeugen, wie sehr du dich weiterentwickelt hast.«

Sam wirkt noch nicht gänzlich überzeugt. Er starrt auf das Blatt, hadert weitere Sekunden, bis er wieder zu Brian aufschaut.

»Wir haben *Sweet Mistake* nie geübt«, wirft Sam ein und fuchtelt Richtung Glasscheibe, hinter der sich die Band bereit macht.

»Elián spielt das vom Blatt. Wir machen einfach ein Akustik-Set draus. Ihr könnt euch ja jetzt noch abstimmen. Bis zur Aufnahme ist es noch eine halbe Stunde. Und ansonsten wird das eben ein Experiment. Nimm das nicht so ernst.«

Sams Augen verengen sich erneut. »Verdammt, Brian, das fühlt sich absolut falsch an! Ich kann keinen Song alleine singen, den wir sonst zu fünft performt haben.«

»Und warum nicht? Du bist gesanglich stärker als die anderen aus dieser Boyband. Ich sehe keinen Grund, warum das nicht gehen sollte.«

»Weil ... weil ... Der Song gehört eben uns. Er gehört nicht Ben, nicht Adam, Alec oder Kay. Und schon gar nicht gehört er mir.«

»*One* gehört auch nicht dir, du singst es aber trotzdem«, wirft Brian schulterzuckend ein. »Entspann dich, Sam! Das hier ist die Live Lounge! Es wird gut werden. Und deine Fans werden dich dafür lieben.« Als wolle er seinen Ausspruch unterstreichen, nickt er bestimmt.

Sam wirkt indes, als würde er im nächsten Moment explodieren. Er spart sich jedoch jeden weiteren Kommentar und rauscht wutschnaubend ab.

Brian atmet erleichtert aus, als Sam außer Sicht- und Hörweite ist.

»Puh. Ich hätte erwartet, dass er sich weigert. War nicht meine Idee, den Song zur Wahl zu stellen.« Er zuckt mit den Schultern und wendet sich wieder seinem Gesprächspartner zu.

Bis die Liveaufnahme startet, füttere ich Marlene mit ein paar Fotos und berichte ihr von meinem Tag in London. Schließlich gibt mir Brian Zeichen, dass die Live-Session beginnt. Der Aufnahmeraum ist mit einer riesigen Glasscheibe von uns getrennt und gibt einen Blick auf die Band frei. Sam steht mit Lennox zusammen, und sie unterhalten sich. Sie wirken gelassen, scherzen, als sie sich verkabeln lassen. Nach einem Schluck aus einer bereitstehenden Wasserflasche setzt sich Sam die Kopfhörer auf. Sie streifen seine Locken nach hinten und geben einen Blick auf sein markantes Gesicht frei. Er scheint ganz bei sich selbst zu sein, wie ich zufrieden wahrnehme.

»Warst du schon mal bei einem Konzert von Sam?« Brian ist neben mich getreten und hält die Arme vor seiner Brust verschränkt.

Ich schüttle den Kopf.

»Sam hat sich in den letzten Jahren extrem weiterentwickelt. Ich kenne kaum einen Sänger, dessen Stimme so reicht ist, der so viele Facetten hat und so viele Emotionen transportieren kann. Er ist einzigartig und wirklich ein großes Talent.« Er seufzt. »Und gerade deshalb gilt es, ihn zu schützen, verstehst du? Ich bin echt froh, dass er dich hat, Alice.«

Sein Blick ist warm und freundlich, und ich freue mich über die netten Worte.

»Es wird nicht immer einfach werden. Die ständigen Termine, die Presse, Fans … Ich habe versucht, Sam so viel Freiraum wie möglich einzuplanen, aber solange er auf Tour ist, wird Zeit Mangelware sein, verstehst du? Er wird total erledigt sein und voll von den ganzen Eindrücken, die wie ein Tsunami über ihn preschen. Hab Verständnis für ihn. Ich weiß, er mag dich sehr. Und wenn du Unterstützung brauchst, lass es mich wissen. Ich bin auch für dich da, okay?«

Brian steckt mir seine Visitenkarte entgegen, und kurz bin ich versucht, ihm zu sagen, dass ich meine Beziehungsprobleme – sofern es welche gibt – ganz sicher nicht mit dem Manager meines Freundes besprechen werde. Dafür hat man beste Freundinnen. Aber ich nehme die Karte dennoch an mich. Es ist ja schließlich nett gemeint.

Brians Handy klingelt.

»Entschuldige, da muss ich rangehen.«

Er nimmt das Gespräch an und läuft zu einer Angestellten von BBC. Mein Blick bleibt an Sam kleben, der in diesem Glaskasten steht, umgeben von jeder Menge Technik. So nah, und doch trennt uns eine ganze Welt.

Ich bereite mich auf den Moment vor, in dem ich Sam singen höre. *Es ist nur Sam*, sage ich mir immer wieder. Der-beste-Freund-meines-Bruders-Sam. Doch auch Sam, der Superstar, den Millionen Menschen umjubeln. Wie soll das zueinanderpassen?

Sam lacht und sieht einfach nur verdammt glücklich aus. Ihn so zu sehen, erfüllt mich mit Freude – und doch ist da ein Stachel in meinem Herzen. Ein Stachel, für den ich mich selbst schäme, denn es ist ganz und gar egoistisch, diesen Kerl nicht teilen zu wollen. Verdammt!

Ich schüttle den Kopf in der Hoffnung, die wirren Gedanken zu sortieren, muss aber schnell einsehen, dass das nichts bringt. Mein

Blick wandert zu Sam, der hinter einem E-Piano steht, und ich stecke einen der bereitliegenden Kopfhörer in die Buchse.

Kurz testet er, ob das Mikro die richtige Höhe hat, dann schlägt Mika seine Drumsticks schon gegeneinander und zählt damit das erste Stück an.

Schon beim Intro, das Sam auf dem E-Piano spielt, bleibt mir fast das Herz stehen, und ich fasse es nicht, dass er das Lied für diesen verdammt wichtigen Auftritt ausgewählt hat. Unser Song! Es ist das Lied, zu dem wir damals getanzt haben. Zu dem wir uns tief in die Augen geschaut und uns schließlich geküsst haben. Seither konnte ich nie wieder ein Stück von Bruno Mars hören, ohne an diesen Kuss zu denken.

Oh, her eyes, her eyes make the stars look like they're not shinin, her hair, her hair falls perfectly without her trying, she's so beautiful and I tell her everyday.

Sam haucht die Lyrics in einer Intensität ins Mikro, die mir Gänsehaut bereitet. Ich schlucke und versuche das Zittern, das mir wohlig durch den Körper rauscht, zu unterdrücken.

Sams Stimme klingt so anders als das Original und gibt dem poppigen Song eine rauchig-rockige Tiefe, die ihm wirklich verdammt guttut. Das Stück klingt erwachsener und hat etwas von seiner naiven Leichtigkeit verloren. *Wie wir selbst.*

Mein Herz rast, und es ist, als sei es erst gestern gewesen, dass Sam diesen Song mit seinen Lippen geformt und mich dabei in den Bann gezogen hat. Ich erinnere mich an das unglaubliche Ziehen in meinem Bauch, an die Leichtigkeit, die ich gespürt habe, und das phänomenale Gefühl, als Sams Lippen meine berührten. Er war so zärtlich, so sanft und hat all meine Erwartungen an meinen ersten Kuss noch tausendfach übertroffen. Wie glücklich ich damals war.

Sams Blick huscht zum riesigen Fenster, das in unseren Raum führt. Ob er mich dahinter erkennen kann? Vielleicht spiegelt die Scheibe, die uns trennt auch zu sehr, aber das ist mir in diesem Moment egal. Ich hebe meine Handfläche, presse sie an das Glas in der Hoffnung, dass Sam erkennt, wie gerne ich ihn jetzt berühren würde. Meine Augen werden feucht, und als eine einzelne Träne meine Wange hinunterläuft, wische ich sie schnell weg, aus Angst, jemand könnte sehen, dass mir der Song mehr ans Herz geht, als er offiziell sollte.

Mit meinen Lippen forme ich ein stummes Danke. Ein Wort, das kaum auszudrücken vermag, welch riesiges Geschenk er mir damit gemacht hat, unserem Song neues Leben einzuhauchen. Damals wie heute waren wir füreinander bestimmt. Er und ich – ein Ganzes. Und dass Sam es ebenso sieht, bedeutet mir unendlich viel.

»Lasst uns noch feiern gehen«, schlägt Mika vor, als wir vollgefuttert aus einer Kabine des London Eye steigen. Wehmütig bringe ich Abstand zwischen Sam und mich. In der abgeschlossenen Sicherheit hoch oben über London konnte uns außer dem Team niemand sehen. Hier unten ist die Gefahr zu groß, dass Paparazzi auf Sam lauern.

»Ich bin raus«, sagt Brian sogleich und hält abwehrend die Hände hoch.

Mein Blick huscht zur Armbanduhr, die seit meinem Geburtstag mein Handgelenk schmückt. Viel lieber würde ich die wenige verbleibende Zeit bis zu meinem Heimflug mit Sam alleine verbringen, aber das wäre egoistisch. Wer bin ich, ihn vom Feiern mit seiner Band abhalten zu wollen?

»Wo soll es hingehen?«, frage ich daher betont gut gelaunt und schaue erwartungsvoll in die Runde. Mika legt einen Arm locker um meine Schultern.

»Wie wäre es mit dem Boujis?« Mika scheint Feuer und Flamme zu sein und raunt den Namen des Edelclubs, in dem die Prinzen Harry und William ein und aus gehen.

Ich lache gespielt auf und will ihm schon sagen, dass wir da niemals reinkommen, doch da schnellt mein Blick zu Sam. Er ist der Schlüssel. Gerade an einem Tag wie heute, an dem die ganze Welt von Sam Amber spricht, wird kein Club ihn abweisen.

Wir teilen uns in zwei Taxis auf und lassen uns zum Club chauffieren. Momente, in denen ich heimlich Sams Hand halten und zumindest etwas seine Nähe genießen kann. Auf der Fahrt zeigt er mir Glückwünsche von zahlreichen Promis, die ihm auf den unterschiedlichsten Social-Media-Kanälen zu seiner Single gratulieren.

Sogar die Jungs von *Session One* haben ein Video zusammengeschnitten, auf dem seine vier Ex-Kollegen für *Gravity* werben und Sam ihren Respekt für diesen grandiosen Song aussprechen. Ich kann nur ahnen, wie viel es Sam bedeutet, dass sie an ihn gedacht haben und weiterhin zu ihm halten. Er behauptet ja immer, die Jungs seien noch sauer auf ihn – den Eindruck habe ich nach diesem Video nicht.

Als wir vor dem Boujis aussteigen, zittere ich leicht. Die Luft ist kühl, und meine dünne Jacke kann den eisigen Wind kaum abhalten. Natürlich läuft Sam an der Schlange vorbei direkt auf die Türsteher zu, die wie von Zauberhand die Absperrbänder öffnen und uns eintreten lassen. Ob Konrad oder einer der anderen angerufen und Bescheid gegeben hat, dass Sam Amber kommen wird?

Ich trotte Sam hinterher und geselle mich neben Lennox und Mika. Es fühlt sich absolut bescheuert an, meinem Freund hinterherzulaufen. Und obwohl ich den Tag und den Abend bislang für wundervoll gehalten habe, fange ich an zu überlegen, ob ich das wirklich will. Dieses Versteckspiel fängt an zu nerven, denn es ist doch überhaupt nichts dabei, wenn man sich mag. Wer sollte etwas dagegen haben, dass Sam verliebt ist? Außer ein paar Millionen Groupies vielleicht, die eifersüchtig auf mich sein könnten.

Sam bewegt sich in diesem Club als sei er Stammgast, schreitet flankiert von Konrad und den anderen Bodyguards direkt in den großen Saal, in dem ihn sogleich ein großer Kerl in dunklem Anzug per Handschlag begrüßt und unsere kleine Gruppe zu einer Sitznische begleitet, die aus schwarzen Sofas, tiefen Sesseln und einem edlen Glastisch besteht. Sam unterhält sich noch eine Weile mit dem Kerl aus der Bar, und schon kommt eine Bedienung, die ohne großes Aufheben drei Champagner-Flaschen in silbernen Eiskübeln und Gläser für uns auf den Tisch stellt.

Mika und Elián lassen sich in die Sessel plumpsen und mustern den Club ausgiebig.

»Komm, wir setzen uns.« Lennox weist mir einen Platz auf dem monströsen Ledersofa an. Er und Konrad machen es sich neben mir gemütlich. Ein bisschen wehmütig schaue ich auf Sam, aber vielleicht ist es besser, die Versuchung, ihn zu berühren, gleich im Vorfeld zu minimieren.

Konrad öffnet die Champagnerflaschen und gießt die perlende Flüssigkeit in die bereitstehenden Flöten. Als wir alle mit Gläsern versorgt sind, setzt sich auch Sam zu uns. Er prostet uns mit einem glücklichen Lächeln zu. Während ich ebenfalls einen winzigen Schluck nehme, schauen wir uns an, und plötzlich weiß ich, dass er mich berühren kann, auch wenn er mir nicht nahe ist. Dass es keine Körperlichkeiten braucht, um mich mit ihm verbunden zu fühlen. Es sind unsere Seelen, die sich vereint haben, und die keine Distanz der Welt jemals wieder entzweien kann.

Plötzlich steht Sam auf. Ich bemühe mich, ihn nicht allzu sehr mit meinen Blicken zu verfolgen, doch mein Vorhaben scheitert. Ich möchte nicht, dass er geht – wohin auch immer. Aber meine Angst ist unbegründet. Sam steuert direkt auf mich zu und bleibt vor mir stehen.

Ein Funkeln in den Augen zeigt mir, dass er in diesem Moment sehr glücklich ist. Kurz legt er den Kopf schief und streckt mir seine Hand entgegen.

»Willst du tanzen?« Eine einfache Frage, doch sie überfordert mich. Panik macht sich in mir breit. Was ist mit all den Menschen hier, die uns sehen könnten? Was mit Sams Vorhaben, unsere Beziehung geheim zu halten? Wie soll ich mit Sam tanzen, ohne ihn mit meinen Blicken zu verschlingen und meinen Händen zu berühren? Es ist doch so schon schwer genug, mich bedeckt zu halten.

Dennoch nehme ich seine Hand und nicke. Er führt mich auf die kleine Tanzfläche, und als wir ein kleines Fleckchen gefunden haben, lässt Sam meine Hand los und beginnt sich zum Rhythmus zu bewegen. Seine Bewegungen sind geschmeidig und spiegeln seine tiefe Liebe zur Musik wider. Ich schließe die Augen, versuche, all meine Scheu abzulegen und auszublenden, dass ich mit einem Superstar tanze, hier in einem Nobelclub, in dem gerade sicher noch unzählige andere Promis sind und ihren Spaß haben.

Ich lasse los, nehme die Musik auf und wiege mich zum Takt. Erst nur ganz sanft, ganz zaghaft. Dann vergesse ich alles um mich herum, singe den Song mit, den ich aus dem Radio kenne, und fühle dem Glück nach, das sich immer drängender in mir ausbreitet, bis es mich schließlich gänzlich ausfüllt.

Sanft legt Sam eine Hand auf meine Hüfte. Kurz zucke ich bei dieser unerwarteten Berührung zurück, aber Sams Blick ist einladend und warm, sodass ich es zulasse, dass er mich hier in der Öffentlichkeit anfasst.

Im Rhythmus bewegen wir uns zu diesem rockigen Song, übergeben der Musik die Kontrolle über unsere Körper. Nur unsere Blicke, die gehören ganz alleine uns. Ohne Worte tauschen wir uns darüber aus, spüren, was der andere spürt, fühlen, was der andere fühlt, und denken, was der andere denkt. Wir sind eins. Nur zusammen ergeben wir ein Ganzes.

Wie in Zeitlupe beugt sich Sam zu mir. Seine weiche Hand streift über meine Wange, und im nächsten Moment spüre ich seine Lippen. Die Welt steht für einen Augenblick still. Als hätte jemand den Pauseknopf gedrückt, nehme ich nichts mehr um mich herum wahr. Nur noch Sams Liebe, die mich überschwemmt.

Alle Vorsicht in den Wind schießend, schlinge ich meine Arme um Sams Nacken. Es ist aufregend, das nun zu tun, hier, wo uns jeden Moment jemand dabei erwischen könnte. Aber es ist Sams Entscheidung. Mich in der Öffentlichkeit zu küssen ist ein Statement, ein Versprechen an die Liebe. Unsere Liebe.

Plötzlich sind die quälenden Gedanken verschwunden und machen Platz für die Hoffnung, dass Sam und ich das wider jede Vernunft schaffen können. Dass uns keine räumliche Distanz etwas anhaben kann, denn wir sind miteinander verbunden. Tief in unserem Inneren sind wir eins. Und dass Sam das ebenso zu sehen scheint, gibt mir Kraft, meine Verlustangst zu kontrollieren, sie beiseitezuschieben und alles auf diese eine Karte zu setzen. Denn ich liebe Sam. Aus tiefstem Herzen.

»Lass uns verschwinden«, raunt mir Sam ins Ohr. Ich nicke, schnappe mir seine Hand und schiebe mich mit Sam gemeinsam durch die Menschenmenge, um unsere Sachen zu holen.

Sam wechselt ein paar Worte mit Konrad, dem es offensichtlich nicht sonderlich passt, dass wir uns davonstehlen. Alleine. Aber ich könnte nicht glücklicher sein.

Eng umschlungen stolpern wir aus dem Boujis und ergattern ein Taxi. Sam gibt dem Fahrer die Adresse des Hotels durch, und wir fahren wild knutschend durch die Londoner Innenstadt.

Die Lobby des Hotels durchschreiten wir eng umschlungen. Es dauert eine gefühlte Ewigkeit, bis uns der Aufzug nach oben bringt.

Sams Küsse sind leidenschaftlich, seine Hände streichen sehnsüchtig unter mein Shirt und als sich die Türen endlich aufschieben, kann er es kaum erwarten, mich zu seiner Suite zu ziehen. Ungeduldig friemelt er die Keycard aus seinem Portemonnaie und schließt die Tür auf.

Mit einem Rums sind wir endlich alleine. Meine Hände landen in Sams Haaren, vergraben sich in seinen wilden Locken. Ich ziehe ihn an mich, küsse ihn, und während sich unsere Zungen wild umkreisen, hebt mich Sam mühelos hoch und trägt mich zum Bett. Mein Herz pocht schneller in Erwartung all der Berührungen, nach denen ich mich so sehr sehne.

»Darauf freue ich mich schon den ganzen Tag«, gesteht Sam atemlos und beginnt, meine Jeans aufzuknöpfen. Normalerweise lässt sich Sam Zeit, genießt das Vorspiel und überlässt mir die Führung. Heute scheint alles anders zu sein, und ich genieße die Tatsache, dass sich Sam nimmt, was er offensichtlich braucht. Nur zu gerne gebe ich ihm alles, bin bereit, mich ihm voll und ganz zu öffnen und eine ganz andere, eine wildere Seite an ihm kennenzulernen.

Mit einem Rutsch zieht er mir die enge Jeans von den Beinen und streift an meinen Oberschenkeln entlang. Damit entlockt er mir ein genüssliches Seufzen. Schon liegt er neben mir, eng an mich geschmiegt. Sein Blick ist lodernd.

»Ich schätze, ich kann dich gleich nicht gehen lassen«, sagt er schließlich und streicht mit seinen Fingern mein Schlüsselbein entlang. Seine Stimme klingt ernst. Sehr ernst. Und um seine Lippen fehlt das typische Schmunzeln, das ihn so sympathisch macht.

Statt mir eine nichtssagende Antwort abzuringen, die absolut gar nichts daran ändert, dass unsere gemeinsame Zeit in London gezählt ist, ziehe ich Sam wieder eng an mich, küsse ihn, bis mir schwindlig wird, und hole mir die Nähe, die ich in den nächsten Tagen schmerzlich vermissen werde. Schon jetzt brennt die Sehnsucht lichterloh in mir. Wie soll das nur funktionieren?

INSTAGRAM: *Love letters to life – by Alice*

love_letters_to_life Wenn sich dieser eine Song in deine See-le brennt, sich jedes Wort so wahr anfühlt und die Stimme in Dauerschleife in dir widerhallt. Wenn du an nichts mehr ande-res denken kannst, an nichts mehr anderes denken willst ... dann muss es Liebe sein.

#loveletterstolife #songforlovers #mussesliebesein #bestfri-ends #music #musiclove #learningtolovelife #lear-ningtobeloved

Kapitel 26

ALICE

Ich bin müde, und das hat sich seit dem Besuch in London nicht geändert. Im Gegenteil. Mein Ausflug ins Sams Welt als Superstar stimmt mich nachdenklich.

Langsam beginne ich zu verstehen, was Sam mir vor einigen Wochen vermitteln wollte: Mit ihm befreundet zu sein, ist nicht normal. Und vielleicht muss ich ihm recht geben.

Habe ich zu diesem Zeitpunkt seine Bedenken einfach beiseitegewischt, fange ich nun langsam an zu zweifeln. Wie soll das funktionieren, wenn ich Sam mit so vielen Menschen teilen soll?

Dass er mich öffentlich im Boujis geküsst hat, ist unglaublich gewesen. Es bedeutet mir viel, dass er trotz seiner Bedenken am Morgen sich doch zu mir bekannt hat. In dem geschützten Rahmen seiner Release-Feier – aber dennoch in aller Öffentlichkeit in einem Trend-Club. Das gibt mir ein Fünkchen Hoffnung darauf, dass wir es doch entgegen all meiner Ängste und Bedenken schaffen können, zusammen zu sein. In beiden Welten – seiner und meiner.

Nun aber wieder von ihm getrennt zu sein, fällt mir von Tag zu Tag schwerer. Viel zu sehr habe ich mich daran gewöhnt, dass mit Sam nicht nur Leben in die Wohnung gekommen ist, sondern auch in mich. Es ist seltsam still hier – eine Stille, die ich auch mit Musik nicht übertönen kann. Und die viel zu viel Raum bietet für all die Gedanken, die haltlos in meinem Kopf herumwirbeln.

Marlene ist momentan in ihre Weiterbildung eingespannt und lernt in jeder freien Minute für die anstehenden Prüfungen. Ich versuche mich mit Sport abzulenken, doch selbst das macht alleine keinen sonderlichen Spaß. Alleine. Bis vor ein paar Wochen hat es mir wenig ausgemacht, dass ich nur wenige Freunde habe. Jetzt fehlt mir etwas. Nein, Sam fehlt mir.

Ich seufze. Ich will nicht so eine Frau sein, die zu Hause auf ihren Freund wartet. Will mich nicht emotional abhängig machen von einem Menschen. Schließlich war mir von Anfang an klar, dass er bald auf Tour sein würde. Ich weiß, wie das läuft, schließlich hat er mich schon einmal zurückgelassen.

Ich lege mich auf mein Bett und entsperre das Display meines Handys. Vielleicht finde ich neue Bilder von Sam. Bilder, die mich zurück nach London bringen. Bilder, die mich Sam näherbringen und dieses Gefühl auflösen. Das Gefühl, ihn Stück für Stück zu verlieren.

Sam Amber kein Single zum Single-Release?

Erst vor wenigen Tagen hat der smarte Lockenkopf der erfolgreichsten Boyband aller Zeiten die erste Single seiner Solo-Platte herausgebracht. Doch über das vielschichtige Meisterwerk von Sam Amber wird nur wenig gesprochen. Weitaus interessanter sind die wilden Spekulationen über die Frau an seiner Seite.

Die dunkelhaarige Schönheit Alice Brunner führte bis zum Tod ihres Zwillingsbruders Paul den erfolgreichen Instagram-Kanal »Twins united« und promotete als Influencerin Marken wie Dion, Lieblingskind oder auch Pur Fashion.

Insidern zufolge kennen sich Sam und Alice bereits seit ihrer Schulzeit und trafen in Berlin, während der Proben zu Sams Solo-Tour, erneut aufeinander.

Nach dem erfolgreichen Release seiner Single und dem Auftritt in der BBC Live Lounge wurde Sam Amber schließlich vertraulich feiernd und wild knutschend mit dem Berliner Social-Media-Starlet in Londons In-Club Boujis gesichtet.

Ob die ehemalige Online-Schönheit tatsächlich mit Sam Amber liiert ist? Wahrscheinlicher ist, dass sich die Influencerin durch ihren Jugendfreund Auftrieb für ihren neuen Kanal »Loveletters to life« erhofft, um damit wieder in das Social-Media-Geschäft einsteigen zu können.

Immer und immer wieder lese ich die Zeilen, die vor Gemeinheit nur so strotzen. Unterstellen sie mir tatsächlich, ich würde Sams Promistatus ausnutzen, um meinen Kanal zu pushen?

Ich klicke mich durch das Netz. Doch auf anderen Portalen finde ich nur neue Anfeindungen. Einen besonders heftigen Stich spüre ich, als ich völlig unerwartet ein Foto von Paul erblicke, das ganz offensichtlich von unserem Insta-Kanal stammt. Haben diese Menschen nicht einen Funken Anstand?

Unwillkürlich beginne ich zu zittern. Nein, nein, nein! So habe ich mir das nicht vorgestellt!

Ich klicke schnell Marlenes Nummer an, doch sie geht nicht ran. Mein Blick huscht zur Uhr.

In Gedanken gehe ich Sams Terminplan durch. Sicher sitzt er gerade in einem Interview und will nicht gestört werden. Ob er überhaupt schon diese Nachrichten gelesen hat? Und selbst wenn? Was sollte ich ihm schon sagen? Für diesen Unsinn kann ich ihn ja nicht verantwortlich machen, oder?

Mein Blick schweift unstet in meinem Zimmer umher, bleibt am Schreibtisch haften, in dessen Schublade sich Brians Karte befindet. Brian. Schnell schüttle ich den Kopf. Das hier geht nur Sam und mich etwas an.

Je öfter ich Sams Namen in die Suchmaschine eingebe, desto fremder wird er mir. Mein Herz zieht sich zusammen, meine Brust fühlt sich ganz eng an. Ich stolpere über Artikel, in denen über Sams Beuteschema diskutiert wird – offensichtlich steht er auf blond, zumindest wenn man sich all die Frauen anschaut, mit denen er bereits aus war. Ich sehe Fotos von Sam, die ihn mit fremden Frauen zeigen – allesamt aus den letzten Wochen. Eine Zeit, in der wir uns bereits näherkamen. München. Paris. London. Ich weiß, dass an all den Gerüchten nichts dran ist, denn ich kenne Sam. Zumindest den Teil von ihm, der mich so liebevoll anschaut. Der mich Allie nennt und auf Händen trägt. Ich vertraue ihm, aber zurück bleibt ein bitterer Beigeschmack. Die leisen Zweifel zischen immer lauter in meinem Herz. Ein Gefühl, das fast so erdrückend ist wie Angst.

Ich wühle ich mich weiter in die Untiefen des Internets und halte plötzlich wie angewurzelt inne.

Endlich: Sam Amber dementiert Beziehungsgerüchte

Am vergangenen Mittwoch wurde Sam Amber beim Feiern in Londons Edel-Club Boujis tanzend und küssend mit der Berliner Influencerin Alice Brunner gesichtet. Nun dementiert der Gravity-Sänger eine Beziehung und gibt an, nur einen schönen Abend mit Freunden verbracht zu haben. Die Küsse seien rein freundschaftlich gewesen und hätten nichts zu bedeuten. Die Fans des ehemaligen Session-One-Lieblings können also aufatmen: Sam Amber scheint weiter auf dem Markt zu sein!

Ich pfeffere mein Handy aufs Bett und schüttle den Kopf. Nicht weinen. Nur nicht weinen. Ach, Scheiße! Missmutig wische ich die Tränen von meinen Wangen. Ich weiß doch, dass das alles gelogen ist! Sam und ich – das ist nicht für die Öffentlichkeit bestimmt. Genau deshalb wollte Sam unsere Beziehung doch geheim halten, oder?

Geheim halten – damit hätte ich leben können. Irgendwie. Nun aber den Stempel der Belanglosigkeit aufgedrückt zu bekommen, schmerzt. Es brennt in meiner Brust und lässt mich kaum atmen. All die Dinge, die sonst noch über mich verbreitet werden, lassen mich dagegen nahezu kalt.

Warum sagt Sam so etwas? Ich hatte mich so gefreut, dass er mich entgegen all seiner Bedenken öffentlich geküsst hatte. Es ist ein Statement gewesen, ein Versprechen an unsere Liebe! Ein Hoffnungsschimmer, dass das zwischen Sam und mir funktionieren kann. Trotz seiner Bekanntheit. Trotz der wenigen Zeit, die uns als Paar bleibt. Ich habe ihm geglaubt, als er sagte, er könne es kaum erwarten, allen zu zeigen, wie sehr er mich liebte.

Warum schiebt er dem Ganzen keinen Riegel vor? Warum tut er nichts gegen diese falschen Unterstellungen? Wer, wenn nicht er, hätte die Macht und die Möglichkeiten dazu, der Presse solche Sticheleien zu untersagen. Er hat ein Management, Leute, die sich mit so etwas auskennen!

Ich schalte das Radio an, um mich abzulenken. Da mir aber *Gravity* daraus entgegenschallt, stelle ich es schnell wieder aus. Mein Herz pocht wild. Und dann spüre ich sie wieder überdeutlich, die Angst. Sie lauert wie ein Tier in einer tief vergrabenen Ecke meines

Herzens, bereit, mich wieder in dieses alles umfassende Loch zu reißen. Seit Pauls Tod ist sie immer da, die Angst, mir nahestehende
Personen zu verlieren.

Ich spüre, dass ich auch Sam verlieren werde. Vielleicht nicht
heute. Vielleicht auch nicht morgen. Doch die Wahrscheinlichkeit
ist da. Sie hoch. Sie ist so verdammt hoch. Und nichts, was ich dagegen tun könnte, wird das verhindern, denn Sam ist nun mal Sam.
Sam Amber. Er ist ein Weltstar und gehört auf die Bühne. Die Musik ist sein Leben, er braucht sie wie die Luft zum Atmen.

Und ich? Ich bin Allie, die sich nach Pauls Tod geschworen hat,
niemals wieder einen Menschen Stück für Stück zu verlieren.

Meine Mutter meinte einmal, ein Autounfall wäre gnädiger gewesen, als der Krebs. Denn das Wissen darum, jemanden zu verlieren und nichts dagegen tun zu können, ist grausam. Ich kann ihr da
voll und ganz zustimmen: Wenn ein Ende unausweichlich ist, ziehe
ich auch den harten Cut vor.

Kapitel 27

Müde streife ich die Schuhe von den Füßen und werfe mich aufs Bett. Meine Augen schmerzen, und mein Kopf pocht. Die Anspannung, die seit Tagen nicht nachlässt, hinterlässt Spuren. Die Interviews reißen nicht ab, ich bin sogar für einen kurzen Auftritt von *Gravity* nach Paris geflogen. Brian möchte den Medienhype um meine Single unbedingt mitnehmen, etwas Rückenwind zum Release meiner Platte kann schließlich nicht schaden. So sehr ich den Trubel auch genieße, so sehr zerrt er auch an meinen Nerven. All die Eindrücke, die auf mich einprasseln, lösen so viele Emotionen in mir aus. Emotionen, die ich mangels Zeit kaum verarbeiten kann. Ich bin bis zur Oberkante voll. Absolut überstimuliert. Und dennoch kann und will ich nicht langsam machen. Zudem fehlt mir Allie.

Der Gedanke, dass sie zu Hause auf mich wartet, lenkt mich ab. Ich kann mich kaum auf meine Aufgaben konzentrieren. Ihr jeden Abend von meinen Erlebnissen zu berichten, ist ein schwacher Trost. Wie gerne hätte ich sie hier bei mir. Damit wäre uns beiden geholfen, aber Allie will von dieser Idee nichts wissen. Und vielleicht hat sie auch recht, und es ist zu früh für solche Entscheidungen.

Bevor ich weiter Luftschlösser baue, klicke ich Allies Nummer an. Inzwischen kann ich alleine daran, wie sie sich meldet, erkennen, in welcher Stimmung sie gerade ist. Die letzten Tage, seit sie wieder aus London zurück ist, sind ihr aufs Gemüt geschlagen. Keine Ahnung, ob ihr die räumliche Trennung von mir so zusetzt. Ich fürchte ja, sie hat die Interviews gesehen, in denen ich nach unserem Kuss im Boujis gefragt wurde. Brian hat mich davor gewarnt, unsere Beziehung zu dementieren. Er ist nach wie vor der Meinung, dass mir eine feste Freundin gut stehen würde und sogar dabei helfen könnte, das jugendliche *Session-One*-Image endlich abzuschütteln. Aber ich will meine Liebe zu Allie nicht instrumentalisieren. Die Angst, sie könnten Allies Leben noch mehr auseinandernehmen, als sie es ohnehin schon tun, ist zu groß.

»Hey, Sam.« Ihre Begrüßung klingt wie ein Seufzen. Wieder kein guter Tag. Nicht zum ersten Mal frage ich mich, ob es egoistisch ist, dass ich etwas mit Allie angefangen habe, obwohl ich weiß, dass ich viel unterwegs sein werde? Obwohl ich weiß, dass Allie jemanden bei sich in Berlin braucht, der sie stützt und ermuntert, ihr Leben weiterzuleben. Der da ist – nicht nur am Telefon, sondern in echt.

»Hey, Süße! Wie war dein Tag?«, frage ich betont fröhlich. »Irgendwelche Kotzereien? Prügeleien? Kratzattacken?«

»War okay. Und bei dir? Irgendwelche Groupies glücklich gemacht?« Normalerweise würde sie nach so einem Scherz kichern. Doch heute klingt sie einfach nur müde und matt.

»Was ist denn los, Allie? Was macht dich so traurig?«

»Nichts, es ist …« Sie atmet geräuschvoll aus. »Es ist nichts, Sam. Wirklich nicht.«

»Rück schon raus, Süße. Du weißt doch, dass ich nicht lockerlasse.« Ich versuche mich an einem Lächeln. Wie gerne würde ich jetzt über ihre Haare streichen, ihr einen Kuss auf die Stirn hauchen und sie ganz eng an mich ziehen. Ich würde sie zum Lachen bringen und ihr zeigen, wie wundervoll das Leben ist. Wie soll ich sie denn aus der Ferne vor all den miesen Gedanken beschützen, die sie wohl gerade quälen?

»Es ist … ach, es ist wirklich nichts. Ich habe morgen einen Termin, der mich etwas umtreibt. Nichts Wildes …«

»Was für einen Termin?«

»Vorsorgeuntersuchung.« Allie seufzt, als läge eine tonnenschwere Last auf ihren Schultern.

»Krebsvorsorge?«, frage ich leise und schließe die Augen. Shit!

»Auch.«

»Mensch, Allie! Warum hast du denn nichts davon erzählt? Ich wäre mitgekommen.«

Sie lacht auf, doch es hört sich bitter an.

»Sicher. Klar. Und wie hättest du das machen wollen? Dich klonen? Herbeamen? Morgen stehen doch die letzten Proben zu deinem Konzert an. Ich komme schon klar, Sam.«

Ich kann nicht zulassen, dass sie dicht macht. Nicht jetzt, wo sie auf so einem guten Weg zurück ins Leben ist. Ich weiß, dass sie Angst hat. Vor so vielen Dingen, aber besonders vor dem Leben selbst. Mit allem, was es bereithält. Doch sie muss das nicht alleine durchstehen. Ich bin da. Ich bin für sie da! Meine Hand streift über die Augen, nur einen kurzen Moment, dann steht meine Entscheidung.

»Wann hast du den Termin?«

Wieder seufzt Allie. »Was macht das für einen Unterschied?« Sie hört sich resigniert an. Sicher schläft sie schon seit Tagen nicht, und ich war einfach zu sehr mit mir beschäftig, um herauszubekommen, was sie belastet.

»Allie«, versuche ich noch einmal zu ihr durchzudringen.

»Um zehn«, gibt sie schließlich kurz angebunden Auskunft.

»Okay, schick mir die Adresse. Ich werde da sein.«

»Was? Aber … wie …?«

»Ich werde da sein. Und jetzt versuch etwas zu schlafen, ja? Es wird alles gut werden.« Nachdem ich aufgelegt habe, gönne ich mir einen kurzen Moment, um durchzuatmen. Mein Blick schnellt zu meiner Uhr. Die Zeiger wandern schon Richtung acht. Das wird ein ziemlicher Stress werden, alles zu organisieren.

Wieder zücke ich das Handy und wähle Brians Nummer.

»Hey, ich muss morgen früh um zehn in Berlin sein.«

»Geht nicht, der Kaiser von China hat schon eine Audienz bei dir«, antwortet er trocken. Ich stöhne.

»Ernsthaft, Brian. Ich muss wirklich nach Berlin. Kannst du bitte alles organisieren lassen. Ordert bitte 'nen Jet und nehmt die Kohle von meinem Konto, Vollmacht hast du ja.«

»Wo bist du? In deinem Zimmer? Ich komme rüber, und dann erzählst du mir, was los ist.« Brian lässt mir nicht einmal Zeit für einen Widerspruch und legt auf.

Fast schon erwarte ich, dass Allie mir eine ellenlange Message hinterherschickt, in der sie mir meine Idee ausreden will. Aber nichts dergleichen passiert, was meinen Entschluss nur noch festigt.

Würde sie mich nicht brauchen, würde sie alle Hebel in Bewegung setzen, damit ich in England bleibe.

Es klopft an der Tür, und ich lasse Brian rein.

»Was ist los?«, fragt mein Manager und setzt sich in einen Sessel. Ich nehme ihm gegenüber Platz. Die Hände stützt er auf seine Knie, sein Blick ist durchdringend, und ich weiß, dass ich ihm alles sagen kann. Dennoch hadere ich und überlege, wie ich das Thema am besten anpacke.

»Hör zu, Brian, ich weiß, dass morgen ein wichtiger Tag ist und meine Bitte zu einem echt beschissenen Zeitpunkt kommt. Aber ich muss das wirklich tun. Ich muss morgen um zehn in Berlin sein.« Ungeduldig drehe ich meine Hände ineinander. Versöhnlich verziehe ich meinen Mund zu einem schiefen Grinsen und warte darauf, dass Brian etwas sagt.

»Alice?«

Ich nicke.

»Sie hat einen Arzttermin, und ich will dabei sein.«

»Ist sie etwa schwanger? Mensch, ihr legt ein Tempo vor.«

»Schwanger?« Kurz überlege ich, merke, wie mein Herz zu rasen beginnt, doch es fühlt sich nicht schlecht an. »Nein. Das ist es nicht. Sie hat nur eine Vorsorgeuntersuchung, aber sie macht sich Sorgen. Ich will einfach bei ihr sein, okay?«

Brian stöhnt und lehnt sich an die Rückenlehne des Sessels, als erwarte er ein langes Gespräch.

»Hey, es war deine Idee, dass ich mir Freunde suche.«

»Freunde ja … aber damit meinte ich nicht, dass du während deiner Promo-Tour Hals über Kopf nach Berlin fliegst, um zu einem Arzttermin zu gehen.«

»Komm schon, Allie braucht mich.«

»Alice ist eine starke Frau, die auch prima ohne dich zurechtkommt.«

Er grinst breit, als sei dies das Todschlagargument schlechthin. Ich überlege, was ich ihm entgegnen könnte.

»Ich möchte für Allie da sein, möchte ihr zeigen, dass ich es ernst mit ihr meine. Wie soll das funktionieren, wenn ich nicht bei ihr sein kann, wenn es ihr schlecht geht? Natürlich bekommt sie diesen Arzttermin auch alleine hin. Aber mir würde es besser gehen, wenn wir das gemeinsam durchstehen, weißt du?« Brians Blick ist unergründlich. »Wir wissen beide, dass ich es ohnehin durchziehe. Mit deiner Hilfe wäre ich schneller wieder hier.«

»Wie stellst du dir das vor? Wir haben extra die Royal Albert Hall einen Tag früher gemietet, um noch proben zu können. Es ist wichtig für uns alle, die Zeit zu haben.«

»Ich weiß, Brian. Aber wir können auch später noch proben. Wenn ich um vier oder fünf wieder in London bin, haben wir noch den ganzen Abend und die Nacht Zeit.«

Ich halte seinem Blick stand, zeige ihm, wie wichtig es mir ist, mein Versprechen einzuhalten und Allie morgen beizustehen.

Mein Herz pocht wild, als er sein Handy zückt und an sein Ohr hält.

»Lissa? Wir brauchen deine Zauberkünste. Kannst du Sam einen Flug organisieren, der ihn morgen nach Berlin und mittags wieder hierher nach London bringt?«

Ich grinse Brian an. Das war leichter als gedacht.

Warum sind immer dann die Berliner Straßen verstopft, wenn man es am wenigsten gebrauchen kann? Ungeduldig trommle ich mit den Fingern auf meine Oberschenkel und muss mich schwer beherrschen, dem Taxifahrer nicht irgendwelche sinnlosen Tipps zu geben.

Es ist schon nach zehn Uhr, und ich kann mir nur ansatzweise vorstellen, wie sich Allie gerade fühlt. Alleine in diesem Wartezimmer, die Angst im Nacken und die Enttäuschung im Herzen. Ich hatte ihr versprochen, pünktlich zu sein.

Der Taxifahrer steuert das Auto an den Fahrbandrand und kassiert ab. Konrad und ich steigen aus. Mein Blick huscht über die Ärzteschilder, die am Äußeren der hellgelben Fassade angebracht sind. *Dr. Harald Engelmann, Gynäkologie.* Auch das noch. Ich hatte eigentlich gedacht, mein erster Besuch beim Frauenarzt wäre aufgrund eines erfreulicheren Ereignisses. Ich könnte mir tatsächlich vorstellen, irgendwann einmal Kinder zu bekommen. Vielleicht ja sogar mit Allie, wenn das mit uns noch fester wird und hält. Aber da ist ihre Panik, ihre Gene und mit ihnen die Gefahr, eine Krebser-krankung weiterzugeben.

Ach, Shit, Pauls Tod zieht so übermächtige Kreise. Nicht nur die Tatsache, dass er nicht mehr da ist und Allie noch immer sehr daran zu knabbern hat. Ihre Angst macht ihr ganzes Leben schwierig. Es wäre gut, wenn sie diese ständige Angst bald in den Griff bekommt. Es tut ihr nicht gut, dass sie ihrem Leben allzu oft dabei zuschaut, wie es an ihr vorüberzieht.

»Du wartest hier unten«, gebe ich Konrad Anweisung.

Ich knalle die Tür des Taxis zu und renne die Treppenstufen in den zweiten Stock hoch. Bevor ich an der Tür zur Arztpraxis klingle, nehme ich die Sonnenbrille ab und verstaue sie in meiner Jackenta-sche.

Einen tiefen Atemzug später trete ich ein. Die Praxisräume sind hell und freundlich gestaltet. Hinter einer riesigen, geschwungenen Holztheke sitzt eine junge Arzthelferin. Als sie hochschaut, ist mir sofort klar, dass sie mich erkannt hat. Ihre Augen weiten sich, ihre Lippen zittern. Verdammt.

»Du bist … Sam Amber.« Sie steht auf und starrt mich weiter ungläubig an. Ich schaue mich um auf der Suche nach Allie, kann sie aber nirgends sehen. Hoffentlich bin ich nicht zu spät.

»Ja, ja«, sage ich ungeduldig. »Gerade bin ich aber ziemlich pri-vat unterwegs, wenn Sie verstehen, was ich meine.« Ich werfe ihr ein dringliches Lächeln zu und warte auf ihr Nicken, das nur zögerlich kommt. »Alice Brunner wartet hier auf mich. Wo finde ich sie denn?«

»Gleich hier hinter der Wand.« Sie deutet auf eine Betonwand, an der Kunstwerke und stylische Designerleuchten hängen.

Ich biege um die Ecke, und mein Herz wird ganz weich, als ich die wunderschöne Frau sehe, die in sich zusammengekauert auf dem weißen Lederstuhl sitzt. Sie wirkt total abwesend. Es war genau die richtige Entscheidung, hierherzukommen.

»Allie«, sage ich atemlos und bin in der nächsten Sekunde schon bei ihr. Als sie meine Stimme hört, kommt endlich Leben in sie. Sie hebt den Kopf und schaut mich an. Doch der Blick, der mich trifft, hat seine sonst so wohltuende Wärme verloren. »Entschuldige, ich bin spät.«

»Du bist da.« Ihr Lächeln ist leise, aber echt. Kurz schaue ich mich um. Wie gerne würde ich sie jetzt küssen, doch es sind noch zwei weitere Patientinnen da, die auf ihren Termin warten.

Wir nehmen nebeneinander Platz. Allies Anspannung kann ich förmlich spüren. Sie fühlt sich sichtlich unwohl, krallt ihre Finger so fest in meine Hand, dass es wehtut. Wie groß ihre Angst vor diesem Termin sein muss.

»Hey, geht's dir gut?« Ihr Gesicht wirkt fahl, und vielleicht kommt es mir ja auch nur so vor, aber sie wirkt noch schmaler als vor einer Woche in London. »Es wird ganz sicher alles in Ordnung sein. Mach dir keine Sorgen.«

»Ja, ja«, herrscht sie mich an und bringt Abstand zwischen uns. Ich seufze und schlinge meinen Arm um sie, aber Allie blockt ab und macht sich steif. Wo kommt denn diese Distanz plötzlich zwischen uns her?

Doch zum Fragen komme ich nicht, denn Allie wird aufgerufen. Ich sehe Panik in ihren bernsteinfarbenen Augen aufblitzen. Mit einem Lächeln versuche ich sie zu beruhigen. Erfolglos.

Ich stehe auf und nehme ihre Hand. Schweigend folgen wir der Arzthelferin. Als wir endlich alleine in dem Behandlungszimmer sind, ziehe ich Allie eng an mich. Endlich wieder zusammen. Ihre Nähe fühlt sich unglaublich an. Und doch ist da diese Angst, die sich wie ein Berg zwischen uns auftürmt. Die ich ungefiltert spüre und erst nach und nach begreife, wie riesig sie ist. Hoffentlich kann der Arzt ihr diese gleich nehmen.

Ich hauche einen Kuss auf Allies Lippen, und sie entspannt etwas. Wenn doch nur gleich diese Untersuchung vorüber ist, dann können wir die wenige Zeit bis zu meinem Rückflug noch etwas in Allies Wohnung genießen. Wertvolle Momente der Nähe, von der nicht nur ich zehren werde.

Bevor ich sie weiter trösten kann, schwingt die Tür auf und ein groß gewachsener, hagerer Mann mit weißem Kittel und grauem Haar läuft an uns vorbei bis hinter seinen Schreibtisch.

»Frau Brunner, schön Sie wiederzusehen«, begrüßt er als Erstes Allie mit Handschlag. Sein Blick wandert zu mir.

»Ah, Sie haben Verstärkung mitgebracht. Sie sind Herr …«, fordert er mich auf, mich vorzustellen, doch bevor ich ihm meinen Namen nennen kann, purzelt ihm mein Pseudonym schon über die Lippen. »Amber.«

Allie räuspert sich, und ich kann aus den Augenwinkeln sehen, wie skurril die Szene für sie sein muss.

»Bitte entschuldigen Sie … Meine Tochter hat ihr Zimmer mit Plakaten von Ihnen … ach nicht so wichtig.« Er lächelt mich versöhnlich an und streckt mir ebenfalls seine Hand entgegen.

»Amberger«, stelle ich aus einem Impuls heraus klar, dass ich privat unterwegs bin. Nie war es mir wichtig, eine Grenze zu ziehen und es ist heute das erste Mal, dass ich es tatsächlich tue.

»Engelmann«, entgegnet er mit einem freundlichen Lächeln. »Gut, Frau Brunner, Herr Amberger, nehmen Sie doch bitte Platz.«

Wir setzen uns auf die Stühle. Allie wirkt von Minute zu Minute zerbrechlicher, dabei scheint der Arzt wirklich nett und verständnisvoll zu sein.

»Wie geht es Ihnen, Frau Brunner?«

»Gut«, lügt Allie ihn frei heraus an, meidet aber weiter seinen Blick.

»Prima …«, er nickt. »Da Sie beide gemeinsam hier sind, nehme ich an, Sie hoffen auf Nachwuchs?« Ich müsste Allie nicht einmal berühren, um zu wissen, dass sich alle Muskeln mit einem Schlag anspannen.

»Nein«, presst sie mühevoll hervor. »Ich bin nur zur Vorsorge hier.«

»Haben Sie noch Fragen zur Verhütung?« Er schaut auf den Bildschirm und klickt mit der Maus herum. »Derzeit nehmen Sie keine Pille, richtig?«

Allie nickt. Ihr Blick schnellt zu mir. Ich zucke mit den Schultern, aber sie schüttelt kaum merklich den Kopf.

»Mit der Verhütung ist alles geklärt«, eile ich Allie zur Hilfe. Sicher will sie die Untersuchung lieber schnell hinter sich bringen.

»Dann, Frau Brunner, bitte ich Sie nach nebenan. Sie kennen ja den Weg.« Er steht ebenfalls auf. »Sie können gerne hier warten.«

Ich nicke, denn ganz sicher wäre ich den beiden nicht ins Behandlungszimmer gefolgt. Ich versuche, mich abzulenken, höre aber immer wieder Doktor Engelmanns gedämpfte Stimme beruhigend auf Allie einreden. Wirklich verstehen kann ich nichts, und so steigt meine eigene Nervosität von Minute zu Minute.

Nach der Untersuchung kommt Doktor Engelmann wieder zurück an seinen Schreibtisch.

»Ihre Freundin zieht sich nur wieder an«, gibt er mir ungefragt Auskunft und beginnt, die Untersuchungsergebnisse in den Computer einzutippen. Ich warte geduldig, dabei bin ich inzwischen selbst ziemlich angespannt auf das abschließende Urteil.

Allie greift meine Hand, als sie sich neben mich setzt, und wartet darauf, dass der Arzt mit seinen Notizen fertig ist.

»Sie kennen das Spiel, Frau Brunner: Gewissheit bringt das Labor. Da ich allerdings keinerlei Auffälligkeiten feststellen konnte, gehe ich davon aus, dass wir uns erst bei der nächsten Vorsorgeuntersuchung wiedersehen werden. Außer natürlich, Sie haben Beschwerden. Oder werden schwanger – dann melden Sie sich bitte umgehend.«

Eigentlich könnte Allie nun erleichtert sein, doch ihre Muskeln sind noch immer zum Zerreißen gespannt. Liegt es daran, dass sie noch einige Tage auf das Testergebnis warten muss?

»Haben Sie noch Fragen?«

»Ich …« Mein Blick schnellt zu Allie. Sie schaut mich fragend an, aber bevor mich der Mut verlässt, wende ich mich dem Arzt zu. »Also Allie, ich meine Alice, hat Bedenken, dass mögliche Kinder einem erhöhten Krebsrisiko ausgesetzt sind, weil ihr Bruder an einem Hirntumor gestorben ist.«

»Sam!« Aber ich muss endlich wissen, ob an ihrer Befürchtung etwas dran ist.

»Können Sie diese Theorie stützen, und würden sie Allie auch davon abraten, Kinder zu kriegen?«

»Sam!«, knurrt Allie erneut und steht auf. »Was soll das?« Ihre

Augen funkeln wütend, und ich fürchte, dass ich einen Schritt zu weit gegangen bin.

»Eigentlich wollte ich mich heute bei Ihnen über eine Gebärmutterentfernung informieren. Dann wäre zumindest ein Risikoherd in mir unwiederbringlich weg.« Allie reißt den Blick vom Arzt los und schaut mich herausfordernd an. Sie will mich provozieren, das ist mir klar. Unmöglich kann sie das ernst meinen. Ich schüttle dennoch ungläubig den Kopf.

»Setzen Sie sich doch bitte, Frau Brunner, Herr Amberger, damit ich ihre Fragen beantworten kann.«

Er faltet die Hände ineinander und richtet seine Aufmerksamkeit zuerst auf mich. »Der Bruder Ihrer Freundin hatte einen Hirntumor, ein bösartiges, aggressives Gliom. Derzeit geht die Forschung davon aus, dass Verwandte ersten Grades ein leicht erhöhtes Risiko haben, ebenfalls an einem Hirntumor zu erkranken. Wahrscheinlicher ist jedoch, dass die Hirntumore der meisten Betroffenen eher zufällig entstehen. Fehler bei der Zellteilung, die gravierende Folgen haben.« Er schaut kurz zu Allie, die ihre Hände im Schoß gefaltet hat und darauf schaut, als würde der Mann vor ihr eine Predigt halten.

»Ich kann die Angst Ihrer Freundin durchaus verstehen. Ein enges Familienmitglied in so jungen Jahren an den Krebs zu verlieren, traumatisiert. Aber auch wenn das psychisch seine Spuren hinterlässt, sehe ich aktuell aus gynäkologischer Sicht keine Risikofaktoren, die gegen eine Schwangerschaft sprechen.« Ich linse zu Allie rüber, die noch nicht überzeugt wirkt. Das scheint auch Dr. Engelmann zu spüren. »Bei einem konkreten Kinderwunsch kann ich Sie auch an einen Humangenetiker überweisen. Er kann Ihnen noch einmal mehr Gewissheit geben.« Mit einem Blick in mein Gesicht scheint er abzuchecken, ob damit meine Frage beantwortet ist. Ich nicke dankbar, denn diese Information bringt mich tatsächlich voran. Vielleicht ist es ja noch viel zu früh, um über eine Familie mit Allie nachzudenken. Aber darum geht es mir auch gar nicht. Nicht nur. Ich möchte Allie helfen, mit ihrer Angst klarzukommen. Und je mehr ich über die tatsächlichen Risiken weiß, desto besser kann ich für sie da sein.

Allie hat sich neben mir eingeigelt. Ihre Arme fest vor dem Oberkörper verschränkt, schaut sie teilnahmslos in die Ferne. Sie könnte gelangweilt wirken, wäre da nicht der Mund, der zu einem schmalen Strich zusammengepresst ist. Und die Kiefermuskeln, die deutlich auf ihren Wangen hervortreten. Sie ist sauer. Aber das nehme ich für diesen Hoffnungsschimmer gerne in Kauf.

»Und nun zu Ihrem Anliegen, Frau Brunner.« Der Ton wird mit jedem Wort mitfühlender. »Wie ich Ihrem Freund gerade gesagt habe, habe ich vollstes Verständnis für Ihre Situation. Für den Schmerz, den Sie erlitten haben, gibt es keine heilenden Worte. Und jetzt im Moment wirkt noch alles aussichtslos auf Sie. Allerdings sind Sie noch so jung, und gerade aus diesem Grund führen wir solche irreversiblen Operationen ausschließlich dann durch, wenn eine medizinische Indikation vorliegt. Was bei Ihnen allerdings nicht der Fall ist. Bitte entschuldigen Sie, dass ich Ihrem Wunsch – sofern Sie ernsthaft mit dem Gedanken gespielt haben – nicht entsprechen kann. Aber vielleicht reden Sie beide einfach in Ruhe über ihre Zukunftspläne. Bei Fragen bin ich gerne für Sie da.« Er legt eine kurze Pause ein. Dann steht er auf und streckt Allie seine Hand entgegen. »Wir sehen uns in spätestens einem Jahr wieder, Frau Brunner.«

Er nickt aufmunternd und schaut zwischen uns beiden hin und her. Offensichtlich ist damit der Termin beendet.

Die Taxifahrt verbringen wir schweigend. Natürlich hält Allie in Konrads Beisein den Mund, und doch spüre ich ihren Unmut deutlich. Während ich bezahle, steigt sie schon aus und geht zur Haustür.

Allie stürzt die endlos langen Treppenstufen nach oben und gibt mir keine Chance, irgendetwas zu ihrer Beruhigung zu sagen. »Jetzt warte doch, Allie«, rufe ich ihr hinterher und stapfe den letzten Absatz nach oben. Doch Allie hat bereits aufgeschlossen, streift sich die Sneakers von den Füßen und stürmt ins Innere unserer Wohnung. Ich seufze. Meinen Blitzbesuch zu Hause habe ich mir irgendwie anders vorgestellt.

Es wundert mich nicht, dass sich Allie in ihr Zimmer zurückgezogen hat, als ich endlich in den Flur trete.

Zaghaft klopfe ich an ihre Tür.

»Allie, lass uns reden«, starte ich sanft und drücke die Klinke. Die Tür geht einen Spaltbreit auf, und ich erspähe Allie, die mir den Rücken zugewandt vor ihrem Schreibtisch steht und energisch irgendwelche Dinge sortiert. »Es tut mir leid, wenn ich dich verletzt habe. Ich habe nur versucht, dir etwas von deiner Angst zu nehmen. Du liebst doch Kinder. Und vielleicht gibt es eine Möglichkeit, dass du irgendwann welche haben wirst.«

»Ich möchte mit dir über dieses Thema nicht sprechen.« Allies Stimme klingt eisig. Emotionslos. Schneidend. Ich versuche, mich nicht abschrecken zu lassen. Allie war schon immer stur, und ich weiß, wie lange man bohren muss, bis man zu ihr durchdringt, wenn sie dichtgemacht hat.

»Gut! Dann igel dich halt weiter ein! Ich wollte für dich da sein, Allie. Freunde tun so etwas füreinander. Aber wenn du das nicht willst –«

Allie dreht sich plötzlich um und funkelt mich wütend an. »Freunde? Ach ja, ich habe ganz vergessen, dass unsere Küsse ganz freundschaftlich waren und belanglos noch dazu. Sorry, wenn ich da etwas falsch interpretiert habe. Ich dachte nämlich, wir seien ein Paar. Und als Paar spricht man für gewöhnlich über solche Pläne wie das Kinderkriegen, bevor man einen Arzt dazu befragt.«

Mist, ich hätte auf Brian hören sollen. Meine Ausflüchte in dem Interview waren wirklich keine gute Idee.

»Allie, es tut mir leid. Wir hatten darüber gesprochen, dass wir unsere Beziehung erst einmal geheim halten«, erinnere ich sie sanft und strecke meine Hände nach ihr aus. Sie verschränkt ihre Arme jedoch vor der Brust und schaut mich weiter wütend an.

»Mir … mir ist das einfach so rausgerutscht beim Arzt. Ich meine, wir sind noch nicht einmal zwei Wochen zusammen, und ich habe keine Ahnung, wo das alles hinführen könnte. Ich wollte dich nicht unter Druck setzen, dass ich jetzt Kinder will oder so. Ich wüsste ja gar nicht, wie das gehen sollte mit der Tour und …« Ich atme tief aus. Allie kann unmöglich glauben, dass ich nach der kurzen Zeit schon alles auf eine Karte setze. Wie irre wäre das denn? Natürlich wünsche ich mir, dass das zwischen Allie und mir ewig hält. Aber noch ist es zu früh, um Zukunftspläne zu schmieden.

Allie wirkt plötzlich seltsam ruhig. Ihr Gesicht ist starr, als würde sie eine Maske tragen. In diesem Moment erinnert sie mich an unser erstes Wiedersehen auf dem Friedhof.

»Sam, es gibt einen einzigen Punkt in meinem Leben, wo ich keine Kompromisse mache. Wo ich nicht diskutiere und auch nicht bereit bin, mich von meinem Standpunkt wegzubewegen. Und genau diesen Punkt hast du gerade mit Karacho getroffen. Ich kann mit vielem leben. Aber dass du vor einem Fremden meine Entscheidung gegen Kinder infrage stellst, geht überhaupt gar nicht. Du weißt nicht einmal ansatzweise, unter welchen Druck mich das setzt. Oder wie sehr es mich verletzt, dass du meine Ängste nicht verstehst, sie nicht respektierst und dir nicht vorstellen kannst, dass ich diese Angst um ein eigenes Kind einfach nicht ertragen kann. Verstehst du? Ich. Kann. Es. Einfach. Nicht!« Sie schüttelt den Kopf, als könnte sie es selbst nicht glauben. Dann presst sie ihren Zeigefinger und Daumen an ihre Nasenwurzel. Nur für einen Moment. »Weißt du, Sam, ich habe in den letzten Tagen viel nachgedacht. Ich bin glücklich, wenn du bei mir bist. Sehr sogar. Aber das kannst du eben nicht immer sein. Wir hatten ein paar verdammt schöne Wochen. Eine Zeit, in der ich das Leben wieder lieben gelernt habe und dafür bin ich dir sehr dankbar. Mir ist aber klargeworden, dass es nicht richtig ist, mein Glück von einem einzelnen Menschen abhängig zu machen, das tut mir nicht gut.«

Ich starre sie ungläubig an.

»Allie, was tust du da? Ich habe einen Fehler gemacht. Ja. Ich hätte vorher mit dir sprechen und dich nicht so überrumpeln sollen. Es tut mir leid, okay? Lass uns das einfach vergessen, ja?«

Ich lege den Kopf schief und strecke noch einmal meine Hände nach ihr aus. Doch sie schlägt die Einladung erneut ab. Enttäuscht lasse ich meine Arme sinken.

»Die letzten Tage waren echt nicht einfach für mich. All die Berichte.«

Ich seufze. »Ich hätte dich nicht küssen sollen im Boujis. Das war leichtsinnig.«

»Nein, Sam, du hättest den Kuss nicht als belanglos davonwischen sollen. Du hättest dich nicht mit anderen Frauen treffen sollen. Du hättest ...« Sie wischt sich mit dem Handrücken ein paar Tränen von den Wangen und atmet tief ein. »Ich will das nicht mehr, Sam. Das mit uns ... es funktioniert nicht. Nicht für mich.«

Einatmen. Ausatmen.

»Wow, jetzt mal ... Stopp! Was ... Was geht hier gerade ab, Allie? Wenn ich es nicht besser wüsste, könnte ich denken, du machst Schluss mit mir. Wegen einer blöden Frage, die ich nicht hätte stellen sollen? Wegen ein paar Artikeln im Netz, die mehr erlogen sind, als dass sie auch nur ein Fünkchen Wahrheit in sich tragen? Ernsthaft, Allie? Was ist los mit dir?«

Hilflos hebe ich die Arme und lasse sie wieder sinken. Allie kann dieser Klatschpresse unmöglich mehr glauben als mir. Sie kennt mich doch!

»Nein, Sam«, entgegnet sie leise und schließt die Augen. Ich spüre, wie all die Kraft aus mir weicht und mich die Intensität des Augenblicks zu überrollen droht. »Ich mache mit dir Schluss, weil ich Angst habe. Angst, dich zu verlieren. Jeden Tag ein Stück mehr.«

Stille. Ich höre das Blut in meinen Ohren rauschen. Mein Herzschlag dröhnt viel zu laut in meinem Körper.

Nach allem, was wir gemeinsam erlebt haben, stößt sie mich von sich?

»Allie, das ist jetzt nicht dein Ernst, oder? Du verlässt mich, aus Angst, mich zu verlieren? Aber ... « Ungläubig raufe ich mir die Haare und schüttle den Kopf. »Dir ist aber schon klar, dass du mich so auf jeden Fall verlierst?«

»Ein Abschied auf Raten ... das kann und werde ich nicht ertragen. Kein weiteres Mal.«

In ihrem Blick spiegelt sich die Angst, die unermesslich groß ist. Ich schlucke, weiß, dass ich sie besser in den Arm nehmen sollte, aber sie würde mich ohnehin abweisen.

»Herrgott, Allie! Merkst du denn nicht, wie du durch deine Angst alles kaputt machst? Du verpasst dein ganzes Leben, indem du dich hinter der Angst verkriechst«, sage ich, plötzlich wütend, weil ich all die verpassten Chancen sehe. »Manchmal muss man auch ein Risiko eingehen. Mal verliert man, und das tut weh. Aber wenn du uns von vornherein keine Chance gibst, dann ... dann ...

dann kann ich dich noch so sehr lieben, alleine werde ich das nicht schaffen, verstehst du? Liebe funktioniert nur zu zweit.«

Plötzlich ist dieser leise Zweifel da. Was, wenn Allie meine Gefühle nicht erwidert? Nicht so, wie ich es tue. »Lebe, Allie, du hast es versprochen. Du hast es mir verdammt noch mal versprochen!«

Ich deute auf ihre Uhr, aber selbst das scheint sie gerade nicht wahrzunehmen. Die Traurigkeit, die in mir emporsteigt, ist kaum zu ertragen. Ich schüttle den Kopf, spüre, wie Tränen gegen meine Lider drücken und blinzle sie schnell weg.

»Sam, genau das will ich gerade tun. Aber ich kann nicht auf der einen Seite in einem Traum leben. Und auf der anderen Seite versuchen, in der Realität zu überleben. Unsere Leben sind so gegensätzlich. Du bist ein Weltstar. Und ich eine kleine Erzieherin. Du bist ständig unterwegs, ich bin hier. Du willst offensichtlich Familie …« Allies Stimme zittert. Sie schüttelt den Kopf und atmet tief durch. Die Verzweiflung ist ihr ins Gesicht geschrieben. Und doch redet sie weiter. »Ich kann das einfach nicht. Das mit dir und mir. Das ist so unglaublich intensiv, so großartig, so … es ist einfach zu groß für mich. Es macht mich kaputt.«

»Allie, tu das nicht! Nein, bitte nicht.«

»Ich kann nicht. Ich kann das einfach nicht. Die Angst, die Zweifel, sie fressen mich auf. Ich will leben, will atmen. Will lachen und glücklich sein. Ständig warten zu müssen, bis du bei mir sein kannst, hindert mich daran, verstehst du? Die Angst, dich zu verlieren, macht es mir unmöglich, mein Versprechen einzuhalten. Die Zeit ist kostbar. Du lebst deinen Traum. Und ich … ich lebe meine Realität. Beides passt nicht zusammen.« In einer scheinbar unbeabsichtigten Bewegung greift sie an ihr linkes Handgelenk, umschließt die Uhr, die ihr doch Zuversicht geben sollte. Und keine Zweifel. Die ihr Mut machen sollte. Und nicht ihre Angst verstärken. Aber da wird mir klar, dass sie genau das verzweifelt versucht. *Mutig sein.*

Ich weiß, dass sie recht hat. Allie braucht jemanden hier bei sich. Jemanden, der sie auffangen kann, wenn es ihr nicht gutgeht. Ich hatte gehofft, dass ich derjenige sein könnte. Dass ihr die Gewissheit, wie sehr ich sie liebe, genügt. Doch ihre Zweifel und die Angst sind offensichtlich stärker als ich.

»Aber jetzt bin ich bin doch hier, lass uns das alles in Ruhe besprechen«, wage ich einen weiteren Vorstoß, um an sie ranzukommen.

Ich sehe schnell auf die Uhr. Mir bleibt nicht mehr viel Zeit. Ich habe einiges auf mich genommen, um heute hier zu sein. Um ihr bei diesem Termin beizustehen. Mal ganz abgesehen davon, dass ich ein kleines Vermögen dafür investiert habe, gäbe es sicher einen Tag vor dem Start meiner ersten Solo-Platte andere Dinge, um die ich mich dringend kümmern müsste. Doch statt mich auf meine Karriere zu konzentrieren, ist es mir wichtiger gewesen, hierherzukommen. Weil mir Allie wichtig ist. Doch offensichtlich genügt das alles nicht.

Sie lacht, aber es klingt bitter. Ich schlucke.

»In Ruhe … Wann soll das bitte schön sein? Dein Flieger steht bestimmt schon bereit, und Konrad dreht unten wahrscheinlich schon durch, weil du hier so viel Zeit mit mir verplemperst. Wann wir uns wiedersehen werden? Morgen nach deinem Konzert? Was werde ich dann sein? Wieder Brians Nichte? Eine alte Bekannte?« Fragend zieht sie die Augenbrauen hoch. »Mir bleibt doch nur, dir das jetzt zu sagen!«

Sie zittert am ganzen Leib, und ich spüre den unbändigen Drang, einfach auf sie zuzustürmen und sie in meine Arme zu schließen. Doch ich bleibe stehen. Die Distanz zwischen uns ist zu groß. Ihre Worte tragen so viel Wahrheit in sich. Eine Wahrheit, die ich immer gekannt, vor der ich allerdings die Augen verschlossen habe. Mit mir zusammen zu sein, tut ihr nicht gut. Paul hat das schon früh gewusst!

Und in diesem Moment beschließe ich, dass ich sie gehen lassen werde, damit sie eine Chance hat, endlich glücklich zu werden. Weil ich sie liebe. Weil ich sie verdammt noch mal liebe!

Ich schließe die Augen, nicke und drehe mich um. Ich werfe keinen Blick zurück, denn ich weiß, dass ich sonst niemals die Kraft aufbringen werde, sie tatsächlich zurückzulassen. Weil sie es möchte.

Es bricht mir das Herz. Ich spüre, wie es sich verzweifelt in meiner Brust dagegen wehrt, zu zerspringen. Noch spüre ich den Schmerz nicht. Noch ist alles taub.

»Lebe, Allie! Du hast es mir versprochen.«

Dann ist die Tür zu.

Ich atme ein paarmal tief durch, versuche zu verstehen, was da gerade abgelaufen ist. Hat mich Allie ernsthaft fortgeschickt? Aus ihrem Leben ausgeschlossen?

Mein Herz trommelt wild, meine Ohren rauschen, und mir ist schlecht, so verdammt schlecht. Bevor ich zusammenklappe, setze ich mich einen Moment auf die oberste Treppenstufe. Einatmen. Ausatmen. Etwas, das selbstverständlich sein sollte, fällt mir gerade schwer. Was, wenn ich durch meine Aktion gerade alles kaputt gemacht habe?

Mein Handy klingelt. Mechanisch krame ich es aus der Jackentasche und nehme ab.

»Hey, Sam, wir müssen langsam los, sonst startet der Flieger ohne uns«, erinnert mich Konrad daran, dass ich Termine habe.

»Ich komme«, sage ich matt und hieve mich hoch. Einhundertdrei Treppenstufen schleppe ich mich nach unten. Jede von ihnen entfernt mich ein Stück mehr von Allie. Und allein das macht es mir fast unmöglich, einen Fuß vor den anderen zu setzen.

Schließlich habe ich es ins Taxi geschafft und schaue demonstrativ aus dem Fenster, damit Konrad nicht irgendeine Unterhaltung anfängt.

Es kann nicht sein, dass es vorbei ist. Allie und ich – wir gehören doch zusammen. Aber da ist auch der Wunsch, dass sie glücklich wird. Nur deshalb habe ich nachgegeben. Obwohl es sich absolut und bis in jede Faser meines Herzens falsch anfühlt, dass ich gegangen bin.

Ich schaue auf die Uhr. Es ist ohnehin zu spät, um noch mal umzukehren und zu versuchen, sie umzustimmen. Es ist in jeder Hinsicht zu spät.

Kapitel 28

ALICE

In dem Moment, in dem die Tür ins Schloss knallt, lasse ich los, taumle zum Abgrund und falle. Falle tief hinein in dieses dunkle Loch, das keinen Boden hat. Keine Wände. Kein Licht. Es empfängt mich. Umschließt mich. Verschlingt mich. Mit Haut und Haaren. Und meiner Seele. Ich möchte schreien. Aber ich habe keine Luft. Ich ringe nach Atem. Doch da ist nichts. Nur dieses tiefe schwarze Loch.

Diese Angst, sie ist so groß und mächtig, und sie ist überall. In meinen Gedanken, meinem Herzen. Meinem Handeln. Und ... sie hindert mich daran zu leben. Sam hat schon recht, wenn er mir vorwirft, dass ich mich dahinter verkrieche.

Mutig bin ich noch nie sonderlich gewesen. Es ist einfacher zurückzuschrecken anstatt sich einer potenziellen Gefahr zu stellen. Etwas zu riskieren ist mir noch nie leichtgefallen. Ich weiß, ich sollte an Sam und mich glauben, sollte darum kämpfen, dass wir zusammen sein können. Aber das Gefühl, dass mir Sam jeden Tag ein Stückchen mehr entgleitet, hat mich panisch werden lassen.

Ich will nicht mehr verlassen werden. Dieser Schmerz ist etwas, das ich niemals wieder ertragen wollte. Lieber wollte ich nichts mehr fühlen.

Ihn von mir zu stoßen, sollte mir die Kontrolle über meine Gefühle zurückgeben. Doch offensichtlich habe ich die Rechnung ohne Sam gemacht. Sam. Warum habe ich ihn so bereitwillig in mein Herz gelassen? Verdammt!

War es richtig, ihn fortzuschicken? Ihm für immer Lebewohl zu sagen? Er hat mir eine Tür geöffnet zu einem neuen Leben. Und anstatt mit ihm gemeinsam über die Schwelle zu treten, schlage ich die

Tür mit Karacho zu. Aus Angst, irgendwann aus diesem Paradies vertrieben zu werden. Irre!

Es war süß, dass er mir meine Angst nehmen wollte und Fragen gestellt hat, die ich mich nicht zu stellen getraut habe. Aber dieser Mut, furchtlos in die Zukunft zu blicken, macht mir Angst. Er überfordert mich, denn ich hatte es mir in meiner Welt allzu gemütlich gemacht. Ab und zu streckte ich meinen Kopf heraus, aber immer nur so weit, dass ich mich rechtzeitig zurückziehen konnte.

Meine Hand wandert an meine Brust. Ich bleibe an meiner Kette hängen. Der Kette, die Paul mir geschenkt hat. Wir beide, für immer vereint in dem Diamanten, der selbst die Ewigkeit übersteht. Ich kralle meine Finger fest um den Baum, spüre die Kraft, die er mir geben soll, und erinnere mich an Pauls Worte.

Was, wenn Sam der Mann ist, den Paul in seinem Brief erwähnt hat? Der Mann, mit dem sich Paul mein Herz teilt? Ihm hätte es sicher gefallen, dass sein bester Freund für mich da ist. Dass er mich liebt und mit mir zusammen sein will.

Leben – ich habe es Sam versprochen. Ohne Angst vor dem Vielleicht. Das war unser Deal. Ein Deal, der sich simpel angehört hat und an dem ich nun zu scheitern drohe. Dabei möchte ich es doch selbst so sehr. Möchte wieder mehr Spaß und Freude haben. Möchte lachen, weinen, leben. Und ich möchte lieben.

Mit Sam schien mir all das möglich. Warum also habe ich gerade eine Weiche gestellt für meine Zukunft? Eine Zukunft ohne Sam. Bei dem Gedanken wird mir ganz schlecht. Ich fühle mich beschissen. Nichts ist mehr übrig von dieser Freude, dieser tiefen Zufriedenheit. Es ist, als wäre all das, was ich mir seit Pauls Tod mühsam zurückerkämpft habe, mit Sam fortgegangen. Was, wenn es ein Fehler war, ihn fortzuschicken? Aus Angst, ich könnte ihn verlieren!

Mein Blick schnellt zur Uhr. Vielleicht ist es noch nicht zu spät.

Ich springe aus dem Bett, schnappe mir mein Handy, die Handtasche und eine Jacke und laufe hinunter. Nie habe ich schneller die einhundertdrei Stufen hinter mich gebracht. Atemlos renne ich weiter bis zur Hauptstraße, auf der für gewöhnlich Taxis auf Fahrgäste warten. Ich habe Glück.

»Zum Flughafen Tegel«, sage ich und krame mein Handy raus.

Kurz überlege ich, ob ich Sam Bescheid geben soll. Die Angst, er könnte mich zurückweisen, ist allerdings zu groß.

Ob er mir meine Worte verzeihen kann? Ob er uns noch eine Chance gibt? Sam macht sich Gedanken über eine Zukunft mit mir. Er möchte für mich da sein. Das ist großartig und so viel mehr, als ich mir je erträumt hätte.

Ich ziehe mein Handy aus der Jackentasche. Meine Fingernägel klackern nervös auf dem Display. Soll ich? Soll ich ihm schreiben, dass ich zum Flughafen komme und unbedingt noch einmal mit ihm reden muss? Dass ich ihm erklären muss, was mich so tief verletzt hat, dass ich ihn einfach von mir stoßen musste.

Als das Taxi vor dem Hauptgebäude hält und ich eilig bezahlt habe, atme ich tief durch.

Mit klopfendem Herzen wähle ich Sams Nummer.

»Allie?« Sam klingt verwirrt, als er abnimmt. »Ich … ich …«

»Wo steckst du?«, frage ich atemlos und schaue mich um. »Wo muss ich hin?«

»Was? Ich sitze im Taxi.«

»Wieso? Ich dachte, du seist am Flughafen?«

»War ich. Aber … na ja, ich konnte so nicht gehen. Ich bin unterwegs zu dir.«

»Was? Nein. Nein! Dreh um! Sofort!« Dann atme ich tief durch und versuche, mich zu beruhigen. Sams Worte dringen zu mir durch. Er fährt zu mir? Glück durchströmt mich, und ich spüre, wie sich ein Lächeln auf meinem Gesicht ausbreitet. Dass Sam nicht kampflos abhauen wollte, erfüllt mich mit einer tiefen Dankbarkeit. Zeigt das doch, wie viel ich ihm bedeute. »Ich … ich bin auf dem Flughafen. Ich konnte dich doch nicht gehen lassen. Nicht so. Es … es tut mir so leid. Ich hatte Angst. So große Angst.«

»Ich weiß, Allie.«

»Können wir reden?«, bitte ich Sam und lasse mich auf eine Wartebank plumpsen.

»Ich bin in fünf Minuten da. Wartest du auf mich?« Sam klingt zaghaft, fast schon verhalten. Ich nicke eilig, erinnere mich dann aber, dass er es nicht sehen kann.

»Ich warte schon seit zehn Jahren auf dich. Und ich werde es auch noch länger tun«, antworte ich entschlossen.

»Komm einfach nach draußen, wir holen dich ab.«

Bei jedem Taxi, das vor der Haupthalle hält, bleibt mein Herz für einen Moment stehen. Als endlich Konrad aus einem cremefarbenen Mercedes aussteigt und mich zu sich rüberwinkt, renne ich eilig auf das Auto zu, unfähig, auch nur einen klaren Gedanken zu fassen.

Sam ist hier. Er ist tatsächlich hier.

Ich setze mich zu Sam auf die Rückbank, schaue ihn sehnsuchtsvoll an und murmle leise: »Hey.«

Statt einer Begrüßung nimmt Sam meine Hand. Sanft streicht er mit seinem Daumen über meinen Handrücken. Gänsehaut breitet sich auf meinem Rücken aus, und Tränen treten mir in die Augen. Warum ist er nur immer so einfühlsam? Warum so rücksichtsvoll?

»Es tut mir leid, Sam«, starte ich. »Ich bin wirklich total verkorkst und bescheuert und durchgeknallt und –« Doch dann sehe ich in sein Gesicht. Das Gesicht, das mir inzwischen so vertraut ist. In seinen Augen sehe ich nichts als Liebe und Verständnis. Als sein Lächeln die Grübchen zum Vorschein bringt, rückt alles, was ich sagen wollte, in den Hintergrund.

»Hast du deinen Ausweis dabei?«

Ich nicke.

Als das Auto stehen bleibt, dreht sich Sam mir zu. Kurz küsst er meine Hand. Der Blick, den er mir anschließend zuwirft, ist voller Leben und geht mir durch und durch.

»Komm mit mir nach London. Jetzt!«

»Was? Aber …« Meine Tasche steht gepackt zu Hause, das Flugticket für morgen früh hängt am Kühlschrank.

»Es ist doch Quatsch, wenn du morgen Linie fliegst. Ich habe jede Menge Platz, und wir hätten Zeit, endlich in Ruhe über alles zu reden.« Er zieht die Augenbrauen hoch, gespannt darauf, wie ich reagiere.

Ich fühle mich überfordert, aber schnell schiebe ich die neu aufkeimende Angst beiseite. Leben. Im Augenblick.

Zaghaft nicke ich und lächle Sam an.

»Ach, Sam, natürlich komme ich mit.«

»Ich liebe dich, Allie. Und ich weiß, dass wir noch einen langen Weg vor uns haben. Es wird nicht immer einfach sein. Und ich werde nicht so oft bei dir sein können, wie du es verdient hast. Aber wann immer es dir schlecht geht, werde ich zu dir kommen. Lass mich für dich da sein. Heute, jetzt, für immer.«

Meine Augen werden wieder feucht, und Sams Umrisse verschwimmen.

»Ich liebe dich, Sam. Damals wie heute.«

Diese Worte endlich auszusprechen, fühlt sich so absolut ehrlich an. Nie habe ich die Bedeutung stärker gespürt. Als mich Sam küsst, ist es, als würden sich all die Ängste und Zweifel verflüchtigen. Sie machen Platz für die Zuversicht, die sich Sam so sehr für mich wünscht. Nach der ich mich selbst so sehr sehne. Und in diesem Moment weiß ich, dass ich mein Versprechen halten werde. Ich werde leben. Mit Sam an meiner Seite.

Kapitel 29

Mein Atem geht schnell, als ich am Rand der Bühne stehe und den aufbrausenden Applaus entgegennehme. Ich habe es geschafft, ich habe es tatsächlich geschafft und das erste große Solo-Konzert hinter mich gebracht. Stolz überschwemmt mich, Euphorie fließt durch meine Adern, und ich drehe mich zu meinen Jungs um.

Ich winke sie zu mir, will den Moment mit ihnen gemeinsam genießen. Wir sind zu einer Einheit zusammengewachsen und das Konzert war genau so, wie ich es mir immer gewünscht habe. Voller Emotionen. Jeder Einzelne von uns hat alles gegeben. Jeder einzelne in dem Saal muss gespürt haben, wie sehr wir die Musik lieben.

Erleichtert, dass die Reaktionen absolut atemberaubend sind, löse ich das In-Ear-Monitoring für einen Moment aus meinen Ohren, um all das, was gerade abgeht, ungefiltert in mir aufnehmen zu können. Die Menge grölt, der Applaus will nicht abreißen, und alle verlangen nach einer Zugabe. Ein zutiefst zufriedenes Lächeln ist mir ins Gesicht gemeißelt. Nie habe ich erwartet, dass ich an den Erfolg meiner Boygroup-Zeit anknüpfen kann – und doch habe ich es so sehr gehofft. Die Fans haben mich nicht im Stich gelassen.

Mein Blick huscht kurz zur Seite der Bühne, wo Brian mit einem breiten Grinsen steht und ebenfalls in die Hände klatscht. Allie steht daneben und lächelt mir zu. Sie sieht wunderschön aus, und ich kann mein Glück kaum fassen. Im Flieger nach London haben wir über all unsere Ängste gesprochen, über unsere Wünsche und Erwartungen. Ich habe ihr versprochen, behutsamer zu sein und bedachter, was meine Worte in Interviews betrifft. Und sie möchte weiter an sich und ihren Ängsten arbeiten. Schritt für Schritt und in ihrem Tempo.

Die allergrößte Freude hat mir Allie allerdings mit ihrem Vorschlag gemacht, gleich am Montag mit ihrer Chefin zu sprechen und unbezahlten Urlaub zu nehmen. Allie möchte mich zumindest einen Teil meiner Tour begleiten. Möchte die freie Zeit nutzen, um mit sich ins Reine zu kommen. Leben im Augenblick. Momente, die wir beide niemals wieder vergessen werden. Es wird auch für mich ein Abenteuer sein.

Ich klatsche meine Band ab und mache mich bereit für die Zugabe. Das In-Ear schalte ich dabei so, dass ich ganz für mich alleine bin, nichts mehr wahrnehme außer dem Piano und meiner eigenen Stimme, die von den Tontechnikern in Echtzeit zusammengemischt werden. Lennox klopft mir auf die Schulter, bevor er mit Elián und Mika gemeinsam die Bühne verlässt.

Ein Unplugged-Stück, das sich nicht auf der Platte wiederfindet, als Zugabe zu performen, ist vielleicht nicht das Cleverste. Bei *Session-One* haben wir die Erfahrung gemacht, dass es besser ist, ein Konzert mit einem lauten Wums zu beenden. Aber es ist ein Geschenk an Allie. Ein Dankeschön, dass sie diesen Weg mit mir geht. Und obwohl ich den Song schon vor einer halben Ewigkeit geschrieben habe, ist er heute passender denn je.

»Den nächsten Song widme ich einem Mädchen, das ich schon mein ganzes Leben lang kenne. Sie ist die Schwester meines bestens Freundes, der im vergangenen Jahr leider den Kampf gegen den Krebs verloren hat. Dieses Mädchen war schon früher meine große Liebe, damals ganz heimlich. Und sie ist es auch heute noch – aber diesmal ist es ganz offiziell. Allie, ich liebe dich. Dieser Song ist für dich.«

Während ich mich hinter den Flügel setze, den die Roadies extra für diesen Song auf die Bühne geschoben haben, spüre ich mein Herz rasen. Es fühlt sich gut an, nichts mehr zu verheimlichen. Richtig. Allie und ich haben darüber gesprochen und ich weiß nun, wie sehr sie das verletzt hat, was ich im Interview gesagt habe. Es ist eine Sache, eine Beziehung geheim zu halten. Den Kuss und damit unsere Beziehung aber als belanglos darzustellen, war absolut unangebracht, und ich verstehe, dass Allie sauer deshalb war.

Vielleicht hat Brian recht, und ich sollte mir nicht so viele Gedanken darüber machen, was andere über mein Liebesleben sagen.

Beziehungen gehören zum Leben dazu. Und meine Fans werden schon damit klarkommen, dass ich vom Markt bin. Vielleicht werden sich einige sogar darüber freuen, dass ich glücklich bin. Und alle anderen sollten mir egal sein.

Brian hat seine PR-Leute darauf angesetzt, damit die Presse Allie in Ruhe lässt. Den ganzen Morgen schon telefoniert seine Crew mit den Klatschportalen und bietet den Redaktionen Deals an. Exklusiver Content, wenn sie Allie außen vor lassen. Brian ist zuversichtlich, dass sein Plan aufgeht.

Ich atme noch einmal durch. Der Saal ist komplett abgedunkelt, nur ein warmer Spot ist auf mich und den schwarzen Flügel gerichtet. Ganz tief tauche ich ab, lasse alles los, denke nur an Allie und das Gefühl, das sie in mir auslöst. Als ich die ersten Töne anschlage, spüre ich eine tiefe Ruhe in mir. Ich bin endlich angekommen, bin eins mit mir. Mit Allie. Mit der Musik.

Meine Finger fliegen über die Tasten, verwandeln Emotionen in Töne, Töne in Emotionen, die den Raum erfüllen, die ihn ausfüllen, bis nichts mehr Platz hat als diese Intensität, mit der ich die Welt wahrnehme, wenn Allie bei mir ist.

In this very special night,
the moon was full, the light was bright
the music rumbled in my veins
all the emotions were powerful and plain

The look in your eyes feels like coming home
Amber eyes, your Amber eyes

Ich schließe die Augen, erinnere mich an all die Momente, die ich mit Allie teilen durfte. Unser erster Kuss, damals. Und unser erster Kuss, heute. Erinnere mich an das Kribbeln, das mich bei jedem Wiedersehen durchströmt. Den Schmerz, der mich bei jedem Abschied durchfährt. Mit Allie zusammen zu sein gleicht einer Achterbahnfahrt. Nie habe ich intensiver gefühlt, nie habe ich die Fülle meiner Emotionen mehr genossen. Und all diese Gefühle lege ich diesen Song.

Your dance was smooth, your body so near
everything I felt was confusing but clear
We were too young, the emotions too big

To break your heart made me sick
The look in your eyes feels like coming home
Amber eyes, your Amber eyes

Your thoughts are dark, but when you're weak
I am there, my Love is deep
My future lies in the glance of your eyes
I wanna be with you, love you – at any price

The look in your eyes feels like coming home
Amber eyes, your Amber eyes

Als die letzten Töne verklingen, bleibe ich noch einen Moment ganz still sitzen, genieße die Ruhe, atme tief durch und spüre nach, erkunde, was dieser Song mit mir macht. Da ist Glück, das ich tief in mir spüre. Und Liebe, die umfassender nicht sein könnte.

Der tosende Applaus dringt durch meine Kopfhörer. Er feuert mich an, mich meinem Publikum zuzuwenden. Aber zuerst renne ich kurz hinter die Bühne. Atemlos bleibe ich vor Allie stehen. Ihre Augen schimmern feucht, aber ein sanftes Lächeln umspielt ihre wundervollen Lippen, die ich ungestüm küsse.

»Ich liebe dich.« Zärtlich streiche ich über ihre Wange. Diesen Moment möchte ich für immer in meinem Gedächtnis einbrennen. Möchte ihn zu einem jener Momente machen, an die ich mich am Ende erinnern werde. Dann, wenn es Zeit wird, Lebewohl zu sagen. Aber bis dahin vergehen hoffentlich noch viele Jahre. Jahre, die ich an der Seite von Allie verbringen möchte. Allie, meiner großen Liebe.

ENDE

Danke

Ich danke dir, liebe Leserin/lieber Leser, von Herzen, dass du Sam und Allie in dieser für sie sehr emotionalen Zeit beigestanden hast. Hoffentlich konnten dir die beiden ein paar schöne Lesestunden bescheren. Vielleicht möchtest du ja anderen von der Geschichte erzählen oder eine kurze Rezension dazu verfassen – das würde mich sehr freuen. Auch über Nachrichten via E-Mail oder PN freue ich mich riesig!

Die Geschichte von Sam und Allie ist für mich eine ganz besondere. Ich hatte sehr intensive Schreibphasen, die mich sämtliche Höhen und Tiefen direkt miterleben ließen. Umso mehr freue ich mich, dass diese Herzensgeschichte ein wundervolles Zuhause gefunden hat. Deshalb geht mein ganz besonderer Dank auch an das Team von be. Ich fühle mich so wohl bei euch! Das kann und möchte ich nicht für selbstverständlich nehmen. Danke Annika, dass du vom ersten Moment an an Sam und Allie geglaubt hast. Dein Feingefühl, die Geschichte einzudampfen und feinzuschleifen, ist wirklich bewundernswert. Danke für deinen Mut, mir und meiner Geschichte eine Chance zu geben.

Steffi, auch dir tausend Dank für deine Mühe und Arbeit und dein Argusauge! Ohne dich bestünde die Geschichte noch immer aus tausend Abers.

Doch auch außerhalb des Verlages gibt es einige ganz besondere Menschen, die Teil dieser Geschichte sind.

Ohne meine liebe Andi, die manche von euch als Amy Baxter kennen, hätte ich mich nämlich niemals getraut, diesen Schritt zu gehen. Ihr ist es zu verdanken, dass mein Manuskript im Lektorat von be auf Herz und Nieren geprüft wurde. Danke, meine Liebe, für all deine Unterstützung, deinen unerschütterlichen Glauben an mich und für deine Arschtritte, wenn ich mal wieder zu sehr an mir selbst zweifle.

Meine liebe Tatjana, danke, dass du die ersten Schritte von Sam und Allie begleitet und sie auch ab und zu in die richtige Richtung geschubst hast. Dein Blick für meine Geschichten ist Gold wert. Danke für deine Freundschaft!

Kim, Katharina, Pea, Tanja und Karina – Danke, dass ihr mir den Rücken stärkt, euch mit mir freut und auch mal traurig seid. Euch an meiner Seite zu wissen, bedeutet mir viel.

Kira, ich bewundere deine Stärke! Du weißt, wie schwer es mir fiel, diese Geschichte trotz deiner Schicksalsschläge zu veröffentlichen. Danke, dass du Verständnis hast. In meinem Herzen ist der Roman dir und deiner Familie gewidmet.

Ein ganz dickes Dankeschön möchte ich noch an meine Testlesefeen und meine Blogger-Mädels richten. Danke für eure Begeisterung, eure Unterstützung und Motivation! Ohne euch wäre so vieles nicht möglich!

Natürlich wäre ich nichts ohne meine Familie! Danke, dass ihr diesen Weg mit mir geht! Damals wie heute.